몬테크리스토 백작 2

몬테크리스토 백작 2

알렉상드르 뒤마

오증자 옮김

민음사

2권 차례

낯선 사나이 · 9

퐁뒤가르의 주막 · 20

이야기 · 42

감옥의 기록 · 67

모렐 상사 · 79

9월 5일 · 101

이탈리아—선원 신드바드 · 128

각성 · 169

로마의 산적 · 180

출현 · 236

박살형 · 275

로마의 사육제 · 301

산세바스티아노의 지하 묘지 · 334

약속 · 362

손님 · 374

오찬회 · 409

소개 · 431

● 『몬테크리스토 백작』에 나오는 주요 인물들

· **에드몽 당테스** 파라옹 호의 일등 항해사. 이프 성의 죄수였다가 14년 만에 탈옥하여 몬테크리스토 백작이 된다. 신드바드, 자코네 씨, 윌모어 경, 부소니 신부 등으로 가장한다.

· **파리아 신부** 로마 추기경의 비서였다가 체포되어 이프 성에 감금된 죄수. 에드몽 당테스의 결정적인 조력자.

· **메르세데스** 에드몽 당테스의 약혼녀. 나중에 모르세르 백작 부인이 된다.

· **페르낭 몬데고** 메르세데스의 사촌오빠. 나중에 모르세르 백작이 된다.

· **알베르 드 모르세르** 페르낭과 메르세데스의 아들

· **당글라르** 파라옹 호의 회계였다가 나중에 파리의 은행가로 성공하여, 남작 칭호를 얻는다.

· **제라르 드 빌포르** 검사. 누아르티에 드 빌포르의 아들로, 자신의 야망 때문에 당테스가 종신형에 처하게 한다.

· **가스파르 카드루스** 에드몽 당테스의 이웃. 양복장이였다가 퐁뒤가르 여관 주인이 되지만 살인을 저지른다.

· **루이 당테스** 에드몽 당테스의 아버지

· **모렐 씨** 파라옹 호의 선주

· **막시밀리앙 모렐** 모렐 씨의 아들

· **쥘리 모렐** 모렐 씨의 딸

· **누아르티에 드 빌포르** 나폴레옹을 신봉하는 급진파

· **르네 드 생메랑** 제라르 드 빌포르의 첫번째 부인

· **발랑틴** 제라르 드 빌포르와 르네 드 생메랑 사이의 딸. 막시밀리앙 모렐을 사랑한다.

· **바르톨로메오 카발칸티** 몬테크리스토 백작이 지어낸 가공의 인물

· **베네데토** 제라르 드 빌포르의 사생아. 바르톨로메오의 아들, 안드레아 카발칸티 공작으로 행세하지만 나중에 사기꾼에다 탈옥수임이 밝혀진다.

· **엠마뉘엘 레이몽** 모렐 상사의 직원. 나중에 쥘리 모렐과 결혼한다.

· **엘로이즈** 제라르 드 빌포르의 두번째 부인
· **에두아르** 엘로이즈와 제라르 드 빌포르의 아들
· **바롱 당글라르** 당글라르의 아내
· **외제니 당글라르** 당글라르의 딸. 결혼을 거부하고 자유를 찾아 떠난다.
· **루이즈 다르미** 외제니의 성악 선생
· **카르콩트** 카드루스의 아내. 마들렌이라고 불리기도 한다.
· **프란츠 데피네** 왕당파인 케넬 장군의 아들. 알베르 드 모르세르의 친구이다.
· **보샹** 《앵파르시알》의 편집장. 알베르 드 모르세르의 친구이다.
· **라울 드 샤토 르노** 알베르 드 모르세르의 친구
· **당드레** 왕당파 경시총감
· **드 보빌** 감옥 순시관. 나중에 양육원의 수납 과장이 된다.
· **자코포** 죈아멜리 호의 선원
· **파스트리니** 로마의 호텔 주인
· **가에타노** 로마의 선원
· **쿠쿠메토** 산적 두목
· **카를리니 디아볼라치오** 쿠쿠메토의 부하
· **리타** 카를리니의 약혼녀
· **루이지 밤파** 양치기 소년. 나중에 로마의 산적이 된다.
· **테레사** 루이지 밤파의 약혼녀
· **알리 테베린** 자니나의 총독
· **바실리키** 알리 테베린의 아내
· **하이데** 알리 파샤와 바실리키의 딸로, 몬테크리스토 백작의 노예가 된다.
· **베르투치오** 몬테크리스토 백작의 집사
· **바티스탱** 몬테크리스토 백작의 시종
· **알리** 누비아 인으로 몬테크리스토 백작의 노예
· **아델몬테 신부** 시칠리아의 신부

낯선 사나이

날이 샜다. 당테스는 눈을 뜬 채로 아까부터 날이 새기를 기다리고 있었다. 햇빛이 비치자 그는 자리에서 일어나 그 전날처럼, 다시 그 섬에서 가장 높은 바위로 올라가 주위를 살펴보았다. 전날과 마찬가지로 섬에는 사람의 그림자라곤 찾아볼 수 없었다.

당테스는 바위에서 내려와 돌을 쳐들고 보석들을 주머니 속에 가득 넣었다. 그러고는 할 수 있는 대로 상자의 널빤지와 철물들을 제자리에 끼우고, 그 위를 흙으로 덮고 발로 밟아놓았다. 그리고 그 위에 모래를 뿌려 방금 헤쳐놓은 자리가 다른 지면과 구별이 되지 않도록 해놓았다. 그는 동굴을 나왔다. 그리고 포석을 먼저대로 놓고 그 위에 크고 작은 돌들을 수북이 쌓아놓았다. 돌 틈바구니에는 흙을 갖다 메우고 거기다가 도금

양과 히스를 갖다 꽂고 그 풀들이 전부터 있었던 것처럼 보이게 하기 위해 물을 뿌린 다음, 그 주위에 난 발자국을 지워버렸다. 그러고는 초조한 마음으로 동료들이 돌아오기를 기다렸다. 사실 이제는 이 몬테크리스토 섬에 남아서 마치 용이 아무 소용도 없는 보물들을 지키고 있듯이, 황금과 다이아몬드들을 지켜보며 시간을 보낼 때는 아니었다. 이제야말로 다시 사람들 틈으로 되돌아가서 이 세상에서 부(富)라고 하는, 인간이 자유로이 행동할 수 있는 최대의 힘으로 얻을 수 있는 지위며 세력이며 권력을, 사회 속에서 장악해야 할 때인 것이다.

밀수업자들은 엿새째 되는 날에 되돌아왔다. 당테스는 멀리서 항구로 죈아멜리 호가 들어오는 것을 보았다. 그는 마치 상처입은 필로크레테스(트로이 전쟁에 참전했던 유명한 그리스 전사이다——옮긴이)처럼, 항구까지 몸을 질질 끌고 갔다. 그리고 동료들이 가까이 오자 그는 여전히 신음 소리를 내면서, 다친 데가 눈에 띄게 많이 나았다고 말했다. 그 다음엔 저쪽 모험자들의 얘기를 들었다. 그들은 성공을 거두었다고 했다. 그러나 짐을 겨우 풀자마자 툴롱의 경비 보트가 항구를 떠나서 이쪽으로 오고 있다는 소리를 들었다. 그래서 쏜살같이 도망쳤던 것이다. 모두들 그때 배의 속력을 내는 데 뛰어난 솜씨를 가진 당테스가 없어서, 지휘를 못하게 된 것을 유감으로 생각했다고들 말했다. 과연 얼마 안 가서 추격해 오는 배가 나타났다. 그러나 밤이었고 또한 코르시카의 곶을 지나고 있었기 때문에 용케 도망칠 수가 있었던 것이다.

결국에 이번 항해가 아주 나빴던 것 같은 것은 아니었다. 그래서 모두들 특히 자코포는, 당테스가 함께 가지 못해서 50피아스트르나 되는 이익 배당을 받지 못하게 된 것을 섭섭하게 생각하고 있었다.

당테스는 조금도 방심을 하지 않고 있었다. 만약에 섬을 떠나 같이 갈 수 있었더라면, 자기도 받게 되었을 것이라는 이득 이야기를 들으면서도, 얼굴에 웃음 한번 띠지 않았다. 죈아멜리 호가 몬테크리스토 섬에 다시 온 것은, 순전히 자기를 데리러 온 것이었기 때문에 그는 그날 저녁으로 다시 배를 탔다. 그리고 선장을 따라 리보르노로 갔다.

리보르노에 도착하자 그는 어느 유태인 집으로 가서 조그만 다이아몬드를 하나에 5,000프랑씩 쳐서 네 개를 팔았다. 그 유태인은 일개 선원이 어떻게 그런 것들을 손에 넣었느냐고 물어볼 수도 있었을 것이다. 그러나 그는 아무것도 묻지 않았다. 왜냐하면 한 개에 천 프랑씩이나 이문이 남기 때문이었다.

이튿날 그는 새 배를 한 척 사서 그것을 자코포에게 주었다. 그리고 다시 승무원을 고용하는 데 쓰라고 100프랑을 더 얹어 주었다. 그리고 그 조건으로 마르세유에 가서 알레 드 메랑에 사는 루이 당테스라는 노인과 카탈로니아 마을에 살고 있는 메르세데스란 처녀의 소식을 알아오라고 했다.

자코포로서는 마치 꿈을 꾸고 있는 것만 같은 기분이었다. 당테스는 자기가 선원이 된 것은 실은 일시적 기분으로 가족들이 자기에게 필요한 돈을 주지 않아서 한번 해본 것이었는데, 리보르노에 와서는 자기를 유일한 상속자로 삼은 백부의 유산을 상속받게 된 것이라고 일러주었다. 당테스는 머리가 아주 비상했기 때문에 그 이야기는 마치 정말인 것처럼 들렸다. 그래서 자코포는 잠시라도 그 진실성을 의심할 수가 없었다.

한편, 쥔아멜리 호의 승무원으로서의 계약도 마침 끝나게 된 참이었다. 그래서 그는 선장에게 말하고 배에서 떠났다. 선장은 처음에는 그를 더 잡아두려고 애썼다. 그러나 그도 자코포처럼 상속 얘기를 듣고 나서는 당테스의 결심을 꺾을 생각을 그만두고 말았다.

이튿날 자코포는 마르세유를 향해서 출발했다. 당테스와는 몬테크리스토 섬에서 다시 만나기로 약속을 했다.

같은 날 당테스는 쥔아멜리 호의 승무원들에게 후한 사례를 하고 선장에게는 나중에 소식을 전하겠다는 약속을 한 후, 어디로 간단 말도 없이 떠나갔다.

당테스는 제노바로 갔다.

그가 그곳에 도착했을 때는, 마침 어떤 영국 사람이 주문한 작은 요트를 시승하고 있었다. 그 영국 사람은 제노바 사람이 지중해에서 배를 제일 잘 만든다는 소문을 듣고, 제노바에서 만든 요트를 한 척 사려던 것이었다. 그 영국 사람은 그 요트를 4만 프랑에 계약했었다. 당테스는 그 배를 그날로 내준다면 6만 프랑을 주겠다고 말했다. 영국 사람은 배가 다 될 때까지 기다리는 동안 스위스를 한바퀴 돌러 떠난 참이었다. 제노바로 돌아오려면 삼 주일 내지 한 달은 걸릴 것이다. 배 만드는 사람은 그동안에 한 척을 또 만들 수도 있으리라고 생각했다. 당테스는 그를 데리고 어떤 유대인의 가게로 가서 유대인과 함께 가게 뒷방으로 갔다. 얼마 후에 유대인은 배 주인에게 6만 프랑을 지불했다.

배 주인은 당테스에게 서비스로 승무원은 자기가 주선해 주겠다고 말했다. 그러나 당테스는 고맙지만 자기는 항상 혼자서 배를 타고 다닌다고 말하고는, 단지 한 가지 부탁할 것이 있다며 선실의 침대 머리맡에 비밀 금고를 하나 짜서, 역시 누구의 눈에도 띄지 않도록 그 속에 칸을 세 개 만들어달라고 했다. 그리고 그 금고 내부의 치수를 일러주었다. 금고는 이튿날로 만들어졌다.

두 시간 후에 당테스는 제노바 항구를 떠났다. 늘 혼자서만 배를 타고 다닌다는 이 스페인 귀족을 구경하러 나온 사람들의 호기심으로 가득한 눈길과 전송을 받으며 제노바를 떠났다.

당테스의 솜씨는 기가 막혔다. 그리고 키의 성능 또한 좋아서 배를 마음대로 움직일 수 있었다. 마치 배에도 지혜가 있어 조금만 자극을 받아도 곧 말을 알아듣는 것처럼 보였다. 당테스도 과연 제노바 사람들이 세계에서 제일 배를 잘 만든다는 말을 들을 만하다고 생각했다.

구경꾼들은 그 작은 배가 보이지 않을 때까지 열심히 배를 지켜보았다. 그러고 나선 저 배가 도대체 어디로 가느냐를 놓고 의견이 분분했다. 어떤 사람들은 그가 코르시카로 갈 것이라고 말했고, 또 어떤 사람들은 엘바 섬일 것이라고 말했다. 그가 스페인으로 갈 것이라며 내기라도 하자는 사람도 있었다. 그가 아프리카로 가는 것이라고 주장하는 사람도 있었다. 그러나 몬테크리스토 섬의 이름을 대는 사람은 아무도 없었다.

그러나 그가 가는 곳은 바로 몬테크리스토 섬이었다.

그는 이튿째 되는 날 저물녘에 그 섬에 도착하였다. 성능이 훌륭한 범선이라 섬까지 서른다섯 시간밖에 걸리지 않았다. 당테스는 해안선의 지세를 분명히 알고 있었기 때문에, 보통 드나드는 항구로 들어가지 않고 작은 만에서 닻을 내렸다.

섬에는 사람이라곤 없었다. 당테스가 떠나온 후로 이 섬에 왔던 사람은 아무도 없었던 것 같았다. 그는 보물이 있는 곳으로 갔다. 모든 것이 그가 떠나올 때와 조금도 다름이 없었다.

이튿날 그의 그 막대한 재산은 요트로 옮겨졌다. 그리고 그 비밀 금고의 세 칸에 채워졌다.

당테스는 또 일 주일을 기다렸다. 그 일 주일 동안 그는 요트를 타고 섬 주위를 돌아다녔다. 마치 마술사가 말을 살펴보듯이 그는 자기 배의 성능을 조사해 보았다. 일 주일이 끝날 무렵에는 그는 그 배의 모든 장점과 단점을 알아냈다. 당테스는 그 장점은 더욱 기능을 발휘하게 하고 단점은 고치리라고 생각했다.

일 주일째 되던 날 당테스는 조그만 배 한 척이 돛을 모조리 펄럭이며 이 섬을 향해 오는 것을 발견했다. 자코포의 배였다. 그는 자코포에게 신호를 보냈다. 그쪽에서도 이에 대답해 왔다. 두 시간 후에는 배가 요트 곁에까지 왔다.

당테스가 부탁한 일은, 두 가지가 다 슬픈 소식뿐이었다.

당테스 노인은 이미 이 세상 사람이 아니었다.

메르세데스도 어디론가 사라져버렸다는 것이었다.

당테스는 이 소식들을 침착한 얼굴로 듣고 있었다. 그러나 그는 곧 섬으로 내려갔다. 그리고 아무도 따라오지 못하게 했다.

두 시간 후 그는 다시 배로 되돌아왔다. 자코포의 배에서 두 사람이 당테스에게 도움을 주기 위해 당테스 쪽으로 건너왔다. 당테스는 뱃머리를 마르세유 쪽으로 돌리라고 명령했다. 그는 아버지의 죽음은 예측하고 있었다. 그런데 메르세데스는 도대체 어떻게 되었을까?

자기 비밀을 털어놓지 않고서는 경찰에게 충분한 정보를 줄 수가 없었다. 그뿐만 아니라 그는 그밖에도 궁금하게 생각되는 이들이 더러 있었다. 그러나 그러기 위해서는 자기 혼자 힘으로 알아내는 수밖에 없었다. 그는 리보르노에서 거울을 들여다 보았을 때, 자기 얼굴을 누가 알아볼 위험은 없다는 것을 깨달았다. 더군다나 지금은 여러 가지 변장 방법을 써서 자기 마음 대로 모습을 꾸밀 수가 있었다. 그리하여 어느 날 아침 그의 요트는 조그만 보트를 뒤에 데리고 용감하게 마르세유 항에 들어가서, 기억 속의 그 치명적인 밤, 이프 섬으로 끌려가던 배에 탔던 바로 그 자리에다 닻을 내렸다.

헌병 한 사람이 검역선을 타고 자기 쪽으로 오는 것을 보자, 그는 섬뜩해지지 않을 수가 없었다. 그러나 그는 곧 자신감을 가지고 리보르노에서 산, 영국인 여권을 내보였다. 그리고 프랑스에서는 본국 안에서의 여행증 이상으로 존중을 받는 이 외국인의 여권에 의해서 그는 무사히 상륙할 수가 있었다.

카느비에르에 발을 디딘 당테스의 눈에 제일 먼저 띈 것은, 파라옹 호의 어느 선원이었다. 그는 전에 그의 밑에서 일하던 사람으로 마치 당테스에게 그가 얼마나 변해 있는가를 확인시켜 주기 위해서 거기 나타나 있기라도 한 것 같았다. 당테스는 곧장 그 사나이에게로 가서 몇 마디 이것저것 물어보았다. 그러나 그쪽의 말투나 표정으로 보아 이렇게 자기에게 말을 걸고 있는 사람이 전에 본 일이 있는 사람이 아닌가 하는 눈치가 전혀 보이지 않았다.

당테스는 여러 가지 것들을 자기에게 알려준 사례로 그 선원에게 돈을 주었다. 그랬더니 잠시 후에 그 사나이가 자기 뒤를 쫓아오고 있는 소리가 들렸다.
 당테스가 뒤를 돌아보았다.
「잠깐만」 하고 그 선원은 말했다. 「아마 돈을 잘못 주신 모양인데요. 40수를 주실 생각이었을 텐데, 이건 40프랑입니다」
「딴은 그렇군요」 하고 당테스가 말했다. 「내가 잘못 드린 거로군요. 그러나 당신이 그렇게 정직하니 상을 받아야겠습니다. 자, 내 한 닢 더 드릴 테니 이걸로 친구들과 내 건강을 위해서 한잔 드시구려」
 선원은 눈이 휘둥그레져서 고맙다는 말도 잊어버리고 당테스를 쳐다보았다. 그리고 그가 사라져가는 모습을 보며 이렇게 중얼거렸다.
「아마 인도에서 온 부호인가 보군」
 당테스는 계속해서 앞으로 갔다. 한 발자국 한 발자국 내디딜 때마다, 가슴이 새로운 감동으로 뿌듯해 왔다. 유년 시절의 갖가지 추억, 가슴속에 영원히 살아남아 지울 수 없는 추억들이 광장 구석구석 거리 구석구석마다 그리고 네거리의 주차장마다 떠올랐다. 노아유 거리의 어귀에 와서 알레 드 메랑을 바라보았을 때엔, 그는 무릎이 탁 꺾이는 것 같아 하마터면 차바퀴 밑에 깔릴 뻔했다. 이윽고 그는 아버지가 살던 집까지 왔다. 일찍이 아버지의 손으로 그처럼 정성스레 다락방에 올려두었던 쥐방울꽃이며 한련화들도 보이지 않았다.
 그는 나무에 몸을 기댔다. 그리고 잠시 동안 그 초라한 작은 집의 제일 꼭대기 층계를 바라보며 깊은 생각에 잠겨 있었다. 마침내 그는 문앞으로 다가가서 문지방을 넘어섰다. 그리고 혹 빈 방이 없겠느냐고 물었다. 누가 안에 있더라도 좋으니, 6층의 방을 보게 해달라고 한참을 졸랐다. 결국 문지기가 위로 올라가, 어떤 외국인의 청이니 지금 살고 있는 사람들에게 그 6층의 방 두 개를 보여달라고 부탁했다. 그 작은 방에 살고 있는 사람은 이제 겨우 결혼한 지 일 주일밖에 안 되는 젊은 부부였다.

그 두 젊은이들을 보면서 당테스는 깊은 한숨을 내쉬었다.

그러나 그 방에는 아버지가 살던 때를 생각나게 하는 것이라곤 아무것도 남아 있지 않았다. 벽지까지도 달라져 버렸다. 옛날의 헌 가구들도, 당테스의 어린 시절 친구로서 그 세세한 부분까지도 기억 속에 뚜렷이 남아 있는 가구들도 모조리 사라지고 없었다. 전과 똑같은 것이라곤 벽뿐이었다.

당테스는 침대 쪽으로 돌아섰다. 침대는 전에 아버지가 살아 계시던 때와 똑같은 장소에 있었다. 당테스는 자기도 모르는 사이에 눈에 눈물이 글썽해졌다. 노인께서 아들 이름을 부르며 숨을 거둔 것도 바로 저 자리였을 것이다.

젊은 부부는, 이 준엄한 얼굴을 한 남자가 눈살 하나 찌푸리지 않고 두 뺨에 굵다란 눈물을 뚝뚝 흘리는 것을 보고 깜짝 놀랐다. 그러나 모든 번민은 저마다 자기대로의 신성한 이유가 있는 법이기 때문에 그 젊은이들은 이 낯선 사람에게 아무것도 묻지 않기로 했다. 그들은 뒤로 물러나서, 그 사람이 실컷 울도록 내버려 두었다. 당테스가 물러가려고 하자 그들은 그를 전송하면서, 어느 때고 오고 싶을 때 다시 찾아오면 이 초라한 집에선 언제든지 환영하겠다고 말했다.

아래로 한 층을 내려오다가 당테스는 또 다른 어느 문 앞에 멈추어, 옛날의 양복상인 카드루스가 아직도 그곳에 살고 있느냐고 물어 보았다. 문지기 말에 의하면, 그 사람은 사업에 실패해서, 지금은 벨가르드에서 보케르로 가는 한길가에 조그만 주막을 차리고 있다는 것이었다.

당테스는 아래층으로 내려와 이 알레 드 베랑 가(家)의 주인의 주소를 물었다. 그리고 그곳에 가서, 자기는 윌모어 경(그것이 그의 여권에 적혀 있는 성명과 칭호였다)이라는 사람이라고 말하고 이 작은 집을 2만 5,000프랑에 샀다. 그것은 시가보다 적어도 만 프랑은 비싼 값이었다. 그러나 당테스는 그 집값이 설령 50만 프랑이었다 하더라도 그 값을 치렀을 것이다.

그날로 6층의 젊은 부부는 계약에 관계했던 공증인의 입에서, 이번 새 주인이 집세는 더 안 내도 좋으니 이 집에서 마음대로 원하는 방을 고르고, 그 대신 지금 살고 있는 두 방을 내달라고 했다는 얘기를 들었다.

이 이상한 사건은 알레 드 메랑에 살고 있는 사람들에게 일주일 동안이나 큰 화제가 되었다. 여러 가지 추측이 떠돌았으나, 그중에서 정확하게 들어맞는 얘기는 하나도 없었다.

그러나 특히 그들의 머리를 어지럽게 하고, 그들의 마음을 뒤흔들어 놓은 것은, 낮에 알레 드 메랑에 들어왔던 바로 그 사람이 그날 저녁 카탈로니아 마을을 산책하는 것을 보았다는 사실과, 그리고 어느 초라한 어부의 집으로 들어가 그곳에 한 시간 이상이나 머물면서, 지금은 죽고 없는 사람들이나 벌써 십오륙 년 전에 떠나가 버린 사람들 얘기를 이것저것 물어보더라는 일이었다.

그 이튿날 그가 찾아가서 여러 가지 일을 물어 보았던 집들은 선물로 끌그물 두 개와 트롤 망이 딸린 카탈로니아 식의 새

배를 한 척씩 선사받았다.

　정직한 그 사람들은, 그들에게 이것저것 물어보던 그 마음 후한 손님에게 감사를 드리고 싶었다. 그러나 그들의 집에서 나간 그는 선원에게 무엇인가 명령을 하더니, 말을 타고 엑스 문을 지나 마르세유에서 떠나가 버렸다.

퐁뒤가르의 주막

나처럼 프랑스의 남부 지방을 걸어서 돌아다녀 본 사람이면, 벨가르드와 보케르 사이에 촌과 도시의 거의 중간쯤 되는 곳이긴 하나, 벨가르드보다는 보케르에 더 가까운 곳에 자그마한 주막이 하나 있는 것을 알고 있을 것이다. 그 집에는 조금만 바람이 불어도 삐걱거리는 생철판에다 〈퐁뒤가르〉란 초라한 간판이 하나 매달려 있었다.

그 작은 주막은 론 강의 흐름을 따라 길 왼쪽에 자리잡고 강을 등지고 있었다. 주막에는 랑그독에서 소위 정원이라고 부르는 것이 붙어 있었다. 다시 말하면 길손들이 들어오는 문 반대쪽에 울이 쳐져 있었다. 거기에는 잘 자라지 못한 올리브 나무 몇 그루와 먼지로 잎사귀가 뽀얗게 된 야생 무화과 나무가 몇 그루 있었다. 그 사이사이에 야채라고 해서 마늘이며 고추며

염교가 자라고 있었다. 한쪽 귀퉁이에는 마치 잊혀진 파수병처럼 커다란 파라솔 형의 소나무 한 그루가 쓸쓸하게 그 휘청거리는 가지를 뻗고 있었고, 부채처럼 활짝 펼쳐진 나무 꼭대기는 삼십 도의 태양 밑에서 삐걱삐걱 소리를 내고 있었다.

 그 나무들은 크건 작건 간에 모두가 북풍이 부는 방향으로 자연히 쏠려 있었다. 북풍은 이 지방의 삼대 재난 중의 하나였다. 다른 두 가지 재난이란, 아는 사람도 있고 모르는 사람도 있겠지만, 저 뒤랑스 강(론 강의 지류로 자주 물이 넘친다──옮긴이)과 주 회의(州會議)였다.

 여기저기 마치 커다란 먼지의 호수와도 같이 보이는 부근 일대의 평원에는, 군데군데 참밀 줄기가 자라고 있었다. 그것은 그 지방 원예가들이 재미로 심어 기르는 것처럼 보였으며, 그 줄기 하나하나가 아무도 없는 이곳에서 길을 잃은 길손들의 뒤를 쫓아 날카롭고도 단조로운 노래를 불러주는 매미들의 홰의 구실을 하고 있었다.

 근 칠팔 년 전부터 이 작은 주막은 한 부부의 손으로 운영되어 왔다. 고용인이라고는 트리네트라는 하녀 하나와 파코라는 이름의 외양간지기 소년이 하나 있을 뿐이었다. 보케르에서 에그모르트까지 운하가 생긴 이후로 운송은 당당하게 배로 대치되었으며, 작은 승합마차도 대형 역마차로 바뀌게 되어 손님 접대는 이들로 충분했다.

 운하는, 그 운하가 생긴 탓에 몰락하게 된 이 불운한 주막 주인의 슬픔을 한층 더 돋우어주려는 듯이, 운하에 물을 대주는 론 강과 운하 때문에 통행인이 없어지게 된 한길 사이를, 방금 짤막하나마 충실히 묘사했던 그 주막에서 한 백 보쯤 떨어진 곳을 통과하고 있었다.
 이 작은 주막을 경영하고 있는 주인이라는 사람은, 나이가 마흔에서 마흔다섯쯤 된 남자였다. 키가 크고 수척한 모습, 신경질적으로 보이는 움푹 팬 번쩍거리는 눈, 매부리코, 그리고 육식 동물을 연상시키는 흰 이빨까지 모두가 전형적인 남부 지방 사람의 풍모였다. 늘그막에 들어섰건만 그의 머리는 여태 희어질 채비도 않고 뺨 언저리에 수북한 수염과 함께 숱이 많고 굽슬굽슬한 것이, 새치만 몇 가닥 있을 뿐이었다. 햇볕에 자연스레 그을은 그의 얼굴은 늘 아침부터 저녁까지 문지방에 서서, 혹시 손님이 마차나 도보로 주막을 향해 오지 않나 내다보는 습관이 붙어, 탄 얼굴 위로 거무죽죽한 층이 한 겹 더 덮여 있었다. 그러나 그렇게 기다려도 대부분 허탕을 치게 마련이었다. 그렇게 기다리는 동안에 그는 타는 듯한 햇볕을 막기 위한 방법으로, 스페인 노새몰이꾼들이 하는 식으로 붉은 손수건으로 머리를 동여매는 것이 고작이었다. 이 사나이가 바로 우리가 벌써부터 잘 알고 있는 가스파르 카드루스였다.
 그와 반대로 그의 아내는 처녀 때 이름으로 마들렌 라델이라고 불리고 있었는데, 얼굴빛이 창백하고 빼빼 마른 병약한 여자였다. 아를 부근에서 태어난 그녀는, 그 고장 사람들에게 전해 내려오는 전통적인 미모를 지니고 있으면서도, 한편으로는 에그모르트 연못이나 카마르그 지방 늪지 부근에 사는 사람들이 쉽게 걸리는 저 음성(陰性)적인 열병이 거의 그치지 않고 발병하는 사이에, 얼굴빛이 점점 쇠해 가고 있었다. 그녀는 2층 자기 방 구석에서 안락의자에 눕기도 하다가 때로는 침대에 등을 기대고서, 거의 언제나 몸을 후들후들 떨며 앉아만 있었다. 그러는 사이에 그녀의 남편은 여느 때나 마찬가지로 문틈으로 망을 보고 있었다. 오히려 그는 망 보는 일을 좋아해서 늦도록 시간을 끌기까지 했다. 왜냐하면 까다로운 아내와 마주 서면 그녀가 번번이 운명에 대해 끊임없이 불평을 늘어놓는 바람에, 그만 성가셔져서 자리에서 일어서지 않을 수가 없기 때문이었다. 아내가 그렇게 불평을 할 때면 그는 유식한 소리로 이렇게 대답하는 것이었다.

「그만둬, 카르콩트! 그것도 다 하느님 뜻이니 말야」

이 이름은 마들렌 라델이 살롱과 랑베스크 사이에 있는 카르콩트라는 마을에서 태어났다는 데서 생긴 것이었다. 대부분의 경우, 사람을 부를 때엔 본명 대신에 별명으로 부르는 이 지방의 풍습에 따라 그녀의 남편도 그의 거친 말씨로는 너무나 부드럽고 발음이 좋은 마들렌이라는 이름 대신에 그런 이름으로 부르기로 했던 것이다.

그러나 이러한 하느님의 뜻에 대해 겉으로는 체념한 것같이 말을 하면서도, 이 주막 주인이 그 보케르 운하 때문에 자기가 비참한 꼴이 되었다는 것을 절실하게 느끼지 못하는 것은 아니었다. 또한 아내가 늘 성가시게 늘어놓는 그 끊임없는 푸념에 대해서 그가 불사신이기라도 한 것처럼 생각해서도 안 된다. 그는 원래가 다른 모든 남프랑스 태생들과 마찬가지로, 인간됨이 수수하고 대단한 욕망도 없었으나 겉치레를 좋아하는 사람이었다. 그래서 한창 잘살 때에는 소의 낙인제(烙印祭)라든가, 타라스크 행렬 같은 데에 한번도 빠진 예가 없었다. 그는 늘 카르콩트와 함께, 자기는 카탈로니아와 안달루시아 풍의 남프랑스 남자들의 화려한 옷을 입고, 아내는 그리스나 아라비아에서 온 듯한 아를 여자들의 아름다운 옷을 입고 나타났었다. 그러나 그러는 사이에 차츰 시곗줄, 목걸이, 오색찬란한 허리띠, 수놓은 블라우스, 비로드 상의, 우아한 테를 두른 양말, 울긋불긋한 각반, 은 고리를 단 구두들이 하나하나 없어졌다. 결국 가스파르 카드루스는 지난날과 같은 호기를 보일 수가 없게 되자, 아내와 함께 모든 세속적인 화려한 생활을 단념하고, 다만 그 즐거운 듯한 소리들이 이 초라한 주막에까지 울려오는 것을 쓸쓸하게 가슴을 태우며 듣는 도리밖엔 없게 되었다. 그는 이 주막으로 한몫을 챙기려 하기보다는, 그저 하나의 피난소로서 계속 지켜 나갈 수 있기를 바랐다.

카드루스는 늘 하는 버릇대로, 아침 나절 동안 문 앞에 앉아 지금 암탉 몇 마리가 모이를 쪼고 있는 닳아빠진 조그만 잔디밭에서, 한쪽은 남으로 또 한 갈래는 북쪽으로 빠져나간, 사람 그림자라곤 없는 길 양끝을 향해 쓸쓸한 눈길을 이리저리 돌리고 있었다. 그러자 갑자기 아내가 날카로운 소리를 지르는 바람에 그는 자리를 떴다. 그는 투덜투덜하며 안으로 들어가 2층으로 올라갔다. 그러면서도 문을 활짝 연 채로 두었다. 마치 지나가는 길손들에게 잊지 말고 들어와 달라는 청이라도 하듯이.

카드루스가 안으로 들어왔을 때는, 앞서 말한 그 큰길, 그가 내다보고 있던 그 큰길이 마치 한낮의 사막처럼 사람 하나 지나가지 않는 채 텅 비어 있었다. 길은 메마른 양옆 가로수 사이로 하얗게 무한히 뻗어 있었다. 시간을 마음대로 정해서 자유로이 여행하는 사람이라면, 아무도 이 무시무시한 사하라 사막에다 발을 들여놓으려 들지 않을 것은 뻔한 일이었다. 제자리에 그대로 남아 있었더라면, 벨가르드 쪽에서 한 사람의 기수와 말 한 필이, 말 탄 사람과 말이 제대로 만난 듯 정중하고도 친밀한 걸음걸이로 이쪽을 향해 나타난 것을 보았을 것이다. 그 말은 거세당한 말로, 유쾌한 듯이 준 속보로 걸어오고 있었다. 말을 탄 사람은 신부였다. 그는 마침 정오가 되어 햇볕이 뜨거운데도, 검은 옷을 입고 머리에는 세모꼴의 모자를 쓰고 있었다. 말과 사람은 둘이 다 상당히 빠른 걸음으로 걸어오고 있었다.

문 앞에 이르자 그들은 발을 멈추었다. 말이 사람의 말을 멎게 했는지 사람이 말의 걸음을 멈추게 했는지, 분명히 구별되지 않았다. 그러나 어쨌든 간에, 그 사람은 말에서 내려, 말고삐를 끌고, 지금은 깨어져서 돌쩌귀밖엔 남지 않은 덧문의 고리에 말을 붙들어 맸다. 그리고 난 신부는 붉은 무명 수건으로 이마에 흐르는 땀을 닦으며 문 앞으로 다가갔다. 신부는 손에 들고 있던, 쇠로 물미를 맞춘 지팡이 끝으로 세 번 문지방을 쳤다.

그러자 곧 시커멓고 커다란 개 한 마리가 벌떡 일어섰다. 그리고 날카로운 흰 이빨을 드러내고 멍멍 짖으며 앞으로 달려왔다. 이 적의를 품은 개의 두 가지 행동으로 보아, 이 개가 별로 사람들 손에 길들지 않았다는 사실을 알 수가 있었다.

이윽고 무거운 발소리가 벽을 따라 올라간 나무 층계를 흔들어놓았다. 그 계단으로 이 주막 주인이 몸을 굽히고 예의바른 미소를 띤 채 내려오자 신부가 문 앞에 서 있었다.

「어서 오십시오!」 카드루스는 놀라서 이렇게 말했다.

「어서 오십시오! 가만히 있지 못해? 마르고탱! 무서워하실 것 없습니다. 개가 짖기만 하지 물진 않습니다. 포도주를 드릴 깝쇼? 날씨가 빌어먹을 정도로 뜨겁군요…… 아, 실례했습니다」 카드루스는 지금 온 손님이 어떤 종류의 사람인가를 깨닫고 말을 뚝 그쳤다. 「실례했습니다. 손님이 누구신지 채 몰라 뵙고 그만. 뭘 드실 건가요? 신부님, 뭐가 필요하십니까? 뭐든지 말씀만 해주십시오」

신부는 이상하리만큼 주의를 기울여 이삼 초 동안 그 사나이의 얼굴을 지켜보았다. 그것은 마치 자기 쪽에서 주막 주인의 주의를 끌려는 것처럼 보였다. 그러나 주막 주인의 얼굴에는 상대방이 아무 대답도 하지 않는 것에 깜짝 놀란 것 외엔 다른 표정이라고는 없었다. 신부는 그것을 깨닫자 놀라게 해주는 것도 이젠 이쯤해 두어야겠다고 생각하고, 아주 분명한 이탈리아 식 억양으로 이렇게 말했다.

「당신은 카드루스 씨가 아니시오?」

「그렇습니다」 아까 잠자코 있던 때보다도 이 질문에 한층 더 놀란 듯한 주막 주인이 대답했다.

「그렇습니다. 제가 바로 가스파르 카드루스입니다」

「가스파르 카드루스…… 그렇지, 그게 바로 댁의 이름과 성이군요. 댁에선 전에 알레 드 메랑에 살지 않았었나요? 5층에?」

「네, 맞습니다」

「거기선 양복상을 하셨었지요?」

「그렇습니다. 그런데 장사가 잘 안 돼서요. 마르세유라는 놈의 데는 너무 더워서 앞으론 제 생각 같아선 옷 같은 건 입지 않게 될 겁니다. 그런데 더위 얘기가 나왔으니 말이지, 어떻습니까? 신부님, 뭐 시원한 거라도 드실까요?」

「그렇군요. 어디 댁에서 제일 좋은 포도주 한 병 마셔봅시다. 그리고 괜찮으시다면 마시고 나서 하던 얘기도 계속해 보십시다」

「알겠습니다. 신부님」 하고 카드루스는 말했다.

그리고 이 기회를 놓치지 않고 남아 있던 카오르 포도주 한 병을 내놓으려고, 카드루스는 급히 객실과 부엌 겸용으로 쓰는 아래층 방 마루로 드나들게 된 문을 열었다.

오 분 후에 그가 다시 나타났을 때, 신부는 걸상에 앉아서 긴 테이블 위에 팔꿈치를 괴고 있었다. 한편 마르고탱은 보통 때와는 달리 이 이상한 길손이 무엇인가 먹으려는 것을 알고는, 피곤해 보이는 눈으로 허벅다리 위에 그 앙상한 모가지를 죽 뻗고 있었다.

「혼자 계시오?」 신부는 자기 앞에 포도주 병과 잔을 갖다 놓는 주막 주인에게 물었다

「네, 저, 그렇습니다. 혼자나 다름이 없습지요, 신부님. 실은 안사람이 있긴 하지만, 아무것도 도와주질 못하는 형편이니까요. 그 카르콩트는 밤낮 아프기만 하지요」

「아, 그럼 결혼을 하셨구려」 하고 신부는 일종의 흥미를 느끼는 듯이 말했다. 그리고 이 가난한 살림의 초라한 가구들의 값을 계산해 보는 듯한 눈으로 주위를 둘러보았다.

「가난 꼴이 박혔습지요, 신부님?」 카드루스가 한숨을 쉬며 말했다. 「하지만 할 수 있습니까? 이 세상에서 잘 살려면 정직만 가지곤 안 되는걸요」

신부는 꿰뚫는 듯한 눈으로 그를 응시했다.

「그렇습지요. 정직이라는 점에선, 저도 그것만은 자랑할 수가 있습니다만」 주인은 신부의 시선을 받으면서 손을 가슴에 얹고 고개를 아래위로 끄떡거리며 말했다.「하지만, 요즘 세상에선 누구나 그런 말은 못할 겝니다」

「당신이 자랑을 하고 있는 게 정말이라면, 그건 참 다행스런 일입니다」 하고 신부가 말했다.「왜냐하면 조만간에 정직한 사람은 상을 받을 것이요, 나쁜 사람은 벌을 받으리라는 확신이 내겐 있으니 말이오」

「그건 신부님이 직업상 그렇게 말씀을 하시는 거지요. 신부님, 그렇게 말씀하시는 게 신부님의 직업이니까요」

카드루스는 쓰디쓴 표정으로 이렇게 말했다.「하지만, 그 말씀을 믿고 안 믿고는 사람 나름이지요」

「그렇게 얘기하면 안 되지요」 신부가 말했다.「왜냐하면 나 자신이 조금만 있으면 지금 내가 한 말의 증거를 보여주게 될는지도 모르니까 말이오」

「그게 무슨 말씀이십니까?」 카드루스는 놀란 표정으로 물었다.

「우선 나는 당신이 내가 지금 찾고 있는 사람인지 아닌지를 확인해야겠소」

「어떤 증거가 필요하신데요?」

「당신은 1814년인가 1815년에, 당테스라는 선원을 알고 있었소?」

「당테스라니요! …… 알고말고요. 그 가엾은 에드몽은 저하고 가장 친한 친구 중의 하나였는걸요」 하고 카드루스가 외쳤다. 그의 얼굴은 보랏빛에서 갑자기 새빨간 빛으로 변했다. 한편 신부의 맑고 침착한 눈은 커다랗게 열려서 지금 질문을 하고 있는 상대방을 완전히 덮어 씌울 것 같았다.

「그렇소, 분명히 에드몽이라고 그랬던 것 같소」

「그 녀석이 에드몽이라는 건, 제 이름이 가스파르 카드루스라는 것만큼이나 확실한 일입니다. 그런데 신부님, 그 불쌍한 에드몽이 어떻게 됐습니까?」 하고 주인은 계속해서 물었다. 「그 사람을 아시나요? 아직 살아 있습니까? 이젠 풀려 나왔나요? 지금은 잘 살고 있습니까?」

「감옥에서 죽었소. 툴롱 감옥에서 발에 쇳덩이를 매달고 다니는 징역수들보다도 더 절망적으로 더 비참하게 죽었소」

아까까지 새빨갛던 카드루스의 얼굴이 무서울 만큼 새파랗게 변해 버렸다.

주막 주인은 고개를 돌렸다. 신부는 그가 모자 대신에 쓰고 있던 붉은 수건 끝으로 눈물을 닦는 것을 보았다.

「가엾어라!」 하고 카드루스가 중얼거렸다. 「그것 보세요. 제가 아까 말씀드린 얘기가 이렇게 증명이 되지 않습니까? 하느님께선 나쁜 놈들한테만 친절하단 말예요. 아!」 하고 카드루스는 남프랑스 사람의 독특한 말투로 계속해서 말했다. 「세상은 점점 더 망조만 들어가는군요. 그저 하늘에서 이틀 동안만 화약을 내리시고, 한 시간만 불을 뿜어 내리면 좋으련만!」

「그 사람을 진심으로 좋아하는 것 같구려?」 하고 신부가 물었다.

「네, 좋아했습니다」 카드루스가 대답했다. 「다만 한때 그 사람의 행복을 시기했던 일이 있었습니다만, 그후부턴, 맹세하겠습니다만, 그의 불운을 늘 딱하게 생각해 왔습지요」
 잠시 동안 침묵이 흘렀다. 그동안에 그를 지켜보고 있던 신부의 눈은 끊임없이 주인의 얼굴의 변화를 보고 있었다.
 「그런데 신부님은 그 사람을 알고 계신가요?」 카드루스가 말을 이었다.
 「나는 종교상의 마지막 구원을 주기 위해, 그 사람의 임종의 머리맡에 불려갔었소」 하고 신부는 대답했다.
 「그런데 어째서 죽었을까요?」 카드루스는 목멘소리로 물었다.
 「서른밖에 안 된 사람이 옥사를 했다면, 그야 감옥이 사람을 죽인 게 아니면 뭐겠소?」
 카드루스는 이마에 흐르는 땀을 닦았다.
 「그런데 이상한 일이 하나 있소」 신부가 말을 이었다.
 「그건 뭔고 하니 그 당테스가 숨을 거둘 때 그리스도의 발에 입맞추면서, 그리스도 상에 맹세코 자기는 도대체 어째서 잡혀 들어왔는지를 도무지 모르겠다는 거요」
 「그럴 겁니다, 그럴 거예요」 카드루스가 중얼거렸다.
 「그 사람이야 그걸 알 도리가 없습지요. 신부님, 그 사람 말은 거짓말이 아닙니다」
 「그래서 그 사람은 자기 힘으론 도저히 밝힐 수가 없었던 자기 불행의 원인을 나한테 좀 밝혀달라면서, 자기에 대한 세상 사람들의 기억이 더럽혀져 있기라도 하다면, 그 누명을 씻어달라는 부탁을 합디다」 이렇게 말하면서 카드루스를 점점 더 뚫어지게 응시하고 있던 그는, 카드루스의 얼굴 위에 나타난 몹시 침통한 표정을 삼킬 듯이 바라보았다. 「그 사람처럼 불행하게 되었던 어느 돈 많은 영국 사람으로」하고 신부는 말을 계속했다.「두번째 왕정복고 때 출옥한 사람이 있는데, 그는 굉장히 비싼 다이아몬드를 하나 가지고 있었소. 그 사람은 감옥에서 나올 때, 전에 감옥에서 자기가 병이 난 것을, 당테스가 마치 친형제처럼 간호해 주었다는 데 대한 사례로 그 다이아몬드를 당테스에게 남겨주고 갔다오. 당테스는 그걸 간수들을 유혹하는 데 쓰지 않고, 원래 간수들이란 받아 먹기만 하고 그 다음에는 모르는 체하는 법이지만, 어쨌든 그 보석을 자기가 감옥에서 나갈 때를 생각해서 소중하게 간직하고 있었다는 구려. 왜냐하면 감옥에서 나갈 경우, 그 다이아몬드 하나만 팔면 그걸로 충분히 살아갈 수가 있을 테니까 말이오」

「아니 그럼, 지금 말씀하신 대로」카드루스는 불타는 듯한 눈으로 물었다.「그게 그렇게 값이 많이 나가는 다이아몬드였던가요?」

「만사가 다 생각 나름이지」신부가 말을 이었다.「에드몽에겐 그게 굉장한 가치가 있었던 거요. 그 다이아몬드는 5만 프랑은 되는 것이었으니까」

「5만 프랑요?」카드루스가 말했다.「그럼, 크기가 호두알만 하겠네요」

「아니, 그렇게까지 크진 않소」신부가 말했다.「직접 눈으로 보면 알 거요. 지금 내가 가지고 있으니」

카드루스는 신부복 밑으로 지금 말한 그 부탁받은 보물을 찾는 것 같았다. 신부는 주머니에서 까만 상어 가죽으로 된 조그만 상자를 꺼내서 그것을 열고 눈이 휘둥그레진 카드루스의 눈앞에 아름답게 세공을 한 반지 위에 박힌 반짝반짝하는 훌륭한 다이아몬드를 내 보였다.

「그럼, 이게 5만 프랑이나 나간다는 겁니까?」

「테는 빼고 그렇소. 테는 테대로 상당한 값이 나가는 거요」 하고 신부가 말했다. 그러고 나서 그는 보석 상자 뚜껑을 도로 닫았다. 그리고 그 보석을 다시 주머니 속에 넣었다. 그러나 카드루스의 마음속에서는 그 다이아몬드가 아직도 머릿속에서 번쩍이고 있었다.

「그런데 신부님께선 또 어떡해서 그 다이아몬드를 손에 넣게 되셨나요?」 카드루스가 물었다. 「에드몽이 신부님께 상속을 했나요?」

「아니오, 나는 그 사람의 유언 집행인이 된 거요. 그 사람은 내게 이렇게 말했소. 〈제게는 세 사람의 친구와 약혼녀가 하나 있었습니다. 그 네 사람은 분명 내 불행을 슬퍼하고 괴로워해 줄 겁니다. 그 세 친구 중의 하나가 카드루스라는 사람입니다.〉」

카드루스는 몸을 떨었다.

「〈그리고 또 하나는〉」 신부는 마치 카드루스의 감격을 눈치채지 못한 듯이 말을 이었다. 「〈또 하나는, 당글라르라는 사람이고, 세번째 친구는〉 그는 또 이렇게 덧붙여 말했소. 〈내 연적이긴 했지만, 역시 나를 좋아했습니다.〉」

악의에 찬 미소가 카드루스의 얼굴에 빛났다. 그는 신부의 말을 막으려 했다.

「가만 계시오」 신부가 말했다. 「얘길 마저 끝내야겠어요. 혹시 내게 일러줄 말이 있거든, 조금만 있다가 하시구려. 〈세번째 친구는 내 연적이긴 했지만, 역시 나를 좋아했습니다. 그 사람은 페르낭이라는 사람입니다. 그리고, 약혼녀는, 약혼녀의 이름은……〉 그 약혼녀 이름은 내가 잊어버렸는데」 신부가 말했다.

「메르세데스지요」 카드루스가 말했다.

「아, 참, 그런 이름이었어」 신부는 한숨을 삼키며 말했다. 「메르세데스였어」

「그래서요?」 카드루스가 물었다.

「나, 물 좀 주시오」 신부가 말했다.

카드루스는 급히 그의 말에 따랐다.

신부는 물을 한 컵 따라서 그것을 몇 모금인가 들이마셨다.

「어디까지 얘길 했더라?」 신부는 컵을 테이블 위에 내려놓으며 물었다.

「약혼녀 이름이 메르세데스라는 데까지 하셨지요」

「응, 참 그렇군. 〈마르세유엘 가시거든……〉 이것도 당테스가 한 말이오. 알아듣겠소?」

「알아듣고말고요」

「〈이 다이아몬드를 파십시오. 그리고 그것을 다섯 몫으로 나누어 이 세상에서 저를 사랑해 준 다섯 사람의 친구들에게 나누어주십시오〉」

「아니 다섯 몫이라뇨?」 카드루스가 말했다. 「네 사람 이름밖에 안 대셨는데요?」

「다섯번째 사람은, 알아보았더니, 벌써 이 세상을 떠났다니 말이오…… 그 다섯번째 사람이란, 바로 당테스의 아버지요」

「아, 그렇군요!」 카드루스는 가슴속에서 서로 부딪히는 감정에 격한 듯이 말했다. 「아, 그렇습니다. 가엾게도, 그분은 세상을 떠나셨습지요」
 「난 그 사실을 마르세유에서 들었소」 신부는 아무렇지도 않은 듯이 보이려고 애를 쓰면서 대답했다. 「그러나 돌아가신 지가 하도 오래돼 놔서, 자세한 건 알 길이 없었죠…… 당신은 그 노인이 돌아가실 때의 일에 대해 혹 알고 있는 게 없소?」
 「아!」 카드루스가 말했다. 「그 일이야, 저보다도 더 잘 아는 사람은 없을 겝니다…… 저하고 그 노인네하고는 이웃하며 지냈었으니까요…… 아, 그러니까, 아들이 없어지고 난 지 일 년 만에 돌아가셨지요. 불쌍한 노인이었습죠」
 「무슨 병으로 죽었나요?」
 「의사들은 그 병을 뭐라고 그랬더라…… 위장 카다르라고 그랬던 것 같아요. 그러나 노인을 알고 있던 사람들 말로는 속을 태우다가, 화병으로 돌아가셨다고들 그러지요…… 그러나 그 노인이 죽는 걸 죄다 봤다고 할 수 있는 저로서는, 노인은……」 하고 카드루스는 말을 끊었다.
 「어째서 죽었나요?」 신부는 불안스럽게 물었다.
 「그렇습죠, 굶어죽은 겁니다!」
 「굶어죽다니!」 신부는 걸상에서 벌떡 일어서며 소리쳤다. 「굶어죽다니! 아무리 비천한 동물이라도 굶어죽지는 않는데! 길거리를 돌아다니는 개들도, 마음씨 착한 사람이 빵이라도 한 쪽 던져줘서 얻어먹게 마련인데. 아니 그래, 기독교 신자인 인간이, 자칭 기독교인이라는 사람들 틈에서 굶어죽다니! 그럴 수는 없소! 오, 그럴 수는 없고 말고!」
 「전 그냥 아무 뜻 없이 말씀드린 건데요」 카드루스가 말을 계속했다.

「무슨 얘길 하시는 거예요」 계단 쪽에서 소리가 났다. 「당신 왜 그런 쓸데없는 소리는 하는 거죠?」

두 사람이 다 고개를 돌려보았다. 계단 난간 기둥 사이로 카르콩트의 병든 얼굴이 보였다. 그녀는 거기까지 몸을 끌고 나와서, 제일 꼭대기 계단에 앉아 무릎 위에 얼굴을 올려놓고 그들의 얘기를 듣고 있었던 것이다.

「내가 무슨 쓸데없는 소릴 했단 말야?」 카드루스가 물었다. 「손님께서 여러 가지 얘길 물으시니 대접을 하기 해서라도 다 말씀드려야 하지 않아?」

「그건 알아요. 그렇지만 신중히 생각을 좀 해서 말씀을 드린다면, 그런 말은 하지 말아야지. 어떤 생각으로 당신한테 얘길 시키시는지도 모르지 않아요? 바보같이」

「좋은 뜻에서 하는 겁니다. 부인, 안심하세요」 신부가 말했다. 「주인 양반은 하나도 겁을 낼 필요가 없습니다. 그저 솔직하게만 얘길 해주시면 되는 거예요」

「겁을 낼 필요가 없다고요? 으레 처음에는 그런 말로 시작을 하지요. 겁을 낼 필요가 하나도 없다고 해서 안심을 시켜놓고는, 약속 같은 건 언제 했냐는 듯이 모르는 체해 버리잖아요. 그래 가지곤, 어느 날 갑자기 어디서 날아왔는지도 모르는 불행이 불쌍한 사람들한테 들이닥친단 말이에요」

「안심하세요, 부인. 나는 절대로 나쁜 일이 생기게 하진 않을 테니까요. 약속합니다」

카르콩트가 입속으로 투덜거렸지만 그들에게는 들리지 않았다. 그러고는 잠시 들고 있던 머리를 다시 무릎 위에 처박고 또다시 열에 몸을 떨기 시작했다. 남편이 하는 대로 내버려 두어 얘기를 계속하게 하면서도, 자기는 그 말을 한마디도 흘려 버리려고 하지 않았다.

그동안에 신부는 물을 몇 모금 마시고, 다시 마음을 가라앉혔다.

「아니, 그래」 하고 그는 말을 계속했다. 「그 불쌍한 노인이 그렇게 죽을 때까지, 아무도 돌봐주는 사람이 없었단 말이오?」

「오! 신부님」 카드루스가 말했다. 「그렇다고 카탈로니아의 메르세데스나 모렐 씨가 그분을 내버려 두었던 건 아니었지요. 다만 노인은 페르낭에게는 깊은 반감을 가지고 있었어요. 페르낭이란」 카드루스는 비꼬는 듯한 미소를 띠며 말을 이었다. 「바로 당테스가 신부님께, 자기 친구 중의 하나라고 말씀드린 그 사람입지요」

「그럼, 친구가 아니었던가요?」 신부가 말했다.

「가스파르! 가스파르!」 여자가 층계 꼭대기에서 속삭였다. 「말조심해요」

카드루스는 초조한 듯한 몸짓을 했다. 그러나 지금 자기 말을 가로막은 아내에게는 아무 대답도 않고, 「자기 여자를 탐내는 자식을 그래, 친구라고 할 수 있습니까?」 하고 그는 신부에게 대답했다. 「당테스가 순진해서 그런 놈들을 친구라고 그랬군요…… 에드몽은 불쌍도 하지! 하긴 아무것도 모르는 편이 차라리 낫습지요. 죽게 돼가지고서 그런 놈들을 용서해야 한다는 건, 그 사람으로서도 마음 아픈 일이었을 테니까요. 하지만 뭐니뭐니해도」 하고 카드루스는 그 말 속에 일종의 거친

시적인 기분까지 내면서 얘기를 계속했다.「전 아직도 산 사람들이 미워하는 것보다는 죽은 사람들의 저주가 더 무서운 것 같아요」

「저런 바보 같으니!」카르콩트가 말했다.

「그럼, 당신은」신부가 말을 이었다.「페르낭이 당테스한테 한 짓들을 알고 있으시오?」

「알고 있고말고요」

「그럼 그 얘길 좀 해주시구려」

「가스파르, 하고 싶은 대로 다 하구려. 그거야 당신 맘이니까」하고 여자가 말했다.「하지만 내 말을 듣는다면, 어떤 얘기도 함부로 하면 못써요」

「이번엔 당신 말이 맞소」카드루스가 말했다.

「아니 그럼, 아무 얘기도 않겠단 말씀이오?」신부가 물었다.

「그런 얘긴 해서 뭘 합니까?」카드루스가 말했다.「만약 그 사람이 살아 있어서, 정말 자기 친구와 적이 누군지를 알고 싶어 내게 왔다면 또 모르지요. 하지만 신부님 말씀마따나 지금 지하에 있을 몸이니, 이제 누굴 미워할 수도 없고 원수를 갚을 수도 없지 않습니까? 그러니 다 잊어버리기로 하지요」

「그렇다면」신부가 말했다.「친구도 아닌 그 거짓 친구들한테 성실한 친구에게 주라는 이 상을 주란 말이오?」

「그렇군요. 신부님 말씀이 옳습니다」카드루스가 말했다. 「게다가 그 불쌍한 에드몽의 유물이 지금 그놈들한테 무슨 소용이 있겠습니까? 바다에 물 한 방울 떨어뜨리는 격이죠」

「그 사람들이 한번만 치면 대번에 나가떨어질 걸 생각도 않고」여자가 말했다.

퐁뒤가르의 주막 37

「그건 또 무슨 소립니까? 그럼, 그 사람들이 돈도 많고 권력도 생겼단 말인가요?」
「그럼, 그 사람들 얘긴 통 모르시는군요?」
「모르는데요. 어디 얘길 좀 들어봅시다」
카드루스는 잠시 생각하는 듯했다.「안 되겠습니다. 사실, 그건 얘기가 너무 길기도 하고요」하고 카드루스가 말했다.
「얘길 안하는 건 댁의 자유요」신부는 지극히 무관심한 듯한 말투로 이야기했다.「그리고, 당신의 그 조심성은 나도 존중해 주어야 하니까요. 게다가 당신의 그런 태도를 보니 확실히 좋은 사람이란 걸 알겠군요. 그 얘긴 그럼, 이제 그만둡시다. 그런데 내가 무슨 부탁을 받았더라? 그저 단순한 수속뿐인 걸 가지고서. 그럼 이 다이아몬드를 팔아야겠군요」
이렇게 말하고, 신부는 주머니에서 다이아몬드를 꺼내어 보석 상자를 열고 카드루스의 휘둥그레진 눈앞에 내놓았다.
「여보, 당신도 좀 와보구려!」카드루스가 쉰 목소리로 말했다.
「다이아몬드라구요?」카르콩트는 벌떡 일어나더니 쿵쿵거리며 계단을 내려오면서 말했다.「도대체 그게 웬 다이아몬드란 말이오?」
「당신, 얘기 못 들었어!」카드루스가 말했다.「아, 그 사람이 우리한테 유물로 남겨논 다이아몬드요. 우선 아버지한테 그리고 세 사람의 친구, 페르낭, 당글라르, 그리고 나, 또 약혼자 메르세데스에게 남긴 거래. 이 다이아몬드가 글쎄 5만 프랑짜리라는구려」
「어머나! 참 예쁘기도 해라!」여자가 말했다.

「그 돈의 오 분의 일이 우리한테 온단 말요. 그렇죠?」 카드루스가 말했다.

「그렇소」 신부가 말했다. 「게다가, 당테스의 아버지 몫이 또 있습니다. 그것도 나머지 네 사람에게 또 나눠주는게 마땅하다고 생각하는데」

「아니, 우리 네 사람이라는 건 또 뭡니까?」

「당신들이 에드몽의 친구 네 사람이니까요」

「배신을 한 놈들이 무슨 친구람」 이번에는 그 아내가 낮은 소리로 중얼거렸다.

「그러게 말야」 카드루스가 말했다. 「내 말도 바로 그거야. 배신을, 아니 죄까지 되는 짓을 한 걸 상까지 주다니, 그게 될 말인가, 어디. 그건 하늘을 모독하는 거나 다름없고말고」

「그러길 바란 것도 당신인데 뭘 그러시오」 신부는 다이아몬드를 승복 주머니에 도로 넣으며 조용히 말했다. 「자, 그럼, 에드몽의 친구되는 사람들 주소나 가르쳐주시오. 그 사람 유언을 지켜줘야겠으니까」

카드루스의 이마에 구슬땀이 흘렀다. 그는 신부가 자리에서 일어나 말에게 신호를 하려는 듯이 문 쪽으로 갔다가 다시 돌아오는 것을 보았다.

카드루스와 그의 아내는 무어라 말할 수 없는 야릇한 표정으로 서로 마주 쳐다보았다.

「그 다이아몬드는 몽땅 우리 것이 될 거야」 카드루스가 말했다.

「그럴까요?」 여자가 대답했다.

「신부가 우릴 속일 리는 없어」

「그럼, 어디 좋도록 해봐요」 여자가 말했다. 「난 참견 안할 테니까요」 여자는 떨면서 층계를 다시 올라갔다. 날씨가 몹시 더웠건만, 그녀는 이를 딱딱 부딪고 있었다. 마지막 층계에 오르자 그녀는 잠시 발을 멈췄다. 「잘 생각해서 해요. 가스파르!」 하고 여자는 말했다.

「이젠 결심했어」 카드루스가 대답했다.

카르콩트는 한숨을 내쉬며 방으로 되돌아갔다. 여자가 다시 안락의자에 되돌아가 털썩 주저앉을 때까지, 마룻바닥이 삐걱거리는 소리가 들려왔다.

「뭘 결심했단 말이오?」 신부가 물었다.

「신부님께 죄다 얘길 하기로요」 카드루스가 대답했다.

「정말이지, 그런 생각을 하길 참 잘했다고 생각하오」 신부가 말했다. 「댁이 감추려는 사실을 내가 굳이 알려고 해서가 아니라, 유언을 한 사람이 바라는 대로, 그 유물을 제대로 분배할 수 있도록 해주는 게 상책이라고 생각돼서 말이오」

「저도 그렇게 되길 바랍니다」 카드루스는 희망과 욕심으로 양 볼이 시뻘겋게 달아가지고 말했다.

「그럼, 들어봅시다」 신부가 말했다.

「잠깐 기다려주십쇼」 카드루스가 말했다. 「얘기가 한창일 때 혹 누구라도 와서 방해를 하면 성가실 테니. 게다가 신부님께서 여기 오신 걸 괜히 남에게 알릴 필요도 없고요」 이렇게 말하면서 카드루스는 주막 문으로 가서 문을 닫고, 조심에 조심을 하느라고 그 위에 빗장까지 질러버렸다.

그동안에 신부는 얘기를 편안히 들을 수 있을 곳을 골라서 자기 얼굴에 그늘이 지도록 한쪽 귀퉁이에 가서 앉았다. 따라서 상대방의 얼굴에는 빛이 정면으로 비치게 되어 있었다. 신부는 고개를 숙이고, 손은 두 손을 마주 잡았다기보다는 차라리 꽉 움켜쥔 채로 귀를 잔뜩 기울여 얘기를 들을 태세를 갖추고 있었다.

카드루스는 의자를 하나 가지고 와서 그의 맞은편에 앉았다.

「내가 억지로 하라고 하지 않았다는 걸 잊지 말아요」 카르콩트의 떨리는 소리가 들려왔다. 마치 마룻바닥을 통해 이제부터 벌어질 장면을 꿰뚫어보기라도 하는 것 같았다.

「그래, 그래, 알았어」 카드루스가 말했다. 「그 얘긴 이젠 그만둬. 내가 다 책임질 테니까」

이렇게 말하고 나서 그는 얘기를 시작했다.

이야기

「무엇보다도 우선」 카드루스가 말했다. 「저하고 약속을 하나 해주셔야겠습니다」
「약속이라니?」 신부가 물었다.
「그건 다름이 아니라, 제가 이제부터 하는 얘기를 신부님께서 이용하실 일이 있더라도, 그 얘기가 제 입에서 나왔다는 것만은 비밀로 해주셔야겠다는 말씀입니다. 왜냐하면 제가 얘길 하려는 사람들은 돈도 있고 세력도 있는 사람들이 돼놔서, 만약에 그 사람들이 손가락 끝으로라도 절 건드리는 날이면 저 하나쯤은 유리조각처럼 박살을 내놓을 테니 말입니다」
「그 점은 안심하시오, 주인」 신부가 말했다. 「난 신부요. 내가 듣는 고해는 모두 내 가슴속에서 사라지게 마련이오. 우린 지금 우리 친구의 유언을 공평하게 이행하려는 뜻 외에 다른 목적은 없다는 걸 다시 한번 명심해 주오. 그러니 증오심을 가지고 얘길 해도 안 되겠지만, 얘길 꾸며대도 안 됩니다. 정말 얘기를 있는 그대로 해주시오. 난 주인께서 앞으로 얘기하려는 사람들을 모릅니다. 아마 앞으로도 알게 될 일이 없겠지요. 난 프랑스 사람이 아니라, 이탈리아 사람이니까요. 그리고 이 몸은 하느님께 바쳤으니 사람들하곤 아무런 교섭도 없는 사람입니다. 죽어가는 사람의 유언을 들어주기 위해서 나왔을 뿐이니까, 이 일만 끝나면 난 다시 수도원으로 들어갈 거요」

이런 분명한 약속은 카드루스의 마음을 어느 정도 안심시켜 주었다.

「그렇다면 어디」카드루스가 말했다.「얘길 해보지요. 그러니까, 그 불쌍한 에드몽이 충실하고 헌신적인 줄 알고 있던 그놈들의 우정에 대해 신부님께 다 말씀드려야겠습니다」

「우선, 그 사람 아버지 얘기부터 시작했으면 좋겠는데, 어떻소이까?」신부가 말했다.「에드몽은 자기가 정말로 깊이 사랑하던 자기 아버지 얘기를 내게도 많이 했으니까요」

「얘기가 아주 딱합지요」카드루스는 고개를 끄덕이며 말했다.「아마 신부님께서도 처음 얘긴 알고 계실 겁니다만」

「그건 나도 알고 있소」신부가 말했다.「에드몽이 자기가 마르세유 근처에 있는 조그만 술집에서 붙잡혔을 때까지의 얘기는 내게 다 합디다」

「레제르브 정에서의 얘기로군요! 아! 그렇습니다요, 그 때 일이 지금도 눈에 선합니다」

「그게 바로 그 사람 약혼 피로연 때가 아니었던가요?」

「맞습니다. 피로연이, 처음 시작은 유쾌했습니다만, 끝나기는 아주 비극으로 끝났습지요. 경찰관이 총을 든 군인 넷을 데리고 나타났어요. 그리곤 당테스를 잡아갔지요」
「내가 알고 있는 게 바로 거기까지요」 신부가 말했다. 「당테스는 자기 자신에 관한 것밖엔 아무것도 모르고 있더군요. 그 후로는 아까 말한 그 다섯 명 중에 누구도 만나보지 못하고, 그뿐 아니라 그 사람들 소문조차도 못 들었으니까」
「그렇습지요. 당테스가 잡혀가자 모렐 씨는 소식을 알아보러 나갔지요. 허나 그 뉴스라는 게 절망적이었어요. 그래서 노인은 혼자서 집으로 돌아와 울면서 예복을 개켜두고 하루 종일을 방안에서만 왔다갔다하며 지냈어요. 밤에도 잠 한숨 못 주무셨죠. 전 바로 그 아랫방에 살고 있었기 때문에, 밤새도록 방 안을 서성대는 소리가 들렸었습죠. 저도 한잠 못 잤습니다. 그 불쌍한 노인네가 괴로워하는 걸 보니, 마음이 아파서요. 노인이 걸어다니는 발걸음 하나하나가 마치 제 심장 위를 밟는 듯 가슴이 뼈개지는 것 같았습니다. 이튿날은 메르세데스가 마르세유엘 가서, 빌포르 씨에게 당테스를 잘 보아달라고 부탁을 했습죠. 그러나 아무 소용도 없었어요. 그래 그녀는 그길로 곧장 노인을 찾아갔습니다. 노인이 전날 밤에 한잠도 못 자고, 그 전날부터 계속해서 먹지도 않고 낙심한 채 축 늘어져 있는 것을 보고, 메르세데스는 노인을 자기 집에 데려다가 간호를 해주려 했지요. 그러나 노인께선 말을 안 들으셨어요. 〈아냐, 나는 집을 떠날 수가 없어. 그 불쌍한 녀석이 누구보다도 많이 생각하는 게 난데. 그러니 감옥에서만 나오면, 제일 먼저 이리로 날 보러 올 거란 말이야. 그러니 내가 여기서 그놈을 기다리지 않으면 당테스가 뭐라겠니?〉 노인은 이렇게 말하면서 메르세데스의 말을 안 들었지요. 저는 층계에서 그 애 길 다 들었는데, 메르세데스가 제발 노인을 설득해서 같이 가 게 했으면 하고 바랐기 때문입니다. 날마다 머리 위에서 쿵쿵 울리는 발소리 때문에 한시도 마음 편할 날이 없었으니까요」

「그러면서 당신은 노인한테 올라가서 위로라도 해드리지 않았나요?」 신부가 물었다.

「원, 신부님도!」 카드루스가 대답했다. 「위로를 받고 싶어 하는 사람이 아니면 위로를 해줄 수도 없지 않습니까? 그런데 그 양반은 위로를 받는 것을 원치 않았거든요. 게다가 왜 그런지 그분은 절 만나기를 꺼리시는 것 같았습지요. 그런데 어느 날 밤인가는 노인이 흐느껴 우는 소리를 듣고는 저도 더는 참을 수가 없어 올라가 봤지요. 제가 문 앞에까지 가니까 노인은 울음을 그치고 기도를 드리고 있더군요. 그날 밤 그분이 하던 그 감동적인 말들 하며 가련한 호소는 저로서는 옮길 수가 없군요. 그것은 신앙 이상의 것이었어요. 괴로움 이상의 것이었고요. 저야 신앙심이 깊다고 생각지도 않고, 또 예수회를 싫어했지만, 그날만은 속으로 이런 생각을 했지요. 〈내가 아직 혼자 몸이고, 하느님이 내게 아이를 주시지 않은 건 참 다행이다. 만약에 내가 아비가 돼서 저 노인이 당하는 것 같은 저런 괴로움을 당했다면, 아무리 내 머리와 가슴을 다 쥐어짜도, 저 노인네처럼 하느님께 기도할 줄도 모르고 더 이상 괴로움을 참을 길이 없어, 곧장 바다에라도 가서 빠져 죽을 테지〉하고요」

「불쌍도 하셔라!」 신부가 중얼거렸다.

「노인은 날이 갈수록 점점 더 혼자서, 사람과의 접촉을 끊고 지내셨지요. 모렐 씨와 메르세데스가 종종 찾아뵈러 왔었지만, 번번이 문이 잠겨 있었지요. 내 생각엔 분명히 노인이 방 안에 있다고 생각됐지만, 대답조차 없었으니까요. 그러던 어느 날인가는 노인이 메르세데스를 만나주었어요. 그래서 그녀는 자기도 절망하면서 노인이 기운을 차리게 해드리려고 했더니, 노인 말씀이 〈얘야, 그앤 정말 죽은 거다. 우리가 그애를 기다리는 게 아니라 지금은 그애가 우리를 기다리고 있을 게다. 난 잘됐다. 내가 나이가 제일 많으니까. 그애를 제일 먼저 만나게 될 테니 말이다〉 하더군요.

사람이란 아무리 마음이 좋더라도, 이쪽의 마음을 언짢게 한다면 자연 안 만나게 되는 법이니까요. 그래, 결국 당테스 노인은 완전히 혼자 있게 되었습지요. 그후로는 가끔 낯모를 사람들이 찾아와서 노인의 방으로 들어가는 게 눈에 띄었지요. 그 사람들은 무엇인가 꾸러미를 들고는 그것을 잘 가리지도 않고 가지고 내려왔었죠. 그뒤에 나는 그 짐이 무엇인가를 알았습니다. 노인은 연명을 하기 위해 가지고 있었던 물건들을 조금씩 조금씩 팔았던 거예요. 결국 나중엔 헌옷가지에도 손을 대게 되었습니다. 집세가 세 번이나 밀리자, 집주인은 노인을 내보내겠다고 위협했죠. 그랬더니 노인은 한 주일만 더 기다려달라는 거예요. 주인도 하는 수 없이 그러마고 했지요. 그런 얘기도 다 집주인이 노인 방에서 나오는 길에 제 방엘 들렀으니까, 제가 알지요. 그러고 나서 사흘 동안은 여전히 위에서 걸어다니는 발소리가 들려왔었습니다. 그런데 나흘째 되던 날은 아무 소리도 안 나질 않았겠습니까? 그래 용기를 내서 제가 올라가 봤습지요. 문이 잠겨 있었어요. 열쇠 구멍으로 들여다보니까, 노인은 얼굴이 창백하고 너무 수척해져서, 전 이젠 병이 심해졌구나 싶어, 모렐 씨에게 가서 사실을 알려주고는 곧장 메르세데스에게 달려갔었지요. 그래, 두 사람이 다 부랴부랴 달려왔습지요. 모렐 씨는 의사를 데리고 왔더군요. 의사 말은 위장 카다르를 앓고 있으니까 밥을 먹지 말아야 한다는 거예요. 그때 저도 거기 있었습니다만, 노인이 의사의 처방을 듣고 이상하게 미소를 지었는데, 그 웃음이 잊혀지지 않습니다. 그 다음부턴 문을 잠그지 않았습니다. 노인은 밥을 안 먹어도 될 당당한 구실이 생겼거든요. 의사가 밥을 먹지 말랬으니까요」

신부는 신음 소리를 내었다.

「얘기에 꽤 관심이 있으신 모양인데요, 신부님」

「그렇소」 신부가 대답했다.「얘기가 퍽 딱하군요」

「메르세데스가 또 왔습니다. 그녀는 노인의 얼굴이 많이 수척해진 걸 보고, 다시 처음처럼 노인을 자기 집으로 모셔가려고 했지요. 모렐 씨도 같은 생각이어서, 억지로라도 노인을 모셔가려고 했었어요. 그러나, 노인이 하도 소리소리 지르며 막무가내니까 그 사람들도 겁이 났어요. 그래, 메르세데스가 노인의 머리맡에 남아 있었지요. 모렐 씨는 벽로 위에 지갑을 두고 간다고 메르세데스에게 이르고는 그냥 가버렸죠. 그러나 의사의 처방을 핑계로 노인은 한사코 먹지를 않았어요. 결국 아흐레 동안의 절망과 절식 끝에, 본인은 자기를 불행으로 몰아넣은 사람들을 저주하며 메르세데스에게〈만약 네가 다시 에드몽을 만나게 되거든, 내가 그놈의 행복을 빌며 죽었다고 전해 다오〉하는 말을 하며 숨을 거두었습니다」

신부는 자리에서 일어나 떨리는 손으로 메마른 목을 잡고 방안을 두어 번 돌았다.
「그래, 당신 생각엔 노인이 죽은 이유가……」
「굶어죽었지요…… 굶어죽은 거예요」 카드루스가 말했다.
「그 사실은, 지금 우리 둘이 기독교인이라는 것만큼이나 거짓이 없는 겁니다」
신부는 경련이 이는 손으로 아직 반쯤 남아 있던 컵을 집어 단숨에 들이켰다. 그러고는, 다시 자리에 앉았다. 눈은 시뻘게 지고, 얼굴은 새파랗게 질려 있었다.
「정말이지, 기가 막힌 일이로구나」 하고 그는 쉰목소리로 말했다.
「하느님께선 모르고 계신 채 인간의 손으로 꾸며진 것인 만큼 그만큼 더 기막힌 일이지요, 신부님」
「그럼, 이제 그 사람들 얘기를 해봅시다」 하고 신부가 말했다. 「그러나 잊지 말고」 하며 그는 거의 위협하는 태도로 계속해 말했다. 「당신은 모든 걸 다 얘기하기로 약속했습니다. 자, 그럼, 아들은 절망 속에 죽게 하고, 아버지는 굶어죽게 만든 그 사람들은 도대체 누구요?」
「당테스를 시기하던 두 사람이지요. 하나는 사랑 때문에, 또 하나는 야심 때문이죠. 페르낭과 당글라르입니다」
「그래, 그 질투는 어떤 식으로 나타났던가요?」
「그놈들은 당테스를 보나파르트 당원이라고 밀고했었지요」
「그런데, 그 둘 중에 누가 밀고했단 말이오? 둘 중에 누가 진짜로 죄를 범했단 말이오?」
「둘 다입니다. 하나는 밀고 편지를 쓰고, 하나는 그걸 우편으로 부쳤으니까요」

「그 편지는 어디서 썼던가요?」

「결혼식 전날, 바로 그 레제르브에서요」

「맞았어, 맞았어」 신부가 중얼거렸다. 「오, 파리아, 파리아! 당신은 어쩌면 그토록 인간과 사물을 잘 알고 계셨습니까?」

「뭐라고 말씀하셨지요?」 카드루스가 물었다.

「아무것도 아니오, 계속해 보시오」 신부가 말했다.

「당글라르가 자기 필적을 알아볼 수 없도록 왼손으로 고소장을 썼지요. 그걸 페르낭이 보냈답니다」

「그럼 당신도 그 자리에 있었군!」 신부가 별안간 소리쳤다.

「제가요?」 카드루스가 질겁을 해서 말했다. 「제가 그 자리에 있었다고 누가 그럽니까?」

신부는 자기가 지나치게 넘겨짚었다고 생각했다.

「그러긴 누가 그래요?」 하고 그는 말했다. 「하도 자세하게 알고 있기에, 당신이 직접 거기서 본 건 아닌가 해서 그러는 거지」

「맞습니다」 카드루스는 목멘 소리로 말했다. 「사실은 저도 거기 있었습니다」

「그런데 그렇게 못된 짓들을 하는 걸 말리지도 않았단 말이오?」 신부가 말했다. 「그랬다면 당신도 공범이나 마찬가지가 아니오?」

「아닙니다」 하고 카드루스가 말했다. 「그놈들 둘이서 제게 술을 막 퍼먹여서 거의 정신도 못 차리게 해놨었거든요. 그때 전 그저 눈에 뭐가 낀 것같이 희미하게밖엔 안 보였어요. 전 그때, 인간으로서 할 수 있는 말은 죄다 해줬습니다. 그랬더니, 그놈들은 그냥 장난으로 해보는 건데, 그런 장난 때문에 나중에 뭐가 어떻게 되는 건 아니지 않느냐고 하더군요」

「그런데 그 이튿날엔, 그 장난의 결과가 어떻게 됐는지를 잘 알았겠구려. 그런데도 당신은 아무 소리도 안했었지요. 당테스가 잡혀 갈 때도 거기 같이 있었으면서 말이오」

「예, 있었습니다. 얘길 하려고 했지요. 모든 걸 다 말하려고 했지요. 모든 걸 다 털어놓으려 했지요. 그랬더니, 당글라르가 못하게 막더군요. 그러면서 하는 말이, 〈너 만약에, 당테스가 정말 죄가 있어서, 정말로 엘바 섬에 내려가지고 파리에 있는 보나파르트 당원에게 보내는 편지를 맡아 가지고 왔다는 게 사실이고, 그 편지가 당테스 몸에서 나오는 날이면 어떡할래? 그렇게 되면, 당테스를 두둔하던 사람들도 모조리 공범으로 걸리는 거야.〉 그 당시엔, 솔직히 말씀드리자면, 하도 정치 바람이 세어서, 그래, 입을 다물어버렸습죠. 전 정치라면 겁이 났습니다. 그게 비겁한 일이었다는 건 저도 시인합니다. 그러나 그게 죄야 되겠습니까?」

「알겠소, 당신은 그저 일이 되는 대로 내버려두고 구경만 했단 말이군요」

「그렇습지요, 신부님」카드루스가 대답했다.「그러고는 밤이나 낮이나 그걸 뉘우치고 있었습니다. 일생을 통해서 정말로 저 자신을 책하지 않으면 안 될 이 행위가, 확실히 오늘의 이 불운의 원인이 된 것 같아서, 저는 수없이 하느님께 용서를 빌었죠. 정말입니다. 저는 순간의 제 이기심 때문에 벌을 받은 겁니다. 그래, 저는 저 카르콩트가 불평을 해도 늘 제 말이〈잠자코 있어, 그것도 다 하느님의 뜻이야〉라고만 말을 하죠」

그리고 카드루스는 정말로 후회하고 있는 듯한 표정으로 고개를 숙였다.

「좋소이다」 신부가 말했다. 「당신은 솔직히 얘기함으로써 그만큼 자신의 죄를 고백한 겁니다. 그러니 하느님의 용서도 받게 되겠지요」

「불행히도 에드몽은 죽었으니, 그 사람은 저를 용서하지 않을 겁니다」 카드루스가 말했다.

「그 사람은 아무것도 모르고 있었소」 신부가 말했다.

「하지만 지금은 알고 있을 거예요. 사람은 죽으면 모든 걸 다 안다고 그러지 않아요」 카드루스가 다시 말했다.

잠시 동안 침묵이 흘렀다. 신부는 일어서서 생각에 잠긴 채로 왔다갔다하고 있었다. 그러고는 다시 제자리로 돌아와 의자에 앉았다.

「주인께선 벌써 두서너 번씩이나 모렐 씬가 하는 사람 얘길 했는데」 하고 신부는 말했다. 「그 사람은 도대체 어떤 사람인가요?」

「파라옹 호의 선주로, 당테스의 주인이었죠」

「그래, 그 사람은 이 불행한 사건 속에서 어떤 역할을 했던가요?」 하고 신부가 물었다.

「정직하고 용감하고 인정 많은 분이지요. 에드몽을 위해서 수없이 나서서 노력하셨던 분입니다. 황제가 다시 돌아오자, 모렐 씨는 편지를 보내고 사정도 하다 나중엔 위협까지 했었죠. 그래서 두번째 왕정복고 시대가 오자, 보나파르트 당원으로 몰려가지고 상당히 박해를 당했었죠. 아까도 말씀드렸지만 그분은 당테스의 아버지한테 여러 번 가서, 노인을 자기 집으로 모셔가려고 했었어요. 그리고 또 이 얘기도 아까 한 거지만, 노인이 죽기 전날인가, 전전날엔 노인 방의 벽로 위에다 지갑을 놓고 갔지요. 그래 그 돈으로 노인의 빚도 갚고, 장례식 비용도 그 돈으로 치렀답니다. 그 덕에, 그 가여운 노인은 살아 있을 때나 다름없이 아무에게도 폐를 끼치지 않고 죽어간 셈입니다. 그 지갑은 제가 아직도 보관하고 있지요. 빨간 레이스가 달린 커다란 지갑이에요」

「그런데, 그 모렐 씨라는 사람은 아직 살아 있나요?」 하고 신부가 물었다.

「살아 있습니다」 카드루스가 대답했다.

「그렇다면」 신부가 다시 말을 이었다. 「그분은, 하느님의 축복을 받고 있을 게 틀림없을 겁니다. 그 사람은 유복하고…… 행복하게 지내겠죠?……」

카드루스는 쓴웃음을 웃고 말했다.

「예, 저만큼이나 행복하지요」

「그럼, 모렐 씨가 불행하게 됐단 말이오?」 신부가 소리쳤다.

「거의 몰락했대도 좋을 지경입니다. 게다가, 거의 명예까지 더럽혀지게 된 걸요」

「그건 또 왜요?」

「그게, 이렇습니다」 카드루스는 말을 이었다. 「이십오 년간이나 일을 해서, 마르세유 상계(商界)에선 그래도 제일 훌륭한 위치를 차지하게 됐던 모렐 씨가 송두리째 망하고 만 거예요. 이 년 동안에 배를 다섯 척이나 잃고, 막대한 파산을 세

번이나 당했습죠. 지금은 그저 옛날 당테스가 지휘하던 파라옹호가 코츠닐과 인디고를 싣고 인도에서 돌아올 것밖엔 기대할 게 없게 됐답니다. 그런데, 만약에 이 배마저 다른 배들처럼 돌아오질 못한다면, 그 사람은 완전히 망해 버리고 마는 겁니다」

「그래, 불행하게 된 그 사람은 처자가 다 있겠죠?」

「그럼요. 그런 일을 당하고도 마치 성녀처럼 묵묵한 부인과 딸이 하나 있습니다. 그 딸은 지금 자기가 사랑하는 어떤 남자와 결혼하려고 하는데, 부모들은 파산한 집안과 결혼하는 걸 좋아하지 않고 있어요. 그리고, 육군 중위인 아들도 하나 있습니다. 그러나, 처자가 있다는 게 그 딱한 양반은 위안이 되는 게 아니라, 오히려 걱정만 더 크답니다. 아, 혼자라면야, 그까짓 것, 한 방만 쏴버리면 만사는 끝나는 게 아닙니까?」

「무서운 일이로군!」 신부가 중얼거렸다.

「신부님, 하느님께서 선행을 보상하신다는 게 다 이 모양이군요」 카드루스가 말했다. 「제 꼴을 보십시오. 나쁜 짓이라곤 아까 말씀드린 일 외엔, 한 번도 해보지 못한 제가 이렇게 가난에 빠져 있습지요. 여편네가 열병으로 앓다 죽는대도, 아무것도 못해 줄 테니 저도 당테스의 아버지처럼 굶어죽는 수밖에 도리가 있겠습니까. 그런데도 페르낭과 당글라르는 돈더미 위에 올라앉았으니」

「그건 또 어떻게요?」

「운이 트여서 그렇게 됐습죠. 정직한 사람에겐 운이 막히기만 하는데」

「그래, 당글라르는 어떻게 됐소? 그 사람이 제일 나쁜 사람이 아니오? 그 사람이 일을 꾸민 사람이었죠?」

「어떻게 됐냐고요? 그놈은 마르세유를 떠났습니다. 놈의 죄는 전혀 모르는 모렐 씨의 추천서를 받아가지고 스페인의 어느 은행가의 서기로 들어갔지요. 그래 가지고, 스페인 전쟁 때 프랑스 군의 군수품 납입에 한몫을 맡아가지고 돈을 벌었습니다. 처음 손에 잡은 그 돈을 밑천으로 해서 자본을 세 배, 네 배로 늘렸지요. 그리고 그 은행가의 딸과 결혼했는데, 그 여자가 죽자, 어느 과부한테 또 장가를 들었습니다. 그 여자가 바로 누군고 하니, 드 나르곤 부인이라고 해서, 지금 왕의 시종으로 왕의 호의를 제일 많이 받고 있는 그 살비외 씨의 딸이랍니다. 그래, 그놈은 백만장자가 된 데다가 또 남작까지 됐거든요. 이젠 당글라르 남작이 돼가지고 몽블랑 가에 저택을 가지고 있습지요. 외양간에는 말이 열 필이나 되고, 응접실엔 하인이 여섯, 그리고 금고엔 몇백만인지도 모를 돈이 쌓여 있는 형편입니다」

「저런!」 신부는 이상한 억양으로 말했다. 「그래, 그 사람은 지금 행복한가요?」

「행복하냐고요? 그런 걸 딱 잘라 이렇다 저렇다 얘기할 사람이 있습니까? 행이나 불행은, 벽이나 아는 거지 아무도 모르는 일이니까요. 벽에는 귀가 있으니까 그런 걸 알 수가 있지만, 또 입이 없으니 말을 못하는 거죠. 인간이 재산이 있으면 행복한 거라면, 당글라르는 행복한 사람입니다」

「그럼, 페르낭은?」

「페르낭은 경우가 또 다르지요」

「하지만 재산도 없고, 교육도 하찮은 일개 카탈로니아 어부가 어떻게 재산을 모았단 말인가요? 나로선 납득이 안 가는 일이로군요」

「다른 사람들도 그건 모두 모르고 있지요. 무언가 남들이 모를 이상한 비밀이라도 있는 것 같아요」

「그래도, 겉으로 보이는 것만으로라도, 어떤 경로로 해서 그런 막대한 재산과 높은 지위엘 올라갔는지는 어느 정도 알 수 있을 텐데?」

「두 가지를 모두 손에 넣었죠, 신부님. 두 가질 다요. 재산과 지위를 한꺼번에 얻은 겁니다」

「그건, 마치 옛날 얘기 같구먼」

「정말로 꼭 옛날 얘기 같아요. 얘길 좀 들어보십시오. 그럼, 차차 아시게 될 겁니다. 페르낭은 황제가 프랑스로 돌아온 지 며칠 후에 징병에 걸렸지요. 부르봉 시대에는, 카탈로니아 사람들은 건드리지 않고 그냥 내버려두었었지요. 그런데 나폴레옹이 돌아오자, 비상 소집령이 내렸어요. 페르낭도 어쩔 수 없이 출정하게 됐습니다. 저도 나갔었습니다만, 저는 페르낭보다 나이도 많고, 마침 안사람과 결혼했을 때여서 전 해안 경비로만 돌아다녔지요. 하지만, 페르낭은 현역에 편입되어서 그 연대에 끼여 국경에 나가 리니 전에 참가했거든요. 전쟁이 있던 그 이튿날 밤에, 페르낭은 장군의 숙소 문 앞에서 보초를 서고 있었답니다. 그런데, 그 장군이라는 작자가, 실은 적과 내통하고 있던 놈이었대요. 그래, 그날 밤도 영국놈들이 있는 쪽으로 가야만 했다나요. 장군은 페르낭에게 같이 가지 않겠느냐고 물었답니다. 페르낭은 장군의 말을 듣고 자리를 떠서 장군을 따라갔지요. 나폴레옹이 그대로 왕위에 있었더라면야, 페르낭은 군법 회의에 회부됐을 테지만, 부르봉 시대가 되니까 그것 때문에 오히려 출세를 하게 돼서, 놈은 소위 견장을 떡 달고 프랑스엘 돌아왔습죠. 게다가 또, 그때 한창 특별 대우를 받고 있던 장군이 뒤에서 후원을 해줘서, 1823년에는 대위가 되었습니다. 바로 스페인 전쟁 때여서 당글라르는 그때 한창 투기를 하고 있었지요. 페르낭은 스페인 사람이라고 해서 그 동포들의 경향을 타진해 보러 마드리드로 파견됐습니다. 그는 그곳에서 당글라르를 다시 만나게 되어, 여러 가지 얘기를 나누고, 장군을 위해 마드리드와 그 근처의 왕당파들에게서 지원을 약속받는 한편, 이쪽에서도 언질을 주어, 자기만 알고 있는 길로 해서 왕당파들이 차지하고 있는 협곡으로 자기 연대를 인도해 갔지요. 그래서 결국 그 짧은 전쟁에서 세운 공적 때문에 트로카데로가 함락되자 대령이 되었고, 레지옹도뇌르 훈장과 백작 칭호를 받게 되었습지요.」

「운이로군, 운이야!」 신부가 중얼거렸다.

「맞습니다. 좀더 얘길 들어보십시오, 아직 끝나지 않았으니까요. 스페인 전쟁이 끝나자, 유럽에는 평화가 계속될 기색이 보였지요. 그건 페르낭의 생애에는 불리한 일이지요. 그런데 그리스만이 단독으로 터키에 반기를 들어 독립 전쟁을 시작했지요. 그래, 모든 사람들의 눈이 아테네로 향해서 그리스를 동정하고, 그리스 사람들 편을 들게 되었습니다. 프랑스 정부에서도, 아시다시피 내놓고 도와주진 않았지만, 개인적으로 출전하는 건 관대하게 봐주었지요. 페르낭은 군에 소속된 채로 그리스 종군을 신청해서 허락을 받았지요. 얼마 후에 모르세르 백작은──페르낭을 그렇게 부르게 됐는데──교육계의 장군이라는 직명으로 알리 파샤가 있는 곳에서 복무하게 됐다는 얘기가 있었습니다. 아시다시피 알리 파샤는 죽임을 당하지 않았어요? 그러나 죽기 전에, 그 사람은 페르낭의 공적을 치하하기 위해 막대한 돈을 남겨주었대요. 놈은 그 돈을 가지고 프랑스로 돌아와 중장이 되었지 뭡니까」

「그래, 지금은 어찌됐나요?……」 신부가 물었다.

「그래서, 지금은……」 카드루스가 말을 이었다. 「놈은 파리의 엘데 가에 굉장한 저택을 가지고 있답니다」

신부는 입을 연 채로 잠시 동안 무엇인가 망설이고 있는 것 같았다. 그러더니, 마음을 억누르고 「그리고, 메르세데스는 어떻게 됐나요? 어디론가 사라져버렸다던데?」 하고 물었다.

「사라져버렸다고요? 그렇지요. 마치, 해가 이튿날에는 더욱 찬란하게 떠오르기 위해 꺼져버리듯이 말입니다」 카드루스가 말했다.

「그럼, 그 여자도 역시 돈을 모았나요?」 신부는 비꼬는 듯한 미소를 띠며 물었다.

「메르세데스는 지금 파리의 귀부인이 되어 있습지요」 카드루스가 말했다.

「얘길 계속하십시오」 신부가 말했다. 「어째, 꿈 같은 얘기를 듣는 것 같군요. 하지만, 나는 하도 이상한 일들을 보아 와서, 지금 하는 얘기쯤 별로 놀라울 건 없지만」

「메르세데스는, 처음엔 당테스가 잡혀간 걸로 해서 날마다 울며 지냈죠. 그래, 빌포르 씨에게 가서 사정도 해보고 당테스 아버지께 가서 시중도 들었던 건 아까 말씀드렸고요. 그렇게 슬픈 일을 당하고 있던 중에, 슬픔이 또 하나 겹쳐왔군요. 페르낭이 떠나간 일입니다. 메르세데스는 페르낭의 죄를 모르고 있었으니, 친오빠처럼만 생각하고 있었거든요. 페르낭이 떠나자, 메르세데스는 완전히 혼자 남게 되었습지요. 석 달 동안을 눈물 속에 세월을 지내고 있었지요. 에드몽한테서도 페르낭한테서도 소식 하나 없었습니다. 눈앞에 볼 수 있는 사람이라곤, 다만 절망 속에서 죽어가는 노인 한 분뿐이었지요. 어느 날 저녁, 여느 날과 같이 마르세유에서 카탈로니아로 가는 갈림길 한귀퉁이에 하루 종일 앉아 있다가 전에 없이 지쳐서 집으로 돌아왔습니다. 그날도 그 두 길에서 애인도 친구도 모두 돌아오지 않았고, 두 사람한테서 소식조차 없었으니까요. 그런데, 별안간 어디서 낯익은 목소리가 들리는 것 같았답니다. 그래, 불안한 가슴으로 뒤를 돌아다보니까 글쎄, 문이 열리면서 소위 군복을 입은 페르낭이 나타나질 않았겠습니까. 그 사람의 가치란 자기가 여태까지 울며 기다리던 사람의 반만도 못하였지만, 그러나, 그것은 자기가 여태까지 살아온 생활의 일부가 돌아온 것임에는 틀림이 없었습니다. 메르세데스는 기쁨에 넘쳐 페르낭의 손을 꽉 잡았지요. 그걸 페르낭은 여자가 자기를 사랑해서 그러는 줄로만 생각했습지요. 그러나, 메르세데스는 이젠 이 세상에 자기 혼자가 아니라는 기쁨과 그리고 그처럼 오랫동안 혼자 쓸쓸하게 지낸 뒤에 친구를 다시 만나게 된 반가움에 지나지 않았습니다. 게다가 또 한 가지 분명히 말해 두지 않으면 안 될 것은, 페르낭은 결코 메르세데스에게서 미움을 받고 있었던 건 아니란 점입니다. 사랑받지 못했을 뿐이지요. 그저 그뿐입니다. 메르세데스의 마음은 다른 사람이 꽉 차지하고 있었지요. 그런데, 그 사람이라는 게 지금은 없고…… 어디로 갔는지 모르고…… 또는 죽었는지도 모르게 된 것입니다. 생각이 여기까지 미치자, 메르세데스는 울음을 터뜨리고 몸을 뒤틀며 괴로워했습니다. 전에는 남이 넌지시 일러주면 곧 물리치곤 하던 그 생각이, 지금은 저절로 머릿속에 떠올라 왔단 말입니다. 게다가 당테스의 아버지도 늘 하는 말이, 〈우리 에드몽은 죽은 사람이야. 죽지 않았다면 벌써 돌아왔을 게 아니냐〉하는 식이었던 것입니다. 아까도 말씀드렸지만, 노인은 돌아가셨지요. 노인만 살아 있었대도, 메르세데스는 절대로 남의 사람이 되진 않았을 거예요. 노인이 필경 성실치 못하다고 책망을 했을 테니까 말입니다. 페르낭은 그걸 다 알고 있었습지요. 노인이 죽었다는 소리를 듣고 그는 다시 돌아왔던 겁니다. 이번에는 중위가 되어가지고 말입니다. 첫번째 왔을 때는 메르세데스에게 사랑 얘기는 한마디도 하지 않았었지요. 그러나, 두번째 왔을 때는 자기가 메르세데스를 사랑하고 있다는 것을 여자에게 다시 일깨워주었지요. 메르세데스는 당테스를 위해 육 개월만 더 기다려보겠다고 말했습니다. 그리고, 당테스를 위해 그만큼이라도 더 울어보겠다는 것이었지요」

「그럼 결국」신부는 쓴웃음을 띠고 말했다.「전부 통틀어서 십팔 개월을 기다린 셈이로군요. 아무리 사랑받는 남자라 할지라도 그 이상 기다려달랄 수는 없겠지요」그러고 나서 그는 저 영국 시인의 말을 중얼거렸다.「약한 자여, 그대 이름은 여자이니라!」

「육 개월 후에」카드루스는 말을 이었다.「결혼식은 아큼 교회당에서 올렸습지요」

「그게 에드몽과 결혼식을 하려던 바로 그 교회당이로군요. 그러니까 신랑만 바뀐 셈이로군」
「이렇게 해서, 메르세데스는 결혼을 한 겁니다」 카드루스가 말을 계속했다. 「그날 메르세데스는 사람들 눈엔 퍽 침착해 보였지만, 저 레제르브 앞을 지날 때는 그만 기절하고 말았지요. 그곳이야말로 바로 십팔 개월 전에 그 여자가 자기 마음 구석을 들여다보아도, 아직 잊을 수 없는 그 남자와 약혼식을 하던 장소였으니까요. 페르낭은 전보다 더 행복했지만, 또한 마음이 가라앉질 않았었지요. 바로 그때 마침 제가 그 사람을 보았는데, 그는 에드몽이 돌아올까 봐 겁을 집어먹고 있더군요. 페르낭은 곧 아내를 다른 곳으로 데려다 놓고 자기 자신도 고향을 떠나버렸습니다. 카탈로니아에 그냥 있기에는 너무나 위험과 추억이 많아서였지요. 그래, 결혼한 지 일주일 만에 그들은 고향을 떠났습니다」
「그후에 주인께선 메르세데스를 본 일이 있나요?」
신부가 물었다.
「네, 스페인 전쟁이 일어났을 때, 페르피낭에서 만났습니다. 페르낭이 거기로 데려갔더군요. 메르세데스는 그때, 아들의 교육을 돌보고 있었습지요」
신부는 몸서리를 쳤다.
「그녀의 아들인가요?」 하고 그는 물었다.
「네, 알베르라고 그러더군요」 카드루스가 대답했다.
「그런데, 아들의 교육을 돌보고 있었다면」 신부는 계속해서 「자기 자신도 교육을 받았다는 말이겠군요? 당테스 얘길 들어보면, 그 여자는 예쁘긴 해도, 학식이 없는 한낱 어부의 딸인 것 같던데요.」

「저런!」 카드루스가 말했다. 「자기 약혼녀를 그토록 모르고 있을 수가 있나! 신부님, 만약에 왕관이라는 것이 가장 예쁘고 가장 영리한 여자의 머리에 씌워지게 돼 있다면, 메르세데스야말로 여왕이 되었어야 할 겁니다. 메르세데스는 재산이 점점 늘어나는 데 따라, 그녀 자신도 재산과 함께 점점 성장했었습니다. 그녀는 그림도 배우고 음악도 배우고, 안 배운 게 없을 정도였습니다. 하지만 우리끼리 얘기지만, 제 생각엔 그녀가 그런 걸 다 한 것은 마음을 딴 데로 붙여 잊어버리려고 그랬던 것 같아요. 그리고 머릿속에 그렇게 많은 것을 처넣는 것도, 실은 자기 가슴속에 있는 생각을 이겨내 보려고 그런 것 같아요. 하지만 이제야 다 말씀드립니다만」 카드루스가 계속해서 말했다. 「재물과 명예가 분명 그녀에게 위안이 된 것 같지는 않습니다. 그녀는, 돈도 있고 또 백작 부인이고 하지만……」

카드루스는 말을 그쳤다.

「하지만, 뭡니까?」 신부가 물었다.

「하지만, 행복하진 않을 겁니다」 카드루스가 말했다.

「누가 그런 소릴 합니까?」

「네, 실은 제 꼴이 하도 말이 아닌 형편이 되니까, 혹시 옛날 친구들이 도와주지나 않을까 해서 당글라르한테 가보았지요. 그랬더니 당글라르는 만나주지도 않더군요. 그래, 그 다음엔 페르낭에게 갔더니 그자는 하인을 시켜 100프랑을 주더군요.」

「그래, 주인께선 그 사람들을 다 못 만나봤단 말이오?」

「그렇습니다. 그러나, 모르세르 부인만은 저를 직접 보았습니다」
「그건 또 어떻게?」
「제가 밖으로 나오니까, 제 발밑에 지갑이 하나 떨어지더군요. 25루이가 들어 있는 지갑이었어요. 그래 저는 급히 위를 쳐다보았더니, 메르세데스가 보이질 않겠습니까? 그러나, 문이 이내 닫히고 말더군요」
「그래, 빌포르 씨는 어찌되었소?」 신부가 물었다.
「아, 그분은 제 친구는 아니었습니다. 전 그 사람을 몰랐으니까, 그 사람한테는 아무것도 부탁할 수가 없는 처지입니다」
「하지만 그 사람이 어떻게 됐는지도 모른다는 말인가요? 그리고 에드몽이 불행하게 된 데 대해서 어떤 관계가 있었는지도 모르시나요?」
「모르겠는데요. 제가 아는 거라곤 단지, 그 사람이 에드몽을 체포한 후 얼마 안 있어, 생메랑 씨댁 아가씨와 결혼해서 곧 마르세유를 떠났다는 것뿐입니다. 아마 그 양반도 다른 사람들처럼 행복하게 되었겠지요. 필경 당글라르처럼 돈도 모았을 테고, 또 페르낭처럼 존경도 받는 사람이 되었을 겁니다. 그러니, 보시다시피, 저만 초라하고 비참하고, 하느님으로부터 잊혀지고 만 겁니다」
「그렇지 않습니다, 주인」 신부가 말했다. 「재판을 쉬고 계실 때는, 하느님께서 잊어버리고 계신 것처럼 보일 때가 가끔은 있지요. 그러나 하느님께서 잊지 않고 기억을 해주실 때가 옵니다. 그 증거로는……」 그 말과 함께 신부는 주머니에서 다이아몬드를 꺼내어 카드루스에게 내밀며, 「자, 이 다이아몬드를 받으시오」 하고 말했다. 「이건 당신 것이니까요」

「아니, 이걸 저 혼자서요!」 카드루스가 외쳤다. 「신부님, 절 놀리시는 게 아닙니까?」

「이 다이아몬드는 에드몽의 친구들이 나누어 갖기로 되어 있는 것입니다. 그러나, 에드몽은 친구라곤 단 한 사람밖에 없었던 셈입니다. 그러니까 분배할 필요가 없게 된 거지요. 이 다이아몬드를 받아가지고 이걸 파십시오. 5만 프랑은 받을 겁니다. 그 돈만 있으면 다시 지금 형편에서 충분히 일어날 수 있을 거요」

「오! 신부님!」 카드루스는 쭈뼛쭈뼛 한쪽 손을 내밀며, 또 한손으로는 이마에 흐르는 구슬땀을 닦으며, 「오, 신부님, 좋았다 낙심했다 하게 하는 그런 농담은 아니시겠지요?」

「난, 행복이란 게 어떤 것인지도, 또 실망이라는 게 어떤 것인지도 아는 사람이오. 그러니까 감정을 가지고 장난을 하며 좋아할 사람은 아니오. 자, 이걸 받으시오, 그 대신……」

벌써 다이아몬드에 손을 댔던 카드루스가 움찔하며 손을 뺐다.

신부는 미소를 지었다.

「그 대신」 하고 그는 말을 이었다. 「아까 이야기한 모렐 씨가 당테스 노인의 벽난로 위에 두고 갔다는 붉은 비단 지갑이 아직 당신 손에 남아 있다니, 그걸 날 주시오」

카드루스는 더욱 놀라며, 커다란 참나무 찬장 있는 데로 갔다. 그리고 장문을 열어, 빛이 바랜 붉은 비단의 길쭉한 지갑을 신부에게 주었다. 지갑 주위에는 오래전에 도금한 두 개의 구리 고리가 달려 있었다.
신부는 그것을 받고 그 대신에, 다이아몬드를 카드루스에게 내주었다.
「오, 당신은 하느님이십니다」 카드루스가 외쳤다. 「왜냐면, 당테스가 이 다이아몬드를 신부님께 드린 걸 아는 사람이 아무도 없으니, 그걸 그냥 가지셔도 됐을 텐데」
「그렇지, 이 사나이 같았으면 그랬을걸」 하고 신부는 낮은 소리로 혼자 중얼거렸다.
신부는 자리에서 일어나, 모자와 장갑을 들었다.
「지금 얘기한 건 다 정말이겠죠? 모든 걸 믿어도 좋겠소?」
「이걸 좀 보십시오, 신부님」 하고 카드루스는 말했다.
「이 벽 귀퉁이에 성목(聖木)으로 만든 그리스도 상이 있습니다. 그리고, 이 장 위에는 안사람의 복음서가 있습니다. 이 책을 펴주십시오. 제가 그리스도 상으로 손을 뻗고 복음서에 걸어 맹세하겠습니다. 저는 제 마음의 안식에 걸고, 또 그리스도 교도로서의 신앙에 걸어, 모든 사실을 있는 그대로, 마치 인간 수호 천사가 최후의 심판 날에, 하느님의 귀에 대고 얘길 하듯이, 모든 사실을 다 말씀드렸음을 맹세하겠습니다」
「좋소」 신부는 카드루스의 어조에 허위가 없음을 확신하고 말했다. 「그럼 좋소. 그 돈이 도움이 되기를 바라오. 안녕히 계시오. 자, 이제부터 난 인간들끼리 서로 물고 뜯는 세상과는 멀리 떨어진 곳으로 돌아가겠소」
그러고 나서 신부는 카드루스의 감격을 뿌리치듯 손수 문빗장을 올리고 밖으로 나가 말에 올랐다. 그리고 떠들썩하게 작별 인사를 늘어놓고 있는 여관 주인에게 마지막으로 인사를 하고, 다시 오던 방향으로 되돌아갔다. 카드루스가 뒤를 돌아보니 등뒤에는 카르콩트가 여느 때보다도 더욱 창백하고 더욱 후들후들 떨며 있었다.

「아니, 그게 정말이오?」하고 카르콩트가 말했다.

「뭐가? 다이아몬드를 나한테만 준 게 말야?」카드루스는 거의 미칠 듯이 기뻐서 이렇게 말했다.

「글쎄, 그게 말이오」

「정말이다마다! 자, 여기 있는걸」

아내는 잠시 그것을 들여다보더니, 낮은 목소리로 말했다.

「그런데, 만약에 이게 가짜라면 어쩌지?」

카드루스는 새파랗게 질리며 몸을 비틀거렸다.「가짜라고」그는 중얼거렸다.「가짜라고…… 그 사람이 가짜 다이아몬드를 나한테 괜히 왜 주겠소?」

「공짜로 돈 안 들이고 당신한테서 비밀을 알아내려고 말야. 당신도 바보구려」

카드루스는 잠시 그 추측에 가슴이 짓눌리는 듯 정신을 못 차리고 있었다.

「그렇지」잠시 후에, 그는 머리에 맨 붉은 수건 위에 모자를 쓰며 이렇게 말했다.「진짠지 가짠지는 곧 알게 될 거야!」

「어떻게?」

「보케르에 장이 섰지 않아. 파리에서 보석상들이 많이 와 있을 거야. 내가 가서 그 사람들한테 이걸 보여야지. 임잔 집이나 보고 있어. 내 두어 시간이면 돌아올 테니」

이렇게 말하며 카드루스는 밖으로 뛰어나가, 방금 그 낯선 신부가 떠나간 길과는 반대쪽 길로 급히 달려갔다.

「5만 프랑이라!」 혼자 남은 카르콩트가 중얼거렸다.
「엄청난 돈인데…… 아직 손에 들어온 재산이라곤 할 수 없지만」

감옥의 기록

앞에서 이야기한 사건이 일어난 그 이튿날, 벨가르드에서 보케르로 가는 길가에 있는 마르세유의 시장 집에 한 남자가 나타났다. 나이는 서른에서 서른두엇쯤, 담청색 프록코트에 남경직 바지와 흰 조끼를 입은 영국 사람 같은 옷차림에 말투도 영국식인 사나이였다.

「시장님」하고 그는 말했다.「저는 로마의 톰슨 앤드 프렌치 상사의 대리인입니다. 저희 상사는 십년 전부터 마르세유의 모렐 부자 상사와 거래를 맺고 약 10만 프랑 가량의 돈을 맡겨놓고 있는데, 그 상사가 파산할 염려가 있다는 소문을 들으니 불안한 나머지 그 상사에 대해 조회해 보려고 일부러 이렇게 로마에서 온 겁니다」

「그러십니까, 선생」시장이 대답하였다.「사실 나도 지난 사오 년 동안 모렐 씨네 상사가 계속해서 재난을 당하고 있다는 건 잘 알고 있는 터입니다. 사오 척의 배를 계속해서 잃어 버린 데다가, 또 서너 군데 은행에서 파산을 당했으니까요. 실은 저도 그 사람에겐 1만 프랑 가량의 채권을 가지고 있습니다만, 그 사람의 재정 상태에 관해서는 자세한 얘기를 해드릴 자격이 없습니다. 그러나 시장으로서 내가 그 사람을 어떻게 생각하느냐고 묻는다면, 그 사람은 지나칠 정도로 청렴한 사람으로, 여태까지 약속한 일은 꼭 지켜온 사람이라고 대답할 수는 있지요. 저로서 선생께 대답해 드릴 수 있는 건 이게 전부올시다. 만약에 그 이상의 사실이 알고 싶으시다면, 노아유 가 15번지에 있는 형무 검찰관인 보빌 씨에게 물어보십시오. 그 사람은 모렐 상사에 20만 프랑이나 넣었었다고 생각됩니다. 그러니, 만약에 걱정될 일이 있다면 그 사람이 돈 액수가 나보다는 훨씬 더 많으니, 그런 점은 아마 나보다 더 자세히 알고 있을 겁니다」

영국 사람은 이러한 깊은 배려를 존중해 주는 듯이 인사를 하고 밖으로 나와 영국인 특유의 걸음걸이로 시장이 일러준 길을 향해 걸어갔다.

보빌 씨는 서재에 있었다. 그를 보자 영국 사람은, 지금 방문한 이 사람 앞에 나타난 것이 이번이 처음이 아니라는 듯 놀란 기색을 보였다. 그러나 보빌 씨는 상당히 절망적인 상태여서, 그의 머리는 지금 자기를 괴롭히고 있는 일로 꽉차 있는데다, 과거의 일을 생각해 볼 여유라곤 없었다.

영국 사람은 자기 나라의 그 특유한 침착성을 지니고, 조금 전에 마르세유 시장에게 한 것과 똑같은 질문을 거의 똑같은 어조로 물어보았다.

「오, 선생」 하고 보빌 씨는 소리쳤다. 「걱정하시는 이 건은 유감스럽게도 의심할 여지가 없는 사실이올시다. 그래서 저도 보시다시피 이렇게 낙담하고 있는 겁니다. 저는 모렐 상사에 20만 프랑이라는 돈을 투자해 놓은 게 있으니까요. 그 20만 프랑이라는 돈은, 보름 후에는 시집을 보내려던 제 딸의 지참금이라서 이달 15일에 10만 프랑, 그리고 다음달 15일에 또 나머지 10만 프랑을 도로 받게 되어 있었어요. 그래, 모렐 씨에게 약속한 대로 그 돈을 꼭 돌려주어야겠다는 통지를 보내봤더니, 아 글쎄, 반 시간쯤 전에 와서 하는 말이, 파라옹 호가 보름까지 돌아오지 않는 날엔 그 돈을 지불할 능력이 없게 될지도 모르겠다는 겁니다」

「그렇지만」 하고 영국 사람은 말했다. 「그건 보통 지불 정지라고 하는 것과 다름없어 보이는데요」

「파산이나 다름없다는 말이 옳겠지요」 하고 보빌 씨는 절망적으로 말했다.

영국 사람은 잠시 생각에 잠기더니 이윽고 입을 열었다.

「그래서 그 채권이 걱정되어서 그러시는군요?」

「잃어버리는 거나 다름없게 될까 봐 그럽니다」

「그렇다면 제가 그 채권을 사겠습니다」

「아니, 선생께서요?」

「그렇습니다. 제가 말입니다」

「하지만 막대한 할인을 청구하시겠지요?」

「아니오, 20만 프랑으로 사겠습니다」 하고 영국 사람은 웃으면서 덧붙여 말했다. 「저희 상사에서는 그런 일은 하지 않습니다」

「그럼, 지불은?」

「현금으로 하지요」

이렇게 말하고 영국 사람은 주머니에서 지폐 뭉치를 꺼냈다. 그것은 보빌 씨가 잃어버릴까 봐 걱정하고 있던 그 돈의 배는 됨직해 보였다.

보빌 씨의 얼굴에는 금세 반가운 빛이 홱 스쳤다. 그러나 그는 마음을 꾹 누르고 말했다.

「그러나, 미리 말씀드리겠지만, 선생께선 아마 십중팔구는 그 돈의 육 분의 일도 못 받으실 텐데요」

「그건 저와는 상관없습니다」하고 영국 사람은 대답했다. 「그야, 제가 대표해서 일을 맡고 있는 톰슨 앤드 프렌치 상사가 상관할 일이지요. 상사 측에서는 경쟁 상사를 빨리 파산시키는 게 이익이라고 생각할는지도 모르죠. 그러나 제가 알고 있는 바로서는, 선생이 제게 명의를 양도해 주시는 데 대해서 그 값을 치러드리기만 하면 되는 거지요. 단, 수수료만은 주셔야겠습니다」

「그야, 당연한 말씀이지요!」보빌 씨가 소리쳤다.「수수료는 보통 한 푼 오 리로 되어 있는데, 두 푼을 원하시는가요? 아니면 서 푼입니까? 닷 푼입니까? 아니면, 그 이상이신가요? 말씀해 보십시오」

「보빌 씨」하고 영국 사람은 웃으며 말했다.「제 상사와 마찬가지로, 그런 식의 일은 안합니다. 제가 말한 수수료란 그와는 성질이 아주 다른 겁니다」

「말씀해 보십시오, 들어보겠습니다」

「선생께선 형무 검찰관이시죠?」
「네, 한 십사 년 됐습니다」
「그럼, 선생께선 죄수들의 출입을 기록한 장부를 가지고 계시겠군요?」
「물론이지요!」
「그 장부에는 죄수들에 관한 기록이 붙어 있겠지요?」
「죄수 한 사람 한 사람마다 조서가 다 있지요」
「실은, 제가 로마에 있을 때, 저는 어느 신부의 손에 자라났는데, 그 양반이 갑자기 자취를 감추고 말았군요. 그후에 들리는 말에 의하면, 그분은 이프 성에 감금되었다는 소릴 들었는데, 그분의 죽음에 대해서 좀 자세한 걸 알고 싶어서요」
「그래, 그분 이름이 뭡니까?」
「파리아 신부라고 합니다」
「아, 그 사람은 저도 기억하고 있습니다」하고 보빌 씨는 소리쳤다.「미친 노인이었었는데요」
「그렇다는 소릴 저도 들었습니다만」
「아니, 정말 미쳤었지요」
「그랬는지도 모르죠. 그래, 어떻게 미쳤었습니까?」
「그 노인은 자기가 막대한 보물이 있는 데를 알고 있다면서, 자기를 놓아주면 정부에 엄청난 금액을 기부하겠다는 거였어요」
「가엾군요! 그래, 그분은 돌아가셨나요?」
「네, 약 오륙 개월 전에 죽었지요. 지난 2월이었으니까요」
「날짜까지 기억하고 계신 걸 보니, 기억력이 대단하십니다」
「실은, 그 불쌍한 노인네가 죽자, 이상한 사건이 하나 일어났었기 때문에 잊혀지질 않는 겁니다」

「그 사건이라는 게 어떤 것이었는지 알면 안 되는 걸까요?」 하고, 영국 사람은 호기심에 찬 표정으로 물었다.

만약에, 누군가 깊은 주의를 기울여 그를 관찰했더라면, 그처럼 냉정해 보이는 얼굴에, 그러한 표정이 떠오른 것을 보고 깜짝 놀랐을 것이다.

「아이구, 이상한 일이었지요. 신부의 감방은 전에 보나파르트 당원이 들어 있던 감방에서 약 사십오 척 내지 오십 척쯤 떨어져 있는 곳에 있었죠. 그 사나이는, 1815년에 나폴레옹이 귀환하는 데 힘을 많이 쓴 자 중의 하나였는데, 상당히 의지가 굳고 위험한 자였지요」

「그랬군요?」 하고 영국 사람이 말했다.

「그렇습니다」 하고 보빌 씨는 대답했다. 「저도 1816년이었던가, 1817년에 한번 그 사람을 직접 본 일이 있지요. 호위병을 데리고 가지 않으면, 그 사람의 감방엔 내려가지를 못했었습니다. 그런데, 그 사람은 제게 깊은 인상을 주었어요. 그래, 그 얼굴이 통 머리에서 사라지질 않아요」

영국 사람은 눈에 띄지 않게 가만히 웃었다.

「그럼, 선생님 말씀에 의하면」 하고 그는 말을 이었다.

「그 두 사람의 감방은……」

「오십 척이나 서로 떨어져 있었지요. 그런데, 아무래도 그 에드몽 당테스라는 사나이가……」

「그 위험한 사나이의 이름이……」

「네, 에드몽 당테스였습니다. 그 에드몽 당테스라는 사내가, 어떻게 해서 교묘히 연장들을 손에 넣었거나 아니면, 만

들었던 모양이에요. 두 죄수가 서로 왕래할 수 있는 구멍이 발견되었거든요」

「탈옥할 목적으로 파놓은 것이겠군요?」

「물론이지요. 그런데 그자들은 운이 나빴어요. 파리아 신부가 강직증에 걸려 죽어버렸으니까요」

「알겠습니다. 그래서 탈옥의 목적이 깨지고 말았군요」

「그러나 살아남은 자에겐 문제가 달랐지요. 그 당테스란 자는, 오히려 거기에서 자신의 탈출을 앞당길 방법을 하나 발견했던 겁니다. 그자는 이프 성에서 죽은 죄수들이 모두 보통 묘지에 매장되는 줄로 알았던 모양이었습니다. 그래 시체를 자기 방으로 옮겨다 놓고, 자기가 시체를 넣는 부대 속에 들어가, 매장되기만을 기다리고 있었던 것입니다」

「상당히 무모한 방법이군요. 용기가 대단한 사람이었던 모양이지요」 하고 영국 사람이 말을 이었다.

「그럼요. 아까도 말씀드렸지만, 꽤 위험한 청년이었으니까요. 그런데, 다행히도 그자는 자기가 알아서 정부의 불안을 깨끗하게 해소시켜 주었습니다」

「그건 어떻게요?」

「어떻게라니요? 무슨 말인지를 모르시는군요」

「모르겠는데요」

「이프 성엔 묘지가 없답니다. 죄수가 죽으면 시체의 발에 서른여섯 근이나 되는 쇠뭉치를 달아서 바다에다 그대로 던져버리고 말거든요」

「그래서요?」 하고 영국 사람은 이해가 잘 안 된다는 듯이 물었다.

「그래서, 그자의 발에다가도, 서른여섯 근이나 되는 쇠뭉치를 매달아 가지고 바다에 던져버렸지요」
「그게 정말입니까?」 영국 사람이 소리쳤다.
「정말이고 말고요」 검찰관은 말을 계속하였다. 「절벽 꼭대기에서 아래로 떨어지는 걸 느꼈을 때, 그자가 얼마나 놀랐겠는가 짐작이 가실 테죠? 그때의 그자 얼굴을 좀 봤으면 했지요」
「그야, 본다는 게 말이나 됩니까?」
「아니죠!」 20만 프랑이 분명 자기 손에 다시 들어온다는 확신 때문에 기분이 좋아진 보빌 씨는, 「아니죠, 상상으로도 되니까요」 그러고는 웃음을 터뜨렸다.
「그건 저도 할 수 있지만」 하고 영국 사람이 말했다. 그러고 나서 자기 쪽에서도 웃기 시작했지만, 어디까지나 영국식으로, 다시 말하면, 입 모양으로만 웃었다.
「그러면」 다시 먼저대로의 침착성을 회복하고 영국 사람이 말을 이었다.
「그럼, 그 탈옥수는 익사하고 말았나요?」
「분명히 죽었습니다」
「그러니, 이프 성의 소장은 미치광이하고 사나운 놈을 한꺼번에 없애버린 셈이로군요」
「그렇지요」
「하지만, 그 사건에 관해선 무슨 조서 같은 것이라도 꾸며져 있겠지요?」 하고 영국 사람이 물었다.
「예, 예, 사망증이 있지요. 만약에 당테스에게 친척이 혹 있다면, 그의 생사를 확인할 수도 있을 테니까요」

「그러니까 지금은, 그 사람의 친척이 그의 재산을 상속하더라도 안심할 수가 있겠군요. 죽었군요? 정말 죽었겠군요?」
「그럼요. 친척들이라도 와서 보여달라면, 증명서를 보여줄 거니까요」
「아멘」 하고 영국 사람이 말했다.「자, 그럼 다시 그 기록 얘기로 돌아가 볼까요」
「참, 그렇군요. 얘기가 딴 데로 흘러버렸습니다 그려. 실례 했습니다」
「실례는요? 뭐가 말씀입니까? 지금 말씀하신 얘기 말인가요? 원 천만에. 아주 신기한 얘긴걸요」
「사실 신기한 얘기지요. 선생께선 그 불쌍한 신부에 관한 일체의 서류를 보고 싶으신 것이지요? 그 노인은 바로, 자비 그 자체라고 할 수 있는 사람이었지요」
「그렇게 해주셨으면 고맙겠습니다」
「서재로 들어가시지요, 서류를 보여드릴 테니까요」
두 사람은 보빌 씨의 서재로 들어갔다.
그곳에는 모든 것이 질서 있게 정돈되어 있었다. 기록 하나하나가 제 번호에 끼여 있었고, 서류 하나하나가 제 함 속에 들어 있었다. 검찰관은 영국 사람을 자기 의자에 앉히고, 앞에다가 이프 성에 관한 기록과 서류를 놓아주고 천천히 들여다볼 여유를 주었다. 그리고 자기 자신은 한쪽 구석에 앉아 신문을 읽고 있었다.
영국 사람은 힘들이지 않고, 파리아 신부에 관한 서류를 찾아낼 수 있었다. 그런, 그의 관심을 정말로 크게 돋운 것은, 조금 전에 보빌 씨한테서 들은 그 이야기인 것 같았다. 왜냐하면, 그는 그 첫번 서류들을 한번 죽 읽어보고는, 계속해서 에드몽 당테스의 서류가 나올 때까지 서류를 뒤적이고 있었기 때문이다. 서류는 모든 것이 제자리에 분명하게 구별되어 있었다. 고소장, 심문서, 모렐 씨의 탄원서, 빌포르 씨의 첨부 의견서 등. 그는 슬며시 그 고소장을 접어 주머니 속에 넣고, 그 다음엔 심문 서류를 읽고, 그곳에 누아르티에의 이름이 없는 것을 발견하고는, 1815년 4월 15일자의 청원서를 훑어보았다. 그 청원서에 의하면, 모렐 씨는 검사 대리의 권고에 따라 당테스가 황제를 위해 바쳐온 그의 공로를 선의에서 과장하고 있었는데, 빌포르의 증명은 그 공로를 여지없이 뒤집어놓고 있었다. 여기서 그는 모든 것을 깨달았다. 나폴레옹에게 보내는 그 청원서는 빌포르가 손에 쥐고 있다가 제이 왕정복고 시대가 되자, 검사의 수중에서 무서운 무기가 되어버렸던 것이다. 그는 서류를 들추다가 자기 이름 맞은편에, 다음과 같이 괄호 속에 넣은 기록을 보고도 별로 놀라지 않았다.

에드몽 당테스 (과격한 보나파르트 당원. 나폴레옹이 엘바 섬에서 귀환하는 일에 적극 협조했음. 엄중한 감시하에 극비리에 감금할 것.)

이 기록 아래 다른 필적으로,

상기의 기록으로 보아, 고려할 여지 없음.

그러나 그는 괄호 속에 써넣은 필적과, 모렐 씨의 청원서

밑에 쓴 증명의 필적을 비교해 보고, 괄호 속의 기록과 증명이 같은 필적, 다시 말하면 빌포르의 손으로 씌어진 것이라는 것을 확신하게 되었다.

한편, 그 영국 사람은 괄호 안의 글에 덧붙여 그 밑에 써놓은 기록에 관해서는, 당테스의 처지에 일시적이나마 관심을 가졌던 어떤 검찰관이 써놓은 것으로, 그것은 앞서 인용한 주의서가 있었기 때문에, 모처럼의 관심이 그만 좌절되고 말았다는 사실을 알 수 있었다.

앞에서도 말한 바와 같이 검찰관은 조심스럽게 파리아 신부의 제자가 조사하는 것을 방해하지 않으려고, 멀찌감치 떨어져 앉아서 《백기(白旗)신문》을 읽고 있었다.

그래서 그는 〈레제르브의 정자 아래서 당글라르의 손으로 씌어져, 2월 27일 저녁 여섯시 열어봄〉으로 되어 있는, 마르세유 우체국의 도장이 찍힌 그 고소장을 영국 사람이 접어 주머니 속에 넣은 것도 모르고 있었다.

그러나 여기서 한마디 해두지 않을 수 없는 것은, 설혹 그가 그것을 보았다 하더라도, 자기의 20만 프랑이 너무 중요하였기 때문에, 그 영국 사람이 한 짓이 설혹 그릇된 일이라 하더라도, 그 서류쯤은 너무나 가볍게 생각하고 아마 그것을 제지하지는 않았을 것이다.

「고맙습니다」 영국 사람은 소란스럽게 기록을 닫으면서 말했다. 「제가 필요한 사실을 이제 알게 됐습니다. 그러니, 이번엔 제가 약속을 지켜야 할 차례로군요. 간단하게 채권 양도증을 하나 써주십시오. 양도증에 돈을 받았다는 사실만을 인정해 주시면, 곧 현금으로 그 금액을 지불해 드리지요」

이렇게 말하면서 그는 사무용 책상의 의자를 보빌 씨에게 내주었다. 보빌 씨는 아무렇게나 앉아, 요구된 양도증을 급히 쓰기 시작했다. 그러는 동안에, 영국 사람은 서류함 끝에서 지폐를 세고 있었다.

모렐 상사

　모렐 상사의 내부를 아는 사람으로, 여러 해 전에 마르세유를 떠났다가 지금 이 시기에 다시 돌아와 본 사람이면, 그곳에 커다란 변화가 생겼다는 것을 곧 알게 될 것이다.
　말하자면, 한창 흥해 가고 있는 상점에서 발산되는 활기며 안식, 그리고 행복의 분위기속에 창문의 커튼 너머로 보이는 유쾌한 얼굴이며, 귀 뒤에 펜을 꽂고 복도를 건너다니는 사무원들의 모습, 짐짝들이 가득 쌓이고, 짐꾼들이 떠드는 소리며 웃음소리가 떠들썩한 안뜰, 이 모든 것들 대신에, 단번에 무엇인가 슬픔과 죽음의 그림자를 느꼈을 것이 틀림없다. 지금 그 한산한 복도와 텅 빈 안뜰에는, 전에 사무실 가득 득실거리던 사무원 중 단 두 사람만이 남아 있을 뿐이다. 그 중의 하나는 서른서넛 된 엠마뉘엘 레이몽이라는 청년으로서, 모렐 씨의 딸을 사랑하고 있기 때문에 집안에서 양친들의 만류를 무릅쓰고 계속해서 사무실에 남아 있는 것이었다. 또 다른 한 사람은 회계를 맡아보는 애꾸눈 코클레스라는 노인이었다. 코클레스란, 지금은 거의 사람이 안 산다고 볼 수 있으나, 예전엔 이 흥성한 상사에 들끓던 젊은이들이 붙여준 그의 별명이었는데, 나중에는 그것이 완전히 그의 본명이 되어버렸던 것이다. 그래서 지금은 아마 본명으로 누가 그를 불러도 뒤도 돌아보려고 하지 않을 것이다.

코클레스는 여전히 모렐 씨의 일을 거들고 있었다. 그러나 사람 좋은 이 노인의 신분에는 이상한 변화가 생겼다. 그는 회계의 의자에도 올라앉는가 하면, 동시에 사환의 위치로도 전락하고 말았던 것이다.

그러나, 코클레스는 전과 마찬가지로 호인이며, 끈기있고 헌신적이었다. 그러나, 계산에 있어서만은 조금도 양보할 줄을 몰랐다. 그 점에서만은 누구에게나, 비록 모렐 씨에게까지라도 완강했다. 그는 피타고라스의 표밖에는 몰랐다. 그러나 사람들이 그것을 아무리 뒤집어서 물으려 해도, 그는 손바닥을 들여다보듯이 그것을 환히 알고 있었다.

모렐 상사에 슬픔이 엄습해 와도 코클레스만은 동요할 줄을 모르고 태연하였다. 그러나, 그 점을 잘못 생각해서는 안 된다. 그가 태연스러운 것은 그의 마음에 애착이 없어서가 아니라, 그와 반대로 흔들릴 줄 모르는 확신에서 오는 것이다. 바다에 침몰하게 될 운명을 타고난 배에서는 쥐들이 점점 없어지고, 배가 닻을 올릴 때쯤 되면, 자기 이익만 생각하는 손님들은 완전히 배에서 없어지고 만다고 흔히 사람들이 말하듯, 이와 마찬가지로 선주 덕에 생계를 이어오던 많은 사무원이나 고용인들이 지금은 완전히 사무실과 창고를 떠나버리고 말았다. 그러나 코클레스는 사람들이 왜 떠나가는지 그 이유도 생각하려 들지 않고, 그저 그들이 가는 걸 바라보고만 있었다. 그들은 모두 전에도 말한 것같이, 코클레스에게는 언제나 당당히 그리고 정확하게 돈이 지불되는 것을 보아왔다. 그는 마치 물이 많은 강물로 움직이는 물방아를 갖고 있는 제분업자가 그 강물이 흐르지 않게 된 것을 생각도 않는 것과 마찬가지로, 모렐 상사의 그런 정확성이 중단되고 지불이 중지된다는 일 같은 것을 생각조차도 하지 못했던 것이다. 사실 이제까지는 코클레스의 확신을 뒤집을 만한 사실은 일어나지 않았다. 이번 월말에도 계산은 어김없이 정확하게 끝난 것이다. 코클레스는 모렐 씨가 계산 착오로 70상팀의 손해를 본 것을 발견했다. 그리고 같은 날, 그는 또 4수가 더 온 것을 모렐 씨에게 도로 갖다주었다. 모렐 씨는 서글프게 웃으면서 그 돈을 받아 거의 텅 비다시피 된 서랍 속에 넣으며 이렇게 말했다.
「그랬던가. 코클레스, 자넨 보기 드물게 훌륭한 회계야」
코클레스는 더할 나위 없이 만족스런 마음으로 물러갔다. 마르세유에서 제일가는 훌륭한 인물인 모렐 씨의 이 찬사는, 50에퀴의 상금보다 더 그의 마음을 기쁘게 해주었기 때문이다. 그러나 그처럼 떳떳하게 계산을 끝낸 월말 이후로 모렐 씨는 역경에 빠지고 말았다. 그는 이번 월말 계산을 맞추기 위해서 있는 재산을 모조리 다 긁어모았다. 그러나 이런 궁여지책을 쓰는 것을 남이 알게 되면 필경 자기가 역경에 몰려 있다는 소문이 마르세유 안에 쫙 퍼질 것이 걱정이 된 그는, 자기 자신이 직접 보케르의 시장으로 가서, 자기 아내와 딸의 귀금속과 자기가 가지고 있던 은기(銀器)들의 일부를 팔았다. 그는 이와 같은 희생을 치름으로써, 이번에도 모렐 상사의 명예를 깎이지 않고 돈 계산을 끝냈다. 그러나 금고 안은 완전히 텅 비어 있었다. 신용이란 것은 원래 이기적인 것이어서, 일단 사람들 입에 오르내리면 곧 떨어지게 마련이다. 그리고 이번 달 15일이 지불 기한으로 되어 있는 나머지 10만 프랑을 메우려면, 모렐 씨는 사실상 파리옹 호가 들어오기만을 기다리는 수밖에 다른 도리가 없었다. 그 배가 지금 돌아오는 길이라는 소식을 파라옹 호와 함께 출발해서 무사히 들어온 다른 배가 알려왔던 것이다.

그러나 캘커타에서 출발한 그 배가 돌아온 지 벌써 보름이나 됐는데도, 파라옹 호는 아직 아무 소식이 없었다.

모렐 상사가 이러한 처지에 놓여 있을 때, 로마의 톰슨 앤드 프렌치 상사의 대리인인 그 영국 사람이, 보빌 씨와 앞서 말한 그 중요한 거래를 마친 이튿날 모렐 씨를 찾아왔다.

엠마뉘엘이 그를 맞았다. 이 청년은 새로 누가 올 때마다 겁을 집어먹고 있었다. 왜냐하면 새로 찾아오는 사람이란 으레 채권자로서, 불안한 생각에 모렐 상사의 주인에게 사정을 알아보려고 오는 것이기 때문에, 청년은 이러한 방문에서 오는 고통을 주인에게 맛보게 하고 싶지 않았다. 그는 새로 온 손님에게 용건을 물어보았다. 그러나 손님은 엠마뉘엘에게는 할 얘기가 없고, 자기는 모렐 씨에게 개인적으로 할 말이 있다고 대답했다. 엠마뉘엘은 웃으면서 코클레스를 불렀다. 코클레스에게 손님을 모렐 씨에게로 안내하라고 일렀다.

코클레스가 앞서 가고, 손님이 그 뒤를 따랐다.

계단에서 그들은 십칠팔 세쯤 되어보이는 아름다운 소녀를 만났다. 소녀는 불안한 표정으로 손님을 바라보았다. 손님은 그 표정을 놓치지 않고 본 것 같았으나, 코클레스는 아무것도 보지 못했다.

「아가씨, 모렐 씨는 방에 계시겠죠?」 하고 회계가 물었다.

「네. 계신 것 같은데요」 하고 소녀는 망설이는 듯이 말했다. 「코클레스, 당신이 먼저 들어가 보세요, 그래서 아버지가 계시면 손님의 성함을 말씀드리시죠」

「제 이름은 대도 소용 없습니다」 하고 영국 사람이 대답했다. 「모렐 씨는 제 이름을 모르십니다. 아버님의 상사와 거래가 있는 로마의 톰슨 앤드 프렌치 상사의 대리인이라고만 전해 주시면 됩니다」

소녀는 얼굴이 새파랗게 질려 아래로 내려갔고, 코클레스와 손님은 위로 올라갔다.

소녀는 엠마뉘엘이 있는 사무실로 들어갔다. 그리고 코클레스는 자기가 늘 가지고 다니며 자유로이 주인이 있는 곳으로 출입할 수 있는 열쇠로 삼층 층계참 끝에 있는 문을 열었다. 그리고 손님을 곁방에 남겨놓고, 자기는 다시 제2의 문을 열고 들어가 그 문을 도로 닫았다. 그리고 톰슨 앤드 프렌치 상사의 파견원을 잠깐 동안 혼자 기다리게 한 후에, 다시 나타나 들어오라는 눈짓을 했다.

영국 사람은 들어갔다. 모렐 씨는 자기의 과거가 기재되어 있는 장부가 산더미같이 쌓인 책상 앞에 창백한 얼굴로 앉아 있었다.

손님이 들어오는 것을 보자, 모렐 씨는 장부를 덮고 일어서서 의자를 권하였다. 그러고 나서 손님이 앉는 것을 보고는 자기도 의자에 앉았다.

이 이야기의 첫머리에서는 서른두 살이더니, 지금은 쉰을 다 바라보게 된 이 대상인은, 지난 십사 년 동안에 완전히 변하고 말았다. 머리는 허옇게 세고, 이마는 근심으로 주름이 깊이 패여 있었다. 전에는 그처럼 꿋꿋하고 침착하던 눈길은, 멍하고 갈피를 잡을 줄 모르게 되었고, 무엇이든 한 가지 생각이나, 한 인간에게 주의를 집중하기를 두려워하는 것 같았다.

영국 사람은 깊은 호기심으로 그를 쳐다보았다.

「그런데, 무슨」 상대방이 자기를 찬찬히 살펴보는 데에 마음이 더욱 언짢아진 모렐 씨가 입을 열었다.「용건이 제게 있으시다고요?」

「네, 제가 어디서 왔는지는 알고 계시겠지요」

「예, 저의 회계 말을 들으니, 톰슨 앤드 프렌치 상사에서 오셨다고요」

「네, 맞습니다. 톰슨 앤드 프렌치 상사에서는 이달과 새달 중에, 프랑스에 3,40만 프랑의 돈을 지불할 것이 있습니다. 그런데 선생님이 매사에 엄격하도록 정확하시다는 걸 알고 있어서, 이 서명이 되어 있는 증서를 모두 모아가지고, 이 증서의 기한이 끝나는 대로 저희가 댁의 회사에서 현금을 받아가지고, 그 돈으로 다른 일에 충당하도록 되어 있어서 제가 온 것입니다」

모렐 씨는 깊은 한숨을 내쉬고 땀이 철철 흐르는 이마로 손을 가져갔다.

「그러면」 하고 그는 물었다. 「선생께서 제가 서명한 어음을 가지고 계신지요?」

「네, 꽤 많은 액수를 가지고 있습니다」

「그게 얼마나 되나요?」 애써 목소리를 가라앉히며 모렐 씨가 물었다.

「우선, 여기」 하고 영국 사람은 주머니에서 서류 뭉치를 하나 꺼내며 말했다. 「형무 검찰관 보빌 씨가 우리 상사에 양도한 20만 프랑의 양도증이 있습니다. 보빌 씨에게 이 돈을 지불하시지 않으면 안 된다는 건 인정하시겠지요?」

「그렇습니다. 그건 그분이, 벌써 오 년 전입니다만, 너 푼 오 리로 저의 상사에 넣어둔 돈이었습니다」

「그럼, 그 지불은 어떻게 하시기로……」

「반은 이달 15일에, 그리고 나머지로 이달 말에 지불할 것이 3만 2,500프랑이 있습니다. 이건 선생께서 서명한 어음인데, 제삼자로부터 다시 저희에게로 넘어오게 된 겁니다」

「그것도 인정합니다」 하고 모렐 씨는 말했다. 그는 생전 처음으로 약속을 이행하지 못하게 될지도 모른다는 생각에 부끄러운 마음이 들어 얼굴을 붉혔다. 「그뿐이신가요?」

「아닙니다. 그리고 다음달 말에 지불하기로 되어 있는 어음이 또 있습니다. 이것은 마르세유의 파스칼 상사와 와이드 앤드 터너 상사가 저희 상사로 돌린 것인데, 금액은 약 5만 5,000프랑입니다. 그래, 전부해서 28만 7,500프랑이 됩니다」

이렇게 돈의 액수를 늘어놓고 있는 동안 모렐 씨가 얼마나 마음이 괴로웠는지는 이루 다 표현할 수도 없을 정도이다.

「28만 7,500프랑」 하고 그는 기계적으로 되뇌었다.

「그렇습니다」하고 영국 사람은 대답했다.

「그런데」하고 영국 사람은 잠깐 말을 끊었다가 다시 시작했다. 「솔직히 말씀드리자면 모렐 씨, 선생께서는 오늘날까지 나무랄 데 없이 청렴한 분이라는 것은 알고 있습니다만, 마르세유에 소문을 들으니, 댁의 상사가 더 이상 사업을 유지해 나갈 힘이 없어졌다고 하더군요」

이렇게 거의 잔인하리만큼 털어놓고 얘길 하는 바람에, 모렐 씨는 얼굴빛이 무서우리만큼 새파랗게 질렸다.

「선생」하고 그는 말했다. 「제가 이 상사를 아버지 손에서 물려받은 지 이십사 년이 지나도록, 또 그전에 아버지가 직접 운영하신 삼십오 년 동안, 그리고 오늘날에 이르기까지 모렐 부자의 서명으로 된 어음이 현금 지불이 안 된 일은 한번도 없습니다」

「그건 저도 잘 알고 있습니다」하고 영국 사람이 대답했다. 「하지만 사내 대장부 대 사내 대장부의 일입니다. 솔직히 말씀해 보십시오. 선생께선 정말 그전처럼 이 어음을 정확하게 지불하실 수 있으십니까?」

모렐 씨는 몸을 떨었다. 그리고 자기가 지금까지 가져온 것보다 더 확신을 가지고서 이런 식으로 말을 끌어나가는 상대방의 얼굴을 바라보았다.

「그렇게 툭 털어놓고 물어보시니」하고 그는 말했다

「이쪽에서도 솔직히 대답을 해드려야겠습니다. 실은 만약에 제 배가 바라는 대로 무사히만 돌아와 준다면야, 다 지불할 수가 있겠지요. 그 배만 돌아온다면, 제가 계속해서 재난을 당해서 그동안에 잃어버렸던 신용을 다시 회복할 수가 있을 테니까 말입니다. 그러나, 만약에 불행히도 그 파라옹 호가, 제가 마지막으로 기대를 걸고 있는 그 희망이 무너지는 날엔……」

불쌍한 선주의 눈에 눈물이 괴었다.

「그렇게 되면」 하고 상대방이 물었다. 「마지막 그 기대가 무너지는 날엔……」

「그땐」 하고 모렐 씨는 말을 이었다. 「말하기도 괴로운 일이지만…… 하지만, 뭐 벌써 불행엔 단련이 되어 있어서요. 창피한 일에도 단련이 되어야겠지요. 그땐, 지불 정지를 선언하는 수밖에 없지요」

「이럴 때, 누구 도움을 주려는 친구는 없으십니까?」

모렐 씨는 쓸쓸하게 웃었다.

「장삿속엔 친구라곤 없습니다. 잘 아시겠지만, 있는 건 그저 단골뿐이지요」 하고 그는 말했다.

「하긴 그렇습니다」 하고 영국 사람은 중얼거렸다. 「그러니까, 선생께선 지금 기대할 것이라곤 단 하나밖엔 없겠군요」

「단 하나지요」

「마지막 기대라고 그러셨죠?」

「네, 마지막 기대지요」

「그런데, 만약에 그 기대가 무너지는 날엔……」

「파산입니다. 뭐 완전한 파산이지요」

「제가 여기 올 때, 배가 한 척 입항하던데요」

「예, 알고 있습니다. 제가 이렇게 역경에 빠져 있는데도 꾸준히 충실하게 일을 봐주는 청년이 상점 꼭대기에 있는 망루에 틈만 있으면 올라가 보지요. 무슨 좋은 소식이라도 있으면, 빨리 제게 알려주려고요. 그 배가 들어왔다는 얘기도 그 청년한테서 들었습니다」

「그럼, 그 배는 댁의 배가 아닙니까?」

「아니죠. 그건 지롱드 호라는, 보르도 배입니다. 그 배는 인도에서 왔지만, 제것은 아닙니다」

「그럼, 어쩌면 파라옹 호도 알 테니, 무슨 소식이라도 가져왔겠군요」

「솔직하게 말씀드리자면, 저는 그 범선 소식을 듣는 게, 그냥 이렇게 불안하게 지내는 거나 마찬가지로 두렵습니다. 불안해할 동안은 그래도 아직은 희망이 남아 있는 거니까요」

그러고 나서 모렐 씨는 낮은 목소리로 이렇게 말했다.

「이렇게 돌아오는 게 늦는 건 아무래도 심상치가 않습니다. 파라옹 호는 2월 15일에 캘커타를 떠났다니까. 적어도 한 달 전에 여길 도착했어야 할 거예요」

「저 뭡니까?」 영국 사람이 귀를 기울이며 말했다.

「저게 무슨 소릴까요?」

「아니, 이게 웬일일까?」 하고 모렐 씨는 얼굴이 새파래지며 소리쳤다.

과연, 복도에서 떠들썩한 소리가 들려왔다. 사람들이 왔다갔다 하는 발소리에다, 침통한 외마디 소리조차 들려왔다.

모렐 씨는 문을 열어 나가려 했다. 그러나 힘이 쭉 빠져서, 그는 다시 제자리에 주저앉고 말았다.

두 사람은 서로 그냥 마주앉아 있기만 했다. 모렐 씨는 전신을 부들부들 떨고 있었고, 손님은 그러한 그를 깊은 동정의 눈으로 바라보고 있었다. 바깥에서 나던 소리가 뚝 그쳤다. 그러나 모렐 씨는 무엇인가를 기다리고 있는 것 같았다. 그 소리에는 무슨 이유가 있었다. 그러니까, 그 결과가 나타나지 않으면 안 되었다.

손님의 귀에는, 조용히 층계를 올라오는 여러 사람의 발자국 소리가 들렸고, 그것이 지금 층계참에서 멎는 것 같았다.

첫번째 문의 열쇠 구멍에 열쇠가 끼워졌다. 그러더니, 문이 돌찌귀 위에서 삐걱거리며 열리는 소리가 났다.

「이 문의 열쇠를 가진 사람은 둘밖엔 없습니다. 코클레스와 쥘리지요」

그와 동시에 두번째 문이 열리더니, 아까 그 소녀가 얼굴이 새파래져서, 양볼에 눈물을 흘리며 나타났다.

모렐 씨는 떨리는 몸으로 일어나 의자 팔걸이에 몸을 기댔다. 서 있을 수조차 없었기 때문이다. 무엇인가 물어보려 했으나 목소리가 나오질 않았다.

「아버지!」 소녀는 두 손을 모으며 말했다.「용서하세요, 불행한 소식을 전해 드려야만 할 것 같아요」

모렐 씨의 얼굴은 무섭도록 창백해졌다. 쥘리는 아버지의 팔에 가서 안겼다.

「아버지, 아버지, 용기를 내세요」 하고 소녀는 말했다.

「파라옹 호가 침몰했느냐?」 하고 모렐 씨는 목멘소리로 물었다.

소녀는 대답하지 않았다. 그러나, 아버지의 가슴에 매달린 채로 그녀는 고개만을 끄떡였다.

「승무원은?」 모렐 씨가 물었다.

「구조됐대요」 하고 소녀가 말했다. 「조금 전에 항구에 들어온 보르도 배의 구조를 받았대요」

모렐 씨는 체념과 깊은 감사의 빛을 띠며, 두 손을 하늘로 쳐들었다.

「감사합니다. 하느님. 손해는 저 하나만 보고 말게 해주셨으니까요」

그처럼 냉정하던 영국 사람의 눈시울도 눈물에 젖었다.

「들어들 오지」하고 모렐 씨는 말했다. 「모두들 문 앞에 있는 줄 아니까, 어서 들어들 와」

과연 모렐 씨의 그 말이 끝나기가 무섭게 모렐 부인이 흐느끼면서 들어왔다. 부인의 뒤에는 엠마뉘엘이 따라왔다. 저 구석 곁방에는 반벌거숭이가 된 일고여덟 명의 선원들의 거친 얼굴이 보였다. 그 얼굴들을 보자 영국 사람은 몸을 떨었다. 그러고는 마치 그들에게로 다가갈 듯이 한 발을 내놓다가 꾹 참고, 오히려 서재에서 제일 어둡고 제일 구석진 모퉁이로 몸을 감췄다.

모렐 부인은 의자에 가서 앉아, 두 손으로 남편의 한쪽 손을 잡았다. 쥘리는 여전히 아버지의 가슴에 기대 있었다. 엠마뉘엘은 방 한가운데 선 채, 마치 모렐 씨 가족과 문 앞에 서 있는 선원들 사이를 연결해 주는 구실을 하는 것 같았다.

「어떻게 된 건가?」 모렐 씨가 물었다

「페늘롱, 앞으로 나오지. 가서 자초지종을 말씀드려야 할 게 아냐」 하고 청년이 말했다.

적도의 햇볕에 그을은 늙은 선원이 원래 모양을 거의 알아볼 수 없게 된 모자 조각을 손에 굴리며 앞으로 나아갔다.

「안녕하셨습니까, 모렐 씨」 그는 마치 어제 마르세유를 떠났다가 엑스나 툴롱에서 돌아온 사람같이 말했다.

「잘 있었나?」 선주는 눈물을 흘리면서도, 미소를 머금고 말했다. 「그런데 선장은 어디 있나?」

「선장 말씀이신가요? 모렐 씨, 선장은 병이 나서 파르마에서 처졌습지요. 그렇지만 다행히도 대단하지는 않습니다. 며칠 있으면 선주님이나 저처럼 멀쩡하게 돌아올 걸입쇼」

「다행이군…… 자, 그럼 얘길 해보지, 페늘롱」 하고 모렐 씨가 말했다.

페늘롱은 입담배를 오른쪽 볼에서 왼쪽 볼로 보내고, 손으로 입을 가리며 뒤로 돌아서서 옆방 쪽으로 시커먼 침을 한번 탁 뱉더니, 한걸음 앞으로 나아가 허리 위를 흔들면서 얘기를 시작했다.

「그때 저희들은 불랑 곶[岬]과 보아이아도르 곶 사이에서 바람이 일지 않아 고생한 끝이었습죠. 바로 그때 고마르 선장이 키를 잡고 있던 제게 와서는, 〈페늘롱 영감, 저기 저 수평선 위로 올라오는 구름을 어떻게 생각하지?〉 하고 말하더군요. 저도 마침 그때 그 구름을 보고 있던 참이었습지요. 〈제 생각엔 선장님, 보통 구름보다는 좀 빨리 올라오는 것 같군요. 게다가 나쁜 징조를 띤 구름이 아니라고 하기엔 너무 시커먼데요.〉 〈내 생각도 그렇네.〉 선장이 그러더군요.

〈어쨌든 준비는 다 해놓았겠지. 이제부터 일어날 바람에 대비할 돛은 지나칠 정도로 많이 있으니까…… 여봐! 작은 돛은 줄이고, 뱃머리의 삼각돛은 밑에다 매어둬라!〉라고 선장이 소리쳤습니다. 명령대로 일이 채 끝나기도 전에 바람이 몰려왔지요. 그리고 배가 기울기 시작했습니다.

〈괜찮아!〉 하고 선장이 말하더군요. 〈그래도 돛이 많아. 큰

돛도 잡아매라!〉
 오 분 후엔 큰 돛이 다 잡아매어져서, 앞의 돛과 작은 돛과 제이 접장돛만 가지고 배가 달리고 있었습니다. 〈여봐, 페늘롱 영감! 왜 그렇게 머리는 흔들지?〉
 〈내가 당신 자리에 있다면, 이렇게 우물쭈물하고 있진 않을 거유.〉
 〈영감 말이 옳은 것 같은데. 아무래도 곧 바람을 호되게 만날 것 같아.〉
 〈아, 그럴 리는 없어요. 저기서 일어나는 바람을 회오리바람이라고 생각했다간 큰일 납니다. 저건 분명 폭풍우요. 그렇잖으면 내 눈이 어떻게 된 거겠지.〉 왜 그러냐 하면, 마치 몽트르동에서 먼지가 일어나듯이 바람이 일어나는 게 보였으니까요. 그래도 다행히 그걸 볼 줄 아는 사람한테 걸려들었으니 망정이죠. 선장이 또 소리를 쳤습니다.
 〈각범 둘을 접어라! 옆의 돛의 밧줄을 늦추고, 바람 쪽으로 돛대를 돌려라! 각범을 내리고 작은 돛을 돛대에 잡아매라!〉」
 「그 지점에선 그 정도론 안 됐을걸요」 하고 영국 사람이 말했다. 「나 같으면 각범 넷을 접고, 앞의 돛을 거둬버렸을 텐데」
 이 뜻하지 않은 우렁차고 힘찬 목소리에, 모두들 소스라치게 놀랐다. 페늘롱은 한쪽 손을 눈 위로 올려, 자기 선장의 수완을 이처럼 단도직입적으로 비난하는 사나이의 얼굴을 바라보았다.
 「저희도 그보단 좀 나은 방법을 써보았는데요, 선생님」
 늙은 선원은 일종의 경의를 표하면서 말했다. 「저희는 후편

사다리돛을 줄이고 폭풍우 앞을 빠져나가려고 바람 쪽으로 키를 잡았습니다. 그리고 십 분이 지나자, 돛 하나도 없이 배를 달렸지요」

「그렇게 위험한 짓을 하기엔 배가 너무 낡았던 게로군요」 하고 영국 사람이 말했다.

「맞습니다. 그래서 그렇게 당한 것입니다. 마치 무슨 악마가 지휘를 하는 게 아닌가 싶으리만큼 배가 열두 시간이 넘게 흔들리더니 배가 가라앉기 시작했지요. 〈페늘롱, 가라앉는 것 같으니, 자, 키는 내게 맡기고 영감은 선창으로 내려가보우.〉 선장이 이렇게 말을 하기에 키를 선장에게 맡기고 전 내려갔었습죠. 그랬더니, 벌써 물은 석 자나 올라와 있더군요. 전〈펌프! 펌프!〉하고 소리를 지르며 다시 위로 올라갔지요. 그랬는데도 이미 때는 너무 늦었었지요. 작업을 시작했는데도, 물을 퍼내면 퍼낼수록 점점 더 많이 괴질 않았겠습니까. 그래, 네 시간이나 물을 퍼내다가 나중엔, 〈에이, 빌어먹을, 가라앉으려면 가라앉아라, 사람이 한번밖엔 더 죽겠느냐!〉고 내가 그랬죠. 그랬더니, 선장이〈페늘롱! 그래 그따위 본을 보여줄 테야? 좋아, 그럼 기다리고 있어!〉

그러더니 그는 자기 방으로 권총 두 자루를 가지러 가더군요. 그러고는 소리쳤습니다.

〈누구든지 펌프 곁을 제일 먼저 떠나는 놈은, 골통을 쏴버릴 테다!〉」

「음」하고 영국 사람이 말했다.

「이성만큼 용기를 복돋워줄 수 있는 건 또 없더군요」하고 늙은 선원은 말을 이었다.「게다가 또 그러는 사이에 하늘도

맑아지고 바람도 가라앉았지요. 그러나 물이 자꾸 들어오는 것만은 변함이 없었어요. 많이 괴지는 않았지만, 한 시간에 2인치 가량씩, 어쨌든 자꾸 올라오는 거예요. 한 시간에 2인치 정도는 아무것도 아닌 것 같지만요. 그렇지만 열두 시간이면 24인치, 24인치라면 2피트인데, 그 2피트는 먼저 들어온 3피트하고 합하면 5피트 아닙니까. 그런데 배 속에 5피트씩이나 물이 들어 있으면, 그건 복수병(腹水病)에 걸린 거나 마찬가지지요. 〈자, 이만하면 충분해〉하고 선장이 말하더군요. 〈이젠 모렐 씨도 우릴 탓하진 않겠지. 배를 건질 수 있는 수단은 할 대로 다 했으니까. 자, 이젠 사람 목숨을 구하도록 해봐야지. 자, 보트를 타라, 그렇게 우물쭈물하지 말고!〉」

「선주님」하고 페늘롱이 말을 계속했다. 「저흰 정말 파라옹 호를 아껴왔습지요. 그러나 뱃사람이 아무리 배를 아낀다 해도, 제 목숨보다야 더하겠습니까. 그래, 선장님이 그 말을 더 이상 하게 하지 않았습지요. 게다가 배를 보니까 배도 원통히 생각하면서, 〈자, 어서들 떠나시오! 어서들!〉 하는 것 같았어요. 과연 파라옹 호 말마따나, 저희들 발밑으로 배가 정말로 가라앉는 걸 알겠더구면요. 재빨리 보트를 바다에 띄우자, 저희 여덟 사람은 곧 보트를 탔지요.

선장이 마지막으로 배에서 내렸습니다. 아니, 내렸다기보단 차라리 내리지 않았다는 말이 맞을 겁니다. 선장은 배를 떠나려고 하질 않았으니까요. 그래 제가 선장의 허리를 안아 동료들 있는 데로 던진 후에, 다시 뛰어내렸지요. 아슬아슬했습니다. 제가 막 뛰어내리자마자, 갑판은 마흔여덟 개의 현측포가 일제히 폭발하는 것 같은 요란한 소리를 내며 터졌으니까요.

십 분쯤 지난 뒤에는 배의 앞쪽이 가라앉고, 다음엔 뒤가 가라앉더니, 나중엔 개가 제 꼬리를 따라 뛰듯이 제자리에서 빙빙 돌기 시작했지요. 그러고 나선 꾸르르…… 하곤 그만입니다. 이미 파라옹 호는 보이질 않았습니다.

저희들은 사흘 동안 물 한 방울 못 마시고 그대로 굶었습지요. 그래, 이젠 누굴 제일 먼저 잡아먹을 것인가를 의논하고 있는데, 지롱드 호가 나타났어요. 그래, 저희 쪽에서 신호를 보냈더니, 그쪽에서도 알아보고 이쪽을 향해 와서 보트를 보내주어서 저희를 살린 겁니다. 모렐 씨, 지금 말씀드린 게 그동안 겪은 일이올습니다. 저도 뱃놈이니 제 말에 거짓은 없을 줄로 압니다. 안 그런가, 모두들?」

모두들 감탄하듯이 수군거리는 것으로 보아도 지금 얘기한 선원의 말이 사실이며, 세세한 점까지 상세하게 설명해서 일동의 동의를 얻었다는 것을 알 수 있었다.

「잘들 했네」 모렐 씨가 말했다. 「자네들은 모두 훌륭한 사람이야. 그리고 나는 전부터 내게 닥쳐온 불행은 다른 사람들 때문이 아니라, 전부 내 운이라는 걸 알고 있네. 모두가 다 신의 뜻이지, 사람의 잘못은 아니니까. 하느님의 뜻을 받들기로 하세. 자, 그럼, 자네들한테 지불해야 할 급료는 얼마더라?」

「원, 천만에! 그럴 말씀은 마십시오, 모렐 씨」

「아니, 그렇지 않아. 그 얘길 해야지」 하고 선주는 쓸쓸하게 웃으며 말했다.

「그렇다면, 저흰 석 달치를……」 하고 페늘롱이 말했다.

「코클레스, 이 훌륭한 사람들한테 한 사람 앞에 200프랑씩을 지불해 주게. 다른 때 같았으면」 하고 모렐 씨는 말을 이었다.「한 사람 앞에 200프랑의 배당금도 주라고 덧붙여 말했을 테지만. 제군, 지금은 몹시 불운한 때니, 얼마 안 남은 돈도 이젠 내 것이 아닐세. 그러니, 양해를 해주고, 그것 때문에 나를 원망하진 말아주게」

페늘롱은 감격한 나머지 얼굴빛이 변했다. 그리고 동료들 쪽으로 가서 뭔가 몇 마디 서로 주고받더니 다시 되돌아왔다.

「모렐 씨, 그 문제라면」 하고 그는 입안에 있는 입담배를 다른 쪽 볼로 옮기고는, 다시 옆방에다 대고 먼젓번과 같이 침을 한 번 찍 뱉었다.「그 문제라면……」

「뭐 말인가?」

「돈 말씀이에요」

「돈이 어때서?」

「저, 모렐 씨, 동료들 간에 하는 얘기가, 지금 당장엔 한 사람 앞에 50프랑이면 충분하니, 나머지는 이 다음에 주셨으면 한다는군요」

「고맙네, 고마워!」 가슴속 깊이까지 감동한 모렐 씨가 소리쳤다.「자네들은 훌륭한 마음씨를 가졌네, 그러나 받아두게. 그리고, 좋은 자리가 나면 아무데고 들어가게. 이제부턴 다들 자유의 몸이니」

이 마지막 구절은 그 용감했던 선원들에게 놀라움을 주었다. 그들은 당황한 얼굴로 서로의 얼굴을 쳐다보았다. 숨이 막힐 듯해진 페늘롱은 그 소리에 하마터면 입담배를 삼킬 뻔했다. 그러나 다행히도 손이 때마침 목구멍으로 돌아갔다.

「아니, 뭐라고요?」하고 그는 목멘소리로 말했다.「아니, 저희들을 내보내신단 말씀입니까? 그럼, 저희들이 마음에 안 드

신단 말씀이신가요?」

「아니야」 선주가 말했다.「마음에 안 들 리가 있나? 오히려 그 반대지. 아니, 자네들을 내보내겠다는 얘기가 아니야. 하지만 배가 없는 데야 어떡하나? 선원이 필요 있어야지」

「아니, 이젠 배가 없으시다니요?」 페늘롱이 말했다.「그럼 배를 또 사시지요. 저희들은 기다릴 테니까요. 다행히 고생하는 것쯤은 다 이력이 나 있으니까요」

「배를 또 만들 돈이 있어야지, 페늘롱」 선주는 서글픈 미소를 띠고 말했다.「그러니, 자네들의 청은 고맙긴 하네만 받아들일 수가 없네」

「돈이 없으시다면, 저희한테 급료를 주시면 안 됩니다. 저희야, 저 불쌍한 파라옹 호처럼 돛도 안 달고 그냥 달려가면 되지 않습니까?」

「그만, 그만」 모렐 씨는 가슴이 뿌듯해져서 이렇게 말했다.「제발, 어서들 가주게. 운이 트일 때 다시 만나세. 엠마뉘엘」 하고 선주는 말을 덧붙였다.「다들 데리고 나가서, 내가 바라는 대로 다 해 주게」

「그래도 다시 만나뵐 수는 있겠습죠, 모렐 씨?」 하고 페늘롱이 말했다.

「그럼, 나도 그러길 바라네. 자, 어서 가게나」

그리고 코클레스에게 눈짓을 했다. 코클레스가 앞서 나갔다. 그러자, 선원들이 회계의 뒤를 따르고, 엠마뉘엘이 선원들의 뒤를 따라 나갔다.

「자, 이젠」 하고 선주는 아내와 딸을 향하여 말했다.

「잠깐 나 혼자 있게 좀 해주구려. 이분하고 할 이야기가 있으니」

그러고는 눈으로 톰슨 앤드 프렌치 상사의 대리인을 가리켰다. 그 사람은 앞서 말한 몇 마디 말 외엔 아무 소리도 없이, 죽 한쪽 구석에 꼼짝도 않고 서 있었다. 두 여자는 지금까지 완전히 잊어버리고 있던 그 손님에게로 눈을 돌렸다. 그러고 나서 방을 나갔다. 그러나 나가면서 소녀는 그 손님에게 애원하는 듯한 눈길을 보냈다. 손님은 그 눈길에 미소를 띠며 대답했다. 만약에 어떤 제삼자가 냉정하게 이 광경을 보았더라면, 그 얼음같이 찬 얼굴에 그러한 미소가 떠오른 것을 보고 놀랐을 것이다. 다시 두 남자만 남게 되었다.

「어떻습니까?」 모렐 씨는 다시 의자에 털썩 주저앉으며 말했다. 「선생께선 보실 것을 다 보셨고 들으실 것도 다 들으셨으니, 이제 와서 제가 또 말씀드릴 건 없습니다」

「선생님」 하고 영국 사람은 말하였다. 「전 이제까지의 불행과 마찬가지로, 새로운 불행이 또다시 선생님에게 닥쳐온 것을 제 눈으로 보았습니다. 그래서 전 선생님에게 힘이 되어드리고 싶은 저의 희망을 더욱더 굳게 했습니다」

「아, 당신은」 하고 모렐 씨가 말했다.

「그런데」 손님은 말을 이었다. 「저는 선생님의 제일 큰 채권자 중의 하나가 아닙니까?」

「적어도 선생께선 단기지불 어음을 가지고 계신 분입니다」

「제 어음의 지불을 유예하고 싶진 않으십니까?」

「그렇게만 해주신다면야 제 명예가 살아나는 것이고 따라서 제 생명도 건져지는 것이지요」

「얼마 동안이나 필요하시죠?」

모렐 씨는 망설였다. 그리고「두 달」하고 말했다.
「좋습니다. 그럼, 석 달 동안의 여유를 드리겠습니다」
「하지만 만약에 톰슨 앤드 프렌치 상사가……」
「염려 마십시오. 모든 걸 제가 책임지겠습니다. 자 그럼, 오늘은 6월 5일입니다」
「그렇습니다」
「자, 그럼, 이 어음을 모두 9월 5일 날짜로 고쳐 쓰시지요. 그리고 9월 5일 오전 열한시에 (바로 그때 벽시계는 열한시를 가리키고 있었다) 제가 다시 찾아뵙겠습니다」
「기다리겠습니다」하고 모렐 씨는 대답했다.「그때는 돈을 지불하게 되겠지요. 그러지 못하면 전 죽고 없을 겁니다」

이 마지막 말을 그는 아주 나직한 소리로 말했기 때문에, 손님에게는 들리지 않았다.

증서를 고쳐 쓰고 나서, 이전 것은 모두 찢어버렸다. 그리하여 이 가련한 선주는 마지막 돈 마련에, 적어도 삼 개월의 여유는 가질 수가 있었다.

영국 사람은, 영국인 특유의 그 냉정한 태도로 모렐 씨의 가사를 받고, 모렐 씨에게 작별 인사를 했다. 모렐 씨는 그에게 고맙다는 치하를 하며 문 앞까지 그를 바래다주었다.

계단에서 그는 쥘리를 만났다. 소녀는 계단을 내려가고 있는 체했지만, 실은 그 영국 사람을 기다리고 있었던 것이다.

「오, 선생님!」소녀는 두 손을 모으며 말했다.
「아가씨!」하고 손님은 말하였다.「어느 날엔가…… 선원 신드바드……라는 서명이 있는 편지를 하나 받으시게 될 겁니다. 그러면 그 편지에 적혀 있는 대로 하나하나 실행해 주십시오.

묘한 부탁같이 들리시겠지만요」

「네, 알겠습니다」하고 쥘리는 대답했다.

「그렇게 해주시겠다고 약속하시겠습니까?」

「약속하겠습니다」

「그럼, 됐습니다. 안녕히 계십시오. 언제까지나 지금처럼 그렇게 착하고 순결한 아가씨가 되어주세요. 저는, 하느님께서 당신에게 엠마뉘엘을 남편으로 주심으로써 신의 보상을 받으시길 바랄 뿐입니다」

쥘리는 아! 하고 작은 목소리로 소리를 지르며, 얼굴이 버찌처럼 새빨개졌다. 그러고는 쓰러질 것만 같아 난간을 붙잡았다.

손님은 그녀에게 작별인사를 하며, 그의 길을 계속했다.

안뜰에서 그는 페늘롱을 만났다. 페늘롱은 양손에 지폐 뭉치를 쥐고, 그것을 가져갈 결심이 안 생기는 것 같아 보였다.

「여보, 이리 오시오」하고 그는 말했다.「할 얘기가 있으니」

9월 5일

모렐 씨로선 거의 희망을 걸 수 없었을 때, 톰슨 앤드 프렌치 상사의 대리인이 승인을 해준 그 유예는, 이 불쌍한 선주에게는 운명이 인간을 괴롭히다 지쳐서, 마침내 다시 행복이 찾아든 것같이 생각이 되었다. 그날로 그는 자기에게 일어난 이 일을 딸과 아내와 엠마뉘엘에게 들려주었다. 그래서 안심할 수 없으나, 약간의 희망이 이 가정에 다시 찾아들게 되었다. 그러나 불행한 일은, 모렐 씨가 거래를 하고 있는 상사가 비단 자기에게 그러한 호의를 베풀어준 톰슨 앤드 프렌치 상사만은 아니었다는 사실이다. 그의 말마따나 장삿속에는 단골은 있어도 친구란 없는 법이다. 곰곰 생각해 볼 때 그에게는 자기에 대한 톰슨 앤드 프렌치 상사의 관대한 처사조차도 이해가 가지 않았다. 그 상사는, 자기의 파멸을 독촉해서 원금의 6푼이나 8푼을 회수하느니보다는 차라리 자기 상사에 30만 프랑에 가까운 부채를 진 사람을 도와줌으로써, 삼 개월 후에는 그 30만 프랑이라는 돈을 받아들이려는 약고 이기적인 생각을 해낸 것이라고 밖에는 설명되지 않았다.

불행히도 모렐 씨의 거래상들은 악의에서인지 혹은 판단력이 모자라서였는지, 아무도 그와 같은 생각은 하지 않았다. 그 중에 몇몇은 반대로 생각하는 사람들도 있었다. 그래서, 모렐 씨의 서명이 있는 어음들은 약속대로 착착 회계에 제출되었다. 그리고, 그것들은 그 영국 사람으로부터 받은 유예 덕분으로 당당히 코클레스의 손으로 지불되었던 것이다. 그러므로, 코클레스는 여전히 운명에 안심하고 지낼 수 있었다. 모렐 씨만은 혼자서, 만약에 5일에 보빌 씨의 5만 프랑, 30일에 역시 형무 검찰관의 몫과 마찬가지로 유예를 받은 3만 2,500프랑의 수표를 지불하지 않으면 안 되었더라면 그달부터 파산자가 되고 말았을 것이라고 생각하곤 몸서리쳤다.

마르세유의 상계 전반의 의견은, 모렐 씨가 계속해서 들이닥친 비운에 짓눌려, 더 이상 사업을 유지할 수가 없으리라는 것이었다. 그랬더니만큼, 모렐 씨가 월말의 지불을 전과 다름없이 정확하게 치른 것을 보고 모두들 크게 놀랐다. 그러나 그것으로 사람들의 마음에 신뢰가 되살아난 것은 아니었다. 불행한 선주의 지불 유예 선언이 다만 내달 말로 연기되었음에 불과하다는 점에, 모든 사람들의 의견이 일치되었던 것이다.

모렐 씨는 자금 조달 때문에 그달 한 달은 꼬박 이를데 없이 애를 썼다. 전 같으면 그의 수표는 날짜가 어찌 되었든지 간에 신용있게 통했을 것이고, 때로는 상대방이 원하기까지도 했었다. 그런데 지금 그는 90일 후 지불 어음으로 거래를 하려 해도, 은행마다 모조리 이를 거절했다. 다행히 모렐 씨 자신이 기대를 걸 수 있는 입금이 있었다. 그 돈이 들어오자 9월말에도 역시 약속을 지켜나갈 수가 있었다.

한편 톰슨 앤드 프렌치 상사의 대표자는 다시는 마르세유에 나타내지 않았다. 모렐 씨를 방문하였던 그 다음날인가 그 다음 다음날인가 그는 자취를 감추고 말았다. 게다가 마르세유에서는 시장과 형무 검찰관과 모렐 씨외엔 따로 교섭을 갖지 않았기 때문에 지금 말한 이 세 사람이 그에게서 받은 서로 판이한 추억 이외엔, 다른 아무런 흔적이라곤 남겨놓질 않았다. 그리고 또 파라옹 호의 선원들로 말하자면, 그들도 어디 일자리를 구했는지 역시 자취를 감추고 말았다.

병 때문에 파르마에 떨어져 있던 고마로 선장은 병이 낫자 마르세유로 돌아왔다. 그는 모렐 씨 앞에 나타나기를 망설이고 있었다. 그러나 모렐 씨는 그가 돌아왔다는 소식을 듣고, 자기 쪽에서 그를 찾아갔다. 훌륭한 선주는 페늘롱한테서 얘기를 들어서 재난 동안 선장이 했던 용감한 처신을 알고 있었기 때문에, 자기는 받아갈 생각도 못하던 그의 급료를 가지고 갔다.

계단을 내려오다가 모렐 씨는, 위로 올라오고 있는 페늘롱을 만났다. 페늘롱은 돈을 유용하게 잘 사용했던지 새 양복을 입고 있었다. 선주의 얼굴을 보자 조타수 페늘롱은 몹시 당황한 눈치였다. 그는 층계참 구석으로 비켜서서 휘둥그레진 커다란 눈을 굴리며 입담배를 입속에서 이리저리 옮겨가며 씹어대고 있다가, 모렐 씨가 언제나와 같이 친절하게 손을 내미는 바람에 쭈뼛쭈뼛하며 그 손을 겨우 잡았을 뿐이었다. 모렐 씨는 그가 그처럼 당황한 것은 옷을 너무 멋쟁이로 차려 입었기 때문일 것이라고 생각했다. 자기가 그 정도의 화려한 복장을 차려 입을 만한 돈을 주지 못했던 것은 분명하다. 그러니까 그는 벌써 다른 데에 일자리를 얻어서, 말하자면, 좀더 오랫동안 파라옹 호의 몰락을 애도해 주지 못한 것을 부끄럽게 생각하고 있는지도 몰랐다. 또는 고마르 선장에게 자기의 행운을 알릴 겸, 자기 새 주인의 제안을 전하려고 왔는지도 모를 일이었다.

「모두들 좋은 사람들인데」 모렐 씨는 나아가면서 이렇게 말했다. 「자네들의 새 주인이, 전에 내가 자네들을 아껴줬듯이 아끼고 사랑해 줘야 할 텐데. 그리고, 나보다는 운이 트여야 할 텐데」

8월달은, 모렐 씨가 전에 냈던 차용증서를 쉴 새 없이 다시 쓰고 또 새로 차용하는 동안에 지나갔다. 8월 20일, 그는 마르세유에서 역마차를 탔다. 사람들은 그가, 얼마 안 있어 월말이 되면 청산 서류를 제출되지 않으면 안 될 것이니, 그 비참한 사실을 직접 당하기 싫어서 모든 일을 대리인인 엠마뉘엘과 회계 코클레스에게 맡기고 미리 떠나가 버린 것이라고 생각했다.

그러나 이러한 예측과는 반대로, 8월 31일이 되자 다시 전처럼 지불이 시작되었다. 코클레스는 마치 호라티우스의 작품 속에 나오는 재판관처럼 침착하게 철책 뒤에 나타나서, 자기 앞에 내민 서류를 전과 마찬가지로 찬찬히 들여다보고는, 전과 조금도 다름없이 정확하게 어음을 처음부터 끝까지 지불해 나갔다. 그리고 모렐 씨가 예상하고 있던 반제금(返濟金)이 두 군데가 있었건만, 코클레스는 선주 개인의 어음과 마찬가지로 그 지불도 깔축없이 치렀다. 이제는 어찌된 일인지 알 수가 없게 되었다. 그러나 불길한 소문을 퍼뜨리고 다니는 사람들은 파산은 9월말까지는 끌 것이라고 끈기 있게 수군댔다.

모렐 씨는 초하룻날 돌아왔다. 가족들은 몹시 불안한 마음으로 그가 돌아오기를 기다리고 있었다. 이 파리 여행은 그에게 있어서는 최후의 구원이 나타나게 되어 있었던 것이다. 모렐 씨는 당글라르를 생각해 냈던 것이다. 당글라르는 지금은 백만장자지만, 전에는 자기의 은혜를 입은 사람이었다. 그는 모렐 씨의 추천으로 스페인의 은행가 밑에서 일하게 됐던 것이고, 또 거기서 막대한 재산의 기반을 얻게 됐던 것이다. 소문에 의하면, 그는 지금 700-800만의 재산이 있어 굉장한 신용을 얻고 있다고 하니, 자기 주머니에선 한 푼도 내놓지 않고도, 모렐 씨를 구해 낼 수가 있었을 것이다. 그러니까, 다만 부채의 보증만 서주면 모렐 씨는 살아나는 것이다. 모렐 씨는 오래전부터 당글라르를 생각해 왔다. 그러나 사람에겐 자기도 어쩔 수 없는 본능적인 혐오의 감정이 있는 법이다. 그래서 모렐 씨는 이 최후의 수단에 매달리는 일을 되도록 뒤로 미루어왔던 것이다. 그러한 그의 생각이 들어맞았다. 왜냐하면 그는 굴욕적으로 거절당하고 마음이 언짢아져서 집으로 돌아왔으니까.

집으로 돌아온 모렐 씨는, 그렇다고 불평하거나 욕설을 늘어놓지는 않았다. 그는 울면서 아내와 딸을 그러안고, 엠마뉘엘의 손을 다정하게 잡았다. 그러고는 삼층 자기 방으로 들어가, 코클레스를 불렀다.

「이번이야말로, 정말 마지막이군요」하고 두 여자는 엠마뉘엘에게 말했다.

그러고 나서, 두 여자는 자기들끼리 잠시 의논을 한 끝에, 쥘리가 님에 주둔하고 있는 오빠에게 곧 오도록 편지를 보내기로 합의를 보았다.

가련한 그들은, 지금 자기들을 위협하고 있는 이 타격을 견디어 나가기 위해서는, 있는 힘을 다 필요로 하고 있다는 것을 본능적으로 느꼈다.

게다가 막시밀리앙 모렐은, 나이는 이제 겨우 스물둘이었지만 그래도 아버지를 움직일 수 있는 큰 힘을 가지고 있었다.

그는 꿋꿋하고 강직한 청년이었다. 그의 장래를 결정하려고 했을 때도, 아버지는 자기 마음대로 그것을 정하려 하지 않고, 우선 아들 막시밀리앙의 의견을 타진해 보았다. 그는 그때 군인으로 나가 입신을 할 뜻을 밝혔다.

그리하여 그는 열심히 공부한 끝에 시험을 치러 기술고등학교에 합격하였다. 그리고 졸업할 때는 보병 제53연대의 소위가 되었다. 소위로 임관된 후로 일년 동안, 그 첫번 기회에 대뜸 중위로 승진하게 되었다. 연대 안에서의 막시밀리앙 모렐은, 다만 군인의 신분으로서 지켜야 할 의무뿐만 아니라, 인간으로서 지켜야 할 의무를 엄격히 지키는 인간으로 알려져, 그를 스토아 철학자라고들 불렀다. 물론 그를 이러한 별명으로 부르는 대부분의 사람들은 다만 남들이 그렇게들 부르니까 따라서 불렀을 뿐, 그 말이 무슨 뜻인지조차도 모르고 있었다.

그의 어머니와 누이는, 지금 자기들의 신상에 일어날 것 같은 중대사를 당하여, 무엇인가 힘이 되어주길 바라고 그를 부르기로 했다.

사태가 중대하다는 점에 있어서는, 그 여자들의 생각이 들어맞은 셈이다. 왜냐하면 모렐 씨가 코클레스와 함께 사무실에 들어간 지 얼마 안 되어서, 쥘리는 코클레스가 얼굴이 새파랗게 질려 후들후들 떨면서 일그러진 얼굴로 사무실에서 나오는 것을 보았기 때문이다.

쥘리는 그가 자기 옆을 지나가기에 까닭을 물으려 했다. 그러나 그 영감은 보통때와는 달리, 부리나케 계단을 내려가면서 다만 두 팔을 공중으로 들고 소리만 지르는 것이었다.

「아이구, 아가씨, 아가씨, 이게 무슨 끔찍한 일입니까? 이렇게 될 줄이야 누가 꿈엔들 짐작을 했겠소?」

잠시 후에, 쥘리는 그가 두세 권의 두꺼운 장부와 서류함과 돈주머니를 가지고 올라가는 것을 보았다.

모렐 씨는 장부를 조사하고 서류함을 열고 돈을 계산했다.

있는 돈이 전부해서 6,000~7,000프랑, 5일까지 들어올 돈이 4,000~5,000프랑. 그러니까 28만 7,500프랑의 어음에 대해서, 아무리 크게 잡아봐야 있는 돈이라곤 모두 해서 1만 4,000프랑 정도였다. 그리고 그 돈으로는 아무래도 지불할 수가 없었다.

그러나 모렐 씨는 저녁 식사를 하러 내려와서도 상당히 침착해 보였다. 그러나 이 침착함이 오히려 몹시 낙담하는 것보다도 더 두 여자의 마음을 불안케 했다.

저녁 식사 후에 모렐 씨는 밖으로 나가는 습관이 있었다. 그는 포세앙 클럽에 커피를 마시러 가서, 《세마포르》지(紙)를 읽는 것이었다. 그러나 그날은 밖으로 나가지 않고, 다시 사무실로 올라갔다.

코클레스는 완전히 얼이 빠진 사람 같았다. 그는 30도의 뜨거운 태양 아래서 모자도 안 쓰고, 뜰안의 돌 위에 몇 시간이고 앉아 있었다.

　엠마뉘엘은 여자들의 마음을 안심시키려고 애썼다. 그러나 그는 말주변이 없었다. 이 청년은 상점의 사정을 너무 잘 알고 있어서, 어떤 커다란 재난이 모렐 가정을 짓누르고 있다는 것을 느끼지 못했던 것은 아니었다.

　밤이 왔다. 두 여자는, 모렐 씨가 사무실에서 내려오면 자기들에게로 오리라고 생각하고, 잠을 자지 않고 있었다. 그러나 모렐 씨는, 혹시 자기를 부를까 봐 겁이 난 듯이, 그녀들의 방 앞을 발소리를 죽이며 지나갔다.

　여자들은 귀를 기울여 들었다. 모렐 씨는 자기 방으로 들어가, 안으로 문을 닫아버렸다.

　모렐 부인은 딸을 보내 자게 했다. 그리고 딸이 나가고 삼십 분 후에, 모렐 부인은 자리에서 일어나 신을 벗고 남편이 무슨 일을 하고 있는가를 열쇠구멍으로 들여다보려고 살그머니 복도로 나갔다.

　복도에서 그녀는 그림자가 하나 슬쩍 사라지는 것을 보았다. 쥘리였다. 쥘리 역시 걱정이 되어, 어머니보다 앞서 가고 있었던 것이다.

　소녀는 모렐 부인에게로 가까이 왔다.

　「아버지는 뭘 쓰고 계셔요」 하고 그녀는 말했다.

　두 여자는 서로 말은 안했지만, 둘이 다 그것이 무엇인지 짐작이 갔다.

　모렐 부인은 열쇠 구멍 높이까지 몸을 수그렸다. 과연 모렐 씨는 무엇인가를 쓰고 있었다. 그러나 모렐 부인은 딸이 채 알아보지 못한 것까지도 자기는 알아볼 수 있었다. 그것은 남편이 증서의 형식을 한 종이에다 무엇인가를 쓰고 있다는 점이었다.

유서를 쓰고 있구나, 하는 무서운 생각이 머리에 떠올랐다. 전신이 후들후들 떨려왔다. 그러나 꾹 참고, 아무 소리도 하지 않았다.

이튿날, 모렐 씨는 무척 침착해 보였다. 어느 날과 마찬가지로 사무실에 있다가 점심 식사를 하러 내려왔다. 다만 저녁 식사 후에, 그는 딸을 자기 옆에 앉히고 딸의 머리를 양팔에 안고 한참 동안 그 머리를 가슴에 꼭 눌렀다.

그날 밤 쥘리는 어머니에게, 아버지는 겉으로는 침착해 보이지만 심장이 몹시 뛰고 있더라고 말했다.

그런 대로 또 이틀이 지나갔다. 9월 4일 밤, 모렐 씨는 딸에게 자기 사무실의 열쇠를 돌려달라고 말했다.

그 말에 쥘리는, 무엇인가 불길한 예감이 들어 소름이 끼쳤다. 언제나 자기가 지니고 있던 그 열쇠를, 어렸을 때는 자기에게 벌을 주기 위해서 빼앗아가던 그 열쇠를, 어째서 아버지가 돌려달라는 것일까?

소녀는 모렐 씨를 쳐다보았다.

「이 열쇠를 돌려달라시니, 제가 뭐 잘못한 일이라도 있나요, 아버지?」 하고 그녀는 물었다.

「아니다」 하고 대답한 모렐 씨는 딸의 소박한 질문에 눈물이 핑 돌았다. 「아니다, 그저 내가 그게 필요해서 그렇단다」

쥘리는 열쇠를 찾는 체했다.

「열쇠를 제 방에 놓고 왔나 봐요」 하고 소녀는 말했다.

소녀는 밖으로 나왔다. 그러나 제 방으로 가지 않고 아래층으로 내려와, 엠마뉘엘에게 그 일을 의논하러 뛰어갔다.
「열쇠를 아버님께 드리면 안 돼요」 하고 엠마뉘엘이 말했다.
「그리고 내일 아침은, 되도록이면 아버지 곁을 떠나지 말아요」
쥘리는 그 이유를 엠마뉘엘에게 물어보려 했다. 그러나 그는 그밖에는 아무것도 모르고 있었다. 또는 다른 얘기는 아무것도 해주려 들지 않았는지도 모른다.
9월 4일에서 5일로 넘어가는 밤, 모렐 부인은 밤새도록 벽에다 귀를 대고 있었다. 새벽 세시까지 남편이 불안하게 방안을 왔다갔다하는 소리가 들렸다.
세시가 되어서야 남편은 자리에 누웠다.
두 여자는 함께 밤을 새웠다. 그 전날부터 그녀들은 막시밀리앙이 돌아오기만을 기다리고 있었다.
여덟시에 모렐 씨는 두 사람의 방으로 들어왔다. 그는 침착했다. 그러나 그 핼쓱하고 창백한 얼굴에는 전날 밤의 흥분이 엿보였다.
여자들은 감히 그에게 잘 잤느냐는 인사를 할 용기가 나지 않았다.
모렐 씨는 어느때보다도 아내에게 다정했고, 딸에게도 인자하였다. 그는 그 불쌍한 딸을 쳐다본다든가, 안아주는 것만으로는 마음이 흡족하지 않았다.
쥘리는 엠마뉘엘의 부탁이 생각나서, 아버지가 방을 나가자 자기도 아버지의 뒤를 따르려고 했다. 그러나 아버지는 쥘리를 상냥하게 밀면서, 「엄마 옆에 있거라」 하고 말했다.
쥘리는 그래도 따라나가겠다고 고집했다.

「명령이다!」하고 모렐 씨는 말했다.

모렐 씨가 딸에게 명령이다! 라고 말한 것은 이번이 처음이었다. 그러나 그 말투에는 아버지로서의 따뜻한 정이 흘러 넘쳐서, 쥘리는 감히 한 발도 앞으로 내디딜 수가 없었다.

쥘리는 그 자리에 선 채로, 아무 소리도 못하고 꼼짝않고 서 있었다. 잠시 후에 문이 다시 열리더니, 누군가 팔로 자기 몸을 얼싸안으며, 이마에 입을 갖다 대는 것을 느꼈다.

쥘리는 눈을 떠보았다. 그리고 너무 좋아서 소리를 질렀다.

「막시밀리앙 오빠!」하고 그녀는 소리쳤다.

그 소리에 모렐 부인이 달려와서 아들의 팔에 안겼다.

「어머니!」하고 청년은 모렐 부인과 쥘리를 번갈아 쳐다보며 말했다. 「웬일이세요? 무슨 일이 일어났나요? 편지를 받고 깜짝 놀라서 달려온 겁니다」

「쥘리」모렐 부인은 청년을 가리키면서 말했다. 「가서 아버지께 막시밀리앙이 왔다고 말씀드려라」

소녀는 밖으로 뛰어나왔다. 그러나 계단에 발을 올려놓았을 때, 손에 편지를 들고 있는 남자 하나를 만났다.

「저, 쥘리 모렐 양이 아니십니까?」하고 그 사람은 강한 이탈리아 말투로 물었다.

「네」쥘리는 입속으로 우물우물 대답했다. 「그런데 왜 그러시죠? 누구신데요?」

「이 편지를 보시라고요」하고 그 사나이는 쥘리에게 쪽지를 하나 내주며 말했다.

쥘리는 망설였다.

「아버님의 운명에 관계된 것입니다」하고 편지를 전달하는 그 사나이는 말했다.
　소녀는 그의 손에서 편지를 빼앗았다. 그리고 급히 편지를 뜯어서 읽었다.

　지금 곧 알레 드 메랑으로 가서, 15번지의 집으로 들어가 문지기에게 6층의 열쇠를 받아 방으로 들어가십시오. 그러면 그 방 벽로 구석에 붉은 비단 레이스로 된 지갑이 있으니, 그것을 갖다 아버님께 드리십시오.
　지갑은 열한시 전에 아버님의 수중에 들어가야만 합니다.
　당신은 무조건 내 말에 복종할 것을 약속했습니다. 나는 그 약속을 잊지 않고 있습니다.
　　　　　　　　　　　　　　선원 신드바드

　소녀는 기쁨의 소리를 지르고, 눈을 들어 그 까닭을 물으려고 편지를 전해 준 사나이를 찾아보았다. 그러나 그의 모습은 이미 보이지 않았다.
　소녀는 편지를 다시 한번 읽어보려고 눈을 내리떴다. 그랬더니 거기에는 또한 추신이 적혀 있는 것이 눈에 띄었다. 소녀는 그것을 읽었다.

　당신께선, 이 일을 혼자서 직접 실행해 주셔야만 합니다. 만약 당신이 다른 사람과 같이 오거나, 또는 당신 아닌 다른 어떤 사람이 올 경우에는, 문지기는 아무것도 모른다고 거절할 것입니다.

이 추신은 소녀의 기쁨에 큰 변화를 가져왔다. 무엇인가 무서운 일이 일어나는 것은 아닐까? 무슨 함정이 쳐져 있는 것이나 아닐까? 순진한 그녀는, 자기 나이의 소녀의 몸에 어떤 위험이 기다리고 있는지를 모르고 있었다. 그러나 위험한 것을 두려워할 줄 아는 데는, 지금까지 위험한 일을 당해 봤어야만 아는 것은 아니다. 위험이 어떤 것인지 모르는 것이야말로, 실은 커다란 두려움을 자아내는 것이다.

　쥘리는 잠시 주저했다. 그리고 의견을 물어보기로 결심했다. 그러나 그녀가 도움을 청하러 간 것은 어머니나 오빠가 아니었다. 이상하게도 꼭 엠마뉘엘에게 가보고 싶었던 것이다.

　쥘리는 아래로 내려와 엠마뉘엘에게, 톰슨 앤드 프렌치 상사의 대표가 아버지를 찾아왔던 날에 있었던 일을 이야기했다. 그녀는 계단에서 일어났던 일을 이야기하고, 자기가 한 약속을 되뇌이며 그에게 그 편지를 보여주었다.

　「가봐야 하오」하고 엠마뉘엘은 말했다.

　「가야 할까요?」하고 쥘리는 중얼거렸다.

　「그렇소. 내가 같이 따라갈 테요」

　「하지만, 저 혼자 오지 않으면 안 된다고 씌어 있지 않아요?」쥘리가 말했다.

　「혼자서 가는 걸로 하는 거지요」청년이 대답했다. 「난 뮈제가의 모퉁이에서 당신을 기다리다가, 만약에 당신이 돌아오는 게 늦어진다면 내 뒤쫓아가겠소. 당신을 괴롭히는 놈이 있기만 하면, 가만 안 놔둘 테니까」

　「그럼, 엠마뉘엘」소녀는 주저하듯 말을 이었다. 「당신 말쏨은 결국 제가 거길 가야 한다는 거지요?」

「그렇소. 편지를 전한 사람이 아버님의 운명에 관한 것이라고 말했다면서요?」

「그렇긴 하지만, 엠마뉘엘, 그럼 아버진 어떤 운명에 부닥치시게 될까요?」하고 소녀는 물었다.

엠마뉘엘은 잠시 망설였다. 그러나 단번에, 그리고 즉각적으로 소녀에게 결심을 시켜야겠다는 생각이 더욱 강했다.

「이봐요, 오늘이 9월 5일이 아니오?」하고 그는 말했다.

「그래요」

「오늘 열한시에, 아버님께서는 30만 프랑 가까운 돈을 갚아야 하는 겁니다」

「네, 그건 저도 알고 있어요」

「그런데 금고엔 1만 5,000프랑도 없습니다」하고 엠마뉘엘이 말했다.

「그럼 도대체 어떻게 되는 걸까요?」

「오늘 열한시 전에 누구든지 아버님을 도와줄 사람이 나타나지 않으면, 정오엔 어쩔 수 없이 파산을 선언하는 수밖엔 없게 되어 있어요」

「아, 그럼, 빨리 오세요, 빨리요!」소녀는 엠마뉘엘을 끌면서 소리쳤다.

그 동안 모렐 부인은 아들에게 모든 사정을 이야기했다.

청년은 아버지에게 계속해서 닥쳐온 재난 때문에 집안의 돈 사정이 많이 달라졌으리라는 것은 짐작하고 있었으나, 사태가 이렇게까지 되었으리라고는 생각도 못했었다.

그는 정신 나간 사람처럼 가만히 있었다.

그러더니 갑자기 밖으로 뛰어나가 층계를 급히 올라갔다. 아버지가 사무실에 있으리라고 생각했기 때문이다. 그러나 방문을 노크해도 아무 대답이 없었다.

그가 아버지의 사무실 문 앞에 서 있으려니까, 아버지의 침실 문이 열리는 소리가 들렸다. 돌아다보니 아버지였다. 모렐 씨는 곧장 사무실로 가지 않고 자기 방으로 돌아가 있다가, 이제야 그곳에서 나오는 참이었다.

모렐 씨는 막시밀리앙을 보자, 깜짝 놀라 소리를 질렀다. 그는 청년이 돌아온 것을 모르고 있었던 것이다. 그는 프록코트 밑에 감춘 물건을 왼손에 꼭 쥔 채로, 그 자리에 우뚝 서고 말았다.

막시밀리앙은 계단을 급히 뛰어내려와 아버지의 목에 매달렸다. 그러나 오른손을 아버지의 가슴에 댄 채로 후다닥 뒤로 물러섰다.

「아버지!」 청년은 마치 죽은 사람처럼 얼굴빛이 창백해지며 말했다. 「프록코트 밑에다가 웬 권총을 두 자루씩이나 감추고 계시죠?」

「오, 눈치 챌지 몰라 걱정했더니만」 하고 모렐 씨는 담담하게 말했다.

「아버지, 아버지! 웬일이세요? 이 무기는 웬 겁니까?」 하고 청년은 외쳤다.

「막시밀리앙」 모렐 씨는 아들의 얼굴을 지그시 바라보며 대답했다. 「넌 사내다. 명예를 아는 사내란 말이야. 날 따라오너라. 할말이 있다」

그리고 모렐 씨는 침착한 발걸음으로 사무실로 올라갔다.

막시밀리앙은 비칠비칠하며 아버지의 뒤를 따랐다.

모렐 씨는 문을 열고, 아들이 들어오기를 기다려 다시 문을 닫았다. 그리고 나서는 사무실에 딸린 곁방을 지나 책상 앞으로 가더니, 테이블 구석에 권총을 놓고 거기 펼쳐진 채로 놓여 있는 장부를 아들에게 손가락으로 가리켰다.

장부에는 재산 상태가 정확하게 기록되어 있었다.

모렐 씨는 반 시간 후 28만 7,500프랑이라는 돈을 지불하지 않으면 안 되게 되어 있었다.

그런데 그에게 남아 있는 돈이란 모두 합쳐 1만 5,257프랑에 지나지 않았던 것이다.

「읽어봐라」 모렐 씨가 말했다.

청년은 장부를 읽어보았다. 그리고 잠시 동안은 얻어맞은 듯이 꼼짝 않고 가만히 서 있었다.

모렐 씨는 아무 소리도 하지 않았다. 결정적인, 이 움직일 수 없는 숫자 앞에서 이제 와 덧붙일 말이 있겠는가?

「아니, 이렇게까지 비참하게 될 때까지 아버지께선 충분히 손을 다 쓰셨던가요?」 잠시 후에 청년은 이렇게 말했다.

「그래」 하고 모렐 씨는 대답했다.

「들어올 돈은 이제 아주 없는 겁니까?」

「없다」

「그럼 재산은 있는 대로 다 들어가 버렸군요?」

「그렇다」

「그럼 삼십 분만 있으면 저희들의 명예가 땅에 떨어지겠군요」

「그 수치를 피로 씻자는 거다」 하고 모렐 씨는 말했다.

「아버지 말씀이 옳습니다. 전 그 기분을 알 것 같습니다, 아버지」

그러고는 권총으로 손을 뻗치며, 「아버지 것이 한 자루, 또 한 자루는 제 것입니다」하고 그는 말했다.「고맙습니다」

모렐 씨는 아들의 손을 막았다.

「아니 그럼, 네 어머니와…… 네 누이는 어쩌려고? 누가 맡아 돌보겠니?」

청년은 전신이 파르르 떨렸다.

「그럼 아버지께선, 저더러는 살아남으라는 말씀이시군요?」

「그렇다. 살아야 한다는 말이다」하고 모렐 씨는 말했다. 「그게 네 의무니까. 넌 침착하고 정신력이 강한 사내다. 막시밀리앙…… 막시밀리앙, 넌 보통 사람과는 달라. 그러니까 너한테는 내 아무것도 명령을 하진 않겠다. 다만 이런 얘긴 해두고 싶다. 넌 아무 상관 없는 남이라고 생각하고, 자신의 처지를 생각해 봐서 스스로 판단해야 한다는 거다」

청년은 잠시 동안 생각에 잠겼다. 그러더니 얼마 지나자 그 눈에는 마지막 체념 같은 것이 나타났다. 그는 천천히 서글픈 동작으로 자기의 계급을 표시하는 견장(肩章)을 뜯었다.

「좋습니다」하고 그는 모렐 씨에게 손을 내밀며 말했다.「아버지, 안심하고 돌아가십시오, 제가 살아남지요」

모렐 씨는 아들의 무릎에 쓰러지려 했다. 막시밀리앙은 아버지를 끌어안아 일으켰다. 그리고 이들의 숭고한 심장은 잠시 동안 서로 마주 닿아 뛰고 있었다.

「내 잘못이 아니었다는 건, 너도 알겠지?」하고 모렐 씨가 말했다.

막시밀리앙은 미소를 지었다.
「아버지, 전 아버지가 제가 알고 있던 사람들 중 제일 정직하신 분이라는 걸 알고 있습니다」
「됐어, 그럼 모든 얘긴 끝났다. 자, 그럼 네 어머니와 누이에게로 돌아가거라」
「아버지」 청년은 무릎을 꿇으며 말했다. 「제게 축복을 내려 주십시오」
모렐 씨는 두 손으로 아들의 머리를 붙잡아 자기 쪽으로 끌어다가 수없이 입을 맞추었다.
「오냐, 오냐」 하고 그는 말했다. 「내 이름으로, 그리고 누구에게 손가락질 한 번 받아보지 않았던 우리 삼대의 선조들을 대신해서 너에게 축복해 주마. 내 목소리를 빌려 말씀하시는 선조들의 말씀을 잘 듣거라. 불행 때문에 무너진 건물은 하느님께서 이를 다시 지어 주시느니라. 내가 이렇게 죽은 걸 보면 아무리 몰인정한 사람들이라도 너를 불쌍히 여길 거다. 나에게는 시간을 주지 않았지만, 아마 너에게는 시간의 여유를 줄 게다. 그러면 어떻게든 염치없다는 소리는 남의 입에서 나오지 않도록 노력해야 한다. 일을 해야 하는 거다. 열심히, 그리고 용기를 가지고 일을 해야 한다. 너도, 네 어머니도, 네 누이도 최소한의 생활만 해서 내가 빚을 진 사람들의 돈이 하루하루 네 손에서 불어나 열매를 맺도록 해야 한다. 그래서 다시 일어서는 날, 다시 말하면, 네가 이 사무실에서 아버지는 내가 한 일을 못해서 죽었지만, 죽으면서도 내가 이렇게 될 줄 알고 편안히 침착하게 죽었다고 말할 수 있을 그 화려한 날, 그 성대한 날이 올 것을 늘 생각해 다오」

「오, 아버지, 아버지」 청년은 소리쳤다. 「그래도 어떻게든 아버지가 사실 수만 있다면!」

「내가 살면 사정은 달라진다. 내가 살면 신용은 의혹으로 변하고, 동정도 변하여서 모두들 악착스럽게 덤벼들 거다. 내가 살면 난 약속을 어긴 인간, 그러니까 결국은 하나의 파산자에 지나지 않을 거다. 그러나 내가 죽는다면 사정은 정반대지. 생각해 보아라. 막시밀리앙, 내 시체는 단지 불행했던 정직한 인간의 시체일 뿐이다. 내가 죽으면야, 마르세유 전체가 눈물을 흘리며 내 무덤까지 따라와 줄 게 아니냐. 내가 살아 가지고서는 너는 내 이름을 대는 게 부끄러울 게다. 그러나 내가 죽으면, 넌 머리를 들고 〈난 평생에 처음으로 약속을 지킬 수가 없게 되어서 자살을 한 사람의 아들이다〉라고 말할 수가 있다」

청년은 괴로운 듯이 신음 소리를 냈다. 그러나 이젠 체념한 표정이었다. 그에게도 하나의 신념이, 마음속에서가 아니라 머릿속에 뿌리를 박은 것 같았다.

「자, 그럼」 하고 모렐 씨가 말했다. 「혼자 있게 해다오, 그리고 여자들을 가까이 못 오게 해다오」

「쥘리는 또 만나시지 않겠습니까」 하고 막시밀리앙이 물었다. 청년의 가슴속에는, 아버지가 누이를 만나는 일에 막연하나마 마지막 희망을 걸어보았던 것이다. 그래서 아버지에게 청해 보았다. 그렇지만 모렐 씨는 고개를 저었다. 「그애는 오늘 아침에 만나봤다」 하고 그는 말했다. 「그걸로 작별 인사는 끝났어」

「뭐, 제게 특별히 남기실 말씀은 없으신가요?」 막시밀리앙은 목소리까지 변하여 이렇게 물었다.

「있다, 아무래도 해둬야 할 말이 하나 있어」

「말씀해 보세요, 아버지」

「톰슨 앤드 프렌치 상사만이 단 한번의 동정 때문인지, 자기네대로 이기심이 있어서 그랬는지 그 속은 알 수 없지만, 어쨌든 나를 동정해 주었다. 그 대리인이라는 사람이 십 분만 있으면 28만 7,500프랑의 어음을 치러달라고 올 텐데, 그 사람이 삼 개월 간의 유예를 내가 청하지도 않았는데 먼저 제의해 주더라. 그 상회에는 제일 먼저 돈을 지불해 줘야 한다. 그리고 그 사람에게도 후하게 치하를 해라」

「네」 하고 막시밀리앙이 말했다.

「그럼 또 한번 작별 인사를 하는 거다. 잘 있거라」 하고 모렐 씨는 말했다. 「가봐라, 난 혼자 있어야겠다. 유언장은 침실 책상 속에 있으니, 봐라」

청년에게는 의지의 힘은 있어도 움직일 힘이 없어, 기운 없이 가만히 있을 따름이었다.

「자, 막시밀리앙」 하고 아버지는 말했다. 「내가 너 같은 군인이라고 가정하자. 그런데 내가 보루를 탈취하라는 명령을 받고 그것을 점령하려면 목숨을 걸지 않으면 안 된다는 걸 네가 안다고 치자. 그렇다면 너는 아까도 네 입으로 말한 것처럼, 〈가세요, 아버지, 안 가시면 불명예입니다. 그러니까 수치를 당하는 것보다는 죽음을 택하는 편이 낫습니다.〉라는 말을 안할 테냐」

「그렇습니다, 아버지 말씀이 옳습니다」 하고 청년은 말했다. 그리고 모렐 씨의 양팔을 꽉 그러안고, 「가보십시오, 아버지」 하고 말했다. 그러고는 사무실 밖으로 뛰어나갔다.

아들이 나가자 모렐 씨는 잠시 선 채로 문을 뚫어지게 바라보았다. 그러고는 손을 뻗쳐 초인종 끈을 찾아 벨을 울렸다.

조금 있다가 코클레스가 나타났다.

코클레스는 이미 전과는 다른 사람이 되어 있었다. 이 사흘 동안 확실하게 드러난 사실들 때문에 타격을 받았던 것이다. 모렐 상사의 지불 정지, 이 생각은 지난 이십 년이라는 세월이 그의 머리를 땅을 향해 수그러지게 한 것 이상으로 머리를 짓눌렀다.

「코클레스」 모렐 씨는 무엇이라 형언할 수 없는 억양으로 말했다.

「자넨 옆방에 있어줘야겠네. 그리고 석 달 전에 왔던 톰슨 앤드 프렌치 상사의 대리인이 오거든 알려주게」 코클레스는 대답하지 않았다. 그는 머리만 끄덕거리고는 옆방으로 가서 앉아 기다리는 것이었다.

모렐 씨는 다시 의자에 털썩 주저앉았다. 눈이 벽시계를 바라보았다. 아직 칠 분이 남아 있다. 시계 바늘은 상상할 수 없으리만큼 빨리 움직이고 있었다. 그에게는 바늘이 움직이는 것이 눈에 보이는 것 같았다.

이 마지막 순간에 그의 가슴속에 떠오르는 감개는 과연 어떠한 것이었을까. 아직 한창 나이에 다소 잘못되었을지는 모르지만 겉으로 보아서는 지당한 논리의 결과, 이제는 이 세상에서 사랑하는 모든 사람들을 떠나 자기로서는 가정의 화락을 누릴 수 있었던 이 인생에서도 떠나가려고 하는 그의 마음은, 도저히 표현조차도 할 수 없는 것이었다. 그것을 알려면, 이미 체념했으면서도 땀이 줄줄 흐르는 그 이마와 눈물이 가득 괴어 있으면서도 하늘을 향한 그의 시선을 보면 될 것이다.

바늘은 여전히 움직이고 있었다. 권총에는 탄환도 다 준비되어 있었다. 그는 손을 뻗어 권총 하나를 잡고, 딸의 이름을 입속으로 불러보았다.

그는 다시 죽음의 무기를 내려놓고 펜을 들어 몇 자 적었다.

아직도 사랑하는 딸에게 작별 인사를 충분히 다 못한 것 같았다.

그러고 나서 그는 다시 벽시계를 돌아보았다. 이제 분(分)으로 시간을 계산하는 게 아니라 초(秒)로 계산하고 있는 것이다.

그는 다시 권총을 들었다. 입은 반쯤 벌리고 눈은 시계 바늘을 응시하고 있었다. 그는 자신이 안전 장치를 푸는 소리에 소스라치게 놀랐다.

식은땀이 이마 위로 솟아오르고, 심한 불안으로 가슴이 죄어들었다.

계단 문이 삐걱거리며 열리는 소리가 났다.

그러고 나서 서재의 문이 열렸다.

벽시계는 막 열한시를 치려는 참이었다.

모렐 씨는 뒤돌아보지 않았다. 그는 코클레스가 〈톰슨 앤드 프렌치 상사의 대리인입니다〉라고 말하기를 기다리고 있었다.

그는 권총을 입으로 가져갔다……

갑자기 누군가 외마디 소리를 지르는 것이 들렸다. 그것은 딸의 목소리였다.

뒤를 돌아다보니 쥘리가 그곳에 와 있었다. 권총이 모렐 씨의 손에서 떨어졌다.

「아버지!」 소녀는 숨이 가빠 기쁨으로 정신이 나간 것같이 소리쳤다. 「살았어요, 아버진 이제 살았어요」

이렇게 말하고 그녀는 붉은 레이스의 지갑을 높이 쳐들며 아버지의 팔에 안겼다.

「살았다니, 애야, 그게 무슨 소리냐?」 모렐 씨가 물었다.

「네, 이젠 살았어요, 이걸 보세요, 아버지」 하고 소녀는 말했다.

모렐 씨는 지갑을 받아 들고는 몸서리를 쳤다. 그것이 자기 물건이었다는 사실이 희미하게 생각났기 때문이다.

그 속에는 28만 7,500프랑의 어음이 들어 있었다.

그 어음은 지불이 끝난 것이었다.

그리고 지갑의 한쪽 구석에는 개암만한 크기의 다이아몬드가 들어 있고 양피지 조각에는 〈쥘리의 지참금〉이라고 짤막한 글이 적혀 있었다.

모렐 씨는 손으로 이마를 짚었다. 그는 지금 꿈을 꾸고 있는 것이 아닌가 생각했다.

바로 그때 벽시계가 열한시를 쳤다.

그에게는 시계 치는 소리가 마치 자기 심장 위에서 쇠망치가 울리는 소리같이 들렸다.

「자, 애야, 어떻게 된 건지 얘길 좀 해봐라. 이 지갑은 어디서 났느냐?」 하고 그는 물었다.

「알레 드 메랑, 15번지의 집, 6층 어느 초라한 방 벽로 구석에 있었어요」

「그러면」 하고 모렐 씨가 소리쳤다. 「이 지갑은 네 것이 아니로구나?」

쥘리는 아버지에게 아침에 받은 그 편지를 내밀었다.

「그럼 네가 혼자 그 집엘 갔었단 말이냐?」 편지를 다 읽고 난 모렐 씨가 물었다.

「엠마뉘엘하고 같이 갔었어요, 아버지. 그이는 뮈제 가의 모퉁이 길에서 저를 기다리기로 하고 갔었는데, 이상한 일은 제가 돌아오다 보니 그곳에 없지 않겠어요?」

「모렐 씨!」 하고 계단에서 부르는 소리가 났다. 「모렐 씨!」

「그이 목소리군요」 하고 쥘리가 말했다.

바로 그 순간에, 엠마뉘엘이 기쁨과 감동으로 얼굴빛이 변하여 들어왔다.

「파라옹 호가!」 하고 그는 외쳤다. 「파라옹 호가!」

「아니, 뭐라고? 파라옹 호? 자네 미치지 않았나? 파라옹 호는 침몰했는데 그게 또 어쨌단 말인가?」

「파라옹 호예요! 파라옹 호가 들어온다는 소식이 왔어요, 파라옹 호가 항구에 들어온다는 거예요!」

모렐 씨는 다시 의자에 주저앉았다. 기운이 쭉 빠지고 머릿속은 이 믿을 수 없는, 들어보지도 못한 옛날 얘기 같은 사건의 연속을 차근차근 정리할 수가 없었다.

그러나 이번에는 아들이 들어왔다.

「아버지」 막시밀리앙이 소리쳤다. 「파라옹 호가 침몰했다더니 웬일입니까? 망루에서 배가 들어온다고 하던데요. 이제 곧 항구에 들어온답니다」

「모두들」 하고 모렐 씨가 말했다.

「그게 정말이라면 하느님께서 내려주신 기적이라고 생각해야 한다. 있을 수 없는 일이야, 있을 수 없는 일이라고!」

그러나 움직일 수 없는 사실이자 동시에 믿지 않을 수 없는 일은 지금 실제로 그의 손에 지갑이 들려 있다는 사실이었다. 지불이 완료된 그 어음이며 그 찬란한 다이아몬드로 보아 모든 것이 사실임에 틀림없었다.

「아, 선주님!」 하고 이번에는 코클레스가 말했다. 「파라옹 호라니, 도대체 어떻게 된 일입니까?」

「자, 다들」 모렐 씨는 자리에서 일어서며 말했다. 「가서 보자. 만일 이게 잘못된 소식이라면, 하느님, 저희들을 불쌍히 여겨주시옵소서」

모두들 계단을 내려갔다. 계단 한가운데서 모렐 부인이 그들을 기다리고 있었다. 가련한 그 부인은 지금 감히 올라오지도 못하고 있던 참이었다.

그들은 순식간에 카느비에르로 달려갔다.

항구는 사람들로 들끓고 있었다. 그들은 모렐 씨가 나타나자 길을 비켜주었다.

「파라옹 호다! 파라옹 호다!」 하고 사람들이 떠들어댔다.

과연 신기하게도 생장 탑 앞에 이물에 〈파라옹 호, 마르세유 모렐 부자 상사〉라고 하얗게 씌어 있고 그전의 파라옹 호와 똑같은 형에 똑같이 코츠닐과 인디고를 실은 배 한 척이 닻을 내리고 돛을 줄이고 있었다. 갑판 위에서는 고마르 선장이 명령을 내리고 있었고, 페늘롱 갑판장은 모렐 씨에게 손짓을 하고 있었다.

더 이상 의심할 여지가 없었다. 눈과 귀로 직접 보고 들은 것이다. 그리고 만여 명의 사람들이 이를 증명해 주었다.

이 이상한 일을 목격한 전 시민들의 갈채 속에서 모렐 부자가 서로 껴안고 감격하고 있을 때, 얼굴이 시커먼 수염으로 반쯤 뒤덮인 한 사나이가 감시인의 보초막 뒤에 숨어 이 광경을 감동해서 바라보고 있다가 이렇게 중얼거렸다.

「숭고한 마음씨를 지닌 분이시여, 행복하게 사십시오. 당신이 과거에도 이루었고, 또 미래에도 이룰 선행에 대해 축복받으십시오. 그리고 내 감사의 뜻도 당신의 선행과 마찬가지로 밖에 드러내지 않으리다」

그리고는 기쁨과 행복의 미소를 띠며 지금까지 숨어 있던 곳에서 나와 모두들 이 사건에 마음이 쏠려 아무도 자기에겐 관심을 기울이지 않는 가운데, 선창의 작은 계단에 내려 큰소리로 세 번 불렀다.

「자코포! 자코포! 자코포!」

그러자 보트가 하나 그에게 다가와서 그를 태우고 화려하게 장식한 요트로 안내해 갔다. 그는 선원 같은 가벼운 몸짓으로 요트의 갑판에 뛰어올랐다. 그는 그곳에서 한 번 더 모렐 씨의 모습을 바라보았다. 모렐 씨는 너무 기뻐서 눈물을 흘리며 거기 모인 군중들과 일일이 따뜻한 악수를 나누며, 누군지 모를 자선가를 향해 막연한 눈길로 감사를 보내고 있었다. 그는 그 자선가를 찾고 있는 것 같았다.

「자, 그럼」 하고 그 낯선 사나이는 말했다. 「선의(善意)여, 인정이여, 은혜여, 안녕!…… 인간의 마음을 즐겁게 하는 모든 가정이여, 안녕…… 나는 착한 사람들에게 은혜를 베풀기 위해 하느님의 뜻을 대행하였도다…… 자, 그럼 이제부턴 복수의 신이여, 악한들을 벌하기 위해 그대의 자리를 내게 양보하라!」

이렇게 말하고 그는 신호를 했다. 그러자 요트는 마치 그 신호만을 기다리고 있었던 듯 즉시 바다로 나갔다.

이탈리아──선원 신드바드

  1838년 초기에 피렌체에는 파리의 상류 사회에 속하는 두 사람의 청년이 있었다. 그 중 하나는 알베르 드 모르세르 자작이었고 또 한 사람은 프란츠 데피네 남작이었다. 두 사람은 그해의 사육제를 함께 로마에서 보내기로 약속하였으며, 프란츠가 벌써 사 년 가까이 이탈리아에서 살고 있어서 알베르를 안내하기로 약속이 되어 있었다.
  그런데 로마로 사육제를 지내러 가기란 그리 쉬운 일은 아니었다. 더군다나 포폴로 광장이나 캄포바치노 같은 데서 자고 싶지는 않았던 그들은 스페인 광장의 런던 호텔 주인 파스트리니에게 편지를 띄워 편안한 방을 하나 잡아달라고 부탁을 해놓았다.
  주인 파스트리니로부터는 벌써 이류 정도의 방 두 개와 서재 하나밖엔 제공할 수가 없으니, 그 대신 방값은 하루 1루이라는 싼값으로 제공할 수 있다는 회답이 왔다. 두 청년은 그렇게 하기로 했다. 그리고 아직 시간의 여유가 있으므로, 그동안을 이용해서 알베르는 나폴리로 여행을 떠나고, 프란츠는 그대로 피렌체에 남아 있었다.

그는 며칠 동안 메디치 가(家)가 살고 있던 그 도시의 생활을 맛보고, 카지노라고 불리는 이 낙원을 산책하고, 피렌체의 명성을 높이는 귀인들의 집에 초대도 받은 후 문득, 저 나폴레옹의 고향인 코르시카에는 벌써 가보았으니 이번에는 나폴레옹이 풍운을 대기하고 있던 저 엘바 섬을 한번 가보고 싶은 생각이 떠올랐다.

어느 날 밤 그는 리보르노 항구에 매두었던 배의 쇠고리를 풀고는, 외투로 몸을 싸고 배 밑바닥에 누워 선원들에게 〈엘바 섬으로!〉라는 말 한 마디를 내뱉었을 뿐이었다.

배는 마치 바다새가 둥지를 떠나듯이 항구를 떠났다. 그리고 그 이튿날엔 프란츠를 포르토페라조에 내려놓았다.

프란츠는 위인의 발자국이 남긴 모든 자취를 더듬으며 황제가 살던 섬을 가로질러서 마르치아나에서 배를 탔다.

육지를 떠난 지 두 시간 만에 그는 다시 피아노사의 땅을 밟았다. 피아노사에는 붉은 자고새 떼가 무수히 난다는 소문이 있었기 때문이다.

그러나 사냥은 신통치 않았다. 프란츠는 말라빠진 자고새 몇 마리를 겨우 잡았을 뿐이었다. 그밖에는 아무것도 못 잡고 기운만 지친 사냥꾼처럼 상당히 기분이 나빠져서 다시 배에 올랐다.

「정말 사냥을 하실 뜻이 있다면 아주 큰 것을 잡으실 수도 있습니다」

「그건 대관절 어디 있는 건데?」

「저기 저 섬이 보이시죠?」 선장은 손가락을 남쪽으로 뻗어, 아름다운 쪽빛 바다 한가운데 우뚝 솟아 있는 원추형의 섬을 가리키며 말을 이었다.

「그런데 저게 무슨 섬이지?」 프란츠가 물었다.

「몬테크리스토 섬이죠」 하고 그 리보르노 선장은 말했다.

「하지만 난 저 섬에서 사냥할 허가증이 없는걸」

「그런 건 필요없습니다. 그 섬은 무인도니까요」

「그것 참!」 하고 청년은 말했다. 「이 지중해 한복판에 무인도가 다 있다니 이상한 일인데」

「당연한 일입니다. 저 섬은 바윗덩어리가 돼놔서, 아무델 봐도 개간할 땅이라곤 한 뼘도 없는걸요」

「그럼 그 섬은 누구 건데?」

「토스카나 영(領)이지요」

「거기선 잡힐 게 뭐가 있나?」

「들양이 수천 마리 있답니다」

「바위를 이고 사는 모양이지?」 프란츠는 믿을 수 없다는 듯이 웃으며 말했다.

「아니지요. 바위틈에 난 히스며 미르트랑, 랑티스크 같은 걸 뜯어먹고 사는 거지요」

「그럼 어디서 자면서 사냥을 하지?」

「동굴 속에 들어가 땅바닥에서 주무시든가, 아니면 배에서 외투를 덮고 주무시면 되지요. 그러니 나리께서 마음만 내키신다면, 저희가 사냥이 끝나면 곧 따라나서겠습니다. 아시다시피 밤에도 낮이나 마찬가지로 돛으로 갈 수 있고, 또 돛으로 안 되면 노를 저어서 가면 되니까요」

친구를 다시 만나려면 아직 시간 여유가 있었고, 로마에서의 숙소 문제도 걱정할 게 하나도 없게 되었으니, 프란츠는 먼젓번에 사냥 성적이 나빴던 것을 만회할 수도 있을 이 제안을 받아들였다.

그가 승낙하는 뜻으로 대답을 하자 선원들은 낮은 소리로 저희들끼리 수군거렸다.

「아니, 또 왜 그래? 고장이라도 생긴 건가?」 하고 그는 물어 보았다.

「아닙니다」 선장이 대답했다. 「한 가지, 나리께 저 섬이 궐석재판(闕席裁判)에 걸려 있다는 걸 미리 말씀드려야겠습니다」

「그게 무슨 소리야?」

「실은 이렇게 되어 있습니다. 몬테크리스토 섬은 무인도가 돼놔서 가끔 코르시카나 사르디니아나, 아프리카 같은 데서 밀수입자와 해적들이 와서 쉬는 데가 되었습니다. 그래서 만약 저희들이 저 섬에 머물고 있다는 게 알려지면, 리보르노에 돌아가 엿새 동안 출항 정지 처분을 받게 되어 있지요」

「젠장! 얘기가 아주 달라졌군 그래! 엿새 동안이라고? 꼭 하느님이 세계를 창조하는 데 걸린 날짜로군 그래. 그건 좀 긴데」

「하지만 나리께서 몬테크리스토 섬에 가셨던 걸 누가 말하려고요?」

「아, 나야 말 안하지!」 프란츠가 소리쳤다.

「저희들도 물론 안하지요」 선원들이 말했다.

「그럼, 가자, 몬테크리스토 섬으로!」

선장은 배의 조종을 지휘했다. 배는 뱃머리를 섬으로 돌려 그쪽을 향해 나아갔다.

프란츠는 작업을 끝낼 때까지 가만히 있다가 배가 새 길로 접어들고, 돛이 미풍에 부풀어 네 사람의 선원 중 셋은 배 앞자리에, 하나는 키에 가서 서자, 다시 얘기를 시작했다.

「가에타노」하고 그는 선장에게 말했다. 「아까 몬테크리스토 섬은 해적들의 피신처가 되어 있다고 그랬지? 그것도 산양은 아니라도 훌륭한 사냥거리가 되겠는데」

「예, 그렇습니다. 정말입니다」

「밀수입자들이 있다는 얘기는 나도 알고 있었지만, 그래도 알제리가 점령되고 섭정정치가 무너진 뒤엔 해적 같은 건, 쿠퍼(미국의 해양 소설가——옮긴이)나 매리어트 선장(영국의 해양 소설가——옮긴이)의 소설에나 나오는 걸로 알았는데」

「그건 잘 모르시는 말씀입니다. 산적이 교황 레오 12세 때문에 뿌리를 뽑히긴 했어도 매일 로마의 항구까지 와서 여행자들의 길을 막는 거나 마찬가지로, 해적들도 그대로 있는 걸입쇼. 한 육 개월 됐을까 말까 하지만, 교황청에서 주재하는 프랑스 대사 대리께서 벨레트리에서 백 보도 못 되는 곳에서 돈이 털렸다는 얘기도 못 들으셨습니까?」

「들었지」

「그렇습니다. 만약에 나리께서 저희들처럼 리보르노에 사신다면, 화물을 실은 작은 배나 예쁜 영국 요트가 바스티유나 포르토페라나 치비타백키아에 닿기로 되어 있었는데도 언제까지나 돌아오지 않아, 필경 바위에 부딪혀 부서졌을 거라는 소문이 떠도는 걸 들을 수 있으실 겁니다. 그런데 그런 배가 부딪힌 바위란 게 나지막하고 폭이 좁은 배로, 일고여덟 명의 남자들이 타고, 컴컴하고 폭풍이 부는 밤에 풀도 안 나고 사람도 살지 않는 조그만 섬그늘에 있다가, 마치 강도들이 숲 한구석에 숨었다가 역마차를 세우고 물건을 빼앗아가듯이, 그 없어졌다는 배를 습격해서 약탈한 것이라는군요」

「그렇다면」 하고 프란츠는 여전히 배 안에 누운 채로 입을 열었다. 「그런 재난을 당한 사람들이 어째 고소를 하지 않지? 그 해적들에게 대해서, 어째서 프랑스나 사르디니아나 토스카나 정부에 복수를 요구하지 않는단 말인가?」

「왜냐고요?」 가에타노는 미소를 띠며 말했다.

「응, 왜 그러느냐고」

「왜냐하면 말입니다. 우선 놈들은 상선이나 요트에서 쓸 만한 물건을 죄다 옮겨 실어놓고 난 다음 승무원들의 손발을 묶고 하나하나의 목에다 스물네 근이나 되는 쇠뭉치를 매달아 놓습니다. 그리고 붙잡은 배는 용골(龍骨)에다가 커다란 통만하게 구멍을 뚫어놓고 갑판 위에 올라가 승강구를 잠근 뒤, 다시 자기들 배로 돌아가지요. 그리고 십 분만 있으면 배가 삐걱거리면서 소리를 내고 차츰차츰 가라앉습니다. 우선 한쪽 현(舷)이 가라앉고, 좀 있다가 나머지 한쪽이 마저 가라앉지요. 그러고 나선 배가 다시 한번 물위로 떠올랐다간 또 내려앉고 이렇게 점점 더 빠져버리는 겁니다. 갑자기 대포 터지는 소리 같은 게 납니다. 속에 있던 공기가 갑판을 터뜨리는 소리지요. 그렇게 되면, 배는 마치 물에 빠진 사람이 허우적거리듯이 움직입니다. 그러나 움직이는 게 점점 더 무거워지지요. 그래 가지고 마지막엔, 배의 우묵한 데 꽉차 있던 물이 마치 커다란 고래의 분수 구멍에서 뿜어 나오는 물기둥처럼 구멍 밖으로 뻗쳐 나옵니다. 결국엔 배는 마지막으로 헐떡이는 소리를 내고, 제자리에서 한바퀴 돌고는 깊은 바다에 소용돌이치는 커다란 구멍을 파면서 가라앉는 거지요. 얼마 있다간 그 구멍도 메워지면서 배의 형체가 전혀 보이지 않게 되고 맙니다. 그러니까 오 분만 지나면, 하느님의 눈이 아닌 한 그 고요한 바다 밑에 자취를 감춘 배를 찾아 볼 길은 없답니다」 그러고 나서 선장은 웃으면서 덧붙여 말했다.

「이제는 아시겠습니까? 배가 왜 항구로 돌아오지 않는지, 그리고 왜 승무원들이 고발하지 않는지 말씀입니다」

만약 가에타노가 이 원정을 떠나기 전에 이러한 얘기를 해 주었더라면 프란츠는 떠나기 전에 한번쯤 생각해 보았음직하다. 그러나 일단 떠난 이상 지금 와서 물러선다는 것은 비겁한 일인 것같이 생각되었다. 그는 자기가 스스로 위험한 곳으로 뛰어들지는 않으나, 일단 그러한 경우에 부닥치게 되면 눈 하나 까딱 않고 싸울 정도의 배짱은 있는 사내였다. 그는 또한 이세상의 위험이라는 것을 결투의 상대라도 되는 듯이, 침착한 마음으로 자신의 진퇴를 다 계산해 놓고, 자신의 힘을 시험해 보고, 비겁해 보일 정도는 아니더라도 다만 숨을 돌리기 위해서는 싸움을 쉬었다가 척 봐서 이제야말로 유리하다고 생각될 때 단번에 쓰러뜨리는 그러한 냉정한 사람이었다.

「홍!」 하고 그는 말을 이었다. 「난 시칠리아며 칼라블리아를 횡단한 일도 있고, 또 이 년 동안이나 다도해를 배로 여행해 본 일도 있지만 강도나 해적 같은 건 그림자도 못 봤는걸」

「하기야, 그러니까 저도 나리께 이번 일을 그만두시라는 말씀은 안 올린 게 아닙니까」하고 가에타노가 말했다.「그래, 나리께서 물으시기에 그저 대답을 해드렸을 뿐이지요」

「그랬지, 가에타노. 어쨌든 자네 얘긴 아주 재미있는데. 자꾸 들었으면 좋겠는걸. 자, 몬테크리스토 섬으로 가는 거야」

이렇게 이야기하고 있는 동안에도 배는 쏜살같이 달려 목적지에 가까워지고 있었다. 시원한 바람이 불어오고 있었다. 배는 시속 6,7마일의 속도로 달리고 있었다. 배가 가까이 갈수록 섬은 바다 한 가운데서 점점 더 커지면서 솟아오르는 것 같았다. 그리고 마지막 햇빛에 빛나는 투명한 공기를 통해서, 마치 무기 창고에 쌓여 있는 포탄처럼 겹겹이 쌓인 바윗덩어리들이 보이기 시작했고, 그 틈바구니에선 붉은 히스와 푸른 나무들이 솟아 있는 것이 눈에 띄었다. 선원들은 겉으로는 아무렇지도 않은 것 같았지만, 실은 주의 깊은 눈으로 미끄러져가는 넓은 거울 같은 해면을 열심히 들여다보고 있었음이 분명하다. 수평선에는 고깃배 몇 척이 흰 돛을 펼치고 마치 파도를 탄 갈매기처럼 흔들거리면서 나타나고 있었다.

몬테크리스토 섬까지 앞으로 15마일밖에 안 남은 곳에서 해는 코르시카 뒤로 지기 시작했다. 코르시카의 산들은 오른쪽으로 나타나면서 그 톱니 같은 그림자들을 하늘 위로 드러냈다. 거인 아다마스토르를 연상케 하는 바윗덩어리들이 위협하듯이 배 앞에 우뚝 솟아 있어 배로 내리비치는 햇빛을 막고, 그 꼭대기는 황금빛으로 물들어 있었다. 차츰 어둠이 바다에서 올라와 저물어가는 마지막 햇빛을 쫓아버리려는 것 같았다. 이윽고 햇빛은 원추형의 바위 꼭대기에까지 쫓겨올라가 화산의 불기둥처럼 그 위에서 잠시 머물러 있었다. 마침내 점점 위로 퍼져 올라가는 어둠은 섬 아래를 침범했듯이 차츰차츰 산꼭대기로 기어올라가 섬은 이젠 점점 컴컴해져 가는 암회색 산에 지나지 않게 되었다. 반 시간 후에는 깜깜한 밤이었다.

다행히 선원들은 여태까지 늘 다니던 길이어서, 토스카나 군도의 조그만 암초까지도 환히 알고 있었다. 배가 짙은 어둠 속에 둘러싸이자 프란츠는 전혀 불안을 느끼지 않았다고는 볼 수 없었다. 이제 코르시카는 완전히 자취를 감추고 몬테크리스토 섬조차 알아볼 수 없게 되었다. 그러나 선원들에겐 마치 살쾡이처럼 어둠 속을 꿰뚫어볼 수 있는 힘이 있는 것 같았다. 그리하여 키를 잡고 있던 뱃길 안내인은 주저하는 빛이라곤 조금도 보이지 않았다.

해가 진 지도 한 시간이나 지났을 무렵, 프란츠는 왼쪽으로 약 1/4마일쯤 떨어진 곳에 시커먼 그림자가 나타난 것을 보았다. 그러나 그는 그것이 무엇인지 식별할 수가 없었다. 까딱하다간 구름을 육지로 잘못 안다든가 해서 선원들의 웃음거리가 될까봐 그는 아무 말 않고 가만히 있었다. 그러자 갑자기 커다란 불빛이 해안에 나타났다. 땅이 구름처럼 보일 수 있다 하더라도 그 불빛은 분명 유성은 아니었다.

「저게 웬 불빛일까?」 하고 그는 물었다.

「쉬!」 하고 선장은 말했다. 「불인데요」

「아니, 저 섬은 무인도라더니?」

「그건 저 섬에 뿌리박고 사는 사람이 없단 말이지요. 밀수입자들의 휴식처라고 말씀드리지 않았어요?」

「그리고 또 해적들의 휴식처란 말이지?」

「그렇습지요. 해적들의 휴식처입지요」 가에타노는 프란츠의 말을 되뇌었다. 「그래서 제가 섬을 통과하도록 명령을 해놓았습니다. 보시다시피 불은 저희들 뒤에서 일어나고 있지 않습니까」

「하지만 저 불은」 하고 프란츠가 말을 계속했다. 「걱정할 게 아니라 안심해도 괜찮을 것 같은데. 남의 눈에 뜨일까 봐 걱정을 하는 사람들 같으면 불을 피우진 않을 테니 말이야」

「아, 그런 건 이유가 되지 않습니다」 가에타노가 말했다. 「만약에 캄캄한 데서라도 섬의 위치를 알아보실 수 있다면 저 위치는 지금 불이 환해도 해안에서나 피아노사에서는 보이지 않게 되어 있습니다. 꼭 이 바다 한복판에서나 보이게 되어 있다는 걸 아실 텐데요」

「그럼 자네는 저 불이 혹 나쁜 놈들이 있다는 증거가 아닌가 하고 걱정을 하고 있군 그래?」

「그걸 확인하지 않을 수 없어서」 가에타노는 그 지상의 불을 뚫어지게 바라보며 대답했다.

「그건 또 어떻게 확인을 한다?」

「곧 아시게 될 겁니다」

이렇게 말하고 가에타노는 자기 동료와 몇 마디 의논을 하더니, 오 분쯤 서로 이야기를 한 후에 잠자코 키를 돌렸다. 배는 순식간에 방향을 바꾸었다. 이렇게 해서 배는 지금까지 오던 길을 다시 되돌아갔다. 뱃머리를 돌리자, 몇 초 안 되어 불은 지형의 변화로 자취를 감춰 어디 있었는지조차 모르게 사라져 버렸다.

그러자 조타수는 또다시 새로운 방향으로 키를 돌렸다. 배는 가만히 보고 있는 동안에도 자꾸 섬으로 다가가, 얼마 안 있어 섬에서 한 오십 보도 안 되는 거리까지 왔다.

가에타노는 돛을 내렸다. 배는 선 채로 움직이지 않았다.

이러한 일들이 모두 침묵 속에서 진행되었다. 게다가 진로를 바꾼 후에는 배 안에서 누구 하나 입을 연 사람도 없었다.

이 원정을 제안했던 가에타노가 책임을 혼자 도맡았던 것이다. 네 사람의 선원은 그 준비를 다 해놓고 당장에라도 노를 저을 듯이 선장에게서 눈을 떼지 않았다. 사방은 캄캄해서 노를 저어 나가기란 그리 힘든 일은 아니었다.

프란츠는 평상시의 그 냉정한 태도로 자기의 무기를 챙겨 보았다. 그는 연발총 두 자루와 기병총(騎兵銃) 한 자루를 가지고 있었다. 그는 탄환을 재고 방아쇠를 살펴보았다.

그러는 사이에 선장은 외투와 셔츠를 벗어 던지고 바지 허리를 졸라맸다. 맨발이라 신이나 양말은 벗을 것도 없었다. 그는 일단 이러한 옷차림을 하자, 아니 옷을 이렇게 벗어제치자, 손가락을 입에 대고 꼼짝 말고 조용히들 하라는 신호를 한 후 바닷속으로 미끄러져 들어가 조그만 소리도 내지 않으려고 조심스럽게 해안 쪽으로 헤엄쳐 갔다: 다만 그가 움직이는 대로 물이랑이 반짝반짝 빛나는 것으로 그가 가는 흔적을 겨우 알아볼 수 있을 뿐이었다.

이윽고 물이랑조차도 없어지고 말았다. 가에타노는 섬에 도착했음이 분명했다.

배 안에서는 그동안 누구 하나 꿈쩍 않고 가만히 있었다. 삼십 분쯤 지나자 아까와 마찬가지로 반짝반짝 빛나는 물이랑이 해안 가까이에 다시 나타나 배를 향해 다가오고 있었다. 잠시 후에 가에타노가 팔을 휘저으며 배에 다다랐다.

「어떻게 됐어?」 프란츠와 네 사람의 선원이 입을 모아 물어보았다.

「어떻게 됐느냐고? 스페인의 밀수입자들이야. 코르시카의 산적도 거기 둘이 끼어 있더군」

「그럼 그 산적들이 스페인의 밀수입자들하곤 뭘 하는 걸까?」

「글쎄, 제 얘길 들어보십시오!」 가에타노는 사뭇 기독교적인 깊은 동정심에 찬 어조로 말했다. 「인간이란 꼭 서로 도와야만 되겠더군요. 산적들은 가끔 육지에서 헌병이나 총병들한테 추격을 당하는 수가 있습지요. 그런데 마침 배 한 척이 눈에 띕니다. 그리고 그 배 안에는 저희 같은 선량한 사람들이 타고 있답니다. 그래, 그 배 안에 좀 피하게 해달라고 청해 오면 쫓기는 줄 뻔히 알면서 어디 거절할 수야 있습니까? 그래, 받아주는 거죠. 그리고 안전하도록 바다 한가운데로 배를 저어 나오는 겁니다. 그렇게 해주었다고 손해날 건 없고 하니, 그렇게 해서 사람 목숨을 한 번 구해 주는 게 아닙니까. 적어도 친구 하나 도망시켜 주는 거지요. 그렇게 되면 그 친구는 필요한 때엔 이쪽 은혜를 잊지 않고, 그 보답으로 우리가 짐을 풀 때 구경꾼들의 방해를 받지 않고 짐을 내릴 수 있는 장소를 가르쳐준답니다」

「그래?」 하고 프란츠가 말했다. 「그럼, 가에타노, 자네도 밀수입을 좀 하는군 그래」

「하는 수 있습니까? 나리」 그는 야릇한 미소를 지으며 말했다. 「별의별 일을 다 하지요. 먹고 살자니 말씀입니다」

「그럼 지금 몬테크리스토 섬에 있는 친구들도 잘 알겠군 그래?」

「그렇다고 볼 수 있습지요. 저희 뱃놈들은 프랑 마송(자유결사대원——옮긴이)들과 마찬가지로 서로 신호만 하면 다 알아본답니다」

「그럼 우리가 상륙을 해도 별로 걱정할 건 없겠군?」

「전혀 없습니다. 밀수입자들은 도둑놈들은 아니니까요」

「하지만 코르시카 산적이 둘 있다고 하지 않았나?」 프란츠는 미리 여러 가지 위험할 경우를 계산하며 말했다.

「천만의 말씀입니다!」 가에타노가 대답했다. 「산적이라고 해서 그 사람들이 나쁜 건 아닙니다. 당국의 잘못이지요」

「그건 어째서?」

「뻔하지요. 사람 하나쯤 처치했다고 해서 잡으러 다녔을 겁니다. 마치 코르시카 사람은 날 때부터 복수하는 성질도 없는 줄 아는지」

「처치하다니, 무슨 뜻인가? 사람을 죽였단 말인가?」 프란츠는 계속 물었다.

「예, 원수를 죽였단 말입니다」 선장이 말했다. 「그것하고 이건 완전히 다른 문젭니다」

「자, 그럼」 청년이 말했다. 「밀수입자와 산적들한테 신세를 좀 지겠다고 나서볼까? 그 사람들이 우리 청을 들어줄까?」

「물론이지요」

「몇 사람이나 되는데?」

「넷입니다. 게다가 산적이 둘 있으니 모두 여섯이죠」

「좋아, 이쪽 수하고 똑같구먼. 저쪽에서 좋지 않게 나오더라도 육 대 육이니까. 그까짓 것들쯤 눌러버릴 수도 있을 거야. 자, 다시 몬테크리스토 섬으로 출발!」

「알겠습니다. 그래도 조심하셔야 할 겁니다」

「자, 자, 네스토르(트로이 전쟁 때 책략을 잘 썼던 왕──옮긴이)처럼 현명하게, 그리고 율리시즈처럼 신중하라 이거지? 난 자네보다 조심해야 한다는 걸 잘 알고 있어. 잘 해봐 주게」

「자, 그럼 쉿!」 가에타노가 말했다.

모두들 입을 다물었다.

프란츠처럼 만사를 진지한 눈으로 생각하는 사람에겐 지금의 상태가 위험하다고는 할 수 없지만 무엇인가 중대한 것이 깃들여 있는 것으로 생각되었다. 그는 지금 깊은 암흑에 둘러싸인 바다 한가운데 혼자 있는 것이다. 그리고 그의 주위에 선원들이 있기는 하지만 그들은 자기를 알지 못하며, 따라서 자기에게 충성을 바칠 하등의 이유가 없는 사람들이었다. 게다가 그들은 지금 자기가 허리띠 속에 몇천 프랑의 돈을 갖고 있다는 사실도 알고 있다. 그리고 부러운 눈은 아니라 하더라도, 신기한 듯이 호기심에 찬 눈으로 자기의 진기한 무기들을 살펴보고 있다. 한편 자기는 지금 이러한 인간들의 호위만으로 섬에 상륙하려고 하고 있다. 섬은 꽤 종교적인 이름을 가지고 있지만(몬테크리스토란 그리스도의 산이라는 뜻──옮긴이) 그곳에는 밀수입자와 산적이 있다는 점으로 보아, 저 골고다 언덕(그리스도가 십자가에 매달린 언덕──옮긴이)에서 그리스도가 받은 대우 이외에 다른 대우는 아무래도 받을 수 있을 것 같지 않았다. 그리고 낮에는 다소 과장된 것같이 생각되던 저 바닷속 깊이 가라앉았다는 배 얘기가 밤이 되니 어쩐지 정말 같기만 했다. 그러므로 혹 이 이중의 위험이 비록 상상에 지나지 않는다 하더라도, 어쨌든 그는 그 사람들에게서 눈을 떼지 않고, 총에서 손을 떼지 않았다.

한편 선원들은 닻을 다시 올리고, 가에타노가 갔다 오면서 생긴 물이랑을 따라가기 시작하였다. 벌써 어느 정도는 어둠에 익숙해진 프란츠도 암흑을 통해서 배가 거대한 화강암 산을 끼고 전진하는 것을 알 수 있었다. 이윽고 배가 또 한번 바위 모퉁이를 돌자 아까보다도 더 환하게 불이 타오르는 것이 보였다. 그리고 그 불을 둘러싸고 대여섯 명의 남자들이 앉아 있는 것도 눈에 띄었다.

그 불빛의 반사는 바다에서 약 백 보쯤 떨어진 곳까지 퍼져 나갔다. 가에타노는 배를 불빛이 미치지 않는 바다 한쪽에 숨긴 채 불빛을 따라갔다. 그러다가 배가 불의 정면까지 오자 그때서야 뱃머리를 내밀고 뱃노래를 높이 부르며 불이 있는 한가운데를 통해 용감하게 전진해 갔다. 그가 혼자서 먼저 가락을 메기자, 다른 선원들이 소리를 모아 그 노래를 되풀이해 따라 불렀다.

노랫소리가 나자 불을 둘러싸고 있던 사람들은 얼른 자리에서 일어나 배가 닿은 곳 가까이 가서 유심히 바라보며 저쪽의 사람 수를 계산해 보고, 배에 탄 사람들의 의도를 헤아려보려는 눈치가 완연히 보였다. 이윽고 충분히 알아보았다는 듯이, 그들은 단 한 사람만을 해안에 세워 놓고 다시 불 가로 가서 앉았다. 불 위로는 산양새끼 한 마리가 통째로 익어가고 있었다.

배가 육지에서 한 이십 보쯤 떨어진 곳까지 다다르자, 해안에 남아 있던 남자는 마치 정찰병을 기다리는 보초병같이 기계적인 동작으로 기총을 잡고 사르디니아 사투리로 「누구야?」하고 소리쳤다.

프란츠는 냉담하게 두 발의 탄환을 쟀다.

가에타노는 그 사나이와 몇 마디 말을 서로 주고 받았다. 프란츠에게는 그 말이 무슨 뜻인지 이해가 안 갔지만, 자기에 관한 것임에는 틀림없었다.

「나리!」 하고 선장이 물었다. 「성함을 그대로 댈까요, 아니면 신분을 감추실까요?」

「내 이름은 절대로 가르쳐주지 말게. 그 사람들한테는 나를 관광 여행하는 프랑스 사람이라고만 해두게」 하고 프란츠는 말했다.

가에타노가 이 대답을 전하자, 보초를 서던 그 사나이는 불 앞에 앉아 있던 사람들 중 어느 한 남자에게 무엇인가 명령을 했다. 그랬더니 그 남자는 곧 일어나서 바위 뒤로 사라져 버렸다.

주위는 괴괴하도록 조용했다. 사람들은 저마다 자기 일만 생각하고 있는 것 같았다. 프란츠는 상륙하는 일을, 선원들은 돛을, 그리고 밀수입자들은 자기들이 굽고 있는 산양을. 그러나 겉으로는 이렇게 무심한 것 같아도 그들은 서로에 대해 세심한 관찰을 게을리하지 않았다.

돌연 아까 없어졌던 남자가 자취를 감췄던 정 반대쪽 바위 뒤에서 나타났다. 그는 보초에게 머리를 끄덕여 신호를 보냈다. 그러자 보초는 이들을 향해 단 한마디 「사코모디」 하고 소리쳤다.

이 이탈리아인의 〈사코모디〉라는 말은 풀이하기가 힘들다. 이 말은 이리로 오십시오, 들어오십시오, 잘 오셨습니다. 편히 쉬십시오, 좋으실 대로 하십시오, 라는 여러 가지 뜻을 동시에 지니고 있다. 그것은 그 말 속에 많은 뜻을 포함하고 있기 때문에 부르주아들을 깜짝 놀라게 한 저 몰리에르의 터키 말과 같은 것이다.

선원들은 그 말을 되풀이하게 하지 않았다. 노를 네 번 젓자 섬에 닿았다. 가에타노는 모래밭으로 뛰어내려 또 한번 그 보초와 낮은 소리로 몇 마디 지껄였다. 그러자 그의 동료들도 하나씩 배에서 내렸다. 이윽고 프란츠가 내릴 차례였다.

그는 가지고 있던 총 중에서 하나만 어깨에 멘 후, 하나는 가에타노에게 맡기고, 기병총은 선원 한 사람에게 맡겼다. 그의 옷차림은 예술가 같기도 하고 멋쟁이 같기도 했다. 그래서 섬에 있던 사람들에게 아무런 의심도 주지 않았고, 따라서 아무런 불안도 일으키지 않았던 것이다.

일행은 배를 기슭에 매어놓고 편안한 야영지를 찾으려 몇 걸음 앞으로 나아갔다. 그러나 그들이 가고 있는 방향이 감시를 하고 있던 밀수입자의 눈에 적당하다고 생각되지 않았던지, 그는 가에타노를 향해 이렇게 소리쳤다.

「여보, 그쪽으로 가지 마시우!」

가에타노는 뭐라고 변명을 하는 듯이 중얼거렸다. 그러나 더 이상은 고집을 부리지 않고 반대쪽 길로 접어들었다. 그러는 사이 선원 두 사람은 길을 밝히기 위해 불이 있는 곳으로 가서 횃불을 당겼다.

한 삼십 보쯤 걸어가니 완전히 바위로 둘러싸인 조그만 광장이 나타나 일행은 거기서 발을 멈추었다. 그 바위는 사람이 앉을 수 있도록 돌이 파여 있었는데, 그것은 마치 앉아서 망을 볼 수 있는 조그만 보초막같이 생겼다. 주위에는 부식토층에 작은 참나무 몇 그루와 미르트 덤불이 빽빽하게 솟아 있었다. 프란츠는 횃불을 내리비춰 보고, 그곳에 잿더미가 수북한 것으로 보아 이 장소가 쉬기 좋은 곳임을 발견한 것이 자기가 처음이 아니라 이곳 몬테크리스토를 드나드는 사람들에게는 언제나 정해진 장소 중 하나임에 틀림없다고 생각했다.

지금은 혹시 무슨 사건이라도 일어나지 않나 하던 기분도 일단 가라앉고 말았다. 발을 땅에다 붙이고, 섬의 주인들이 친절하진 않았다 치더라도 적어도 무관심한 태도로 대해 주었음을 깨달은 그는 이젠 모든 불안이 사라지고 말았다. 그리하여 이웃 야영지에서 나는 산양 굽는 냄새에 지금까지의 불안은 식욕으로 변해 버렸다.

그는 그 얘기를 가에타노에게 건네보았다. 그러자 가에타노는 배에 빵과 포도주와 자고새 여섯 마리가 있고 그것을 구울 수 있는 불도 있으니 만찬을 차리는 일쯤은 아무것도 아니라고 대답했다.

「그리고」하고 그는 덧붙여 말했다. 「나리께서 그 냄새가 그렇게 구수하게 당기신다면 제가 그 사람들한테 가서 저희 새 두 마리를 주고 고기 한 점을 얻어올 수도 있습니다」

「그럼 그렇게 좀 해보게, 가에타노, 그렇게 좀 해봐」프란츠가 말했다. 「자넨 정말 교섭하는 덴 수완이 비상하니까」

그러는 동안에 선원들은 히스를 몇 아름씩 잘라내고, 미르트와 푸른 참나뭇단을 모아서 훌륭한 화톳불을 붙였다.

한편 프란츠는 연방 산양 냄새에 코를 벌름거리며 선장이 돌아오기를 초조히 기다렸다. 그때 선장이 다시 나타나더니, 상당히 걱정스러운 얼굴로 그의 곁으로 왔다.

「어떻게 된 거야?」 프란츠가 물었다. 「무슨 일이 또 있었나? 거절당했나?」

「천만에요」 가에타노가 말했다. 「나리께서 프랑스 분이라고 두목에게 말했더니, 그쪽에서 오히려 나리를 만찬에 초대하겠다던데요」

「그래? 그 두목이라는 사나이는 속이 탁 트인 사람인가 보니, 내가 거절할 이유는 없겠는걸. 그럼 나 먹을 걸 가지고 갈까?」

「아니, 그러실 것 없습니다. 만찬은 충분할 뿐만 아니라, 오히려 남을 지경일 텐데요. 그런데 자기 집으로 오시라는 데는 한 가지 묘한 조건이 붙어 있습니다」

「집으로!」 청년은 말했다. 「아니, 그럼 그 사람은 집을 짓고 산단 말인가?」

「그렇진 않지만, 소문에 들으니 상당히 편리한 거처를 가지고 있다나 봅니다」

「그럼 자네도 그 두목을 알고 있나?」

「소문만 들어서 알지요」

「좋은 소문인가, 나쁜 소문인가?」

「둘 다죠」

「젠장! 그런데 그 조건이란 도대체 어떤 건데?」

「눈을 가리고 그 사람이 풀라고 할 때까지 그것을 풀면 안 된다는 겁니다」

프란츠는 그 제안의 저의(底意)를 알아내려고 가에타노의 시선을 열심히 저울질해 보았다.

「글쎄요! 잘 생각해 보시고 가셔야 할 겁니다」 가에타노는 프란츠의 마음속을 들여다보며 말했다.

「자네 같으면 어떻게 하겠나?」 프란츠가 물었다.

「저 같으면야, 뭐 뺏길 것도 없으니 가보지요」

「그쪽 청을 받아들이겠단 말이지?」

「예, 호기심이 나서라도 말입니다」

「그럼, 그 두목의 집에는 신기한 것들이라도 있단 말인가?」

「제 말 좀 들어보십쇼」 가에타노는 목소리를 낮추며 말했다. 「소문이 정말인지는 몰라도……」

그는 말을 하다 말고 혹시 누가 엿듣지나 않나 주위를 살펴보았다.

「어떤 소문인데?」

「그 두목이라는 사람은 지하실에 살고 있는데, 그 지하실이라는 게 피티 궁전 따윈 거기다 대면 아무것도 아니라나요」

「꿈 같은 얘긴데!」 프란츠는 다시 자리에 앉으며 말했다.

「아닙니다. 꿈 같은 이야기가 아니라 정말이랍니다. 생페르디낭 호의 조타수가 언젠가 들어가 본 일이 있대요. 그런데 아주 눈이 휘둥그레져서 나왔다나요. 그 속에 있는 보물들은 옛날 얘기에나 나오는 것들이더랍니다」 선장이 말했다.

「뭐야! 그런 소릴 해서 날 알리바바의 동굴 속으로 내려가게 하려는 거로군」 하고 프란츠가 말했다.

「아닙니다. 소문이 그저 그렇다는 것뿐입니다」

「그래, 날더러 승낙하라고 권하는 건가?」

「아, 아닙니다. 나리께서 좋으실 대로 하셔야지요. 이런 경우에 제 의견 같은 것을 말씀드릴 생각은 없으니까요」

프란츠는 잠시 생각해 보았다. 그러나 그처럼 부유한 사람이 불과 몇천 프랑밖에 없는 자기 같은 사람의 돈을 탐낼 리는 없으리라는 생각이 들었다. 게다가 무엇보다도 산해진미를 갖춘 만찬이 그려졌기 때문에 그는 그 제안을 받아들이기로 했다. 가에타노는 프란츠의 회답을 전하러 갔다.

그러나 앞에서도 말한 바와 같이 프란츠는 조심성이 많은 사람이었다. 그 이상한, 비밀에 싸인 초대자에 관해서는 되도록 더 자세한 사실을 알고 싶었다. 그래서 그는 자기가 가에타노와 이야기를 하고 있는 동안 진득하게 열심히 자고새의 털을 뽑고 있던 선원 쪽을 돌아다보고 암만 봐도 주위에는 배 같은 게 보이지 않는 것 같은데, 도대체 그 사람들은 무엇을 타고 이 섬에 상륙했느냐고 물어보았다.

「그런 게 뭐가 문젭니까?」하고 그 선원은 말했다.

「전 그 사람들이 타고 다니는 배를 알고 있지요」

「얼마나 큰 밴데?」

「한 백 톤은 되겠습죠. 게다가 그건 유람선으로, 영국 사람들이 말하는 요트라는 겁니다. 그런데 바다 위에서 비가 오나 바람이 부나 끄떡하지 않도록 잘 만든 건가 봐요」

「어디서 만든 밴데?」

「모르긴 합니다만, 제노바에서 만든 것 같아요」

「하지만 밀수입자의 두목이라는 사람이 어떻게 감히 자기 생업에 쓰는 배를 제노바의 항구에서 버젓이 만들 수가 있지?」

프란츠가 물었다.
「제가 언제 요트 임자가 밀수입자라고 말씀드렸던가요?」
「자넨 안 그랬지만, 가에타노는 그렇게 말하는 것 같던데」
「가에타노는 그 승무원들을 멀리서는 봤지만 아직 그 사람들 중 누구하고도 얘긴 못해 본 걸요」
「그럼 그 사람이 밀수입자의 두목이 아니라면 도대체 뭘까?」
「취미로 여행을 다니는 돈 많은 부자일 겁니다」
〈자, 이렇게 얘기가 다 다른 걸 보니 점점 더 알 수 없는 인간인걸〉하고 프란츠는 생각했다.
「그 사람 이름이 뭔데?」
「이름을 물으면 그저 선원 신드바드라고만 한다나요. 그런데 그게 정말로 그 사람 이름인진 알 수가 없지요」
「선원 신드바드라?」
「예」
「그래, 그 사람은 어디 사는데?」
「바다 위에서요」
「어느 나라 사람인가?」
「모르지요」
「자넨 그 사람을 본 일이 있나?」
「가끔 보지요」
「어떤 사람이던가?」
「직접 보시면 아십니다」
「날 어디서 만나려는 걸까?」
「아마, 아까 가에타노가 얘기한 그 지하실에서겠습죠」

「그래 자넨, 여기다 배를 대고 섬이 무인도라는 걸 알았을 때 그 이상한 궁전에 들어가보고 싶은 호기심이 안 나던가!」

「왜요, 났지요」 하고 선원은 말을 이었다. 「그것도 한두 번이 아니었습니다. 하지만 암만 찾아봐도 허탕이었으니까요. 사방으로 동굴을 파봐도, 실오라기만한 통로 하나 못 찾아냈습니다. 게다가 사람들 말로는 그 문은 열쇠로 여는 게 아니라 무슨 주문을 외어야 열린다나요」

「이건 진짜로 『아라비안 나이트』 속에 뛰어든 격이로군」 하고 프란츠는 중얼거렸다.

「나리께서 기다리십니다」 하는 목소리가 등뒤에서 들렸다. 보초의 목소리라는 것을 금세 알 수 있었다.

그는 요트의 승무원 두 사람과 함께 왔다.

대답 대신에, 프란츠는 손수건을 꺼내어 방금 자기에게 말을 건 그 사나이에게 건네었다.

그 사나이는 아무 소리 않고 상대방에게 무례한 인상을 주지 않으려고 신경을 쓰며, 프란츠의 눈을 가렸다. 눈을 가리고 나자 그는 무슨 일이 있어도 띠를 풀지 않겠다는 맹세를 시켰다.

프란츠는 맹세했다.

그러자 두 사나이가 양쪽에서 팔을 잡았다. 프란츠는 이렇게 두 사나이에게 끌려 보초의 뒤를 따라갔다.

한 삼십 보쯤 걸어가자 프란츠는 산양 굽는 냄새가 점점 더 강해 지는 것으로 보아 야영지 앞을 지나고 있음을 알았다. 그러고 나서 이제야 그 금지의 이유를 알겠지만, 아까 가에타노가 가려다 못 가게 해서 그만둔 그 방향으로 오십 보쯤 더 걸어갔다. 이윽고 공기가 바뀌자 그는 지하도로 들어갔다는 것을 깨달았다. 좀더 걸어가자 무슨 삐걱거리는 소리가 났다. 또다시 공기가 변하여 따뜻하고 좋은 냄새가 나는 것 같았다. 마침내 두껍고 푹신한 양탄자 위를 걷는 것 같았다. 안내자들이 팔을 놓아주었다. 잠시 동안은 조용하더니 이윽고 외국사람의 악센트가 섞여 있기는 하나, 매우 유창한 프랑스어로 이렇게 말하는 소리가 들려왔다.

「잘 오셨습니다. 손수건을 푸셔도 좋습니다」

생각해 보아도 알 일이지만 프란츠는 같은 말을 되풀이하게 하는 사람은 아니었다. 그는 손수건을 풀었다. 눈앞에는 마흔 살 전후의 투니시아 풍의 옷차림을 한 사나이가 서 있었다. 푸르고 긴 비단의 술이 달린 빨갛고 둥근 모자에다 금자수가 가득 놓인 검은 나사 윗도리와 넓고 헐렁한 짙은 적색 바지, 윗도리와 같은 금자수가 놓인 검은색 각반을 입고 노란 가죽 구두를 신고 있었다. 그리고 허리에는 화려한 캐시미어를 두르고 그 허리띠 속에는 끝이 뾰족하고 구부러진 작은 단검을 차고 있었다.

그 사나이는 얼굴빛이 창백하리만큼 혈색이 없었으나, 얼굴은 눈부시게 아름다웠다. 불타는 듯한 눈은 사람의 가슴을 꿰뚫는 것 같았고, 거의 이마에서 솟아난 듯한 곧은 코는 그 깨끗한 기품으로 보아 그리스 형임을 나타내고, 진주처럼 흰 이는 검은 수염에 장식되어 아름답게 드러나 있었다

다만 그 창백한 빛만은 이상스러웠다. 마치 오랫동안 무덤 속에 파묻혀 있어서 산 사람의 혈색이 채 되살아나지 못한 것 같았다.

키는 특별히 크지는 않았으나 꽤 늘씬한 편이었고, 남프랑스 사람들처럼 손발은 작았다.

그러나 가에타노가 한 얘기가 꿈이라고 생각했던 프란츠가 무엇보다도 놀란 것은 그 화려한 가구들이었다.

방 전체에는 금빛 꽃으로 수놓은 진홍색 터키 천이 깔려 있었다. 안쪽에는 도금한 칼집과 보석을 박은 아라비아 칼로 된 무기 장식 밑에 의자 같은 것이 놓여 있었고, 천장에는 아름다운 빛깔과 모양의 베네치아 유리로 된 램프가 매달려 있었다. 발밑에는 터키 양탄자가 깔려 있었다. 그리고 프란츠가 들어온 문과 찬란하게 불이 밝혀져 있는 듯한 다음 방으로 통하는 문 앞에는 커튼이 드리워져 있었다.

주인은 잠시 동안 프란츠가 깜짝 놀라도록 내버려두었다. 그리고 프란츠가 가구들을 하나하나 살펴보는 모습을 보며 그에게서 눈을 떼지 않았다. 그러더니 입을 열었다.

「저희 집에 오시는데 그렇게 경계를 심하게 해서 매우 죄송합니다. 그러나 대개 이 섬에는 사람이 살지 않기 때문에 만약에 이 집의 비밀이 알려지는 날이면, 제가 섬으로 돌아왔을 때는 임시 거처인 이 집이 파괴되어 있어서 몹시 불쾌해질 것 같아 그랬습니다. 그건 뭐 무엇이 없어질까 봐서가 아니라, 단지 제가 사교계에서 떠나고 싶어졌을 때 어느때고 안심하고 떠날 수 없게 될 테니까, 그게 염려돼서 그러는 거죠. 자, 그림, 이제 이런 데서 맛볼 수 있으리라곤 기대하지 못하셨을 입에 맞으실 만찬과 편안한 잠자리를 대접해 드릴 테니, 그런 사소한 불쾌감은 잊어주십시오」

「아닙니다, 주인장」 프란츠가 대답했다. 「그런 걸 갖고 뭐

미안해하실 건 없으십니다. 황홀한 궁전에 들어가는 사람은 눈을 가리고 들어가야 한다는 건 저도 알고 있습니다.「위그노 교도」에 등장하는 라울이 그렇지 않습니까. 게다가 정말이지 언짢은 생각은 하지 않았습니다. 제게 보여주시는 게 한결같이 저『아라비안 나이트』에 나오는 이상한 일들의 연속이니까요」

「오, 저도 루쿨루스처럼 이렇게 찾아와 주실 줄 알았더라면 좀더 준비를 해놓았을걸 하는 말씀을 드려야겠습니다. 그러나 어쨌든, 보시다시피 제 은거지는 이렇습니다. 자, 마음 편하게 이용해 주십시오. 만찬도 있는 그대로 대접하겠습니다. 알리, 저녁 준비는 돼 있나?」

그순간 커튼이 올라가더니, 소박한 흰 웃옷을 입은 흑단같이 검은 누비아의 흑인이 주인을 향하여 식사 준비가 되었음을 알려주었다.

「자, 그럼」이 미지의 남자는 프란츠에게 말했다.「어찌 생각하실지 모르겠습니다만, 서로 성함도 지위도 모르고 두 시간 세 시간씩 얼굴을 마주 대하고 있기는 퍽 거북할 것 같은데요. 그러나 손님에게 대한 예의를 존중해서 성함이나 지위 같은 건 묻지 않겠습니다. 다만 제가 말씀드릴 때 부를 수 있게 무엇이든 부를 이름을 하나 가르쳐 주셨으면 하는데요. 불편함이 없으시도록 우선 저부터 말씀드리지요. 저는 보통 선원 신드바드(『아라비안 나이트』에 나오는 인물 이름——옮긴이)라고들 부르고 있습니다」

「그럼 저는」하고 프란츠가 말을 받았다.「알라딘(『아라비안 나이트』에 나오는 인물——옮긴이)이 되는 데 필요한 그 유명한 램프를 갖고 있지 않지만, 우선 알라딘이라 불러주십시오.

그렇게 되면 신의 손에 의해 운반되어 왔다고 생각되는 동양의 공기 속에서 저희 둘 다 발을 떼지 않아도 되니까요」

「그럼 알라딘 씨」하고 그 이상한 주인이 말했다.

「저녁 준비가 다 됐다니, 식당으로 건너가실까요? 자, 제가 안내를 하기 위해서 앞서 가겠습니다」

이렇게 말한 그는 커튼을 올리고 자기 말대로 앞장 서 걸어갔다.

프란츠는 황홀경 속을 걸어갔다. 식탁은 으리으리하게 준비되어 있었다. 일단 이 중요한 점을 확인한 다음에 그는 주위를 둘러보았다. 식당도 방금 나온 방 못지않게 화려했다. 식당 전체가 대리석으로 되어 있고 엄청나게 진귀한 고대 부조(浮彫)로 장식되어 있었다. 기다란 방 양쪽 끝에는 머리에 바구니를 이고 있는 화려한 석상(石像)이 있었다. 그 바구니에는 진기한 과실들이 가득히 담겨 있었다. 그것은 시칠리아의 파인애플, 말라가의 석류, 발레아레스 섬의 오렌지, 프랑스의 복숭아와 튀니스의 대추야자 등이었다.

만찬은, 코르시카의 지빠귀를 곁들인 꿩구이와 산돼지 햄, 산양 버터구이, 훌륭한 가자미, 커다란 새우 등이었다. 그리고 큰 접시와 큰 접시 사이에는 앙트르메(생선 요리와 로스트 사이에 나오는 요리——옮긴이)가 담긴 작은 접시들이 꽉 차 있었다.

큰 접시들은 은이었고 작은 접시들은 일본 도기였다.

프란츠는 꿈이 아닌가 해서 눈을 비벼보았다.

알리 혼자만이 식탁에서 시중을 들고 있었다. 그는 자기 일을 훌륭하게 척척 해냈다. 손님은 주인에게 그 일을 칭찬했다.

주인은 유유히 만찬 접시를 비우며 말했다.「예, 이 사람은 저를 위해 성심껏 봉사하는 불쌍한 인간입니다. 그는 제가 자기 목숨을 건져준 일을 잊지 않고 있지요. 제가 보기엔 이 사람은 상당히 목숨을 중하게 생각해서, 아마 제가 구해 준 걸 고맙게 여기고 있는 것 같습니다」

알리는 주인 곁으로 다가와 그의 손을 잡더니 그 손에 키스를 했다.

「신드바드 씨」프란츠가 말했다.「어떤 기회에 그런 훌륭한 일을 하셨는지 얘길 좀 들려주셨으면 하는데, 실례가 되지 않을까요?」

「원 별말씀을! 아무것도 아닌 얘긴 걸요」하고 신드바드가 대답했다.「아무래도 이 사내는 이런 피부색을 한 남자가 가까이 가면 안 되는 튀니스 왕의 후궁 옆을 빙빙 돌았던 것 같아요. 그래서 왕은 이 사람을 첫날은 혀를, 둘째날엔 손을, 셋째날엔 머리를 자르도록 벌을 내린 겁니다. 난 전부터 늘 벙어리 하인을 하나 두고 싶었던 터라 이 사람의 혀가 잘리는 것을 기다려 왕에게로 가서, 그 전날 왕이 퍽 탐을 내는 것처럼 보인 연발총과 바꾸지 않겠느냐고 물었지요. 그랬더니 왕은 잠시 양쪽을 저울질해 보더군요. 그만큼 그는 이 불쌍한 인간을 죽여버려야겠다고 생각했던 모양입니다. 그래서 난 그 총에다가 전에 왕의 장검을 못 쓰게 만든 일이 있는 영국제 엽도(獵刀)를 곁들여 주겠다고 말했지요. 그래서 왕도 이 남자의 손과 머리는 용서해 주기로 결심했습니다. 그러나 조건을 하나 붙이더군요. 이 인간이 절대로 튀니스 땅엔 발붙이지 못하게 해달라고요. 필요 없는 주문이었습니다. 이 사람은 암만 멀리서라도 아프리카만 뵈면, 선창 속으로 도망가서 아프리카가 보이지 않게 되기 전까지는 세상없이 끌어내리려고 해도 나오질 않으니까요」

프란츠는 지금 이러한 이야기를 들려준 이 주인의 잔인한 호의를 어떻게 해석해야 좋을지 몰라, 한동안 입을 다물고 생각에 잠겨 있었다.

「그래, 주인께서는 그 이름 그대로 늘 용감한 선원으로 여행을 다니며 일생을 보내십니까?」

「네, 그렇습니다. 그리고 그건 실행할 수 없으리라고 생각되던 때에 벌써 세워놓은 소원입니다」하고 이 미지의 사나이는 웃으면서 대답했다.

「그밖에도 그와 같은 소원을 몇 가지씩이나 가슴에 품었지요. 그래 그것들도 차례차례 실행이 되었으면 하고 있지요」

신드바드는 이 말을 지극히 냉정하게 이야기했지만, 그 눈에는 이상한 잔인성이 불타는 시선이 쏟아져 나왔다.

「고생을 많이 하셨나요?」프란츠가 물었다.

신드바드는 몸을 떨었다. 그리고 프란츠를 뚫어지게 쳐다보았다.

「어떻게 그걸 아시죠?」하고 그는 물었다.

「모든 걸 보면 알지요」프란츠가 대답했다.「당신의 그 목소리와 시선과 그 창백한 얼굴빛이며, 그리고 생활 태도 같은 걸로」

「아니죠, 전 이를 데 없이 행복한 생활을 하고 있습니다. 정말 파샤(터키 왕——옮긴이)와 같은 생활이지요. 나는 창조의 왕입니다. 어떤 장소가 내 마음에 들면 거기서 머무르지요. 그러다 싫증이 나면 떠나버리고요. 난 새처럼 자유롭지요. 나도 새처럼 날개가 있어요. 내 주위에 있는 사람들은 내 명령 한마디면 다 복종합니다. 또 때로는 숨을 곳을 찾는 산적이나 쫓기는 죄수들을 가로맡아서 인간이 세워놓은 법률의 힘을 놀려 주는 장난도 하지요. 그래서 내게는 나 한 사람만의 규정으로 만든 재판도 있어요. 높은 것도 있고 낮은 것도 있지요. 유예도 없고 항고도 없는 벌을 주든지 용서를 하든지 아무도 간섭할 수 없는 나대로의 법률이 있습니다. 당신도 아마 나 같은 생활을 한번 맛보기만 하면, 다른 생활은 싫어져서 혹시 꼭 해야 할 큰 계획이 없는 한 다른 세상엔 다시 돌아가고 싶지 않으실 겁니다」

「이를테면 복수 같은 것이로군요!」하고 프란츠는 말했다.

미지의 주인은 상대의 머릿속과 가슴속을 파고들어가기라도 할 듯한 시선으로 청년을 쏘아보았다.

「복수라니, 그건 또 무슨 말씀인가요?」하고 그는 물었다.

「왜냐하면」 프란츠가 말을 이었다. 「아무래도 당신의 모습이 사회에서 박해를 받아 사회에 대해 무서운 복수를 계획하고 있는 것같이 보여서요」

「그런데」 신드바드는 날카로운 흰 이를 드러내고, 이상한 미소를 지으며 말했다. 「짐작이 맞질 않았습니다. 보시다시피 전 일종의 자선가로, 아마 언젠가는 아페르 씨나 〈작은 푸른 외투의 남자〉(당시에 이러한 이름으로 불린 자선가가 있었던 듯함──옮긴이)와 경쟁을 하러 파리에 갈지도 모릅니다」

「그럼 파리는 처음이신가요」

「예, 부끄럽습니다만 처음입니다. 호기심이 없는 인간이라고 생각하실지도 모르겠습니다만, 여태까지 못 갔던 건 제 잘못이 아니었습니다. 언젠가는 갈 셈이니까요」

「머지않아 떠날 생각이신가요?」

「아직은 모르겠습니다. 확실히 결정이 안 된 사정이 좀 있어서요」

「파리에 오실 때 제가 있었으면 좋겠군요. 몬테크리스토 섬에서 이렇게 후하게 대접을 해주신 데 대해 답례를 해드렸으면 해서요」

「말씀은 고맙습니다만」 하고 주인은 말을 이었다. 「불행히도 아마 제가 가더라도 살짝 다녀올 겁니다」

그러는 사이에 만찬은 계속되고 있었다. 그리고 그것은 오직 프란츠 한 사람만을 즐겁게 하기 위해서 마련된 것같이 보였다. 뜻하지 않던 손님이 한껏 음식을 먹고 있는 데 반해 이 미지의 주인공은 이 굉장한 요리에 거의 수저도 대지 않는 형편이었다.

이윽고 알리가 디저트를 가져왔다. 가져왔다기보다는 차라리 석상의 손에서 바구니를 떼어다가 식탁 위에 올려놓았다고 하겠다.

그리고 그 두 개의 바구니 사이에 도금한 뚜껑이 달린 작은 술잔을 놓았다.

프란츠는 알리가 이 잔을 가지고 오던 경건한 태도에 호기심이 생겼다. 그는 뚜껑을 열어보았다. 그랬더니 그 속에는 푸르스름한 반죽 같은 것이 들어 있었다. 마치 안젤리카 잼 같았는데 생전 처음 보는 것이었다.

그는 다시 뚜껑을 닫았다. 그러나 뚜껑을 닫고 나서도 열기 전과 마찬가지로 그 속에 무엇이 들어 있는지 알 수가 없었다.

프란츠가 눈을 들어 다시 주인을 바라보니, 주인은 미소를 지으며 프란츠의 실망한 표정을 바라보고 있었다.

「이 조그만 잔 속에 들어 있는 것이 무엇인지 짐작이 안 가실 것입니다」하고 주인은 말했다.

「마음에 걸리시는 모양이니 제가 설명을 해드리죠. 이 파란 잼 같은 것은 헤베(제우스와 헤라의 딸. 청춘의 여신——옮긴이)가 제우스의 식탁에 내놓았다는 불로장수의 음식이랍니다」라고 주인은 덧붙였다.

「하지만 그 불로장수의 약도」프란츠가 말했다. 「사람의 손에서 손으로 전해 내려오는 동안에 천상에서의 이름을 잃어버리고 인간 세계의 이름으로 바뀌었을 게 아닙니까? 그러니까 보통은 이걸 무어라고 부르나요? 실은, 전 마음이 내키질 않는데요. 이게 이름이 뭐죠?」

「과연, 그런 점만 보더라도 우리들이 원래는 물질에서 생겨났다는 사실이 분명히 드러나지요」하고 신드바드가 소리쳤다. 「우린 종종 행복의 바로 곁을 지나치면서도 그것을 못 보고 지나가거나 아니면 보려고도 않습니다. 또는 행복이 눈에 보이더라도 그것을 행복이라고 정확하게 인정할 수가 없지요. 만약에 당신이 적극적인 성격에 황금을 신이라고 생각하는 분이라면, 이걸 한번 맛보십시오. 그러면 페루, 구자라트, 골콘다의 금광이 눈앞에 보일 것입니다. 만약에 당신이 공상가이며 시인이라면, 역시 이걸 한번 맛보십시오. 가능과 불가능 사이의 경계가 없어지고 무한의 세계가 열리며, 끝없는 환상의 세계를 마음껏 거닐 수 있을 것입니다. 또 만약에 당신이 야심가로, 지상의 영예를 추구하는 분이라면 이걸 또 맛보십시오.

한 시간 안으로 왕이 될 것입니다. 그것도 프랑스라든가, 스페인이라든가, 영국 같은 유럽의 한구석에 박혀 있는 조그만 나라의 왕이 아니라 세계의, 우주의, 창조의 왕이 될 거란 말씀입니다. 당신의 왕좌는 사탄이 예수를 앗아간 저 산꼭대기에 세워질 것입니다. 그것도 사탄에게 예의를 표할 필요도 없고, 그의 발톱에 키스할 의무도 없이 지상의 모든 왕국의 주권자가 될 것입니다. 어떻습니까? 제가 대접하는 걸 한번 입에 대보고 싶지 않으십니까? 아주 간단한 거니까요. 이렇게 하시기만 하면 됩니다. 자, 보세요」

이렇게 말하고 나서, 그는 지금까지 입에 침이 마르도록 찬사를 보낸 그 음식이 담긴 도금된 그 작은 술잔의 뚜껑을 열어, 커피 스푼으로 그 마술의 잼을 떠서 눈을 반쯤 감고 머리를 뒤로 젖힌 채 입에 넣고 천천히 맛을 보았다.

프란츠는 상대방이 그것을 다 맛보고 날 때까지 가만히 보고 있었다. 그러고 나서, 상대방이 다시 자기에게로 돌아오는 것을 보고, 「그런데 도대체 그 귀중한 음식물의 정체는 뭡니까?」하고 물었다.

「당신은 〈산 속의 노인〉 이야기를 들은 일이 있으십니까?」하고 주인은 물었다. 「필리프 오귀스트를 암살하려던 사람 말입니다」

「들은 것 같은데요」

「그럼 그 사나이가 산 밑의 풍요한 계곡을 지배하고 있었기 때문에 그런 이름이 붙었다는 걸 알고 계시겠군요. 그 계곡에는 하센 벤 시바가 꾸민 으리으리한 정원이 있고, 그 정원 안에는 외딴 정자들이 있었지요. 그는 자기 마음에 드는 사람들을 그 정자 안에 들어오게 했습니다. 그래서 마르코 폴로의 말에 의하면, 그들에게 어떤 풀을 먹였다는군요. 그랬더니 그들은 늘 꽃이 만발한 초목과 어느때고 무르익어 있는 과실과 언제나 처녀인 채로 있는 여자들이 살고 있는 낙원으로 인도되었답니다. 그러나 그렇게 행복해진 그 사람들이 현실인 줄로 알고 있었던 것은 실은 한바탕 꿈이었더라나요. 그러나 그 꿈이라는 게, 기가 막히게 달콤하고 사람의 마음을 취하게 하고 또 육감적인 꿈이어서, 그들은 자기들에게 그런 꿈을 꾸게 해준 사람들에게 몸과 마음을 다 바쳐 마치 하느님의 명에 복종하듯이, 그 사람의 명령에 따라서 이 세상 끝까지라도 가서 명을 받는 희생이라면 어떤 것이라도 달게 받고 싶은 기분이 되어버렸습니다. 그래서 죽음이라는 것도 실은, 지금 당신 앞에 내놓은 영초(靈草)가 앞서 맛을 보여주었던 그 환락의 샘으로 보내주기 위한 하나의 도정에 불과하다는 생각 하나만으로, 아무 불평도 없이 괴로운 고문을 견디면서 죽어갔다는 것입니다」

「아니 그럼, 이건 하시시(인도산 대마에서 따낸 마취제——옮긴이)입니까?」 하고 프란츠는 외쳤다.

「그렇죠, 바로 그것입니다. 알라딘 씨, 이건 하시시입니다. 하시시 중에서도 알렉산드리아에서 제일 좋고 가장 순수한 것입니다. 〈세계는 이 행복을 준 사람에게 감사한다〉는 말과 함께 궁전이라도 지어 주고 싶을 정도로 위대한 저 하시시 제조자 중 제일인자인 아부고르가 만든 것입니다」

「그 격찬의 말씀이 과연 정말인지 아니면 과장인지 제가 직접 판단을 해보고 싶군요」 하고 프란츠는 말하였다.

「자, 몸소 시험해 보십시오. 시험해 보세요. 그러나 한번 하고 그만두시면 안 됩니다. 무슨 일에나 그렇지만, 감각이라는 것은 부드럽게, 격렬하게, 그리고 슬프거나 기쁘거나 간에, 어떻든 새로운 충동에 익숙해지지 않으면 안 됩니다. 이 신성한 음식에 대해서는 언제나 천성이라는 것이 반발을 합니다. 기쁨을 위해서 만들어진 천성이 아니라 괴로움에 집착하는 천성이 말입니다. 그 천성이라는 것이 싸움에서 패배하여 쓰러져야만 합니다. 현실이 꿈을 따라가야 하는 겁니다. 그렇게 되면 꿈이 주인공으로 군림하게 됩니다. 그리고 꿈이 생활이 되고, 생활이 곧 꿈이 되는 겁니다. 그러나 이러한 변화 속의 차이란 굉장하지요. 말하자면 현실 생활의 고통과 기교적 생활의 향락을 비교해 보면 이젠 살고 싶지 않고, 언제까지나 꿈만 꾸었으면 하는 생각이 날 것입니다. 그리고 당신이 그러한 세계를 떠나 다른 사람들이 사는 보통 세계로 돌아오게 되면, 아마 나폴리의 봄을 떠나서 라플란드의 겨울로 옮겨진 것 같은 기분이 들 것입니다. 낙원에서 지상으로, 천국에서 지옥으로 옮겨졌을 때 같은 기분일 것입니다. 자, 하시시를 한번 맛보세요. 자, 어서!」

프란츠는 대답 대신에 그 신비스러운 음식을 아까 주인이 뜬 만큼을 어림해 떠서 입으로 가져갔다.

「오, 이런」 그는 그 신통하다는 잼을 삼키고 나서 말했다. 「과연 마시고 난 결과가 지금 말씀하신 것만큼 기분이 좋아지는지 어떤지는 모르겠으나, 맛은 그렇게 단정하신 것만큼 훌륭하지 못한 것 같은데요」

「그건 당신의 입이 그 숭고한 맛에 익숙해 있지 않아서 그런 겁니다. 생각해 보세요. 굴이라든가, 차라든가, 맥주라든가, 송로(松露)라든가 그밖에 나중엔 즐기게 된 음식물들이 모두 처음부터 입에 맞으셨던가요? 로마 사람들이 왜 수꿩 요리를 아위(阿魏)로 조미하는지, 중국 사람들이 어째서 제비집을 먹는지 아십니까? 모르실 겁니다. 하시시도 마찬가지예요. 단 일주일만이라도 계속 잡숴보세요. 이 세상에 있는 어떤 음식도 오늘은 이렇게 구역질이 나는 밍밍한 것 같은 이 미묘한 맛을 따를 수 없을 겁니다. 어쨌든 이젠 옆방으로 건너가십시다. 남은 방을 드릴 테니까요. 알리가 커피를 가져올 겁니다. 그리고 파이프도 드릴 거예요」

두 사람은 자리에서 일어섰다. 그리고 자칭 신드바드라고 하는, 그리고 독자들도 어떤 이름으로든 그를 부르지 않을 수 없으니 그 손님과 마찬가지 이름으로 불러야 할 그 사나이가 하인에게 무엇인가 명령을 하고 있는 동안, 프란츠는 옆방으로 들어갔다.

그 방의 장식은 훌륭하긴 하였지만, 비교적 간소했다. 원형의 방에는 커다란 소파가 빙 둘러 있었다. 의자며 벽이며 천장이며, 마루가, 모두 푹신한 양탄자같이 부드럽고 포근한 모피로 둘러쳐져 있었다. 억센 갈기를 가진 아틀라스 산맥의 사자 가죽도 있었다. 짙은 줄무늬의 벵골 호랑이 가죽도 있었다. 단테의 작품에 나오는 것 같은, 화려한 점이 촘촘히 박힌 희망봉의 표범 껍질도 있었다. 그 외에도 시베리아의 곰 가죽, 노르웨이의 여우 가죽도 있었다. 이 모든 짐승 가죽들이 겹겹이 깔려 있어서, 마치 푹신한 잔디밭 위를 걷고 부드러운 침대에서 쉬는 듯한 기분이었다.

두 사람은 소파 위에 누웠다. 손닿는 곳에는 재스민 대에 호박 물부리가 달린 장죽이 여러 개 있었는데, 장죽 하나를 두번 다시 빨지 않도록 모두 담배가 채워져 있었다. 그들은 그것을 하나씩 뽑아 물었다. 알리는 담배에 불을 붙여주고 나서, 커피를 가지러 갔다.

잠시 동안 침묵이 흘렀다. 그동안 신드바드는, 얘기중에도 줄곧 머리에서 떠나지 않던 생각을 그대로 계속하고 있는 것 같았다. 한편 프란츠는 말없이 꿈 속에 잠겨 있었다. 그것은 연기와 함께 마음속의 온갖 고뇌를 실어가고 있었다. 그 대신에 영혼의 꿈을 불어넣어 주는, 저 향기로운 담배를 빨면서 점점 더 꿈의 세계로 빠져들어가는 것이었다.

알리는 커피를 가져왔다.

「어떻게 드릴까요?」 미지의 사나이가 물었다. 「프랑스 식으로 탈까요, 터키 식으로 탈까요? 진하게 하시겠습니까, 연하게 하시겠습니까? 설탕을 넣으시겠습니까, 블랙으로 하시겠습니까? 걸러 드시겠습니까, 끓인 걸로 하시겠습니까? 아무 거나 좋도록 하시죠. 어느 것이나 준비는 다 되어 있으니까요」

「터키 식으로 하겠습니다」

「좋습니다」 하고 주인이 소리쳤다. 「동양 생활에 대한 취미를 갖고 계시다는 걸 알겠군요. 아, 동양 사람들이야말로 정말 인생을 즐길 줄 아는 유일한 인간들이지요. 나로 말하더라도」 하고 그는 야릇한 미소를 띠며 말했다. 프란츠는 그 미소의 그림자를 놓치지 않고 지켜보았다. 「파리에서 일만 끝나면 동양으로 가서 여생을 보낼 생각입니다. 그때 절 다시 만나고 싶은 생각이 드시거든 카이로나 바그다드나, 이스파한 같은 데로 찾아오셔야 할 겁니다」

「그것쯤이야 문제없습니다」 프란츠가 말했다. 「독수리 날개라도 돋친 것 같으니까, 이 날개로 하루면 세계 일주를 할 것 같으니 말입니다」

「아, 하시시 기운이 돌기 시작하는군요. 자, 날개를 펴서 선경(仙界)으로 날아가 보십시오. 아무것도 두려워할 건 없습니다. 제가 보살펴드릴 테니까요. 그리고 만약에 이카루스의 날개처럼 당신의 날개가 햇빛에 녹아내리게 되더라도 잘 받아드릴 테니까요」

그러더니 알리에게 아라비아어로 두세 마디 무엇인가 이야기를 했다. 알리는 알았다는 몸짓을 하고 뒤로 물러섰으나 더 멀리 나가진 않았다.

지금 프란츠의 신체에서는 이상한 변화가 일어나고 있었다. 하루 종일 있었던 육체적인 피로와 저녁에 일어난 일들 때문에 생긴 정신적인 불안이, 안식으로 들어가는 첫번째 단계 속으로, 아직도 잠이 오는 것을 느낄 수 있을 정도의 의식이 남아 있을 때처럼 사라져가고 있었다. 그의 육체는 눈에는 보이지 않으나 가벼워진 것 같았고, 정신은 여태까지 느껴보지 못하게 명료해졌으며, 감각은 두 배로 예민해진 것 같았다. 그의 수평선은 점점 더 펼쳐지는 듯하였다. 그러나 그것은 막연한 공포가 서린, 잠들기 전에 보던 저 어두운 수평선과는 달리 이를 데 없이 아름다운 바다의 푸른빛과 태양의 찬란한 광휘와 미풍의 향기를 지닌 저 푸르고 청정한, 그리고 드넓은 수평선이었다. 그는 악보에 적을 수 있다면 그 훌륭한 음색을 베낄 수 있으리라고 생각될 만큼 낭랑하고 투명한 선원들의 노래 속에 몬테크리스토 섬이 위협하는 듯한 암초로 파도 위에 떠오르는 것이 아니라, 사막 한가운데에 잊혀진 오아시스처럼 떠오르는 것을 보았다. 그리고 배가 가까워짐에 따라, 노랫소리는 점점 더 우렁차게 들려왔다. 사람의 마음을 사로잡는 듯한 음악이, 마치 로렐라이 같은 요정이 그곳에 사는 사람의 영혼을 유혹하거나 아니면 암피옴이 리라를 연주해 거기에 하나의 도시를 세우려는 듯이 이 섬에서 하늘로 올라가는 것이었다.

이윽고 배는 해안에 닿았다. 그러나 힘도 들이지 않고 아무런 동요도 없이, 마치 입술이 서로 맞닿기라도 하는 것 같았다. 그리하여 그는 그 아름다운 음악이 계속되는 가운데 동굴 속으로 들어갔다. 그는 층계를 몇 계단 내려갔다. 아니, 내려갔다기보다는 차라리 내려간 것 같은 기분이 들었다. 그리고 그가 호흡하는 대기에는 저 키르케(호메로스의『오딧세이』에 나오는 마녀——옮긴이)의 동굴 주위를 흐르는 공기처럼 정신을 도취시키는 것 같은 향기와 감각을 불태울 것 같은 열기가 가득해서, 거기에는 신선하고도 향기로운 향훈이 넘쳐나고 있었다. 그러자 그의 눈앞에는 자기가 잠들기 전에 본 것, 저 신비로운 주인 신드바드로부터 벙어리 종 알리에 이르기까지 모든 것이 다시 눈앞에 떠올랐다. 그러더니 다시 모든 것이 사라져 버리고, 마치 불을 끈 환등의 마지막 그림자처럼 눈앞의 모든 것이 녹아버리는 것 같았다. 그리고 잠의 쾌락을 한밤중에 감시하는 듯한 창백한 고풍의 램프 빛 하나로만 비쳐지는 저 석상이 있는 방안에 자신이 있는 것을 발견했다.

그것들은 바로, 사람을 호리는 눈과 요염한 미소와 풍요한 머리털을 가진 풍만하고 화려하고 어딘가 시적인, 얼마 전에 본 바로 그 석상들이었다. 그것은 프뤼네, 클레오파트라, 메사린, 이렇게 세상을 떠들썩하게 한 세 창부였다. 그리고 그 음탕한 모습의 중앙에는 이렇게 더럽혀진 대리석상 앞에 그 순결한 얼굴을 가리고 있는 것처럼 보이는 청순한 형상, 고요한 그림자, 부드러운 환영이 마치 한줄기 맑은 빛같이, 또 올림푸스의 중앙에 자리한 천사와도 같이 조용히 서 있는 것이 눈에 띄었다.

그에게는 그 세 개의 석상이 한 사람을 위하여, 그 세 사람의 사랑을 합쳐 단 한 남자에게로 쏟고 있는 것만 같이 느껴졌다. 그에게는 그러한 여성들이 그 긴 흰옷에 발을 감추고 가슴팍을 드러내고 그리고 머리털을 물결처럼 나부끼며, 마치 옛날의 신들도 매혹되지 않을 수 없었고 오직 성자들만이 이겨낼 수 있었던 그런 자태로, 마치 새를 노리는 뱀처럼 굽히지 않고 불타는 눈길로, 그가 다시 꿈속에서 헤매고 있는 침대 곁으로 다가오는 것같이 생각되었다. 그리고 그 자신도 포옹과 같이 숨막히고 키스와 같이 육감적인 그 시선에 그만 온통 몸을 맡기고 만 듯했다.

프란츠는 자기가 눈을 감고 있다고 느꼈다. 그리고 마침내 주위를 둘러보니 저 정숙한 석상이 완전히 몸을 가리고 있는 것이 보이는 듯했다. 이윽고 실재의 사물 앞에서 눈을 감았을 때, 그의 감각은 점점 더 실제의 세계 저 너머의 환상에 눈뜨기 시작했다.

그것은 끊임없이 넘쳐나는 쾌락이었으며, 예언자가 선택받은 사람들에게만 약속한 것과 같은 그칠 줄 모르는 사랑이었다. 그러자 그 돌로 된 입술에 피가 통하기 시작하였고, 그 가슴들은 뜨거워지기 시작했다. 그리하여 처음으로 하시시의 위력을 깨닫게 된 프란츠의 지친 입술 위에 다시 뱀과 같이 매끄럽고도 차가운 석상의 입술이 느껴졌을 때, 그 애무는 거의 고통처럼 되었고, 그 쾌락은 거의 고문처럼 생각되기 시작했다. 그러나, 처음으로 맛본 이 애무를 그의 팔이 물리치려고 애를 쓸수록 그의 감각은 그 신비로운 꿈의 매혹에 끌려갔다. 그래서 결국 영혼까지도 바쳐야 할 만큼 심한 투쟁이 끝난 후에는 그는 몸과 마음을 몽땅 바쳐, 피로에 타고 쾌락에 지쳐, 이 대리석 연인의 키스와, 듣도 보도 못하던 이 꿈의 마술에 기진맥진하여 쓰러지고 말았다.

각성

프란츠가 다시 제정신이 들었을 때는, 주위에 있는 사물들이 아직도 꿈의 연속같이 생각되었다. 그는 자기가 무덤 속에 있고, 그 속에는 마치 한줄기 가는 햇빛이 연민의 눈길처럼 겨우 조금 새어 들어오고 있는 것 같았다. 손을 뻗쳐보니 돌이 만져졌다. 그는 일어나서 그 위에 앉았다. 그는 외투를 뒤집어쓰고 아주 부드럽고 향기로운 마른 히스 침대 위에 누워 있었다.

모든 환영은 사라져버리고 말았다. 그리고 그 석상들도 단지 꿈에서 보던 무덤에서 나온 그림자처럼 잠이 깨면서 동시에 사라져버렸다.

그는 햇빛이 비쳐오는 쪽으로 몇 걸음 걸어가 보았다. 꿈속의 불안에 이어서, 지금은 현실의 평안함이 돌아오고 있었다.

그는 자기가 동굴 속에 있다는 것을 깨닫고 입구 쪽으로 걸어 갔다. 아치 형의 입구에서는 푸른 하늘과 쪽빛 바다가 내다보였다. 하늘과 바다는 아침 햇살에 반짝반짝 빛나고 있었고, 해안에서는 선원들이 둘러앉아 무엇인가 지껄이며 웃고 있었다. 여남은 발자국 떨어져 있는 바다 위에는 배가 닻 위에 우아하게 흔들리고 있었다.

그는 잠시 동안 이마 위를 스치는 그 신선한 미풍을 맛보고 있었다. 그는 바닷가로 밀려왔다가 은과 같은 하얀 거품을 레이스처럼 바위 위에 남겨놓고 가는 파도의 그 조용한 소리에 귀를 기울였다. 그는 아무 생각도 하지 않고 자연 속에 나타난 성스러운 아름다움에 마음이 사로잡혀 있었다. 그것은 황당무계한 꿈에서 깨어날 때에 느껴지는 그런 기분이었다. 그러는 사이에 차츰 외부 세계의 지극히 고요하고 지극히 순수한, 또한 지극히 장대한 생활이, 자기가 꾼 꿈이 실재와 같지 않다는 생각을 일깨워주었다. 그리고, 그의 기억 속에 다시 지난 일들이 떠오르기 시작했다.

자기가 섬에 도착했던 일, 어느 밀수업자들의 두목에게 소개됐던 일, 진기한 것들이 그득하던 지하 궁전, 그리고 훌륭한 만찬과 한 스푼의 하시시가 생각났다.

그러나 이렇게 백일하의 현실을 마주 대하고 보니, 이러한 모든 일이 일어났던 것이 적어도 일년 전이었던 것 같았다. 그만큼 그가 꾼 꿈은 마음속에 생생하게 살아 있었고, 머릿속에서 떨어져 나가지를 않았다. 그의 상상력은 하룻밤을 키스로 장식해 준 그 그림자 속의 한 여인의 모습을, 때로는 그곳에 있는 선원들 한가운데 앉혀놓기도 하고, 때로는 바위 위를 거닐게도 하고, 때로는 흔들리는 배 위에 세워보기도 하는 것이었다. 게다가 머릿속은 완전히 해방되어 있었고, 몸은 충분한 휴식을 취하고 있었기 때문에, 머릿속에서는 아무런 무거운 부담이 없이, 오히려 그와 반대로 몸 안에는 전체적으로 편안한 기분이었고, 어느때보다도 공기와 햇빛을 왕성하게 빨아들일 수 있는 힘이 넘쳐나고 있었다.

그는 유쾌하게 선원들이 있는 곳으로 다가갔다. 선원들은 그를 보자 자리에서 일어섰다. 그리고 선장이 그의 곁으로 걸어왔다.

「신드바드 씨께서 나리께 인사 말씀 전해 달라고 하시더군요」하고 그는 말했다. 「그리고 또, 작별 인사를 직접 못 드려서 유감으로 생각한다고요. 하지만 급한 볼일이 생겨 말라가로 간다며 나리께서도 양해해 주실 거라고 그러시던데요」

「아, 그래」프란츠가 말했다. 「그럼, 모든 게 다 정말이었군 그래. 나를 이 섬에서 맞아주고, 궁전에서처럼 융숭하게 대접을 해주고, 또 내가 잠든 사이에 떠나가 버린 사람이 정말 실제로 있는 사람이로구먼」

「정말이구 말굽쇼. 저기 저것 보세요. 망원경으로 보시면 아마 승무원들 한가운데 그분이 있는 게 보이실 겁니다」

이런 얘기를 하면서, 가에타노는 팔을 뻗어 지금 코르시카의 남쪽을 향해 달리고 있는 작은 배를 가리켰다.

프란츠는 망원경을 꺼냈다. 그리고, 망원경을 조절하여 방금 가에타노가 가리킨 방향으로 돌렸다.

가에타노의 말이 틀림없었다. 그 이상한 인물이 고물에 서서 이쪽을 향해 있었다. 손에는 그와 마찬가지로 망원경을 들고 있었다. 그 전날 자기 앞에 나타났을 때와 똑같은 차림의 그 사나이는 작별의 표시로 손을 흔들고 있었다.

프란츠도 인사를 하기 위하여, 손수건을 꺼내서 그 사람처럼 마주 흔들어보였다.

얼마 안 있어 가벼운 연기가 한줄기 고물에서 피어올라, 배에서 우아하게 떠나면서 하늘을 향해 천천히 올라갔다. 그러더니 은은한 포성이 울려왔다.

「자, 들으셨죠?」 가에타노가 말했다. 「작별 신호를 보낸 거예요」

프란츠도 카라빈 총을 꺼내 공중에다 대고 한방 쏘았다. 그러나, 그 소리가 요트와 해안 사이를 넘어서 거기까지 들리리라고 생각되지 않았다.

「자, 이젠 어떻게 할까요?」 가에타노가 물었다.

「우선 횃불을 당겨주게」

「예, 알겠습니다」 하고 선장은 대답했다. 「그 마술의 궁전 입구를 찾으시려고요? 구미가 당기시는 일이라면 심부름은 기꺼이 해드리겠습니다. 분부하시는 횃불도 준비해 드리지요. 저도 나리께서 생각하시는 걸 해보고 싶었습니다. 한 서너 번 그런 엉뚱한 생각을 해 본 일이 있지요. 그러나, 결국은 단념하고 말았지만요. 조반니」 하고 그는 덧붙여 말했다. 「횃불을 하나 당겨다가 나리께 드리지」

조반니는 하라는 대로 했다. 프란츠는 횃불을 들고 가에타노의 뒤를 따라 지하실로 들어갔다. 그는 엉망이 된 히스 덤불을 보고, 그곳이 자기가 깬 장소임을 깨달았다. 그는 횃불을 휘두르며 동굴 바깥을 샅샅이 비춰보았으나 허사였다. 눈에 띄는 것이라곤 여기저기 그은 자국, 말하자면 자기보다 앞서 많은 사람들이 그와 똑같은 쓸데없는 수색을 했던 자리뿐이었다. 그러나 그는 마치〈미래〉처럼 파고들 수 없는 이 거대한 화강암 속에서, 한 발자국마다 그것을 조사해 내지 않고는 견딜 수가 없었다. 조그만 틈만 보여도 엽도로 찔러보았다. 불쑥 튀어나온 곳만 있으면, 혹시 쑥 들어간 틈이 있지 않을까 해서 반드시 그 위를 눌러보았다. 그러나 그 모든 일도 다 허사였다. 그는 아무것도 얻지 못한 채, 이러한 수색을 하느라고 두 시간이나 낭비했다.

결국 두 시간 후에야 그는 단념하고 말았다. 가에타노는 의기양양했다.

프란츠가 다시 해안으로 돌아왔을 때엔, 요트는 수평선 위에 하나의 조그만 흰 점으로밖엔 보이지 않았다.

그는 망원경을 눈에 댔다. 그러나 망원경으로도 이제는 아무것도 알아볼 수가 없었다.

가에타노는 그에게 산양을 사냥하러 온 사실을 일깨워주었다. 그는 그 사실을 그만 까맣게 잊어버리고 있었다. 그래서 총을 들고 그는 이제는 즐겁지 않은, 오히려 의무를 수행한다는 듯한 얼굴로 섬 안을 돌아다녔다. 십오 분쯤 후에는 산양 한 마리와 염소새끼 두 마리를 잡았다. 그러나 그 산양이라는 것이, 영양(羚羊)처럼 거칠고 민첩하긴 하지만 집에서 기르는 산양과 너무나도 비슷해서, 프란츠는 그것이 사냥해서 잡은 것이라고는 생각되지 않았다.

게다가 그는 지금 어떤 줄기찬 생각에 머리가 꽉차 있었다. 그 전날 밤부터 그는 정말로 『아라비안 나이트』의 주인공이 되고 말았던 것이다. 그는 또 어쩔 수 없이 동굴 쪽으로 끌려가고 있었다.

첫번째 수색에서 허탕을 쳤건만, 그래도 그는 가에타노에겐 새끼 염소를 구우러 간다는 말을 남겨놓고, 다시 두번째 수색을 시작하러 갔다. 이번 수색은 꽤 오래 걸렸다. 그가 다시 돌아왔을 때엔, 산양은 이미 다 구워져서 식사 준비가 되어 있었다.

프란츠는 전날 그 이상한 주인의 만찬을 초대받았던 바로 그 자리에 앉았다. 그에게는 아직도 파도 꼭대기에서 흔들리는 갈매기처럼, 코르시카를 향해서 전진하고 있는 그 작은 요트가 보였다.

「그런데」 하고 그는 가에타노에게 말했다. 「자넨 신드바드 씨가 말라가로 떠났다고 그랬는데, 내가 보기엔 포르토베치오 쪽으로 가는 것 같은데」

「잊어버리셨나요?」 하고 선장은 말을 받았다. 「그 승무원들 중엔 현재 코르시카의 산적이 둘 있다고 제가 말씀드렸는데요」

「응, 참 그랬지! 그럼, 그 사람들을 코르시카에 떨어뜨려 놓으려고 가는 거군 그래?」 하고 프란츠가 말했다.

「맞습니다」 가에타노는 큰 소리로 말했다. 「그 사람은 소문에 듣자하니, 신도 악마도 무서워할 줄 모르는 사람이라는군요. 불쌍한 사람 때문이라면 200킬로미터라도 돌아간다니까요」

「하지만 그런 일을 해주면, 그렇게 해서 사람을 구해 준 나라 관리들한텐 미움을 살 게 아닌가?」 하고 프란츠가 말했다.

「아, 그거요!」 가에타노는 웃으면서 말했다. 「그 사람한테 그까짓 관리들이 문젭니까. 오히려 관리들을 곧잘 곯려주는걸요. 관리들은 그저 그 사람을 한번 잡아보려고나 하는 거죠. 우선 그 사람의 요트는 보통 배가 아니거든요. 새지요. 돛 단 전함이 12해리 달릴 곳을 15해리로 달리니까요. 거기다가, 자기는 육지에 상륙만 하면 되거든요. 어딜 가나 그분의 친구가 없는 곳은 없으니까요」

이 모든 점에서 분명히 알 수 있는 것은, 프란츠를 대접해 준 그 신드바드라는 사람은 전 지중해 연안에 걸쳐 밀수업자나 해적들과 관계를 가지고 있다는 점이었다. 그런 사실로 보아, 그의 신분은 상당히 기이한 것으로 믿어도 좋을 것 같았다.

그는 더 이상 몬테크리스토 섬에 머물 필요가 없었다. 그는 동굴의 비밀을 찾아낼 희망을 아주 단념해 버리고 말았다. 그래서 식사가 끝나는 대로 곧 출발할 수 있도록 배의 출발 준비를 명령했다.

반 시간 후 그는 배에 올라 있었다.

그는 마지막으로 한 번 더 요트를 보았다. 요트는 포르토베치오 만으로 사라지려는 참이었다.

그는 출발 신호를 했다.

배가 움직이기 시작했을 때, 요트는 드디어 보이지 않게 되었다.

요트와 함께 전날 밤의 마지막 현실도 사라져버리고 말았던 것이다. 만찬도 신드바드도, 하시시와 석상들도, 그 모든 것이 프란츠에게는 하나의 꿈속으로 녹아버리기 시작했다.

배는 하루 낮과 하루 밤을 계속해서 달렸다. 이튿날 해가 떴을 때에는, 몬테크리스토 섬마저 사라져버리고 말았다.

일단 육지에 상륙한 프란츠는, 적어도 한순간이나마 자기 몸에 일어났던 그 일들을 완전히 잊어버리고, 지금은 다만 피렌체에 가서 여러 가지 재미있는 일이며 볼일을 끝내고 난 다음에, 로마에 가서 자기를 기다리고 있을 친구를 만날 일만 생각하고 있었다. 그는 길을 떠났다. 그래서 토요일 밤에는 역마차로 두안 광장에 도착했다.

방은 앞에서도 말한 바와 같이 미리 계약되어 있었기 때문에, 다만 파스트리니 호텔로 가기만 하면 되는 것이었다. 그런데 그것이 그리 쉬운 일이 아니었다. 거리가 사람들로 꽉차 있었기 때문이다. 로마는 벌써부터 큰 연중행사에 앞서, 저 밑바닥에서부터 올라오는 열에 뜬 소란으로 들끓고 있었다. 로마에는 일년에 네 번 대대적인 연중 행사가 있었다. 사육제, 성주간(聖週間), 성체제(聖體祭), 그리고 성 베드로 제(祭)였다. 그밖의 다른 때 도시는 침체된 무감각 상태, 생과 사의 중간 상태, 이 세계와 다른 세계 사이에 있는 일종의 정거장같이 느껴지는 그런 상태에 빠져 있다. 그것은 하나의 장엄한 정거장이자, 시적이고 독특한 느낌이 넘쳐흐르는 휴식처였다. 프란츠는 로마엔 이미 대여섯 번 와보았지만, 그때마다 한층 더 놀랍고 환상적인 것을 느껴왔다.

마침내 그는 점점 더 들끓고 법석대는 군중 사이를 뚫고 호텔에 도착했다. 그러나 호텔에서는 예약제 합승마차나 만원 여인숙에서 흔히 볼 수 있는 불친절한 말투로, 런던 호텔엔 방이 없다고 하였다. 그래서 그는 파스트리니에게 자기 명함을 보내, 알베르 드 모르세르에게서 소개받았다는 점을 일러두었다. 그 방법은 효과가 있었다. 파스트리니는 몸소 뛰어나와, 기다리게 해드려서 죄송하다고 사죄하면서 직원들을 꾸짖고는, 벌써 프란츠를 붙잡고 있던 안내인의 손에서 촛대를 빼앗아 알베르가 있는 곳으로 그를 안내하려고 했다. 바로 그때, 알베르가 그를 맞으러 나왔다.

예약해 두었던 방은 작은 침실 두 개에 서재가 하나 붙어 있는 방이었다. 그 두 개의 침실은 길로 면해 있었다. 주인 파스트리니는 그 점이 이를 데 없이 좋은 장점이라면서, 그 방의 환경을 칭찬했다. 같은 층에 있는 다른 방은, 시칠리아나 몰타 사람처럼 보이는 어느 돈 많은 사람이 투숙하고 있었다. 주인은 그 사람이 누구인지를 분명히 알 수가 없었다.

「아주 좋소, 파스트리니 씨」하고 프란츠가 말하였다. 「그런데 뭐든지 좋으니 저녁 식사를 하게 해줘야겠는데. 그리고 내일부터 며칠동안 마차를 한 대 얻어주시오」

「저녁 식사라면」주인이 말했다. 「금방 드실 수 있습니다. 그런데, 마차로 말하자면……」

「아니, 마차가 어떻단 말이오?」알베르가 큰소리로 말했다. 「자, 자, 농담은 그만둡시다. 주인, 마차 한 대가 꼭 필요하니까」

「저, 얻을 수 있는 한은 얻어보겠습니다만, 그 이상은 약속을 드릴 수가 없겠는데요」

「그럼, 언제쯤 회답을 들을 수 있을까?」

「내일 아침이면 아실 수 있습니다」주인이 대답했다.

「뭐라고? 돈을 더 주면 될 게 아니겠소? 다 알고 있어요. 드라크나 아롱에서는, 보통엔 하루 25프랑, 일요일이나 축제 때는 30이나 35프랑이지. 구문으로 하루 5프랑씩 더 낼 테니, 그럼 하루 40프랑이오. 그럼 됐지 뭘 그러오」

「그 곱을 내신대도 못 얻게 되실까 봐 걱정이올시다」

「그럼 내 차에 말을 갖다 매놓기로 하지. 여행을 해서 좀 상하긴 했지만, 그런 것쯤은 문제가 아니니까」

「그런데 말이 있어야지요」

알베르는 무슨 뜻인지 모르겠다는 듯한 표정으로 프란츠를 쳐다보았다.

「무슨 말인지 알겠나? 프란츠, 말이 없다는 거야. 하지만 역마라면 얻을 수 있겠지?」

「그것도 두 주일 전부터 벌써 모두 예약이 되어 있습니다. 그러니까 지금 남아 있는 거라곤, 남의 손에 들어 있는 것밖엔 없는 셈입니다」

「여봐, 어떡할 테야?」 프란츠가 물었다.

「난 내 지혜로 감당할 수 없는 일이 있을 땐, 그 일에 구애받지 않고 다른 일을 생각하는 버릇이 있어. 주인, 저녁 식사는 준비됐소?」

「예, 준비돼 있습니다」

「자, 그럼, 우선 밥이나 먹지」

「그럼, 마차와 말은 어떡한다지?」 프란츠가 말했다.

「걱정 마, 어떻게 될 거야. 요는 돈 문제니까 말야」

이렇게 말하고 지갑에 돈이 불룩하게 있거나 또는 지폐가 두둑하게 있는 한, 이 세상에 불가능한 일이란 없다고 생각하는 그 당당한 철학을 갖고 있는 알베르 드 모르세르는, 우선 저녁을 먹고 나서 자리에 들자 곧 쿨쿨 잠을 잤다. 그리고 여섯 마리의 말이 끄는 마차를 타고 사육제를 돌아다니는 꿈을 꾸었다.

로마의 산적

 이튿날은 프란츠가 먼저 잠이 깼다. 잠이 깨자 그는 초인종을 울렸다.
 초인종 소리가 채 끝나기도 전에 파스트리니가 제발로 들어왔다.
 「어떻습니까!」 주인은, 프란츠가 웬 영문이냐고 묻는 것을 기다리지도 않고, 의기양양해서 말했다. 「어제 제가 아무래도 약속을 못 드리고 있을 때부터, 전 다 알고 있어서 그런 겁니다. 얘기가 좀 늦으셨어요. 벌써 로마에서는 마차라고는 단 한 대도 없답니다. 지난 사흘째 말입니다」
 「아, 그러니까 마차가 꼭 필요한 사람한테 말이지」
 「무슨 일이야?」 알베르가 들어오면서 말했다. 「마차가 한 대도 없다고?」

「그렇대」 프란츠가 대답했다. 「단번에 알아맞혔는데」

「주인, 과연 이 영원의 도시라는 놈은, 어쨌든 근사한 도시구먼!」

「말씀 드리자면」 하고 주인 파스트리니는 그들에게 이 기독교 도시의 어떤 위엄을 보여주고 싶은 듯이 말을 이었다. 「원래, 일요일 아침부터 화요일 저녁까지는 마차가 없답니다. 그러나 그 다음부터는 쉰 대라도 구하려면 구할 수 있지요」

「아, 벌써 얘기가 좀 달라지는군」 알베르가 말했다. 「오늘이 목요일이니까, 오늘부터 일요일까지 혹시 어떻게 되는지 알 수 없군 그래」

「만 내지 만 이천 명의 여행자들이 들이닥칠 테니까」 프란츠가 대답했다.

「그렇게 되면 점점 더 어려워지겠는데」

「이봐, 프란츠」 알베르가 말했다. 「현재를 즐기는 거야. 미래를 가지고 우울해할 건 없어」

「그럼, 적어도 창문쯤은 빌릴 수 있겠지?」

「어느 쪽으로 난 창을?」

「물론 쿠르소 거리로 난 창이지」

「아, 창문 말씀이십니까!」 파스트리니가 외쳤다. 그것도 안 될 겁니다. 절대로 안 되지요. 도리아 관(館) 육층에 하나 남아 있었는데, 하루 20스캥에 어떤 러시아 공작이 빌렸습니다」

두 청년은 어리둥절해서 서로 마주 쳐다보았다.

「자, 그러니」 알베르에게 프란츠가 말했다. 「어떻게 하는 게 상책인지 알겠나? 베네치아에나 가서, 거기서 사육제를 보내는 수밖에 없네. 거기는 마차가 없으면 적어도 곤돌라도 있을 게 아닌가」

「아니, 그건 안 돼!」알베르가 소리쳤다.「난 로마에서 사육제를 보내려고 마음을 먹었던 거니까, 죽마를 타고라도 여기서 봐야겠네」

「오! 그것 참 그럴듯한 생각인데!」프란츠가 큰소리로 말했다.「더군다나 촛불을 끄고 걷는 데는 그만이거든. 흡혈귀 어릿광대나 아니면 랑드 풍속으로 가장하면 좋겠어. 그럼, 굉장히 성공할걸」

「일요일까진 아무래도 마차가 한 대 필요하시죠?」

「물론이지!」알베르가 말했다.

「집달리의 서생도 아닌데, 로마 거리를 터덜터덜 걸어다닐 것 같은가?」

「분부대로 하도록 해보겠습니다」하고 주인이 말했다.

「그런데 파스트리니 씨」하고 프란츠가 말했다.「난 옆방의 백만장자와는 다르니, 이번엔 내가 한마디 미리 말해 두겠는데, 내가 로마에 온 것도 이번이 벌써 네번째니까, 난 보통날과 일요일이나 축제 때의 마차 삯이 얼마인지를 다 알고 있소. 그러니, 오늘과 내일과 모레의 값으로 12피아스트르를 내겠소. 그것만 해도 손해는 안 볼 거요」

「그런 말씀을 하시다니요!……」파스트리니는 대들듯이 말했다.

「자, 주인」프란츠가 말했다.「싫으면, 내가 직접 당신네 마차 가게에 가서 흥정하겠소. 그 가게는 나하고 단골이니 말이오. 그 친구, 전에도 나에게 바가지를 씌운 일이 있으니, 이번에도 가면 또 그럴 셈으로, 당신이 말하는 값보다 훨씬 싸게 할걸. 그렇게 되면, 당신만 그 구문을 놓치고 마는 거요. 그것도 다 당신 탓이지만 말이오」

「아니, 그러실 건 없으십니다」하고 파스트리니는, 이탈리아의 투기사가 자기가 진 것을 자백할 때와 같은 쓴웃음을 띠며 말했다.「힘자라는 대로, 어디 마음에 흡족하시도록 해보겠습니다」

「됐어! 진작 그렇게 말할 것이지」

「차는 언제쯤 필요하십니까?」

「한 시간 후에」

「그럼, 한 시간 후에 문앞에 대령하겠습니다」

과연 한 시간쯤 지나자, 약속대로 마차는 두 청년을 기다리고 있었다. 너절한 합승마차를, 축제 때 한몫 보려고 꾸며놓은 것이었다. 보기엔 신통치 않았지만, 두 청년은 이 사흘을 위해 이런 마차라도 하나 손에 넣었다는 것만으로 흡족했다.

「각하!」프란츠가 창밖으로 얼굴을 내민 것을 본 안내인이 소리쳤다.「차를 저택 앞으로 댈깝쇼?」

이탈리아풍의 과장된 말투에 익숙해진 프란츠였건만, 우선은 얼른 자기 주위를 둘러보지 않을 수 없었다. 그러나 그 각하라는 말은 분명 자기에게 한 말이었다.

프란츠는 단번에 각하가 되어버렸고, 차란 그 합승마차를 일컫는 것이었으며, 저택이란 바로 런던 호텔을 말하는 것이었다.

모든 칭호를 이렇게 추켜세우는 이 국민의 천품은, 이 한마디 말 속에 충분히 나타나 있었다.

프란츠와 알베르는 아래로 내려왔다. 〈차〉는 〈저택〉 옆에 대기하고 있었다. 두 각하는 의자 위에서 두 다리를 길게 뻗었다. 안내인은 뒷자리로 뛰어올랐다.
「각하! 어디로 모실깝쇼?」
「우선 성 베드로 사원으로, 그 다음엔 코리제로 가자」하고 알베르는 순전한 파리 토박이의 어조로 말했다. 그러나 알베르는 한 가지 사실을 잊고 있었다. 그것은 성 베드르 사원을 보는 데에는 하루가 걸리고, 그것을 연구하는 데에는 한 달이 걸린다는 사실이었다. 결국 그날 하루는 성 베드르 사원을 구경하는 데 모조리 들어갔다.
문득 두 청년은 해가 지고 있음을 깨달았다.
프란츠는 시계를 꺼내 보았다. 네시 반이었다.
그들은 호텔로 돌아왔다. 문 앞에서 프란츠는 마부에게, 여덟시에 다시 준비하고 있으라고 말했다. 그는 알베르가 낮에 성 베드로 사원을 안내한 것에 대한 보답으로, 자기는 달밤의 콜로세움을 구경시켜 줄 생각이었다. 사람이란 자기가 전에 본 일이 있는 거리를 친구에게 보여주려고 할 때엔, 옛날 자기 애인이었던 여자를 남에게 보일 때와 같이 과장하고 싶은 법이다.
그리하여 프란츠는 마부에게 자기가 계획한 여정을 설명해 주었다. 우선 포폴로 문으로 나가서 외벽을 따라, 산조반니 문으로 돌아오는 것이었다. 그렇게 되면 콜로세움은 아무 예비 지식 없이 두 사람의 눈앞에 나타날 것이다. 그리고 카피톨 언덕, 포럼, 셉티미우스 세베루스 개선문, 안토니우스 황제와 파우스티나 황후의 신전, 비아 사크라(성스러운 길이라는 뜻——옮긴이) 등이, 도중 여러 층의 단계를 이루어 콜로세움을 조그맣게 보이게 할 것이다.

그들은 식탁에 앉았다. 주인 파스트리니는 손님들에게 훌륭한 식사를 대접하겠다고 약속했던 것이다. 식사는 그저 그런 정도였다. 그러나, 그렇다고 군소리를 할 정도는 아니었다.

식사가 끝날 무렵에, 주인이 직접 들어왔다. 프란츠는 처음엔 그가 칭찬을 받으려고 온 줄로 알고 막 칭찬을 입 밖에 내놓으려고 하자, 주인이 말을 막았다.

「각하」하고 그는 말했다. 「칭찬을 해주시다니 과분한 말씀이십니다. 그런데 제가 올라온 것은 실은 그 때문이 아니라……」

「그럼, 마차라도 하나 생겼다는 얘길 하려고 오셨구려?」알베르가 궐련에 불을 붙이며 물었다.

「그런 것도 아닙니다. 그리고 각하, 이젠 그 생각은 단념하시는 게 좋으실 겁니다. 로마에서는 만사가 되느냐 안 되느냐 둘 중의 하나입니다. 안 된다고 말씀드린 이상, 안 되는 겁니다」

「파리에선 훨씬 더 편리한데. 안 된다고 하면 값을 배로 올리거든. 그러면 구하려는 것이 손에 들어온단 말이야」

「그 얘긴 프랑스 사람한테서 늘 듣는 얘기입니다」 주인은 다소 불쾌한 듯이 말했다. 「그런데 어째서 프랑스 사람들이 구태여 여행을 다니시는지 전 이해가 잘 안 가는군요」

「그게 말이지」하고 알베르는 연기를 싸늘하게 천장으로 내뿜고는, 안락의자 뒷다리에 못을 기대어 흔들며 말했다. 「여행을 하는 것들은 우리들같이 바보나 미친 놈들이지. 지각이 있는 사람들은 엘데 가의 저택이나, 불바르 드 강이나 파리의 카페를 떠나려고 하지 않으니까」

물론 알베르도 지금 말한 그러한 거리에 살고 있었다. 그리고 그곳에서 날마다 멋으로 산책을 하고, 종업원과 친해져서 식사도 할 수 있는 어느 한 군데 카페에서 만찬을 들곤 했다.

주인 파스트리니는 잠시 입을 다물고 가만히 서 있었다. 그는 분명 지금의 그 대답을 생각해 보고 있었지만, 아무래도 그 뜻이 분명치가 않은 것 같았다.

「자, 그건 그렇고」이번에는 프란츠가, 곰곰 파리의 지리를 머릿속에 그리고 있는 주인의 생각을 가로막으며 말했다.「무슨 이유가 있어서 오셨을 텐데. 찾아오신 뜻을 얘기해 보실까?」

「아 참, 그렇군요. 실은 이렇습니다. 차를 여덟시에 대기시키셨습지요?」

「그렇소」

「저 콜로세움에 가보시려고요?」

「코리제 말이오?」

「예, 마찬가지 말씀입지요」

「그렇소」

「포폴로 문으로 나가서, 성벽을 끼고 한바퀴 돈 다음에, 산 조반니 문으로 돌아올 것이라고 마부에게 이르셨나요?」

「내가 그렇게 말했소」

「그런데 그 길은 안 된답니다」

「안 되다니!」

「안 된다기보단, 몹시 위험하단 말씀입니다」

「위험하긴, 왜?」

「저 유명한 루이지 밤파가 나오기 때문입니다」

「아니, 주인, 우선 그 유명한 루이지 밤파라는 건 도대체 누구요?」 알베르가 말했다. 「로마에선 유명할지 모르지만, 파리에선 아무도 모르고 있는데」

「아니, 모르고 계시다니요?」

「불명예스럽지만 모르겠는데」

「이름도 못 들어 보셨나요, 그럼?」

「못 들었소」

「그럼, 말씀해 드리죠. 데세라리스나 가스파로네 따위는 비교도 안 되는 굉장한 산적입지요」

「가만있자, 알베르」 프란츠가 소리쳤다. 「산적이라고 그랬겠다!」

「친구, 내 미리 한 마디 해두겠지만, 이제부터 당신이 하는 말은 하나도 믿지 않을 거요. 그 점만 약속이 되면 얘기하고 싶은 대로 다 해도 좋소. 자, 들어봅시다. 〈옛날 옛날, 어느 곳에……〉하고, 자 시작해 보시지!」

주인 파스트리니는 그 두 청년 중에서도 특히 분별이 있어 보이는 프란츠 쪽을 돌아보았다. 주인의 입장도 어느 정도 인정해 주지 않으면 안 되었다. 그는 여태까지 많은 프랑스 손님을 받아왔지만, 아무래도 그들의 기질의 어떤 면은 이해가 되지 않았다.

「각하」 그는 프란츠를 향해 정중하게 말했다. 「저를 허풍쟁이로 아신다면, 제가 얘기하려던 걸 말씀드릴 필요가 없습니다. 그러나, 이건 분명 각하들을 위해서 말씀드린다는 점은 인정해 주셔야 합니다」

「파스트리니 씨, 알베르가 당신을 허풍쟁이라고 한 건 아니

로마의 산적

오」 하고 프란츠가 말을 이었다. 「이 사람의 이야긴, 당신 말을 곧이들을 수가 없다는 거요. 그저 그뿐이오. 그러나 난 당신 말을 믿을 테니, 자, 안심하고, 어서 얘기나 해보구려」

「하지만 각하, 잘 아시겠지만, 제가 사실을 얘기해 드리는데, 그걸 의심하신대서야……」

「주인」 하고 프란츠는 말했다. 「당신은 카산드라(그리스 신화에 나오는 인물——옮긴이)보다 더 신경질이구려. 카산드라는 예언자였는데도, 아무도 그 사람 얘길 들어주지 않았었소. 그래도 당신은 적어도 듣는 사람 중에 반은 당신 얘길 잘 들어주겠다지 않소. 자, 앉아서 얘길 해보구려, 밤파라는 게 어떤 인물이지」

「아까도 말씀드렸지만, 각하. 그는 저 유명한 마스트리라 이후론 보지도 못한 그런 무서운 산적이올시다!」

「하지만 그 산적하고 내가 마부에게 포폴로 문으로 나가서, 산조반니 문으로 돌아오라고 명령한 것과 도대체 무슨 상관이 있단 말이오?」

「관계가 있습지요」 주인 파스트리니가 대답했다. 「한쪽 문으로 나가실 수는 있겠습죠. 그러나 또 다른 한쪽 문으로 들어오실 수 있을지는 의문이올시다」

「그건 왜?」 프란츠가 물었다.

「왜냐하면, 밤이 되면 문에서 오십 보 밖만 나가도 안심할 수가 없으니까 그렇죠」

「확실히 그렇소?」 하고 알베르가 소리쳤다.

「자작님」 주인은 자기의 진실을 알베르가 의심하는 것이 몹시 불쾌했다.

「이건 자작님을 위해서 말씀드리는 게 아닙니다. 이건, 로마를 잘 아시고 이런 얘기가 장난이 아니라는 걸 잘 알고 계신, 친구 되시는 분을 위해 말씀드리는 겁니다」

「이봐」 알베르가 프란츠를 향해 말했다. 「이건 저절로 굴러 들어온 근사한 모험이 아닌가. 마차에다가 권총과 나팔총, 그리고 쌍연발총을 가득 싣고 가는 거야. 루이지 밤파가 우릴 잡으러 올 거란 말이야. 그럼 우리가 그자를 잡는 거지. 그래서 그자를 로마로 끌고 가서 로마 교황께 놈을 바친단 말일세. 그럼, 교황께서 고맙다는 치하로 뭐든지 원하는 걸 베풀어주겠다고 그럴 게 아닌가. 그럼, 우린 아주 간단히, 외양간에 있는 말 두 필과 마차 한 대만 주십사 하는 거야. 그럼, 우리도 사육제를 마차 위에서 구경할 수 있거든. 게다가 아마 로마 시민들은, 우리를 저 쿠르티우스(로마에 지진이 일어났을 때 로마를 구했다는 전설적인 인물——옮긴이)나 호라티우스 코클레스(적이 침입하였을 때 로마를 구하기 위해 눈을 잃었다는 전설적인 인물——옮긴이)처럼, 자기네 나라를 구해 준 사람이라고 해서, 그 은혜에 보답하기 위해, 카피토르에서 우리들의 머리 위에 화관을 씌워줄는지도 모르지 않아」

알베르가 이러한 제안을 떠들고 있는 동안에, 주인 파스트리니는 형언할 수 없는 이상한 얼굴을 하고 있었다. 「그런데」 하고 프란츠가 알베르에게 물었다. 「마차에 가득 싣겠다는 그 권총이며 나팔총이며 쌍연발총은 어디서 구하지?」

「하긴 내 무기창고에 없는 것만은 확실하군」 하고 그는 말했다. 「테라신에서 단도까지 뺏겼으니까. 그런데 자네 건 어떻게 됐지?」

「나도 아쿠아 펜던트에서 자네와 같은 꼴이 되어버렸어」

「어떻소, 주인!」 알베르는 피우고 있던 궐련에서 다른 궐련으로 입을 옮기며 말했다. 「그건 도둑들에겐 안성맞춤일 게 아니오? 그러니, 반은 도둑들과 패가 돼서 한 짓이라고도 볼 수 있겠는걸」

주인은 이 농담이 지나치다고 생각했다. 그래서 그는 이 말에는 대꾸도 않고, 마치 이 사람하고만은 얘기가 된다고 생각한 듯이, 프란츠 쪽만 보고 말을 걸었다.

「각하께선 아시겠지만, 산적한테 습격을 당했을 때에는 절대로 대항해서는 안 되는 법입니다」

「뭐라고!」 알베르가 소리쳤다. 아무 소리도 못하고, 도둑이 털어 가는 대로 가만히 있어야만 한다는 생각은 그의 용기가 용납하지 않았던 것이다. 「뭐라고? 저항을 하면 안 되게 되어 있다고?」

「안 되지요. 아무리 대들어도 소용없으니까 말입니다. 한 다스나 되는 강도들이, 구덩이 속이나 쓰러진 집터나 하수도 속에서 나와서 달려들며 한꺼번에 총을 쏘는 데야 어떡할 겁니까?」

「무슨 소리야, 죽이라고 가만 놔둔단 말야?」 하고 알베르는 큰소리로 외쳤다.

주인은 〈확실히, 같이 오신 분은 돌았군요〉 하는 듯한 얼굴로 프란츠를 돌아다보았다.

「알베르」 프란츠가 말을 받았다. 「그 대답 한번 당당한데. 확실히 노(老) 코르네이유(17세기 프랑스의 극작가——옮긴이)의 〈죽어라!〉에 필적할 만한데. 단, 오라스가 그 대답을 한 건, 로마를 구할 때였지. 그리고 확실히 그만한 가치가 있었어. 그런데 우리들의 경우로 말하면, 단지 기분을 만족시키는 데 불과한 게 아닌가. 잠깐 동안의 기분 때문에 생명을 걸고 위험 속에 뛰어든다는 건, 좀 우스꽝스러운 일 아닐까」

「아, 그럼요!」하고 주인 파스트리니는 소리쳤다. 「그렇고 말고요. 정말 옳은 말씀입니다」

알베르는 라크리마 크리스티 주(酒)를 한 잔 따르더니 무엇인가 알아들을 수 없는 말을 중얼거리면서 조금씩 조금씩 들이마셨다.

「그러니, 주인」프란츠가 말했다. 「이젠 이 친구도 기분이 가라앉았고 또 내 수습이 온건한 것도 알았을 테니, 자 이제, 루이지 밤파 얘기나 해보시지. 그 사나이 목동이오? 아니면 귀족이오? 젊었소, 늙었소? 키가 큰 사람이오, 작은 사람이오? 어떻게 생겼는지 얘길 좀 해봐요. 혹시 우연히 사교계에서 만나기라도 하면, 장 스보가르나 라라처럼 얼굴이라도 알아보게 말이오」

「각하, 자세한 것을 아시려면 제게 물어보시는 게 제일일 것입니다. 왜냐하면 전 아주 어렸을 적의 루이지 밤파를 알고 있으니까요. 그래, 어느 날인가 저 자신도 페렌치노에서 알라트리로 가는 길에 루이지 밤파의 손에 걸려들었던 일이 있었는데, 다행히도 그 사람이 어렸을 때의 친구를 기억하더군요. 그래서 석방금도 받지 않고 그냥 놓아주었을 뿐만 아니라, 아주 훌륭한 시계 하나를 선물로 주고 또 자기 얘길 해준 후에 그냥 보내준 일이 있습지요」

「그 시계 좀 봅시다」알베르가 말했다.

주인 파스트리니는 주머니에서 아름다운 부르게 시계를 꺼
냈다. 그 시계에는 제작자의 이름과 파리 제(製)라는 도장과 백
작의 관(冠)이 새겨져 있었다.

「이겁니다」하고 그는 말했다.

「흥!」알베르가 내뱉듯이 말했다. 「축하의 말을 해야겠는데.
나도 그것과 아주 흡사한 걸 가지고 있지만……」하고, 그는
조끼 주머니에서 시계를 하나 꺼내며「……3,000프랑 준 건데」
하고 말했다.

「자, 그 얘길 들어봅시다」프란츠는 의자를 하나 끌어내며
주인에게 앉으라는 손짓을 했다.

「실례해도 좋을까요?」하고 주인이 물었다.

「물론이지! 설교자도 아닌데, 서서 얘기할 필요는 없지 않
소?」하고 알베르가 말했다.

그리하여 주인은 이제부터 얘기를 들을 두 사람에게 정중하
게 인사를 하고 나서 의자에 앉았다. 그것은 마치 루이지 밤
파에 관한 일이라면 무엇이든지 다 얘기하겠다는 듯한 태도
였다.

「아, 참!」주인 파스트리니가 막 입을 열려는 순간 프란츠
가 입을 막았다. 「아주 어렸을 적의 루이지 밤파를 안다고 하
지 않았소? 그럼 아직 젊은 사람이겠군?」

「젊은이냐고요? 물론이지요. 이제 겨우 나이 스물둘인걸요!
앞날이 창창한 청년입지요」

「어때, 알베르? 굉장하지 않아? 나이 스물둘에, 벌써 그렇
게 이름을 떨치다니 말이야」프란츠가 말했다.

「그렇군, 그 나이에는 후세에 그렇게 이름을 떨친 알렉산더

나 시저나 나폴레옹도 아직 그렇게까지 유명하진 않았으니까」

「그러니까」 프란츠가 주인을 향하여 말했다. 「지금 들을 얘기의 주인공은 스물두 살밖엔 안 된 거군?」

「아까도 말씀드린 대로, 이제 겨우 스물두 살밖에 안 됐습니다」

「체구는 크오? 아니면 작소?」

「보통이지요. 거의 각하만할 겁니다」 주인은 알베르를 가리키며 이렇게 말했다.

「비교가 다 되다니, 고맙군」 하고 알베르는 고개까지 숙이며 말했다.

「자, 어서 계속해 보시지」 프란츠는 친구의 신경질을 웃어 넘기며 말을 이었다. 「어떤 계급의 사내였는데?」

「파레스트리나와 가브리 호수 사이에 있는 생페리제 백작의 농원에서 일을 하던 하찮은 목동이었지요. 태어나긴 팡피나라에서 났는데, 여섯 살 때 백작 댁으로 일을 하러 들어갔습니다. 그 사람 아버지도 아니니의 목동이었는데 자기 몫으로 양을 몇 마리 가지고 있어서, 그 양에게서 얻은 털이며 젖 같은 것을 로마에다 팔아서 그걸로 먹고 살았답니다.

밤파는 어렸을 때부터 성품이 좀 이상했어요. 어느 날인가 그 사람 나이가 여덟 살일 때인데, 그는 파레스트리나의 신부를 찾아가서 글을 좀 가르쳐달라고 청했지요. 그런데 그건 쉬운 일이 아니었습니다. 왜냐하면 그는 목동이라서 양떼를 떠나선 안 되었거든요. 그렇지만 신부님은 매일같이 신부가 없는 가난한 작은 델 보르고라는 마을에 미사를 올리러 가곤 했었지요. 그래서 그 신부님은 루이지 밤파에게 자기가 돌아오는 시간에 그 길목에서 기다리고 있으면 글을 가르쳐주겠는데, 아주 짧은 시간이니만큼 그 시간을 잘 이용하도록 하라고 일러주었습니다.

그래, 아이는 좋아라고 그 말에 따르기로 했지요.

루이지는 파레스트리나에서 보르고로 가는 길로 날마다 양떼를 몰고 풀을 뜯기러 갔습니다.

매일 아침 아홉시에 신부님이 그곳을 지나가시면, 어린 목동은 신부님과 함께 길가 웅덩이 옆에 앉아 신부님의 기도서로 공부를 하는 것이었습니다.

그로부터 석 달 후 밤파는 책을 읽을 줄 알게 되었지요.

그뿐이 아닙니다. 쓸 줄도 알게 되었답니다.

신부님은 로마의 습자 선생에게 부탁해서 삼체(三體)의 알파벳을 써달랬습니다. 하나는 굵은 글씨체, 하나는 중간 글씨체, 또 하나는 가는 글씨체였지요. 그 알파벳을 표본으로 삼아서 석판 위에다 철필로 쓰면, 쓰는 법도 배울 수 있을 것이라고 가르쳐주었습니다.

그날 밤으로 당장 양떼를 농장으로 데려다 두고 난 어린 밤파는, 파레스트리나의 자물쇠 가게로 달려가서 커다란 못을 하나 얻었습니다. 그래서 그걸 불에 달구어 망치로 두드려서 둥그렇게 해가지고, 옛날 단검 비슷한 것을 하나 만들어냈습니다.

이튿날은 석판을 여러 장 모아가지고 그것으로 공부를 시작했지요.

석 달 후엔 제법 쓸 줄도 알게 되었습니다.

신부님은 그 깊은 지혜에 놀라고 그 재능에 감동해서, 그에게 종이 노트 몇 권과 펜 한 상자 그리고 칼 한 자루를 선물로 주었습니다.

그래서 다시 새로운 공부가 시작되었습니다. 그러나 이번 공부는 전에 하던 공부에 비하면 아무것도 아니었죠. 일 주일 후엔 철필을 쓰던 것과 마찬가지로 펜도 곧잘 쓸 줄 알게 되었습니다.

신부님은 이 얘기를 생페리제 백작에게 했습니다. 백작은 이 조그만 목동을 보겠다고 말하여, 자기 앞에서 읽고 쓰게 한 후에, 저택의 집사에게 말해서, 그를 하인들과 같이 식사를 시키도록 하고, 매달 2피아스트르씩 주도록 했습니다.

과연 그는 모든 사물에 대해서, 그가 가지고 있던 모방의 재주를 적용해 보았습니다. 그래서 마치 어린 시절 지오토(14세기의 화가——옮긴이)처럼, 석판 위에 양이며 나무며 집들을 그렸습니다.

그리고 또 칼끝을 가지고 나무를 깎아, 여러 가지 모양을 만들어냈습니다. 저 인기 있는 조각가 피네리도 처음엔 이렇게 시작했던 것입니다.

그런데 그의 곁엔 어떤 칠팔 세 된 소녀가, 말하자면, 밤파보다 좀 나이 어린 소녀가 파레스트리나의 이웃 농장의 양을 지키고 있었습니다. 그 소녀는 발몽트에서 태어난 고아였는데, 이름은 테레사라는 아이였습니다.

두 아이는 언제나 같이 만나서 나란히 앉아, 저희들의 양은 서로 막 섞여 같이 풀을 뜯어먹어도 내버려두고, 같이 얘기도 하고 웃고 장난도 했습니다. 그러다가, 저녁이 되면 그들은 생페리제 백작 댁 양과 세르베트리 남작네 양을 가려 가지고, 다음날 아침에 다시 만날 약속을 하며, 각각 제 농장으로 헤어져 돌아가는 것이었습니다.

이튿날이 되면 그들은 약속을 지켰습니다. 그러면서 둘 다 가지런히 자라났습니다.

밤파는 열두 살이, 그리고 테레사는 열한 살이 되었습니다. 그러노라니 두 사람의 본능도 점점 뚜렷해졌지요.

이렇게 혼자 외롭게 있는 동안에, 밤파는 갈 수 있는 데까지 예술에 대한 자기의 취미를 밀어왔지만, 한편으로는 갑자기 슬퍼하거나 반동적으로 열을 내기도 했다가, 공연히 변덕이 나서 화도 냈다가 하면서, 늘 사람을 조롱하는 태도를 보이는 그런 친구가 되어버렸습니다. 팡피나라나 파레스트리나나 발몽트의 젊은이들은 누구 하나 그를 누를 수가 없었을 뿐 아니라, 친구도 될 수 없었습니다. 한 발자국도 양보할 줄 모르는 강한 성격과 무엇이든지 자기 뜻대로 하지 않고서는 못 배기는 그 기질은, 밤파로부터 모든 우정과 동정을 멀리하게 했던 것입니다. 오로지 테레사만이 한마디 말과 눈짓 한 번, 그리고 그 몸짓 하나로 그를 완전히 지배할 수 있었지요. 다른 사내가 하는 말에는 그게 누구든 간에 곧 폭발할 수 있는 그 완강한 밤파도, 이 소녀의 손에서는 한없이 유순해지는 것이었습니다.

테레사는 그와는 반대로, 쾌활하고 명랑하고 지나치리만큼 모양을 내는 소녀였죠. 생페리제 백작 댁 집사가 밤파에게 주는 2피아스트르와 로마의 장난감 상인에게 조그만 조각품을 팔아서 번 돈을 모두 진주 귀걸이며 유리 목걸이, 그리고 황금 바늘로 바꾸고 말았습니다. 자기 친구가 돈을 잘 쓰는 덕분에, 테레사는 로마 교외의 농촌 처녀로서는 가장 아름답고 맵시 있는 처녀로 자라났습니다.

이 두 아이들은 이렇게 하루하루를 함께 지내면서, 타고난 소박한 본능대로 그저 나날이 자라가고만 있었지요. 그래서 두 사람의 화제며 희망이며 꿈 속에서는 밤파는 늘 선장도 되었다가 대장도 되었다가 또는 총독도 되는 것이었습니다. 한편, 테레사는 부자가 되어 이 세상에서 제일 아름다운 옷을 입고 제복을 입은 하인들을 거느리고 다니는 모습을 상상하곤 했습니다. 이렇게 하루 종일을 그러한 엉뚱하고 화려한 공상이나 계획으로 자기들의 장래를 장식하며 시간을 보낸 다음엔, 두 아이는 다시 헤어져서 제각기 자기 양을 몰고 외양간으로 돌아가는 것이었습니다. 그러면, 그들은 자기들의 그 높은 꿈에서 다시 누추한 현실의 세계로 떨어져버리는 것이었습니다.

어느 날, 그 어린 목동은 백작댁 집사에게 사빈 산에서 이리가 내려와서 양떼 주위를 배회하는 것을 보았다고 말했습니다. 집사는 그에게 총을 한 자루 주었습니다. 밤파는 그것이 탐이 났던 것입니다.

그 총은 우연히도, 훌륭한 브레스키아 총으로서, 영국 총과 마찬가지로 총탄이 멀리까지 갈 수 있은 총이었습니다. 그런데 어느 날, 백작은 여우 한 마리를 때려 죽이려다가 총대를 부러뜨려, 그 총을 그대로 폐물로 버려둔 일이 있었습니다.

밤파와 같이 조각 솜씨가 있는 아이에게는, 그까짓 것은 그리 어려운 일이 아니었습니다. 그는 우선 총대를 살펴보고, 자기 취미에 맞추어, 그것을 바꾸는 데 얼마나 돈이 필요할 것인가를 계산한 후에, 다른 대 하나를 바꿔 끼웠습니다. 그것은 훌륭한 장식이 붙어 있어, 그 나무 부분만을 거리에 나가서 팔더라도 15 내지 20피아스트르는 충분히 받을 수가 있었을 것입니다.

그러나 그런 짓은 하지 않았습니다. 총은 오래전부터 그의 꿈이었습니다. 자유에 이어 독립이 오고, 사람들이 저마다 저 하고 싶은 일을 할 수 있는 나라에서는 조금이라도 용기가 있고, 신체가 건장한 사람이라면, 우선 무엇보다도 총이 필요하다고 생각할 것입니다. 총만 있으면 자기를 방어할 수도 있고 적을 공격할 수도 있으니까요. 그리고 총을 가지고 있는 사람은 무서우니까 가끔 다른 사람들에게 두려움을 주지요.

그 다음부터 밤파는 틈만 있으면 총 연습을 시작했습니다. 그는 화약과 탄환을 샀습니다. 그리고, 사빈 산비탈에 삐죽삐죽 솟아난 나약하고 슬픈 회색 올리브나무 밑둥이며, 밤이면 사냥을 시작하러 굴 속에서 나오는 여우며, 그리고 공중을 나는 독수리들이 모두 밤파의 총의 과녁이 되었습니다. 얼마 안 있어 밤파는 솜씨가 대단해졌습니다. 그래서 테레사도 처음엔 총 쏘는 소리에 겁을 집어먹었지만 이내 두려움이 없어지고, 이제는 자기의 남자 친구가 마치 손으로 탄환을 갖다 박듯이, 겨눈 자리에 정확하게 총을 쏘아 맞히는 것을 보며 기뻐하게 되었습니다.

어느 날 저녁, 그들이 늘 앉아서 놀던 바로 그 옆 전나무 숲에서, 정말 이리가 한 마리 나왔습니다. 그러나 이리는 들판으로 채 열 발자국도 못 나와서 총에 맞아 죽었습니다.

밤파는 자기가 단번에 총을 쏘아 맞힌 솜씨에 으쓱해져서 이리를 어깨에 메고 농장으로 돌아왔습니다.

이러한 일로 농장 부근에서는 루이지에 대한 소문이 자자해졌습니다. 뛰어난 사람이란 어디를 가든 숭배자들을 만드는 법이지요. 그의 주위 사람들은 이 어린 목동이 사방 십 리 안에서 가장 재주 있고 가장 강하고 가장 대담한 사내라고들 떠들어댔습니다. 한편 테레사는 사람들 사이에 더 널리, 사빈에서 가장 예쁜 소녀로 알려져 있었지만, 아무도 사랑한다는 말 한 마디 감히 할 생각을 못했습니다. 밤파가 테레사를 좋아하고 있다는 것을 모두들 알고 있었기 때문이지요.

그러나 두 사람은 서로 사랑한다는 말은 한 번도 입밖에 낸 일이 없었습니다. 두 사람은 나란히 서서, 마치 땅속으로 서로 뿌리가 얽히고 공중에서는 가지가 엇갈리고 하늘에서는 향기를 서로 교환하는 두 그루의 나무와도 같았지요. 다만 늘 서로 만나고 싶어하는 바람만은 둘이 같았습니다. 그리고 그 바람은 이루어지지 않으면 안 될 요구가 되어, 단 하루라도 떨어져 있느니 차라리 죽는 편이 낫다는 것을 깨닫게 되었던 것입니다.

테레사는 열여섯, 밤파는 열일곱이 되었습니다.

바로 그 무렵 레핀 산엔 산적들 한 떼가 있어서 사람들의 화제에 오르기 시작했습니다. 로마 근처에서는 산적들이 아주 뿌리가 뽑혀본 일이 없습지요. 가끔 두목이 없는 일은 있지만요. 그러나 일단 두목이 나타나면 그 산하에 부하들이 없는 일은 없습니다.

저 유명한 쿠쿠메토는 아므뤼즈에서 추격을 받아, 마치 정식 전쟁 같은 것까지 해가지고 나폴리 왕국에서 쫓겨나, 만프레드처럼 가리리아노를 건너질러 소니노와 쥐패르노 사이의 아마신 강가까지 도망왔습니다.

그 사나이가 하나의 도당을 만들려고 생각했습니다. 그래서 데케사리스와 가스파로스를 넘어갈 생각으로 그 길을 따라 걸어왔습니다. 그러자 파레스토리나, 프라스카티, 그리고 팡파 나라의 청년들이 여러 명 자취를 감추었습니다. 처음엔 모두들 그 청년들 때문에 걱정했지만, 얼마 안 있어 그들이 쿠쿠메토의 일당에 가담했다는 사실을 알게 되었지요.

몇 달 후 쿠쿠메토는 일반으로부터 주의의 대상이 되었습니다. 이 산적 두목에 관해서 별의별 기상천외한 대담한 행동이며 차마 눈뜨고 볼 수 없을 잔인한 짓을 한다는 소문이 돌았습니다.

어느 날 그는 한 소녀를 납치해 갔습니다. 그것은 프로지노느의 측량사의 딸이었습니다. 산적들의 법도는 정해져 있습니다. 소녀는 우선 맨 처음에 그를 납치해 간 사나이의 소유입니다. 그리고 그 다음엔 제비들을 뽑습니다. 그래서 불쌍하게도 여자는 산적들이 내버리거나, 아니면 스스로 죽을 때까지 전 산적들의 노리개가 되는 것입니다.

만약에 그 여자의 부모가 딸을 산적들에게 돈을 주고 다시 살 만큼 부유할 때는, 사람을 보내서 몸값을 홍정합니다. 그 밀사의 신변이 위태롭게 될 경우에는 여자의 목숨도 달아나는 것입니다. 그리고 몸값이 거절을 당하는 경우에는, 여자는 결정적으로 처형을 받는 것입니다.

그런데, 그 처녀는 쿠쿠메토 단 속에 애인을 갖고 있었습니다. 카를리니라는 청년이었지요.

애인이 그 안에 있는 것을 알자, 여자는 남자에게 팔을 벌리고 이젠 살았다고 생각했습니다. 그러나 불쌍한 카를리니는 자기 여자를 알아보자, 가슴이 미어지는 것 같았습니다. 왜냐하면, 이제부터 자기의 애인이 어떤 운명에 부닥칠 것인가를 상상할 수가 있었기 때문입니다.

그러나 그는 쿠쿠메토와 위험을 함께 겪어왔으며, 또 언젠가 수령의 목을 칼로 내리치려던 병사를 자기가 권총 한 방으로 쓰러뜨렸던 일이 있었는지라, 쿠쿠메토가 어쩌면 자기를 동정해 줄 것이라고 생각하고 있었습니다.

그래서 그는 자기 두목을 사람 없는 곳으로 불러냈습니다. 그동안에 소녀는 숲속의 빈터 한가운데 우뚝 솟아나 있는 커다란 소나무 등걸에 걸터앉아, 로마 농부의 아름다운 머리보를 베일 대신에 쓰고, 산적들의 음탕한 시선에서 얼굴을 가리고 있었지요.

소녀의 애인은 두목에게 모든 것을 다 털어놓고 얘기했습니다. 잡혀온 소녀와의 사랑이며, 언제까지나 변치 않겠다고 맹세한 두 사람의 굳은 약속, 그리고 두 사람이 근처에 있게 된 후로는 어떻게 해서 매일 밤 폐허에서 같이 만났었는가를 다 얘기했습니다.

그런데, 바로 그날 밤, 카를리니는 쿠쿠메토의 심부름으로 이웃 마을로 가게 되어서 그날은 여자를 만나지 못했던 것입니다. 그런데 쿠쿠메토의 말에 의하면, 자기는 또 우연히 그들을 만나기로 한 장소엘 가게 되어 소녀를 잡아왔다는 것이었습니다.

카를리니는 두목에게, 자기를 위해 특례를 한 번만 베풀어, 애인 리타에게 손을 대지 말아달라고 애원을 했습니다. 그리고 여자의 아버지는 돈도 있으니 여자의 몸값을 후하게 치러

줄 것이라고 말했습니다.

쿠쿠메토는, 이 친구의 간청을 들어줄 것같이 보였습니다. 그리고 푸로지노르에 있는 리타의 아버지한테 보낼 만한 목동을 하나 찾아보라고 일렀습니다.

카를리니는 좋아서 처녀에게 가서 이젠 살았다고 말했습니다. 그리고 아버지에게 편지를 쓰게 해서, 편지에다 지금 자기 신상에 일어난 일과 자기의 석방금이 300피아스트르라는 점을 쓰라고 말했습니다.

여자의 아버지에게 준 유예 기간은 열두 시간, 다시 말하면 이튿날 아침 아홉시까지 였습니다.

그는 마침 양떼를 우리 안에 넣으려고 하는 어떤 젊은 목동을 발견했습니다. 산적들의 심부름꾼은 마을과 산 사이, 야생의 생활과 문명의 생활 중간에 살고 있는 양치기 목동들이라는 것은 자연히 정해진 일이었지요.

그 젊은 목동은 한 시간 안에 푸로지노르에 도착할 것이라고 약속을 한 후에 곧 떠났습니다.

카를리니는 한시 바삐 애인에게로 돌아가서, 그 소식을 전해 주려는 생각에, 가슴을 두근거리며 좋아서 돌아왔습니다.

그는 숲속 빈터에 있는 자기 일당들을 보았습니다. 그들은 농민들에게서 공물로 뺏어 온 음식들을 즐겁게 먹고 있었습니다. 그 명랑한 식객들 가운데서 쿠쿠메토와 리타를 찾아보았지만, 두 사람의 모습은 보이지가 않았습니다.

그는 산적들에게 그들이 어디 있느냐고 물었습니다. 그랬더니, 산적들은 대답 대신 껄껄거리고 웃음을 터뜨리는 것이었습니다. 카를리니의 이마에는 식은땀이 흘러내렸습니다. 그는 머리끝이 쭈뼛해지도록 어떤 불안에 사로잡혔던 것입니다.

그는 다시 한번 더 물어보았습니다. 그랬더니 일당 중의 하나가 술잔에다 오르비에토 주를 하나 가득 부어서 카를리니에게 주며, 이렇게 말하는 것이었습니다.

〈용감한 쿠쿠메토와 아름다운 리타의 건강을 위하여!〉

바로 그 순간 카를리니는 여자가 소리를 지르는 것을 들은 것 같았습니다. 그는 모든 것을 짐작할 수 있었습니다. 그래서 잔을 받아들자 그에게 잔을 권한 사나이의 면상에 던져버리고, 소리가 난 쪽으로 달려갔습니다.

그는 백 보쯤 가다가 수풀 한모퉁이에서 리타가 쿠쿠메토의 팔에 안겨 기절해 있는 것을 발견했습니다.

카를리니가 나타난 것을 본 쿠쿠메토는 양 손에 권총을 쥐고 일어섰습니다.

두 산적은 잠시 동안 서로 노려보았습니다. 하나는 입가에 음탕한 웃음을 띠고, 또 한쪽은 죽은 사람처럼 이마가 새파랗게 질려가지고 서로 마주보는 것이었습니다.

마치 두 사람 사이에 어떤 무시무시한 일이 일어날 것만 같은 태세였지요. 그러나 차츰 카를리니의 얼굴에서는 무서운 긴장이 풀렸습니다. 허리띠에 찼던 권총을 쥐고 있던 손은 축 늘어져 다시 아래로 떨어졌습니다.

리타는 그 두 사나이 사이에 누워 있었습니다.

달빛이 이 장면을 환히 비춰주었지요. 〈어떻게 됐어! 맡은 심부름은 잘 했는가?〉 하고 쿠쿠메토가 물었다.

〈네, 내일 아침 아홉시 안으로 리타의 아버지가 돈을 가지고 이리로 올 겁니다〉 하고 카를리니는 대답했습니다. 〈잘됐어! 자, 그럼 그때까지 즐거운 하룻밤을 보내도록 하지. 이 색시는 멋있는데. 카를리니, 자네도 취미가 상당하군 그래. 자, 나도 이기주의자는 아니니, 이제부터 친구들한테 돌아가서 이번엔 누구 차례가 될는지 제비를 뽑도록 하지.〉

〈그럼, 저 여자도 보통 규칙대로 하겠단 말입니까?〉

〈그럼, 이 색시라고 예외가 될 이유가 어디 있나?〉

〈전 제가 그렇게 애원을 했으니까…….〉

〈그럼 넌, 다른 친구들하곤 다르다고 생각했었나?〉

〈그렇습니다.〉

〈어쨌든 진정해.〉 쿠쿠메토는 웃으면서 계속해 말하기를 〈좀 늦어지느냐 빨라지느냐지, 네 차례가 오긴 올 거니까.〉

카를리니는 이를 부러져라 하고 악 물었습니다.

〈자.〉 쿠쿠메토는 일당이 있는 쪽으로 한걸음 걸어 나가면서 말했습니다. 〈가볼까?〉

〈나중에 가겠습니다…….〉

쿠쿠메토는 카를리니에게서 눈을 떼지 않은 채로 사라져갔습니다. 뒤에서 쏘지나 않을까 겁이 났던 모양이었죠. 그러나 카를리니에게서는 별로 특별한 적의 같은 것은 보이지 않았습니다.

그는 팔짱을 끼고 아직도 정신을 못 차리고 있는 리타 곁에 서 있었습니다.

순간 쿠쿠메토에겐, 청년이 여자를 안고 달아나지나 않을까 하는 생각이 떠올랐습니다. 그러나 그런 건 지금의 그에게는 별로 문제가 되지 않았습니다. 자기는 이미 리타에게서 제 욕심을 다 채우고 난 후였으니까요. 돈으로 말하더라도 300피아스트로를 전부에게 나누어보았댔자 몇 푼 될 것도 아니니, 그런 것쯤은 문제가 되지 않기 때문입니다.

그래서 그는 빈터를 향해 가던 길을 계속해 갔습니다. 그러나 놀라운 일은, 카를리니가 이내 그를 따라온 것입니다.

〈제비다! 제비!〉 산적들은 두목이 나타난 것을 보고 이렇게 아우성을 쳤습니다.

그러자, 모든 사람의 눈은 취기와 음탕한 욕망으로 번득였고, 모닥불은 그들의 몸에다 불그스름한 빛을 뿜어서 마치 악마처럼 보이게 했습니다.

그들이 요구하는 것은 당연한 것이었습니다. 두목은 고개를 한 번 끄덕여 일동의 소원을 들어주겠다는 표시를 했습니다. 그들은 전원의 이름을 모자 속에 넣었습니다. 카를리니의 이름도 다른 사람들의 이름과 함께 들어갔습니다. 일동 중에서 가장 나이 어린 산적이, 그 즉석 투표함 속에서 쪽지를 하나 꺼냈습니다.

그 쪽지는 디아보라치오의 이름이 적힌 것이었습니다.

그것은 바로, 아까 카를리니에게 두목의 건강을 위해 축배를 들자던 사람이었으며, 대답 대신 카를리니가 면상에다 술잔을 내던진 그 사나이였습니다.

관자놀이에서 입까지 죽 찢어진 그의 커다란 상처에서는 아직도 피가 줄줄 흘러내리고 있었습니다.

디아보라치오는 자기가 제비에서 행운아가 된 것을 알자, 낄낄거리고 웃어댔습니다.

〈수령님〉 하고 그는 이렇게 말했습니다. 〈아까는 카를리니가 수령님의 건강을 위해서 축배를 들자고 했더니 싫다더군요.

그러니, 이번엔 제 건강을 위해서 한 잔 들라고 해주십시오. 저를 위해서라면 수령님에게 대해서보단 좀더 친절해질 테니 말이에요.〉

모두들 카를리니가 격분해서 불끈할 줄로 알았습니다. 그러나 의외로 한 손으로는 술잔을 들고, 또 한 손으로는 술병을 들더니 잔을 가득 채우면서,

〈디아보라치오, 네 건강을 위해서다!〉 하고 아주 가라앉은 목소리로 말하는 것이었습니다.

그러더니 손 하나 떨지 않고, 잔에 있는 술을 다 들이켰습니다. 그러고 나서 불 가에 가 앉으며, 〈내 저녁밥은 어디 있지? 뛰어갔다 왔더니 배가 고픈데〉 하는 것이었습니다.

〈카를리니 만세!〉 하고 산적들은 소리쳤습니다.

〈좋아! 그래서 친구가 좋다는 거 아닌가!〉

그러고는 디아보라치오만이 사라져버렸지요.

카를리니는 마치 아무 일도 없었던 듯이 밥을 먹고 술을 마셨습니다.

산적들은 카를리니의 냉담한 태도를 이해할 수 없어, 어리둥절한 얼굴로 그를 쳐다보고 있었습니다. 바로 그때, 등뒤에서 무거운 발걸음이 땅을 울리는 소리가 들려왔습니다.

그들은 뒤를 돌아다보았습니다. 그랬더니, 디아보라치오가 소녀를 팔에 안고 오는 것이 아니겠습니까.

소녀는 고개를 뒤로 늘어뜨리고, 그 긴 머리채는 땅에까지 끌렸습니다.

디아보라치오와 소녀가 불빛이 환한 불 가로 가까이 옴에 따라, 모두들 소녀와 사나이의 얼굴이 다 새파랗게 질려 있는

것을 볼 수 있었습니다.

갑자기 나타난 이들의 모습에는 무엇인가 이상하고도 엄숙한 기운이 감돌고 있어서, 산적들은 자리에서 일어서고 말았습니다. 그러나, 카를리니만은 앉은 채로, 마치 자기 주위에는 아무 일도 없는 듯이 계속해 먹고 마시는 것이었습니다.

디아보라치오는 계속해서 이 죽은 듯이 조용한 가운데로 걸어왔습니다. 그러더니, 수령의 발밑에다가 리타를 내려놓았습니다.

그제서야 비로소, 산적들은 소녀의 얼굴과 사나이의 얼굴이 새파랗게 질려 있는 까닭을 깨달았습니다. 리타의 왼쪽 젖가슴 밑에는 단도가 자루까지 깊숙하게 박혀 있었던 것입니다.

일동의 시선이 카를리니에게로 쏠렸습니다. 그의 허리에는 빈 칼집만이 매달려 있었습니다.

〈하, 하! 카를리니가 뒤에 처졌던 이유를 이제서야 알겠구면〉 하고 수령이 말했습니다.

성품이 거친 사람들에게는 그러한 과감한 행위의 뜻을 이해할 수 있는 것입니다. 아마 그 산적들 가운데선 누구 하나 카를리니가 한 일을 흉내낼 수 있는 위인은 없었을 것입니다. 그러나, 카를리니가 한 소행을 모두들 이해할 수는 있었던 것입니다.

〈어때!〉 이번에는 카를리니가 자리에서 일어나, 권총 자루에 손을 대고, 시체 곁으로 가까이 가며 말했습니다. 〈누가 또 이 여자를 뺏어보겠다는 놈이 있나?〉

〈없다. 이 여잔 네 거다〉 하고 두목이 말했습니다.

그래서 카를리니는 여자를 안고 모닥불의 불빛이 환한 원

밖으로 옮겼습니다.

쿠쿠메토는 여느 때와 마찬가지로, 보초를 세웠습니다. 산적들은 외투를 둘러쓰고 불 곁에서 잠이 들었습니다.

한밤중에 보초는 경보를 전했습니다. 수령과 산적들은 후닥닥 일어났습니다.

리타의 아버지가 석방금을 가지고 몸소 찾아왔던 것입니다.

〈자.〉 리타의 아버지는 쿠쿠메토에게 돈 주머니를 내밀며 말했습니다. 〈여기 300피아스트르가 있으니, 내 딸을 돌려주오.〉

그러나 수령은 돈은 안 받고, 자기를 따라오라는 눈짓을 했습니다. 노인은 하라는 대로 했습니다. 두 사람은 달빛이 새어드는 나뭇가지를 헤치며 나무 밑으로 사라져버렸습니다. 이윽고 쿠쿠메토는 발을 멈추고 손을 뻗쳐 어느 나무 밑에 서로 얽혀 있는 두 사람을 가리켰습니다.

〈자〉 하고 쿠쿠메토는 말했습니다. 〈딸은 카를리니에게 달라시지. 저 사람이 자초지종을 다 얘기해 줄 테니까.〉

그러고 나서 그는 산적들이 있는 곳으로 되돌아왔습니다.

노인은 꼼짝도 않고, 그들을 뚫어져라 하고 바라보았습니다. 그에겐 무엇인가 알 수 없는, 무시무시한, 듣지도 못했던 불행의 예감이 머리 위에 떠돌고 있는 것같이 생각되었습니다.

이윽고 그는, 분명히 알아볼 수도 없는 묘한 형태를 이루고 있는 그 두 사람 쪽으로 몇 걸음 다가갔습니다. 카를리니가 머리를 들었습니다. 그 두 사람의 형체가 차츰 노인의 눈에 분명하게 드러나기 시작했습니다.

여자는 남자의 무릎 위에 고개를 얹고 땅에 누워 있었고, 남자는 앉아서 여자 위로 몸을 굽히고 있는 것이었습니다. 남자가 몸을 일으키자, 여태까지 가슴에 꽉 그러안고 있던 그녀의 얼굴이 드러났습니다.

〈기다리고 있었습니다〉 하고 그 젊은 산적은 리타의 아버지에게 말했습니다.

〈고약한 놈 같으니라고! 무슨 짓을 한 거야?〉 하고 노인이 말했습니다.

그리고 그는 부들부들 떨면서, 창백하고 움직이지 않는, 가슴에 칼이 꽂힌 채로 피투성이가 된 리타를 바라보았습니다.

달빛이 리타 위로 흘러내려, 그 희미한 빛으로 소녀의 얼굴을 비춰주었습니다.

〈쿠쿠메토가 댁의 따님을 욕뵈었습니다. 전 리타를 사랑하기 때문에, 제가 죽여버렸습니다. 왜냐하면, 쿠쿠메토 다음에도, 그놈들 모두가 차례차례로 리타를 가만 두지 않을 테니까요.〉

노인은 아무 소리도 못하고, 점점 유령처럼 새파랗게 질리기만 할뿐이었습니다.

〈자, 그러니 제가 저지른 일이 잘못이었다면, 제게 따님의 원수를 갚아주세요〉 하고 카를리니는 말했습니다. 그러면서 그는 소녀의 가슴에 꽂힌 칼을 뽑아 자리에서 일어서며, 한 손으로 그 칼을 노인에게 내밀고, 또 한 손으로는 윗저고리를 풀어 가슴을 드러냈습니다.

〈잘했네.〉 노인은 나직한 목소리로 말했습니다. 〈자, 나를 한 번 안아주게.〉

카를리니는 흑흑 느끼면서 애인의 아버지의 가슴에 가서 안겼습니다. 이것이야말로 이 피끓는 청년이 처음으로 흘려보는

로마의 산적

눈물이었습니다.

〈그럼, 이젠 내 딸을 묻을 테니 좀 도와주게〉하고 노인은 카를리니에게 말했습니다.

카를리니는 곡괭이 두 자루를 찾으러 갔습니다. 그리고 리타의 아버지와 애인은 어느 떡갈나무 밑의 땅을 파기 시작하였습니다. 그 나무의 우거진 가지 밑에다 소녀의 무덤을 만들어 주려는 것이었지요.

무덤이 다 파지자, 아버지가 먼저 리타에게 키스를 하고, 뒤이어 그의 애인이 키스를 했습니다. 그러고는 한 사람은 여자의 발을 잡고, 또 한 사람은 겨드랑이 밑을 잡아 구덩이 속에 내려놓았습니다.

그리고 두 사람은 무덤의 양쪽에 꿇어앉아, 죽은 사람을 위한 기도문을 외웠습니다.

기도가 끝나자, 그들은 구덩이가 메워질 때까지 시체 위에 흙을 덮었습니다.

그러고 나서, 노인은 카를리니에게 손을 내밀며,

〈고맙네, 자, 이제는 나 혼자 있게 해주게〉하고 말했습니다.

〈그렇지만……〉하고 카를리니가 말했습니다.

〈내버려둬 주게, 부탁일세.〉

카를리니는 노인의 말에 복종했습니다. 그는 친구들이 있는 곳으로 가서 외투를 둘러쓰고 다른 사람들처럼 이내 잠이 깊이 든 것 같았습니다.

그 전날 산적들은 야영지를 바꾸기로 결정했습니다.

날이 밝기 한 시간 전에, 쿠쿠메토는 부하들을 깨우고 출발

명령을 내렸습니다.

그러나 카를리니만은, 리타의 아버지가 어떻게 됐는지를 알 때까지는 숲을 떠나지 않을 생각이었습니다.

그는 리타의 아버지를 남겨놓고 온 장소로 가보았습니다

리타의 아버지는 딸의 무덤을 가리고 있는 떡갈나무 가지에 목을 매고 죽어 있었습니다.

그것을 본 카를리니는 노인의 시체와 리타의 무덤을 향해, 두 사람의 원수를 어떻게든지 갚아주겠다고 맹세했습니다.

그러나 그는 그 맹세를 지킬 수가 없었습니다. 왜냐하면 그로부터 이틀 후에 산적들이 로마의 헌병들과 부딪혔을 때, 카를리니는 총에 맞아 죽었기 때문입니다.

그런데 이상한 일은 적과 마주섰던 그가 등뒤에 총을 맞았다는 점입니다.

그러나 바로 카를리니가 쓰러졌을 때, 쿠쿠메토가 그에게서 열 발자국쯤 뒤에 있었다는 사실이 어느 산적의 입에서 새어나오자, 그러한 놀라움은 깨끗이 가시고 말았습니다.

푸로지노르의 숲을 떠나던 날 아침, 쿠쿠메토는 어둠 속에서 카를리니의 뒤를 밟았습니다. 그래서 그가 복수의 맹세를 하는 것을 듣고, 조심성이 있는 그는 자기 쪽에서 먼저 선수를 썼던 것입니다.

이 밖에도 그 끔찍스런 산적 두목에 대해선 그 얘기 못지않은 흥미진진한 얘기가 많습니다.

그래서 퐁디로부터 페르주까지 걸친 지방에서는 쿠쿠메토의 이름만 들어도 몸서리를 쳤지요.

이러한 이야기들은 곧잘 루이지와 테레사의 화제에도 오르곤 했습니다.

소녀는 그 얘기만 들으면 무서워서 벌벌 떨었지요. 그러나 밤파는 총알을 잘 맞히는 자기 총을 툭툭 치면서 미소를 띠고는, 소녀를 안심시켜 주었습니다. 그러나 그래도 테레사가 겁을 집어먹을 때에는, 그는 자기 앞에서 백 보쯤 떨어진 곳에 있는 죽은 나뭇가지에 앉은 까마귀 같은 것을 가리켜보이며, 총을 겨누고 방아쇠를 당기는 것이었습니다. 그러면 으레 새는 총에 맞아 나무 밑으로 떨어지곤 했지요.

그러는 동안에도 세월은 흘렀습니다. 밤파가 스물한 살, 그리고 테레사가 스무 살이 되면서 두 사람은 결혼하기로 약속을 했습니다.

그들은 둘 다 고아였기 때문에, 주인한테만 허락을 받으면 되었습니다. 두 사람은 결혼을 허락해 달라고 주인에게 말해서 승낙을 받았습니다.

어느 날은, 둘이 그들의 장래의 계획을 의논하고 있는데, 갑자기 총소리가 두서너 방 들려왔습니다. 그러더니 별안간 한 남자가 두 사람이 늘 양떼에게 풀을 뜯기러 다니는 숲 쪽에서 나타나더니 두 사람을 향해 달려왔습니다.

목소리가 들릴 만한 거리까지 오자, 그 사람은 〈내가 지금 쫓기고 있는데, 감춰줄 수 없겠나?〉 하는 것이었습니다.

두 젊은이는 도망쳐 오는 이 사나이가 분명 산적임에 틀림없다고 생각했습니다. 그런데 농부들과 로마의 산적 사이에는 날 때부터의 동정 같은 게 있어서, 농부들은 항상 산적들을 도와주곤 하였습니다.

밤파는 아무 말 없이 동굴 입구를 막고 있는 바윗돌이 있는 데까지 달려갔습니다. 그리고 그 바윗돌을 끌어내어 입구를 터 놓고, 도망치는 이 사나이에게 이 피난처로 들어가라는 눈짓을 했습니다. 그 사나이가 동굴 속으로 들어가자, 밤파는 다시 돌로 그 뒤를 틀어막고 자기는 테레사 옆에 와서 앉았습니다.

그러자 거의 그와 때를 같이하여, 네 사람의 말탄 헌병이 숲 가까이에 나타났습니다. 세 사람은 도망간 사람을 찾고 있는 것 같았고, 나머지 한 사람은 그들의 손에 잡힌 한 산적의 목을 잡아 끌고 오고 있었습니다.

세 사람의 헌병은 주위를 한 번 둘러보고 두 젊은이를 발견하자, 말을 달려 그들에게로 가까이 와서 물었습니다.

그들은 아무것도 보지 못했다고 대답했습니다.

〈분한걸〉하고 헌병 한 사람이 말했습니다.〈우리가 찾는 놈이 바로 두목인데.〉

〈아니 그럼, 쿠쿠메토란 말씀인가요?〉 루이지와 테레사는 동시에 소리를 지르지 않을 수가 없었습니다.

〈그렇지〉하고 헌병은 대답했습니다.〈그놈은 현상금이 로마 돈으로 1,000에퀴가 붙어 있는 놈이니까, 그놈을 잡는 걸 도와주기만 하면 500은 당신들 거야.〉

두 젊은이는 서로 마주 쳐다보았습니다. 헌병은 순간, 희망이 생겼습니다. 로마 돈으로 500에퀴라면 3,000프랑입니다. 그리고 이 3,000프랑이라는 돈은, 앞으로 결혼을 하려는 이 가난한 고아들에게는 분명 하나의 큼직한 재산이 아닐 수 없었습니다.

〈거참, 안됐는데요. 하지만 우린 못 봤습니다〉하고 밤파가 말했습니다.

하는 수 없이 헌병들은 다른 방향으로 그 지방을 샅샅이 뒤져보았습니다만, 아무 소득도 없었습니다.

마침내, 헌병들은 차례차례로 떠나가 버렸습니다.

그러자 밤파는 굴로 가서 돌을 빼냈습니다. 쿠쿠메토가 그 속에서 나왔습니다.

쿠쿠메토는 화강암의 문 틈으로, 두 사람이 헌병과 이야기하는 것을 다 보았습니다. 그는 그들이 무슨 얘기를 하는지를 짐작했습니다. 그리고 밤파와 테레사의 얼굴에서, 그는 젊은 이들이 자기를 내주지 않겠다는 굳은 결심을 읽을 수 있었습니다. 그래서 그는 돈이 잔뜩 든 지갑을 주머니에서 꺼내 그것을 두 사람에게 주었습니다.

그러나 밤파는 눈 하나 까딱 않고, 고개를 똑바로 쳐들었습니다. 테레사는 돈이 가득 든 이 지갑만 있으면 비싼 보석과 아름다운 옷들을 사고 싶은 대로 다 살 수 있으리라는 생각에 눈이 번쩍했습니다.

쿠쿠메토는 아주 교활한 악마였습니다. 그는 뱀 대신에 사람의 탈을 쓴 사나이였습니다. 그는 테레사의 눈에서 훌륭한 이브 같은 처녀의 일면이 있는 것을 눈치 채고, 자기를 구해 준 사람들에게 사례한다는 구실로, 수없이 뒤를 돌아보며 숲 속으로 들어갔습니다.

그후로는, 누구 하나 쿠쿠메토를 본 사람도 없이 그에 관한 소문 하나 떠돌지 않고 여러 날이 지났습니다.

사육제가 가까워졌습니다. 생페리제 백작은 성대한 가면무도회를 열기로 했습니다. 거기에는 로마의 멋쟁이들이 모두 초대되었습니다.

테레사는 그 무도회를 꼭 한번 보고 싶었습니다. 그래서 루이지는 자기의 보호자인 집사에게, 테레사와 자기가 백작 댁 하인들 틈에 몰래 숨어서 그 무도회를 한번 보게 해달라고 부탁했습니다. 루이지의 청은 허락되었습니다.

이번 무도회는, 특히 백작이 애지중지 사랑하는 딸 카르메라를 기쁘게 해주기 위해서 연 것이었습니다.

카르메라는 나이라든가 키가 꼭 테레사만했습니다. 그리고 테레사도 부족하나마 카르메라만큼은 예뻤습니다.

무도회 날 밤, 테레사는 가장 아름다운 옷에 가장 화려한 브로치에 가장 반짝반짝 빛나는 유리 장식을 달고 나갔습니다. 그녀는 프라스카티 여자의 옷차림을 했습니다. 루이지는 로마의 농부들이 축제일에 입는 화려한 옷을 입었습니다.

두 사람은 허락을 받았으므로, 하인들과 농부들 사이에 끼여들어갔습니다.

무도회는 굉장했습니다. 저택이 휘황찬란한 불빛으로 장식되었을 뿐만 아니라, 정원의 나무들에도 수없는 색등이 걸려 있었습니다. 이윽고 집 안에 있던 사람들이 테라스로 쏟아져 나오고, 테라스에서는 정원의 좁은 길로 몰려나왔습니다. 네 거리마다, 오케스트라와 식탁과 마실 것들이 준비되어 있었습니다. 산책객들이 발을 멈추자, 네 사람씩 카드리유 춤의 짝을 지어 아무데고 추고 싶은 데서 춤을 추는 것이었습니다.

카르메라는 소니노 여자의 옷차림을 하고 있었습니다. 모자는 온통 진주로 수를 놓았고, 머리 핀은 금과 다이아몬드였으며, 허리띠는 커다란 꽃무늬가 있는 터키 비단으로 만든 것이었습니다. 그리고 외투와 스커트는 캐시미어 천에다가, 앞치 마는 인도산 모슬린, 그리고 코르셋의 단추는 전부 보석이 달려 있는 것이었습니다.

그녀가 거느리고 있는 두 여자는, 하나는 네튀노 여자의 옷차림이었고, 또 한 여자는 리치아 여자의 옷차림이었습니다.

로마에서도 가장 돈 많고 신분이 높은 집안의 남자들 넷이서, 다른 나라에선 볼 수 없는 이탈리아 식의 자유로운 태도로, 이 세 여자의 뒤를 따랐습니다. 그들은 각기, 알바노, 베레트리, 치비타, 카스테라나, 그리고 소라의 농부 복장을 하고 있었습니다.

그들의 옷이 농부의 옷차림이긴 했지만, 앞서 가는 농부 차림의 여자들처럼 온통 황금과 보석으로 장식되어 있었음은 말할 나위도 없는 일이지요.

카르메라는, 같은 옷차림을 한 사람들끼리 카드리유 춤을 추었으면 하는 생각이 떠올랐습니다. 그런데 여자가 한 사람 모자랐습니다.

카르메라는 주위를 둘러보았습니다. 그러나 초대를 받고 온 여자들 가운데는, 아무도 자기나 상대방의 남자들과 비슷한 분장을 한 사람은 없었습니다.

생페리제 백작은 딸에게, 루이지의 팔에 몸을 기대고 있는 테레사를 가리켰습니다.

〈아버지, 그래도 괜찮아요?〉 하고 카르메라가 물었습니다.

〈괜찮다마다! 오늘이 바로 사육제 아니냐?〉 백작이 대답했습니다.

카르메라는, 얘기를 하면서 자기 뒤를 따라오고 있는 청년 한 사람에게, 손가락으로 그 소녀를 가리키면서 무엇인가 속삭였습니다.

청년은 그녀의 아름다운 손이 가리키는 방향으로 눈을 돌리고 알아들었다는 몸짓을 한 다음에, 테레사에게 가서 백작의 따님이 인도하는 카드리유 춤에 나와달라고 청했습니다.

테레사는 마치 얼굴 위로 불길이라도 확 스치는 것만 같았습니다. 테레사는 눈으로 루이지의 의향을 물어보았습니다. 거절할 수도 없는 노릇이었습니다. 루이지는 여태까지 자기가 끼고 있던 테레사의 팔을 천천히 풀어주었습니다.

그리하여 테레사는 그 우아한 청년에게 끌려 바들바들 떨면서 귀족들의 카드리유 팀에 끼었습니다.

분명 예술가의 눈으로 본다면, 수수하고 꾸밈없는 테레사의 옷차림은 카르메나 그 친구들의 복장과 비교해 볼 때, 또다른 멋이 있었음에 틀림없습니다. 그러나 테레사는 경박하고 모양만 내는 처녀여서, 모슬린의 자수며 허리띠의 종려나무 가지며 캐시미어 천의 광택이 눈이 부시도록 황홀했고, 사파이어나 다이아몬드의 광채를 보자 미칠 것만 같았습니다.

한편 루이지는 이제까지 맛보지 못했던 이상한 기분이 솟구쳐 오는 것 같았습니다. 그것은 둔한 아픔 같은 것으로, 처음엔 심장을 물어뜯고 나더니 거기서부터 바르르 떨면서 온 혈관을 돌아, 결국은 전신을 지배하는 것 같았습니다. 그는 테레사와 그 청년의 일거 일동을 놓치지 않고 지켜보았습니다. 두 사람의 손이 서로 마주 닿았을 때는, 그는 마치 눈앞이 아찔해지고 혈관이 펄떡펄떡 뛰며 귀에선 종소리가 울리는 것 같았습니다. 두 사람이 무언지 얘기한 것을 보니까 테레사는 쭈뼛쭈뼛하며 눈을 내리깔고 남자의 얘기를 듣고 있었습니다. 그리고 그 이글이글한 눈빛으로 보아서, 그 남자가 한 얘기의 내용은 분명 여자에 대한 찬사일 것이라고 생각한 루이지는, 마치 대지가 발밑에서 빙빙 돌며 지옥에서부터 살인과 암살이라는 생각을 떠오르게 하는 무수한 소리들이 막 들려오는 것같이 생각되었습니다. 그러자 이러다간 미쳐버릴지도 모른다는 생각에, 그는 한 손으론 자기가 기대고 있는 소사나무를 꽉 붙잡고 또 한 손으론 경련적으로 허리에 찬, 조각으로 장식된 단도자루를 꽉 쥐었습니다. 그는 자기도 모르게 그 단도를 몇 번씩이나 칼집에서 뽑는 것이었습니다.

루이지는 질투가 났습니다. 그는 테레사의 그 애교 있고 교만한 성품으로 보아 그녀가 자기에게서 도망갈 것이라고 생각하였습니다.

그러나 그러는 동안에도 그 젊은 시골 처녀는 처음엔 그렇게 수줍어하고 겁까지 집어먹더니 어느새 마음이 가라앉아 있었습니다. 테레사가 아름답다는 건 앞에서도 얘기한 대로입니다. 그뿐만이 아닙니다. 테레사에게는 애교가 있었습니다. 그것은 있는 그대로 자연스러운 애교로서, 일부러 꾸며서 부리는 그런 애교와는 전혀 다른 어떤 힘을 가지고 있었습니다.

테레사는 카드리유의 인기를 거의 독차지하다시피 했습니다. 테레사가 생페리제 백작의 딸 카르메라 아가씨를 부러워한 것과 마찬가지로, 카르메라 쪽에서도 테레사에 대해 질투를 느끼지 않았다고도 볼 수 없을 것 같았습니다.

이리하여 테레사의 상대역을 맡은 그 훌륭한 청년은, 테레사를 격찬하면서 아까 그 여인을 데려갔던 그 장소로 다시 인도해 주었습니다. 루이지는 그곳에서 그대로 테레사를 기다리고 있었습니다.

춤을 추면서, 테레사는 두서너 번 루이지 쪽으로 눈길을 보냈습니다. 그러나 그때마다 루이지의 얼굴은 새파랗게 되어 찌푸리고 있는 것이었습니다. 한 번은, 칼날이 칼집에서 반쯤 밖으로 나와 있기까지 해서 마치 불길한 전광처럼 테레사의 눈을 아찔하게 했습니다.

그래서 테레사는 거의 몸을 떨다시피 하며, 다시 애인의 팔로 돌아왔습니다.

카드리유는 굉장히 성공이었습니다. 말할 나위도 없이 다시 두번째 카드리유를 계속해야 하겠다는 얘기가 떠돌았습니다. 카르메라만은 이 얘기에 반대했습니다. 그러나 생페리제 백작이 부드러운 말로 딸을 달래서, 결국은 카르메라도 이에 동의하고 말았습니다.

그러자 곧, 청년 한사람이 테레사를 청하러 왔습니다. 테레사가 없으면 카드리유 팀이 성립되지 않기 때문입니다. 그러나 소녀는 이미 자취를 감춘 뒤였습니다.

사실, 루이지에게는 이 두번째 시련을 감당할 힘이 없었던 것입니다. 그래서 반은 설득을 하고 반은 강제로, 그는 테레사를 정원의 다른 쪽 구석으로 끌고 갔던 것입니다. 테레사는 마음이 내키지 않았지만 그가 하자는 대로 따라갔습니다. 그러나 테레사는, 일그러진 얼굴이며 아무 말도 않고 가만히 있다가도 간간이 신경질적으로 떨려나오는 그의 목소리로 보아, 루이지의 마음속에 무엇인가 심상치 않은 일이 일어나고 있다는 것을 깨달았습니다. 테레사 자신도 마음속에 어떤 불안을 느끼지 않은 것은 아니었습니다. 그리고 자기는 아무런 나쁜 짓도 하지 않았건만, 어쩐지 루이지가 자기를 책망할 만한 이유를 가지고 있는 것만 같이 생각되었습니다. 그렇다면 무얼 책망한단 말인가? 그건 테레사로서도 알 수가 없었습니다. 그런데도 꼭 책망받을 만한 이유가 있는 것만 같았습니다.

그러나 테레사는 루이지가 아무 소리도 않고 가만히 있는 것이 오히려 이상했습니다. 그날 저녁은 루이지 입에서는 내내 한마디도 새어나오지 않았습니다. 다만 밤바람이 차서, 손님들이 정원으로부터 안으로 들어가고, 이번엔 저택의 문이 실내의 연회를 위해 다시 닫혀졌을 때, 루이지는 테레사를 집으로 데려다주었습니다. 그러고는 테레사가 집안으로 들어가려니까,

〈테레사〉 하고 루이지가 말했습니다. 〈아까 생페리제 백작따님 앞에서 춤을 추고 있을 때, 넌 무슨 생각을 하고 있었지?〉

〈난, 말이지〉 소녀는 아무 생각 없이 솔직하게 대답했습니다. 〈아가씨가 입은 옷 같은 걸 한 번 입을 수 있다면, 목숨을 절반쯤 줘도 아깝지 않을 거라고 생각했어.〉

〈너하고 춤추던 남자가 뭐랬지?〉

〈나만 원한다면 그런 것쯤 당장 가질 수 있다고. 그리고 내가 한마디만 하면 된다고 그러던데.〉

〈그 사람 말이 옳아〉 하고 루이지가 말했습니다. 〈입밖에 내서 말할 만큼 그게 그렇게 부럽단 말이지?〉

〈응.〉

〈그래? 그럼 내가 해주지.〉

소녀는 깜짝 놀라, 그에게 무슨 말을 물어보려고 고개를 처

들었습니다. 그러나, 루이지의 얼굴이 너무나 어둡고 무서워서, 말이 입술에서 얼어붙어 버렸습니다.

게다가 루이지는 그 말만 남기고는, 저만큼 가버리고 말았습니다.

어둠 속에서 테레사는 그가 안 보일 때까지 그의 모습을 눈으로 지켜보고 있었습니다. 그가 보이지 않게 되자, 그녀는 한숨을 쉬면서 집안으로 들어갔습니다.

바로 그날 밤, 사건이 일어났습니다. 아마 어느 하인의 부주의로 불 끄는 것을 잊어버렸던지, 생페리제 별장의 바로 그 아름다운 카르메라 아가씨의 거처에 불이 났던 겁니다. 한밤중에 불꽃이 오르는 환한 불빛에 잠이 깬 카르메라는 침대에서 뛰어내려, 가운을 몸에 두르고 밖으로 도망하려 했습니다. 그러나 그녀가 빠져나가려던 복도는 벌써 불길이 꽉차 있었지요. 그래서 카르메라는 사람 살리라고 소리 지르며 다시 방안으로 들어왔습니다. 그랬더니 바로 그때, 방에서 이십 척쯤 되는 높은 창이 갑자기 열리더니, 한 젊은 농부가 방안으로 뛰어들어와 카르메라를 안고, 거의 초인간적인 힘으로 민첩하게 여자를 잔디밭으로 내려놨습니다. 카르메라는 거기서 정신을 잃었습니다. 카르메라가 다시 정신이 들었을 땐 아버지가 곁에 와 있었습니다. 하인들도 그녀를 도우려고 카르메라의 주위에 죽 둘러서 있었지요. 별장은 건물 측면이 다 타버렸지만 카르메라가 무사히 살아났으니 그런 것쯤은 문제가 아니었습니다.

백작 집에선 사방으로 카르메라를 구해 준 사람을 찾았습니다. 그러나 그 청년은 두번 다시 얼굴을 나타내지 않았습니다. 사람들에게도 여기저기 다 알아보았지만, 아무도 그를 보았다는 사람은 없었습니다. 카르메라는 그 당시 너무 당황하고 있었기 때문에, 그 남자의 얼굴을 기억할 수가 없었습니다.

한편, 백작은 엄청난 부자였기 때문에, 그에겐 카르메라에게 닥쳤던 위험을, 그것도 기적적으로 모면할 수 있었다는 점에서, 그 일이 정말로 일어났던 하나의 불행이라기보다는, 차라리 무엇인가 새로운 신의 혜택이라고까지 생각될 만한 그 위험 이외엔, 화재로 인한 손해 같은 건 아무것도 아니었습니다.

이튿날도 여느 때와 같은 시간에, 루이지와 테레사는 숲속 빈터에서 만났습니다. 루이지가 먼저 와 있었습니다. 그는 굉장히 명랑한 얼굴로 처녀를 맞이하였습니다. 그는 전날 밤의 일은 완전히 잊어버린 것같이 보였습니다. 테레사는 눈에 뜨이게 생각에 잠겨 있는 것 같았습니다. 그러나 루이지가 기분이 좋은 것을 보자, 테레사도 애써 아무렇지도 않은 듯 명랑한 체했습니다. 가슴속에 무엇인가 정열이 동요하지 않는 한, 그러한 것이 그녀의 타고난 성격이었으니까요.

루이지는 테레사의 팔을 끼고 동굴 어귀까지 끌고 갔습니다. 거기까지 오자, 그는 발을 멈추었습니다. 소녀는 무엇인가 심상치 않은 일이 있었다는 것을 깨닫고, 그를 빤히 쳐다보았습니다.

〈테레사〉 하고 루이지는 말했습니다. 〈어젯밤에 테레사는, 백작 따님이 입은 옷 같은 것만 가질 수 있다면, 이 세상에서 모든 걸 다 줘도 좋다고 그랬지?〉

〈응.〉 테레사는 깜짝 놀라서 대답했습니다. 〈하지만, 그렇게 부러워하다니, 내가 미쳤었지.〉

〈그래서 난, 좋아, 그럼 내가 구해 주마고 말했지?〉

〈그랬어.〉 소녀는 루이지의 말 한마디 한마디가 점점 더 이상해서 이렇게 대답했습니다. 〈그렇지만 그건, 나를 기쁘게 해주려고 그런 게 아니겠어?〉

〈난 여태까지 너한테 약속한 걸, 실행해 보지 않은 적이 없었는걸, 테레사.〉 하고 루이지는 자랑스럽게 말하였다. 〈자, 이 동굴 속으로 들어가서, 옷을 입어봐.〉

이렇게 말하면서 그는 동굴 어귀에 있는 바윗돌을 끌어냈습니다. 그러고는 테레사에게 굴 속을 보여주었습니다. 동굴 속은, 으리으리한 커다란 거울 양쪽에 촛불이 하나씩 켜 있어서, 그 불빛에 환하게 들여다보였습니다. 그 안에 루이지가 손수 만든 투박한 테이블 위에는 진주 목걸이와 다이아몬드 핀이 놓여 있었고, 그 옆에 있는 의자 위에는 그 나머지 의상들이 펼쳐져 있었습니다.

테레사는 너무 좋아서 그만 소리를 질렀습니다. 그리고 그 옷이 어디서 났느냐고는 묻지도 않고, 루이지에게 고맙다는 말도 할 겨를이 없이, 의상실로 변한 동굴 속으로 뛰어들어갔습니다.

루이지는 테레사가 안으로 들어가자, 밖에서 돌로 다시 동굴 어귀를 닫아놓았습니다. 그것은, 지금 그가 있는 곳에서 파레스트리나를 가리고 있는 작은 언덕 위에 말을 탄 어느 나그네 한 사람이 잘 모르겠다는 듯이 잠시 발을 멈춘 모습이 보였기 때문이었습니다. 그 모습은 남쪽 나라에서 먼 곳을 볼 때와도 같은, 독특하고 분명한 윤곽으로 푸른 하늘 위에 드러났습니다.

루이지를 보자, 그 나그네는 말을 몰아 그의 곁으로 다가왔습니다.

루이지가 생각하던 대로, 그 사람은 파레스트리나에서 티보리로 가려다가 길을 잃었던 것입니다.

루이지는 그에게 길을 가르쳐주었습니다. 그러나, 거기서 삼 분의 일 마일만 가면 길이 좁은 세 갈래로 나뉘게 되어 있었습니다. 그러니까, 그 세 갈랫길까지 가면, 나그네는 또다시 길을 모르게 될 것이었으므로, 그는 루이지에게 길을 안내해 달라고 부탁했습니다.

루이지는 외투를 벗어 땅에 놓고는 어깨에 총을 메었습니다. 이렇게 무거운 옷을 벗어버리자, 그는 말도 간신히 따라갈 정도의 산골 사람들 특유의 빠른 걸음걸이로 여행자를 앞장 서서 갔습니다.

십 분쯤 가다가, 루이지와 나그네는 아까 말한 그 갈림길에 도달했습니다.

거기까지 오자, 루이지는 마치 황제처럼 위엄 있는 태도로, 그 세 갈랫길 가운데서 나그네가 가야 할 길 쪽을 손으로 가리켰습니다.

〈이 길입니다〉하고 그는 말했습니다. 〈이젠 길을 잃으실 염려는 없으실 겁니다.〉

〈자, 이건 내 인사니까.〉 나그네는 젊은 목동에게 잔돈 몇 푼을 주며 이렇게 말했습니다.

〈감사합니다.〉 루이지는 손을 뒤로 빼며 말했습니다. 〈저는 길을 도와드린 것이지, 그걸 판 건 아닙니다.〉

〈그럼〉 하고 나그네는 말했습니다. 그는 도회지 사람의 노예 근성과 시골 사람의 자존심과의 차이를 익히 알고 있는 것 같았습니다.

〈그렇지만 돈은 안 받아도 내 선물쯤은 받아주겠지?〉

〈네, 그건 얘기가 다르니까요.〉

〈자, 그럼〉 하고 나그네는 말했습니다. 〈내 베네치아 금화 두 개를 줄 테니, 약혼자에게 주고 귀걸이 한 쌍을 만들라고 하지.〉

〈그럼, 전 이 단도를 드리지요〉 하고 젊은 목동은 말했습니다. 〈알바노에서 치비타 카스테라나까지 가서도 이만큼 조각이 잘 된 칼은 못 보실 겁니다.〉

〈받지〉 하고 나그네는 말했습니다. 〈그런데 이렇게 되면 내 쪽에서 오히려 빚을 지게 되는데. 이 단도가 금화 두 개보다 더 비쌀 테니까 말야?〉

〈장사꾼이라면 그렇겠죠. 그러나 전 제가 직접 조각을 한 것이니까, 겨우 1피아스트르밖엔 안 들었는걸요.〉

〈이름이 뭐지?〉 나그네가 물었습니다.

〈루이지 밤파〉 하고 이 젊은 목동은 마치 자기가 마케도니아의 왕 알렉산더하고라도 대화하는 듯 의젓하게 대답했습니다. 〈그럼, 댁의 이름은 뭐죠?〉

〈난 말이지〉 하고 나그네는 대답했습니다. 〈난 선원 신드바드라고 하는 사람이야.〉」

프란츠 데피네는 깜짝 놀라 소리를 질렀다.

「선원 신드바드라고!」

「예」 하고 얘기를 하던 호텔 주인이 말을 이었다. 「그 여행자가 밤파에게 그게 자기 이름이라고 그렇게 말했던 것입니다」

「아니 그런데, 그 이름이 어떻게 됐단 말인가?」하고 알베르가 얘기를 가로채었다. 「좋은 이름인데. 사실 말이지, 그 사람의 선조들이 한 모험담은 어렸을 때 참 재미있었거든」

프란츠는 그 이상은 말하지 않았다. 선원 신드바드라는 이름은 독자들도 알다시피, 그 전날 밤에 몬테크리스토 백작의 이름처럼 그의 가슴속에 무수한 추억을 일깨워주었던 것이다.

「얘길 계속하오」하고 그는 주인에게 말했다.

「밤파는 거만스럽게 그 두 스캥을 주머니 속에 넣었습니다. 그러곤 유유히 오던 길을 되돌아갔습니다. 동굴에서 이삼백 보 떨어진 곳에 오자, 그는 이상한 소리가 들린 것 같았습니다.

그는 발을 멈추고, 그 소리가 어디서 나는가를 자세히 들어 보았습니다.

조금 있으려니까, 분명히 자기 이름을 부르는 소리가 들려 왔던 것입니다.

그리고, 그 소리는 동굴 쪽에서 난 것이었습니다. 그래서 일 분도 채 못 되어, 아까 나그네가 나타났던 그 반대 방향에 있는 작은 언덕 위로 올라갔습니다.

거기까지 오니, 〈사람 살려〉라는 그 소리가 더 명료하게 들려왔습니다.

그는 눈앞에 펼쳐진 곳을 두루 살펴보았습니다. 한 사나이가, 인마(人馬) 네시스가 데자니를 유괴해 가듯, 막 테레사를 잡아가는 것이 눈에 띄었습니다.

숲을 향해 달아나고 있는 그 사나이는, 벌써 동굴에서 숲에 이르는 길의 사 분의 삼을 갔었습니다.

밤파는 그 거리를 계산해 보았습니다. 그 사나이는 자기보다 적어도 이백 보는 앞서 가고 있었습니다. 아무래도 그가 숲 속으로 들어가기 전 그를 붙잡는다는 일은 좀 어려울 것 같았습니다.

젊은 목동은 마치 발에 뿌리가 박힌 듯 우뚝 섰습니다. 그는 총개머리를 어깨에 대고 서서히 총구를 그 유괴자를 향해 올린 다음, 잠시 동안 사나이의 뒤를 따라가고 있다가 총을 쏘았습니다.

유괴자는 갑자기 발을 딱 멈추더니 무릎을 꿇고, 테레사와 함께 그자리에 고꾸라졌습니다.

그러나 테레사는 금세 일어났습니다. 도망가던 사나이는 쓰러진 채로 단말마의 경련을 일으키며 몸부림을 치고 있었습니다.

밤파는 곧장 테레사 쪽으로 달려갔습니다. 왜냐하면 죽어가는 사람에게서 여남은 걸음 옮겨놓던 테레사도 푹 쓰러지고 말았기 때문입니다. 루이지는 혹시 적을 쏜 그 탄환이 자기 애인마저 다치게 한 것이 아닌가 해서 겁이 더럭 났습니다.

그러나 다행히도 아무 일 없었습니다. 테레사는 단지 너무 무서워서 다리의 힘이 빠지고 말았던 것입니다. 테레사가 무사한 것을 확인한 루이지는, 이번엔 총에 맞은 그 사나이 쪽으로 돌아왔습니다.

그 사나이는 주먹을 불끈 쥐고, 입은 고통으로 오므라들고, 머리털은 단말마의 땀에 젖어 곤두선 채로, 막 숨을 거둔 뒤였습니다.

밤파는 시체 앞으로 가까이 가보고, 그것이 쿠쿠메토라는 것을 알았습니다.

쿠쿠메토는 두 젊은이에게 구원을 받은 날부터 테레사에게 사랑을 느껴 왔습니다. 그래서 그는 테레사를 꼭 자기 것을 만들겠다고 마음속으로 결심을 했습니다. 그리고 밤파가 나그네에게 길을 가르쳐주느라고 여자를 혼자 남겨놓은 틈을 타서, 여자를 잡아가며, 벌써 자기 것이 다 된 줄 생각하고 있었던 것입니다. 그런데 바로 그때, 밤파가 쏜 탄환이 빗나가지 않고 바로 그의 심장을 꿰뚫었던 것입니다.

밤파는 잠시 동안 얼굴빛 하나 변하지 않고 산적의 모습을 바라보았습니다. 그러나, 그와 반대로 테레사는 여전히 발발 떨면서 주춤주춤 산적의 시체 쪽으로 가까이 가서, 애인의 어깨 너머로 머뭇머뭇 시체를 넘겨다보았습니다.

얼마 후에 밤파는 애인을 돌아보았습니다. 〈야, 옷 입었구나. 잘 했어. 이번엔 내가 준비를 해야지.〉

과연 테레사는 머리끝부터 발끝까지, 생페리제 백작댁 아가씨의 차림을 하고 있었습니다.

밤파는 쿠쿠메토의 시체를 안아서 동굴 속으로 가져갔습니다. 그동안에 이번엔 테레사가 밖에서 기다리고 있었습니다.

그때 만약 또다른 나그네가 그곳을 지나갔더라면, 아마도 그는 이상한 광경을 보았을 것입니다. 그것은 한 양치기 소녀가 캐시미어 옷을 입고, 귀걸이며 진주 목걸이며, 다이아몬드 핀에, 사파이어, 에메랄드, 루비 단추를 달고 양을 지키고 있었다는 사실을 말입니다.

그것을 보고 나그네는 아마 프로리앙(18세기 프랑스 동화작가——옮긴이) 시대로 되돌아간 줄로 알았겠지요. 그래서 파리에 돌아가면, 사빈의 산기슭에 앉아 있는 알프스의 양치기 소녀를 만난 일이 있다고 큰소릴 쳤겠지요.

십오 분쯤 지나자, 이번엔 밤파가 동굴 속에서 나왔습니다. 그의 의상은 테레사의 옷에 못지않게 멋있었습니다.

조각된 황금 단추가 달린 석류빛 비로드 상의에, 수가 가득 놓인 비단 조끼, 목에 감은 로마풍의 목도리, 금실과 빨강 파랑 비단으로 누벼진 탄약함, 무릎 아래는 다이아몬드 고리로 채운 하늘빛 비로드의 짧은 바지, 아라비아 무늬로 울긋불긋하게 색색이 장식한 녹비 각반, 그리고 모자에는 오색 리본이 휘날리고 있었습니다. 허리에는 시계가 두 개씩 매달려 있었고, 화려한 단도가 탄약함 옆에 끼어 있었습니다.

테레사는 감탄해서 소리를 질렀습니다. 그렇게 입으니까, 루이지가 마치 레오폴드 로베르나 슈네츠의 그르미 같았습니다.

그는 쿠쿠메토의 옷을 입고 있었던 것입니다.

청년은 그러한 모습이 약혼녀의 마음을 얼마나 움직였는지 그 효과를 곧 짐작했습니다. 그리하여 그의 입술에는 자랑스러운 미소가 스쳤습니다.

〈어때?〉 하고 그는 테레사에게 말했습니다. 〈이제부턴 무슨 일이 있든지 나하고 운명을 같이할 수 있겠지?〉

〈그럼!〉 하고 소녀는 흥분해서 소리쳤습니다.

〈내가 가는 데면 어디든지 따라갈 테야?〉

〈이 세상 끝이라도.〉

〈자, 그럼 내 팔을 잡아. 그리고 떠나자고. 우물쭈물할 시간이 없으니까.〉

소녀는 애인의 팔을 끼었습니다. 도대체 어디로 데리고 갈 것인지조차 물어보지 않았습니다. 그만큼 그 당시의 루이지의 모습은 하느님처럼 아름답고 당당하고 힘이 넘쳐나 보였기 때문입니다.

이렇게 해서 두 사람은 숲속으로 들어섰습니다. 그리고 몇 분 후에 두 사람은 숲 어귀를 통과했습니다.

산속의 사잇길이란 길은, 모조리 밤파가 다 알고 있다는 것은 더 말할 나위도 없습니다. 그는 혹시 산속에서 길이 없더라도, 나무라든가 수풀 모양만 보고도 어느 쪽으로 접어들어야 할는지를 곧 알 수 있었기 때문에, 단 한순간도 지체하지 않고 숲속을 뚫고 들어갔습니다. 두 사람은 한 시간 반 가량이나 걸었습니다.

그러자 이윽고, 두 사람은 가장 깊고 무성한 숲속에 다다랐습니다. 바닥이 마른 개울이 숲속의 가장 깊은 협곡으로 뻗어 나가고 있었습니다. 밤파는 그 묘한 길을 따라갔습니다. 양쪽 둑에 끼여 소나무의 깊은 그늘에 가린 채 대낮에도 컴컴한 이 길은, 만약 그 내리막길이 평탄하지 않았더라면, 저 베르길리우스가 말하는 아베른의 좁은 길 그대로였을 것입니다.

이 거칠고 사람 하나 보이지 않는 길을 보자, 다시 겁을 집어먹게 된 테레사는, 아무 말도 못하고 다만 자기 안내자의 몸에 꼭 달라붙어 있었습니다. 그러나 밤파가 여전히 같은 보조로 걸어가고 있고, 그 얼굴 위엔 몹시 침착한 빛이 빛나고 있는 것을 보자 자기도 겨우 마음속의 동요를 감출 수가 있었던 것입니다.

갑자기 두 사람에게서 여남은 발자국 떨어진 곳에서 한 남자가 나무 뒤에 숨어 있다가 튀어나온 것 같더니 밤파를 향해 탄환을 재었습니다.

〈꼼짝 마라!〉하고 그 사나이는 소리쳤습니다. 〈움직이면 쏜다!〉

〈자아〉 하고 밤파는 그 말을 무시하는 듯한 몸짓으로 손을 들며 말했습니다. 한편 테레사는 더 이상 무서운 것을 감추지 못해, 밤파에게 매달리며 이렇게 말했습니다. 〈이리끼리 서로 무는 법이 어디 있어?〉

〈누구냐?〉 하고 그 보초는 물었습니다.

〈난 루이지 밤파다. 생페리제 농장의 목동이야.〉

〈왜 왔어?〉

〈로카 비앙카의 빈터에 있는 너의 동료들한테 할 얘기가 있어서 왔다.〉

〈그럼, 따라와〉 하고 보초는 말했습니다. 〈아니, 그보다도 네가 갈 길을 알고 있으니 앞장을 서라.〉

밤파는 이 산적의 소심한 행동을 비웃는 듯이 웃고는, 테레사와 함께 앞장을 섰습니다. 그리고 이곳에 올 때까지와 똑같이 꿋꿋하고 침착한 발걸음으로 길을 계속해서 걸었습니다.

오 분쯤 가더니, 산적은 멈추라는 신호를 했습니다.

두 젊은이는 하라는 대로 했습니다.

산적은 까마귀 울음소리를 세 번 내었습니다.

까마귀 울음소리 한 번이 대답해 왔습니다.

〈이젠 됐어〉 하고 산적이 말했습니다. 〈계속해서 가기만 하면 돼.〉

루이지와 테레사는 다시 길을 계속했습니다.

그러나 앞으로 나갈수록 테레사는 바들바들 떨면서 애인의 몸에 착 달라붙었습니다. 과연 나무들 저편에, 무기가 보이고 번쩍번쩍 빛나는 총대가 보였습니다.

로카 비앙카의 빈터는 조그만 산꼭대기에 있었습니다. 그 산은 필경 전에는 분화산(噴火山)이었음이 틀림없을 것입니다. 분화산이라도 그것은 레무스와 로물루스(전설에 나오는 로마 건국의 인물──옮긴이)가 알바의 경계를 넘어 로마를 건설하러 오기 전에 이미 불을 뿜지 않게 된 화산입니다.

테레사와 루이지가 산꼭대기에 다다르니 바로 눈앞에 이십여 명의 산적들이 죽 둘러서 있었습니다.

〈이 청년이 당신한테 할 얘기가 있다고 찾아왔습니다〉하고 그 보초는 말했습니다.

〈무슨 할 말이 있나?〉하고 임시로 두목 노릇을 하고 있는 사나이가 물었습니다.

〈이젠 목동 노릇하기가 싫어져서〉하고 루이지는 말했습니다.

〈알겠어〉하고 그 두목의 대리가 말했습니다.〈그러니까 우리 패에 넣어줄 수 있겠느냐고 물어보러 왔군 그래?〉

〈야, 잘 왔어!〉하고 페리지노, 팡피나라, 그리고 아나니의 산적 여럿이 소리쳤습니다. 그들은 모두 루이지 밤파를 알아보았던 것입니다.

〈그런데 난 이 패에 넣어달라는 일 이외에 또 한 가지 할 말이 있는데〉

〈뭔데 그래?〉산적들은 놀라서 물었습니다.

〈내가 이 패의 두목이 되게 해달라는 얘기야〉하고 청년은 말했습니다.

산적들은 그만 웃음을 터뜨렸습니다.

〈대장이 되고 싶은 까닭은 뭐지?〉 하고 대리가 물었습니다.

〈내가 너희들의 두목 쿠쿠메토를 죽였기 때문이야. 자, 이게 쿠쿠메토의 껍질이다〉 하고 루이지는 자기가 입은 옷을 가리키며 말했습니다.

〈그리고 또 난, 내 약혼자에게 결혼식 때 입을 옷을 마련해 주려고, 생페리제 백작 별장에 불을 질렀거든〉

한 시간 후에 루이지 밤파는 쿠쿠메토의 뒤를 이어, 이 산적단의 두목으로 선출되었습니다」

「여보게, 알베르」 프란츠는 알베르 쪽을 돌아다보면서 말였다. 「우리의 벗 루이지 밤파를, 자네는 이젠 어떻게 생각을 하나?」

「그건 신화 같은 얘기지, 정말 루이지 밤파라는 인물이 있었던 건 아닐 거야」 하고 알베르는 대답했다.

「신화 같은 얘기라니, 무슨 소립니까?」 하고 파스트리니는 물었다.

「얘길 하자면 너무 길어요, 주인」 하고 프란츠가 대답했다. 「그럼 주인 말은, 그 밤파가 지금도 로마 주변에서 산적 노릇을 한단 말이오?」

「그럼요. 그것도 여태까지의 다른 어느 산적들보다도 아주 대담하게 하는걸요」

「그럼, 경찰도 잡지 못한단 말인가?」

「무슨 소릴 하십니까! 그 사람은 들판의 목동들이며 티브르의 어부들 그리고 해안의 밀수업자들하고 다 한꺼번에 손을 잡고 있는걸요. 그러니까, 산속에서 찾아 헤매노라면 그 사람은 어느새 강위에 떠 있고 강을 타고 추격을 하면 벌써 바다 한가운데 나가 있어요. 그런가 하면 그 사람이 델지그리오나, 델구 아누디나 몬테크리스토 섬에 숨어 있는 줄 알면, 웬걸, 알바 노나, 티보리나, 리치아에 턱 나타난다니까요」

「그래, 그 사내는 여행자들한테서 어떤 방법으로 약탈을 하누?」

「아, 그거요, 아주 간단하지요. 그들이 있는 곳에서 거리가 얼마나 떨어져 있는가에 따라서 사람을 일단 잡으면, 여덟 시간이나 열두 시간 또는 하루, 이렇게 시간의 여유를 주어 보석금을 내게 합니다. 그리고 그 시간이 지나면 한 시간은 덤으로 더 주지요. 그래서 그 시간부터 육십 분이 지났는데도 돈을 가져오지 않는 날엔 권총 한 방을 볼모의 머리에 쏘거나 아니면 심장을 단도로 찌르는 거지요. 그러면 만사가 끝나는 겁니다」

「어때? 알베르」 프란츠가 친구에게 물었다. 「그래도 외곽으로 돌아 콜로세움에 갈 생각인가?」

「물론이지」 알베르가 대답했다. 「그 길이 경치만 좋다면야」

바로 그때 시계가 아홉시를 쳤다. 그러자 방문이 열리더니 마부가 나타났다.

「각하!」 하고 그는 말했다. 「마차가 기다리고 있습니다」

「좋아」 프란츠는 말했다. 「그렇다면 콜로세움로 가지!」

「각하, 포폴로 문으로 해서 갈까요, 아니면 한길로 해서 갈까요?」

「한길로 해서 가야지, 빌어먹을! 한길로 가!」 하고 프란츠가 소리쳤다.

「아니, 여보게!」 이번엔 알베르가 자리에서 일어서면서, 세번째 궐련에 불을 붙이며 말했다.「난 자네가 좀더 용감한 줄 알았는데」

그리고 나서 두 청년은 계단을 내려와 마차에 올랐다.

출현

 프란츠는 알베르에게 조금씩 설명해 가면서, 옛날 유적들 앞을 지나치지 않게 하고, 큰 건물이 조금이라도 작게 보이지 않게 특히 길 하나를 가렸다.
 그것은 시스티나 가도를 따라가서 산타마리아마조레 사원 앞을 직각으로 구부러져, 우르바나 가도, 산피에트로인빈콜리 성당을 거쳐 콜로세움으로 가는 길이었다.
 이 도정은 그 외에도 이점이 하나 더 있었다. 그것은 아까 주인이 이야기한 것 속에 몬테크리스토 섬의 저 이상한 주인이 섞여 있던 일이 프란츠에게 불러일으킨 흥미를 깨뜨리지 않는다는 점이었다. 그래서 그는 마차 한구석에 팔꿈치를 괴고 마음속으로 끝없이 많은 의문들을 생각하고 있었다. 그러나 그러한 의문들은 하나도 만족스런 해답을 주는 것이 없었다.

게다가 또 한 가지, 그에게 저 선원 신드바드라는 이름을 떠오르게 한 것이 있었다. 그것은 산적들과 자기가 만났던 선원들과의 이상한 관계였다. 주인 말마따나, 밤파가 어부며 밀수업자들의 배를 피난처로 쓰고 있다는 사실은, 자기 눈으로 보았던 저 조그만 요트의 승무원과 함께 식사를 하던 코르시카의 산적 두 사람을 떠오르게 했다. 요트는 오직 그들 두 산적을 육지에 내려놓기 위해서, 일부러 길을 돌아가며, 포르토베치오에 기항했던 것이다. 저 몬테크리스토 섬의 주인공이 스스로 일컫는 그 이름, 그것은 호텔 주인의 입에도 올랐던 것으로 보아 그가 피옴비노, 치비타베키아, 오스티아, 가에타의 연안에서도 코르시카, 토스카나, 스페인의 해안에서와 마찬가지로 여전히 약한 사람들을 돕는 역할을 하고 있다는 사실을 증명하였다. 그리고 프란츠가 기억하는 바로는, 그 사람의 입으로 직접 튀니스, 팔레르모 같은 데를 얘기했던 사실로 보아 그 활동 범위라는 것이 상당히 광범위함을 뜻했다.

그의 마음속에서 수없이 많은 생각이 일었지만, 일단 저 콜로세움의 어둡고 거대한 망령이 눈앞에 우뚝 솟아오르자, 그러한 생각들은 삽시간에 사라지고 말았다. 콜로세움의 창이란 창에서는 모두 마치 유령의 눈에서 달빛이 흘러나오듯 길고 창백한 빛이 쏟아져 나왔다. 마차는 메사 수단스 몇 발자국 앞에서 멈추었다. 마부가 문을 열어 왔다. 두 청년이 마차 밖으로 뛰어내리자, 그들이 마치 땅속에서라도 솟아난 듯한, 한 사람의 안내자와 딱 마주쳤다.

호텔에서도 안내인이 따라왔으니까, 이제 안내자가 둘이 된 셈이었다.

로마에서는 이 안내자에게 뿌리는 사치는 피할 수가 없는 일이다. 다시 말하면, 호텔 문에서 한 걸음만 나서면 곧 달려들어 손님이 로마에서 발길을 떼어놓는 날이 아니면 언제나 놓아주려 하지 않는 일반적인 보통 안내인 외에도, 기념물 하나하나에 딸려 있는 특별 안내인이 또 있다. 그들은 또한 모든 건물의 각 부분 하나하나에까지 있다고 말할 수가 있다. 그러니 콜로세움, 즉 마르티알리스(라틴 시인 ── 옮긴이)가 〈멤피스(고대 이집트의 수도 ── 옮긴이)는 그 야생적인 피라미드의 기적을 우리에게 자랑 말라. 더 이상 바빌론의 신비를 노래하지 말라. 모든 것은 다 이 광대한 케사르의 원형 경기장 앞에 굴복해서, 목소리를 모아 오직 이 건물만을 찬양할지어다〉라고 말하게 한, 이 탁월한 기념물에 어찌 안내자가 없을 리 있겠는가. 그것은 각자의 판단에 맡긴다.

프란츠와 알베르도 이 안내자들의 횡포에서 벗어날 생각은 아예 하지도 않았다. 뿐만 아니라 기념 건물 안을 횃불을 들고 돌아다닐 수 있는 것은 오직 안내자들만이 할 수 있는 특권이기 때문에 그들을 떼어버린다는 것은 더욱 불가능했다. 그들은 아무런 저항도 하지 않고, 모든 것을 안내자들에게 맡겨버렸다.

프란츠는 여태까지 벌써 여러 번 와보았기 때문에, 이러한 산책에 관해서 익히 알고 있었다. 그러나 처음 와보는 그의 친구는, 처음으로 플라비우스 베스파시아누스(콜로세움 기공 당시의 로마 황제 ── 옮긴이)의 건물에 발을 들여놓으려 하자, (이것은 그의 명예를 위해서 말해 두지 않으면 안 되는 일이지만) 안내자들의 무식한 수다에도 불구하고, 굉장한 감동을 받았다.

사실 이러한 폐허의 장엄성은 그 모든 부분이 마치 서양의 황혼을 연상시키는 이 남방의 신비스러운 달빛과 더 한층 조화를 이루어, 그것을 직접 본 사람이 아니면 전혀 상상할 수조차 없는 아름다움이었다.

프란츠는 깊은 생각에 잠겨 내부의 회랑 밑을 백여 보 걷자마자, 알베르를 사자의 우리나 투사의 방이며, 케사르의 포디움 등 빼놓지 않고 하나하나 모조리 보여주지 않고는 못 배기는 안내자들에게 맡겨 그들끼리 계속 가게 내버려두고, 자기는 혼자서 반쯤 무너진 계단을 올라가서 어느 기둥의 그늘에 가서 앉았다. 그의 앞에는 건물의 뚫린 구멍이 있어서 그곳으로, 이 화강암의 거대한 전경을 내다볼 수가 있었다.

프란츠는 그곳에 거의 십오 분 전부터, 아까도 말한 바와 같이 기둥 그늘에 숨어서 알베르가 횃불을 든 두 안내자에게 끌려다니며 콜로세움의 저편 끝에 있는 브미토리움에서 나와, 마치 세 사람이 다 도깨비불을 쫓는 그림자처럼 층계를 하나하나씩 내려와서 무녀(巫女)의 자리 쪽으로 가는 것을 열심히 보고 있었다. 그러다가 문득 자기가 내려온 계단 바로 맞은편 계단에서 돌멩이 하나가 떨어져 나와 건물 저 아래로 굴러 내리는 소리가 들린 것같이 느껴졌다. 누군가 지금 자기가 앉아 있는 곳까지 오기 위해서 그런 것 같았다. 돌멩이 하나쯤 〈시간의 발〉에서 떨어져 내려 깊은 심연 속으로 굴러떨어지는 것은 그리 이상한 일은 아닐 것이다. 그러나 지금 이 소리는 어쩐지 사람의 발에 밟혀 돌이 빠져나간 것같이 생각되었다. 그리고 그 사람은 되도록 발소리를 내지 않으려 했는데, 그만 실수를 해서 프란츠에게까지 그 소리가 들려온 것만 같았다.

과연 얼마 안 있어 한 남자가 계단을 올라옴에 따라서, 차츰 그 그림자가 어둠 속에서 솟아나와 그의 눈앞에 나타났다. 계단의 입구는 바로 프란츠의 앞에서 달빛을 받아 환하게 비치고 있었다. 그러나 계단은 아래로 내려가면서 점점 깊은 어둠 속에 잠기고 말았다.

그 사나이는 분명, 자기처럼 안내자의 무의미한 수다를 듣느니보다는 차라리 혼자 생각에 잠겨 있고 싶어서, 이렇게 혼자 나타난 어느 여행자임에 틀림없을 것이다. 그래서 그 사나이가 나타났는데도, 프란츠는 조금도 놀라지 않았다. 그러나 그가 마지막 계단에 올라왔을 때, 어쩐지 머뭇거리는 태도라든가, 또 테라스 위까지 오자 발을 멈추고 귀를 기울이는 것 같은 행동으로 보아, 그 사람은 어떤 특별한 목적으로 여기 와서 누군가를 기다리고 있는 것 같았다.

프란츠는 본능적으로 할 수 있는 데까지 기둥 위로 몸을 숨겼다.

그들이 있는 땅에서 열 자 가량 높은 둥근 지붕에서는 구멍이 나 있었다. 그리고 꼭 우물 구멍을 연상시키는 그 둥근 구멍으로는 별이 총총한 하늘이 내다보였다.

벌써 수백 년 전부터 달빛이 스며들어오는 이 구멍 주위엔 광택이 없는 푸른 하늘 위에 파랗고 연한 그림자를 뚜렷이 드러내며 가시덤불이 삐죽삐죽 자라나고 있었다. 한편 커다란 리아나며 강한 송악 순은 그 위쪽 테라스로부터 늘어져서, 마치 바람에 휘날리는 동아줄처럼 천장 밑에서 흔들리고 있었다.

지금 이상하게 나타나서 프란츠의 주의를 끌고 있는 그 인물은, 어둑어둑한 곳에 서 있기 때문에, 얼굴 모습은 자세히 알아볼 수가 없었다. 그러나 옷차림까지 알아볼 수 없을 만큼 어두운 것은 아니었다. 사나이는 커다란 갈색 망토를 두르고 있었다. 망토의 한 자락이 왼쪽 어깨 위로 넘어가 있어서, 얼굴 아랫부분을 감추고 있었고, 한편 얼굴 윗부분은 차양이 넓은 모자에 가려 보이지 않았다. 입구에서 비스듬히 흘러들어오는 달빛은 단지 옷의 한쪽 끝만을 비쳐주고 있었다. 그리하여 에나멜 구두를 맵시 있게 신은 그 위로 까만 바지만이 보였다.

이 사람은 분명 귀족 사회에 속하지는 않더라도, 적어도 상류 사회의 사람임에는 틀림이 없었다.

사나이가 그곳에 온 지도 벌써 몇 분이 지나가, 그는 눈에 띄게 초조한 빛을 보이기 시작했다. 바로 그때, 테라스 쪽에서 무엇인가 가벼운 소리가 들려왔다.

동시에 그림자가 하나 나타나서 달빛을 가로막았다. 한 남자가 입구 구멍에 나타나서 어둠 속을 날카롭게 꿰뚫어보더니, 앞서 나타난 그 망토의 남자를 보았다. 그러자 곧 그는 늘어진 리아나며 바람에 흔들리는 송악을 주먹으로 꽉 잡고는 미끄러져 내려와 땅에서 서너 자쯤 되는 거리까지 내려오더니, 가볍게 땅위로 뛰어내렸다. 그것은 완전히 트란스테베레 복장을 한 사나이였다.

「죄송합니다, 각하」 하고 그 사나이는 로마식으로 말했다. 「기다리게 해드렸군요. 그렇지만, 몇 분 늦지는 않았습니다. 산조반니라테라노 사원에서 방금 열시를 쳤으니까요」

「내가 너무 일찍 온 거지, 자네가 늦은 건 아냐」 하고 그 미지의 사나이는 토박이 토스카나어로 대답했다. 「자, 그런 격식은 이제 그만 집어치우세. 더군다나 나를 기다리게 했다면, 자넨 자네대로 어쩔 수 없는 사정이 있었을 테니」

「맞습니다, 각하. 실은 지금 산탄젤로 성(城)에서 오는 길입니다. 베포를 만나느라고 얼마나 애를 썼는지 모릅니다」

「베포라니!」

「그 감옥에서 일하는 사람인데 교황청 안에서 일어나는 일들을 알아내려고 제가 돈을 좀 집어주었던 사내입니다」

「그래? 자넨 아주 용의주도한 사람이로군 그래!」

「아닙니다, 각하. 도대체 무슨 일이 일어나는지는 모릅니다. 아마 저도 언젠가는 저 불쌍한 페피노처럼 그물에 걸릴지도 모릅니다. 그럴 경우엔 그 그물을 쏠아버리기 위해서 쥐가 한 마리 필요하다니까요」

「그래 요컨대, 어떤 걸 알아냈지?」

「화요일 날 두시에 사형 집행이 두 번 있을 것 같습니다. 큰 축제가 시작되기 전에, 로마에선 으레 그런답니다. 하나는 박살형(撲殺型)으로 처형당합니다. 그잔 자기를 길러준 신부를 죽인 고약한 놈이니, 뭐 고려할 여지도 없는 놈입니다. 그런데 또 하나는, 단두형(斷頭型)이에요. 그리고 그게 바로 그 불쌍한 페피노올시다」

「그런데 왜 자넨 교황청뿐 아니라, 이웃 왕국 같은 데까지도 그렇게 겁을 먹게 하지? 누가 뭐래도 본때를 보여주려는 심보인가?」

「그렇지만, 페피노는 제 부하도 아닙니다. 그저 한낱 젊은 목동인데, 저희들한테 먹을 걸 대주었다는 죄 이외엔 아무 죄도 없으니까요」

「그것만으로도 충분히 자네와 공범이 된 거니까. 그러니까 그 사람한텐 그 정도로 해주는 게 아냐. 자네를 잡았더라면 때려 죽였을걸, 그 사람이니까 그러질 않고 단두대에 올려세우고 마는 걸 거야. 게다가 그렇게 하는 게 군중의 흥미에 변화를 주게 될 거 아냐? 취미가 다른 사람들에게 구경거리가 되겠지」

「그 외에, 내가 그 친구를 위해서 마련해 보려는 까닭은 또 그놈이 전혀 그런 건 생각도 못하고 있다는 게 재미있어서」 하고 트란스테베레 사람이 말했다.

「한마디 말해 두고 싶지만」 하고 망토를 입은 사나이가 말했다. 「내가 보기엔 자넨 지금 어리석은 짓을 하려는 것 같은데」

「사실 전, 무슨 일이 있더라도 저 때문에 지금 저 지경에 빠져 있는 불쌍한 인간의 사형 집행을 막아보려고 생각하고 있습니다. 맹세합니다만, 만약 제가 그 사람을 위해서 무슨 일이라도 하지 않으면, 아무래도 저 자신이 비겁한 놈 같아서요」

「그래, 어쩌겠다는 말인가?」

「한 스무 명쯤 단두대 주위에 배치해 놓을 생각입니다. 그랬다가, 그 목동이 끌려오면, 제 명령 하나로 호위병한테 칼을 대고 달려들어 그 친구를 채어 오는 겁니다」

「그건 너무 모험이 클 것 같아. 확실히 그쯤 되면 내 계획이 자네 것보단 나을 것 같은데」

「계획이라니, 어떤 계획이신데요, 각하?」

「내가 알고 있는 어떤 사람에게, 1만 피아스트르를 주어서 페피노의 사형 집행을 내년으로 연기시키는 거야. 그리고 나서 올해 안으로 1만 피아스트르를, 또 역시 내가 아는 다른 사람에게 주어서 탈옥시키는 거지」

「그게 확실히 성공할까요?」

「물론이지」 하고 망토를 입은 사람은 프랑스어로 말했다.

「네?」 트란스테베레 사람이 물었다.

「내 말은 내가 가지고 있는 돈 하나로, 자네나 자네 부하들이 단도니, 피스톨이니, 기병총이니, 나팔총 같은 걸 가지고 모의하는 것보다 훨씬 일을 잘해 낼 거란 말일세. 자, 그러니 내게 맡겨두게」

「잘됐습니다. 하지만, 만약에 실패하실 경우를 생각해서 저흰 저희대로 따로 준비를 해둘까요?」

「마음이 안 놓이면, 그렇게 따로 준비를 하도록 하게. 그렇지만 내 틀림없이 특사를 받게 할 테니 안심하게」

「내일 모레 화요일입니다. 잊어버리시지 마세요. 내일 하루밖엔 안 남았습니다」

「그래도 하루는 스물네 시간이고, 한 시간은 육십 분, 일 분은 육십 초니까, 팔만 육천사백 초면 무슨 일이든 할 수 있거든」

「만약 성공을 하신다면, 각하, 저희가 그걸 어떻게 알 수 있을까요?」

「그야 간단하지. 내가 로스폴리 저택에다 창 세 개를 빌려놓았으니까. 성공을 하게 되면, 구석에 있는 두 개에다가 노란 다마스 천을 늘어뜨려 놓고, 가운데 창에다가는 빨간 십자가 표시가 있는 흰 헝겊을 늘어뜨려 놓겠네」

「좋습니다. 그런데, 특사는 누구의 손을 통해서 내리게 하실 작정인가요?」

「나에게 고행회원(苦行會員)(일종의 종교 단체──옮긴이)으로 가장한 사람을 하나 보내 주게, 그 사람에게 보내 줄 테니. 그런 복장을 하면 단두대 밑에까지 가서 무사히 서류를 그 종교 단체의 책임자에게 전할 수가 있을 거야. 그러면 그걸 또 책임자가 사형 집행인에게 전해 주거든. 그때까지 이 사실을 페피노에게 알려주도록 하게. 그래야 그 친구, 겁에 질려서 지레 죽거나 미쳐버리지 않을 게 아닌가. 정말 그렇게라도 되는 날이면, 우린 공연히 쓸데없이 돈만 버리게 되니까 말이야」

「제 말씀을 들어보십시오」 하고 그 사나이는 말했다.

「저는 완전히 각하께 몸을 바친 놈입니다. 각하께서도 그건 아시겠지요?」

「그렇길 바라고는 있네」

「그러니 만약 페피노를 각하께서 구해 주신다면, 앞으로는 헌신 정도가 아니라, 절대 복종을 맹세하겠습니다」

「그렇게 너무 치하하진 말게. 이 다음에, 언젠가 이 일을 상기해 주어야 할 때가 올는지도 모르지 않나……」

「그때가 되면 각하, 지금 제가 이렇게 각하 앞에 나타났듯이, 언제든 필요하실 때면 대령하겠습니다. 설혹 이 세상 끝에 가 계시더라도, 〈이렇게 하라〉라고 한마디만 적어서 보내주시면 맹세코 그대로 하겠습니다……」

「쉬!」 하고 그 미지의 사나이는 말했다. 「무슨 소리가 났는데」

「횃불을 밝히고 콜로세움을 찾아드는 여행자들입니다」

「우리가 이렇게 같이 있는 것을 남의 눈에 띄게 할 필요 없어. 안내자의 스파이들이 자네 얼굴을 알고 있을지도 모르니까. 그러니, 자네의 우정이 아무리 귀중하다 하더라도 우리 둘이 이렇게 같이 있는 걸 보는 날이면, 내 신용이 좀 떨어질지도 모르니, 걱정이 되는군」

「자, 그럼 집행 연기가 되면?」

「가운데 창에 빨간 십자가가 달린 헝겊을 늘어뜨려 두지」

「만약에 성사가 안 됐을 땐?」

「세 개에다 다 노란 헝겊을 쳐두지」

「그렇게 되면 어떻게 하죠?」

「그땐 마음껏 칼을 휘둘러보게. 나도 가서 구경을 할 테니」

「그럼 안녕히 계십시오, 각하. 믿겠습니다. 각하께서도 저를 신용해 주십시오」

이렇게 말하자, 그 트란스테베레의 사나이는 층계로 사라져 버렸다. 그리고 미지의 그 사나이는 아까보다 더 얼굴을 망토로 푹 가리고, 프란츠에게서 두어 발자국 앞을 지나 바깥쪽 계단으로 해서 투기장으로 내려갔다.

잠시 후에 프란츠는 둥근 지붕 밑에서 자기 이름을 부르는 소리가 울려오는 것을 들었다. 알베르가 자기를 찾고 있는 것이었다.

그는 두 사람이 멀리 갈 때까지 대답하지 않았다. 비록 그들의 얼굴을 보지는 못했다 하더라도, 그들의 대화는 한마디도 놓치지 않고 들었다는 사실을 그들에게 알리고 싶지 않았기 때문이다.

그로부터 십 분 후에, 프란츠는 스페인 호텔 쪽으로 마차를 달렸다. 그는 마차 안에서 알베르가 플리니우스며 칼푸르니우스의 설에 따라, 맹수가 관객 쪽으로 달려들지 못하도록 쇠로 된 가시를 붙인 그물을 쳐놓은 데에 대해서, 상당히 유식하게 떠들어대는 것을 듣는 둥 마는 둥 귓전으로 흘려버렸다.

프란츠는 단 한마디의 반박도 않고, 알베르가 떠드는 대로 내버려두었다. 그는 한시 바삐 혼자가 되어서, 다른 사람의 방해를 받지 않고, 조금 전에 자기 앞에서 일어났던 사실을 곰곰 생각해 보고 싶었던 것이다.

콜로세움에서 본 그 두 사람 중에서, 한 사람은 전혀 모르는 사나이로서 얼굴을 본 일도, 목소리를 들어본 일도 이번이 처음이었다. 그러나, 또 한 사나이는 반드시 그렇지도 않았다. 그 사나이는 계속 어둠 속에 숨어서 망토로 얼굴을 가렸기 때문에 얼굴을 자세히 볼 수 없었지만, 그 음성의 억양만은 처음 듣는 순간부터 이 다음에 그 목소리가 다시 그의 앞에서 울려오더라도 단번에 알아들을 수 있을 만큼 세게 울려왔다.

사람을 비웃는 듯한 그 어조에는, 몬테크리스토의 동굴 속에서와 마찬가지로, 콜로세움의 폐허 속에서 몸서리가 나게 할 만큼 무엇인가 날카로운 금속의 울림이 깃들여 있었다.

그리하여 그는 분명, 그 사나이가 바로 다름 아닌 선원 신드바드가 틀림없다는 생각이 들었다.

만약에 그것이 다른 경우였더라면, 그 사나이에 대한 호기심이 컸던 만큼, 그는 자기가 그 자리에 있다는 사실을 상대방이 눈치 채게 했을 것이다. 그러나, 이 경우엔 자기가 들은 얘기가 너무나 큰 비밀이며 자기가 나타난 것이 상대방의 기분에 거슬릴 것이라는 깊은 우려에서, 그는 꾹 참고 가만히 숨어 있었던 것이다. 그래서 그는 앞에서도 말한 대로, 그 사나이를 아무 말 없이 그냥 지나가 버리도록 내버려두었다. 그러나 마음속으로는, 만약에 앞으로 그를 다시 만나게 되는 날엔 이번처럼 기회를 그대로 놓쳐버리지 않고 꼭 붙잡아보고야 말리라고 다짐했다.

그날 밤 프란츠는 이 생각 저 생각에 잠을 이룰 수가 없었다. 그는 밤새도록 저 동굴 속의 인물과 콜로세움의 인물 사이에 연결이 되는 여러 가지 경우, 그리고 이 두 인물이 한 인물이 될 수 있는 모든 경우를 머릿속으로 수없이 이리저리 생각해 보았다. 그리고 생각하면 할수록, 프란츠는 점점 더 자기 생각에 확신을 갖게 되었다.

그는 새벽녘이 다 되어서야 잠이 들었다. 따라서 잠이 깬 것은 상당히 늦어서였다. 알베르는 파리 사람답게 벌써부터 야회 준비를 다 하고 있었다. 그는 아르젠티나 극장에 자리를 사러 사람을 보내두었던 것이다.

프란츠는 프랑스로 보낼 편지 몇 통을 써야 할 것이 있었다. 그러므로 마차는 하루 종일 알베르에게 내주었다. 알베르는 다섯시에 돌아왔다. 그는 소개장을 여러 장 얻어놓고, 로마에 있을 동안에 매일 밤 가볼 야회의 초대장도 다 받아왔고, 로마도 다 구경하고 온 길이었다

알베르는 단 하루 사이에 이러한 모든 것을 다 해버린 셈이다. 그러고도 그는 지금 상연되고 있는 연극이라든가, 그 연극에 나오는 배우들에 관한 것까지 전부 찾아볼 여유까지 있었다.

연극의 제목은 「파리시나」이고 배우들의 이름은 코셀리, 모리아니, 라 스페키아라는 것 등.

보다시피, 이 두 청년은 그리 불운한 편은 아니었다. 그들은 이제부터 「람메르무어의 루치아」를 지은 작곡가의 유명한 오페라를, 이탈리아에서도 가장 유명한 배우 세 사람이 출연

하는 공연으로 보러 갈 참이었다.

알베르는 이탈리아의 극장가에는 아무래도 익숙해질 수가 없었다. 거기서는 오케스트라 좌석에도 갈 수가 없게 되어 있었고, 그렇다고 발코니라든가 특별석 같은 것도 없다. 그러니까 부프(파리의 극장——옮긴이)에 자기의 특별석을 가지고 있고, 오페라 극장의 정면 관람석을 가지고 있는 사람에게는 그것은 참을 수 없는 일이다.

그렇다고 알베르는 프란츠와 오페라에 갈 때마다 단장을 하지 않은 것은 아니었다. 그러나 그 단장은 아무 의미가 없었다. 왜냐하면 이 당당한 파리 사교계의 대표자는, 다소 불명예일지 모르겠으나 정직하게 말해서, 이 사 개월 동안 이탈리아를 사방으로 돌아다녀 보았건만, 단 한번도 근사한 연애를 해보지 못했기 때문이다.

알베르는 이 나라에서 재미있는 일을 한번 해볼까 하는 생각을 여러 번 해보았다. 그러나 그는 알베르 드 모르세르라는 멋쟁이 신사의 명성에도 불구하고 언제나 헛수고에 그치고 말았다. 게다가 프랑스 사람 특유의 겸손함으로, 알베르는 파리를 떠나며 자기가 이탈리아에 가면 반드시 굉장한 성공을 거두어보리라, 그래서 돌아오면 그 풍성한 이야기로 파리 사람들을 즐겁게 해줄 수 있을 것이라는 확신을 가지고 있었던 만큼, 더욱 힘이 드는 것같이 생각되었다.

그런데 불행히도 그는 완전히 관심 밖의 인물이 되었다. 제노바, 피렌체, 나폴리 등지의 아름다운 백작 부인들은 남편만으로는 아니라 하더라도, 그녀들의 애인으로 충분히 만족하고 있었다. 그런 점에서 알베르는 이탈리아 여자들은 프랑스 여자들에 비해 난봉의 상대로도 굉장히 정절을 지키고 있는 편이라는 가슴 아픈 확신을 얻었을 뿐이었다.

그렇다고 어느 나라에서나 마찬가지로, 이탈리아라고 반드시 예외가 없다는 말은 아니다.

하지만 알베르는 품위 있는 완벽한 신사일 뿐만 아니라, 그는 또한 재기 발랄한 청년이기도 했다. 게다가 또 그는 자작이었다. 물론 신흥 귀족의 자작임에는 틀림이 없지만, 일일이 증거를 들춰낼 필요가 없게 된 오늘날에는 그것이 1399년(샤를 6세 시대——옮긴이)부터 인정된 귀족이건, 1815년(루이 18세의 왕정 복고의 해——옮긴이) 이후의 귀족이건 그리 문제가 될 것은 없었다. 그 밖에도 그는 5만 리브르라는 연금도 있었다. 파리에서 유행을 타고 사는 데는 이 정도면 충분했다. 그러므로 그가 여태까지 거쳐온 거리 거리에서 아무에게서도 진지하게 대우를 받지 못했다는 것은 그에게는 다소 굴욕적인 일이 아닐 수 없었다.

그러나 그는 로마에서 체면을 회복할 수 있으리라고 생각하고 있었다. 왜냐하면 사육제야말로——이 고마운 의식이 행하여지는 지상의 모든 날에 있어서——아무리 점잖은 사람이라도 반드시 무엇인가 바보 같은 짓을 저지르게 되어 있는, 완전한 자유가 허용되는 시기이기 때문이다. 그런데 그 사육제도 내일이면 막을 열게 된다. 그러니까 지금 알베르는 사육제가 시작되기 전에 우선 손을 써두는 것이 무엇보다도 시급한 일이었다.

이러한 의도에서 알베르는 극장에 갈 때는 나무랄 데 없이 화려하게 단장했다. 자리는 제1열에 있어서 프랑스에서의 갈

르리에 필적하는 장소였다. 게다가 아래서부터 3층까지는, 전부가 한다하는 귀족들의 자리로 되어 있었다. 그래서 그 자리는 귀빈석이라고 불리는 장소였다.

서로 붐비지 않고 열두 사람이 편안히 앉을 수 있는 그 특별석은, 앙비귀 극장에서의 4인용 특별석에 비하면 다소 격이 낮은 편이다.

알베르는 그 밖에 희망이 또 하나 있었다. 그것은 만약에 그가 누구든 아름다운 로마 부인의 마음에 들기만 하면, 자연히 마차 안에도 자리를 하나 얻게 될 것이고, 따라서 귀족적인 차 안에서나, 아니면 화려한 발코니에서 사육제를 구경할 수도 있으리라는 것이었다.

이런 생각을 하니, 알베르는 어느때보다 마음이 밝아졌다. 그는 무대 쪽으로 등을 대고, 자리 밖으로 반쯤 몸을 내밀어, 여섯 치 정도의 오페라 관람용 망원경으로 모든 아름다운 여자들을 살펴보았다.

그러나 이러한 알베르의 동작을 그 아름다운 여자들 중의 단 한 사람도, 하다못해 호기심으로라도 한번 흘끗 쳐다보아주는 사람도 없었다.

그녀들은 제각기 자기들의 얘기, 자기들의 사랑과 자기들의 쾌락, 부활제 전주의 이튿날 막을 올릴 사육제에 관해서 서로 얘기를 주고받으며, 특별한 때를 제외하곤 배우에게도 연극에게도 전혀 주의를 기울이지 않았다. 그리고 그때가 돼야 모두가 고개를 돌려, 또는 코셀리의 서창조의 한 구절에 귀를 기울인다든가, 또는 모리아니의 빛나는 동작에 박수를 보낸다든가, 아니면 라 스페키아에게 갈채를 보내는 정도였다. 그리고

다시, 일단 그 기간만 지나면, 다시 모두들 전과 같이 자기들의 얘기를 계속하는 것이었다

제1막이 끝날 무렵에, 그때까지 비어 있던 특별석 문이 열리더니, 여자가 하나 들어왔다. 그 여자는 전에 프란츠가 파리에서 인사를 받은 적이 있는 사람으로 그는 아직도 그 여자가 프랑스에 있는 줄로 알고 있었다. 알베르는 그 여자가 나타나자 프란츠의 움찔 놀라는 것을 보았다. 그래서 그를 돌아다보며 물었다.

「저 여자 아는 여잔가?」

「응, 어때?」

「멋장인데. 게다가 금발이고 머리가 참 근사한데! 프랑스 여잔가?」

「베네치아 여자야」

「이름이 뭔데?」

「G……백작 부인」

「아, 그래? 나도 이름은 들었어」하고 알베르가 큰소리로 말했다.「예쁘기만 한 게 아니라 똑똑하기도 하다는군. 아 참 그렇지! 지난 번에 빌포르 부인의 무도회에 저 여자도 왔었으니까, 소개를 받을 수도 있었는데, 그만 기회를 놓치고 말았단 말야. 그러니 나도 바본 바보지!」

「그럼, 내가 그때의 잘못을 회복시켜 줄까?」프란츠가 물었다.

「아니 그럼, 자네 날 여자 자리로 데려갈 만큼 그녀하고 친한 사인가?」

「전에 서너 번 얘기해 본 일이 있어. 하지만 그만하면 무례

하단 소릴 면할 수 있진 않을까?」

바로 그때, 저쪽 백작 부인이 프란츠를 알아보고 손으로 상냥하게 인사를 보냈다. 프란츠는 정중하게 머리를 숙여 이에 응답했다.

「허어, 자네 저 여자하고 상당히 가까운 것 같은데」 알베르가 말했다.

「글쎄, 그런 생각이 바로 우리 프랑스 사람들이 잘못 생각하고 밤낮없이 바보가 돼버리는 생각이라니까. 매사를 다 파리 사람들이 생각하는 식으로만 보는 게 잘못이란 말야. 스페인이나, 특히 이탈리아에 와서는 자유로이 교제를 하고 있다는 사실만으로, 그 사람들의 속을 측량해 본다거나 하면 큰 잘못이야. 우린 지금 백작 부인이 마음에 든다는 것뿐이야. 그게 전부란 말일세」

「가슴속 깊이 마음에 든단 말이지?」

「아냐, 정신적인 것이지」 하고 프란츠는 심각한 태도로 대답했다.

「언제 얘긴데?」

「콜로세움을 같이 산책을 했을 때 얘기야. 마치 우리들이 함께 산책을 했듯이 말야」

「달밤에?」

「응」

「단 둘이서만?」

「그런 셈이지」

「그래 무슨 얘길 했나?」

「죽은 사람에 관한 얘길 했지」

「저런!」하고 알베르가 소리쳤다.「그 얘기도 재미있었겠는 걸. 나 같으면, 만약에 저런 아름다운 백작 부인과 산책할 수 있다면야, 산 사람 얘기만 하겠어」

「오히려 그 생각이 좋지 않을 것 같은데」

「그건 그렇다 치고, 아까 약속한 대로 저 여자한테 날 소개해 주는 게 어때?」

「조금 있다가 막이 내리면」

「빌어먹을 놈의 1막이 왜 이리 길어?」

「저 피날레를 들어봐, 참 좋지 않아? 게다가 코셀리가 노래를 썩 잘 부르는데」

「그래, 저 창법이 기가 막히는군」

「라 스페키아는 굉장히 드라마틱한걸」

「그렇지만 존타크나 말리브랑의 노래를 들은 사람이라면……」

「모리아니의 노래가 신통치 않다는 건가?」

「난 흑발의 남자가 금발 같은 소리를 내는 건 싫어」

「저런」하고 프란츠는 알베르를 돌아보며 말했다. 알베르는 여전히 오페라 관람용 망원경으로 여자들을 바라보고 있었다. 「자네 상당히 까다로운데」

이윽고 막이 내리자, 알베르 드 모르세르 자작은 기분이 좋아졌다. 그는 모자를 들고 머리와 넥타이와 카프스를 재빨리 매만진 다음, 이젠 준비가 다 되었다는 것을 프란츠에게 알렸다.

한편 백작 부인 쪽에서도, 프란츠가 눈으로 의사를 타진해 보자 와도 좋다는 표시를 보내왔다. 그래서 프란츠는 곧 알베르의 열성을 만족시켜 주기로 했다. 그리하여 걸어가면서, 몸을 움직여 셔츠의 칼라며 상의의 등에 생긴 주름살을 고치고 있는 알베르를 데리고 반원형의 관람석을 빙 돌아, 백작 부인이 자리잡고 있는 4호석의 문을 노크했다.

그러자 곧 특별석 앞자리에 앉아 있던 청년 한 사람이 일어나 이탈리아식으로 이 새로운 손님에게 자리를 양보해 주었다. 자리를 양보받은 사람은 또 새로 손님이 오면 그 자리를 다시 그 손님에게 양보해 주게 되어 있었다.

프란츠는 알베르를, 프랑스 청년 가운데서도 사회적 지위로 보나 재능으로 보나 가장 뛰어난 사람 중 한 사람이라고 백작 부인에게 소개했다. 그건 사실이었다. 사실, 파리의 사교계에서 알베르는 나무랄 데 없는 신사였기 때문이다. 프란츠는 덧붙여 말하기를, 실은 이 친구는, 부인이 파리에 머무르고 있을 때 부인에게 소개받을 기회를 갖지 못했기 때문에, 그 실책을 회복하기 위해 자기에게 그 임무를 부탁해 왔다고 말했다. 그리고 자기로서도 누군가의 소개를 필요로 했었으니, 이 실례를 널리 용서해 달라고 말했다.

백작 부인은 이에 답하여, 알베르에게는 애교 있는 인사를 하고, 프란츠에게는 손을 내밀었다.

알베르는 부인이 청하는 대로 앞줄 빈 자리에 앉고, 프란츠는 부인 뒤의 둘째 줄에 자리를 잡았다.

알베르는 훌륭한 화제를 끌어냈다. 그것은 파리 이야기였다. 그는 부인에게, 그들이 다 잘 알고 있는 사람들의 이야기를 했다. 프란츠는 그가 제대로 화제에 올린 것이라고 생각했다. 그래서 알베르를 그냥 떠들게 내버려두고, 자기는 알베르에게서 커다란 오페라 망원경을 빌려 장내를 둘러보기 시작했다.

그들보다 세 줄 앞에 있는 어떤 특별석 앞에는, 그리스풍의 차림을 한 기가 막히게 아름다운 여자가 혼자 앉아 있었다. 그녀의 옷차림이 지극히 편안해 보이는 것으로 미루어서, 그녀가 입고 있는 옷은 분명 자기 나라 복장임에 틀림이 없었다.

그 여자의 뒤에는, 컴컴해서 얼굴은 잘 보이지 않지만, 한 남자가 앉아 있는 것이 보였다.

프란츠는 알베르와 백작 부인의 얘기를 중단시키고 부인에게, 남자의 눈은 물론이려니와 여자의 눈까지도 끌만한 저 아름다운 알바니아 여자를 혹시 알고 있느냐고 물었다.

「아뇨」하고 백작 부인이 대답했다.「내가 알고 있는 거라곤, 저 여자는 이 계절이 시작될 때부터 죽 로마에 있었다는 것 뿐이에요. 극장이 열릴 때부터 죽 저 자리에 있는 걸 보았으니까요. 그리고, 벌써 한 달째 저분은 연극 관람에 한번도 빠져본 일이 없어요. 어떤 땐 지금 같이 온 저 남자하고 오기도 하고, 또 어떤 땐 흑인 하인 하나만 데리고 오기도 하고요.

「부인께선 저 여잘 어떻게 생각하십니까?」

「굉장히 예쁘다고 생각해요. 메도라도 아마 저 여자처럼 예뻤으리라고 생각해요」

프란츠와 백작 부인은 서로 미소를 나누었다. 그러고 나서 부인은 다시 알베르와 얘기를 계속 하고, 프란츠는 또다시 그 그리스 여자를 망원경으로 건너다 보았다.

막이 오르자, 이번엔 발레였다. 그것은 무용가로서 이탈리아에서 평판이 높다가, 나중에는 수상 극장에서 그 명성을 잃은 저 유명한 앙리가 연출한 훌륭한 이탈리아 발레 중의 하나였다. 이 발레에서는 주연에서 말단역에 이르기까지 모두가 활기 있게 움직여, 백오십 명이나 되는 사람들이 동상 같은 동작을 하며, 같은 팔, 같은 다리를 일제히 놀리고 있었다.

발레의 제목은 「폴리스카」였다.

프란츠는 그 아름다운 그리스 여자에게 열중해서 발레 같은 건 아무리 재미있다 하더라도 안중에도 없었다. 그러나, 여자 쪽에서는 분명히 재미있게 구경하고 있는 것 같았다. 그것은 같이 온 남자의 심한 무관심과 대조를 보이고 있었다. 남자는 그 훌륭한 발레가 계속되고 있는 동안 꼼짝도 않고, 오케스트라에서 들려오는 나팔이며 심벌즈며 샤포 쉬누아(악기의 일종 ──옮긴이) 등의 요란한 소리에도 움직임 없이, 편안하고 평화로운 잠의 단맛을 맛보고 있는 것 같았다.

이윽고 발레가 끝나자, 취한 듯한 아래층 관객들의 열광적인 박수 속에 막이 내렸다.

이탈리아에서는 오페라와 오페라 사이에 발레를 넣기 때문에 막간이 상당히 짧다. 발레리나들이 한 발을 땅에 붙이고 빙그르르 돈다든가 발을 마주치며 공중으로 뛰어오르는 동안에, 가수들은 충분히 휴식을 하든가 의상을 갈아입을 틈이 생긴다.

제2막의 서곡이 시작되었다. 첫 바이올린 소리에 프란츠는 여태까지 자고 있던 남자가 천천히 몸을 일으켜 여자 쪽으로 다가가는 것을 보았다. 여자는 남자 쪽을 돌아보며 무엇인가 얘기를 하더니, 다시 자리 앞 난간에 팔을 괴었다.

남자의 얼굴은 여전히 어둠 속에 잠겨 있어서, 얼굴의 윤곽을 도저히 볼 수가 없었다.

막이 올랐다. 프란츠의 주의는 자연히 배우들에게로 끌려갔다. 그래서 잠시 그의 시선이 무대 쪽으로 가느라, 그 아름다운 그리스 여자에게서 떠나갔다.

　다 아는 일이지만, 제2막은 꿈의 이중창으로 시작된다. 파리시나는, 자다가 그만 아초 앞에서 우고에 대한 사랑의 비밀을 입 밖에 내고 만다. 배반당한 남편은, 미칠 듯한 질투에 불타, 아내가 자기에게 정숙하지 못했다고 생각하고 아내를 흔들어 깨워, 가까운 장래에 복수할 것을 미리 알려준다.

　여기서 부르는 이중창은 도니제티(19세기의 유명한 이탈리아 작곡가——옮긴이)의 풍성한 악상에서 흘러나온 작품들 중에서도 가장 아름답고, 가장 정취가 풍부하며, 가장 무시무시한 것 중의 하나이다. 프란츠는 이 음악을 듣는 것이 이번이 세번째였다. 그리 대단한 음악광은 아니었지만, 그는 이 이중창에 깊은 감명을 받아, 모든 관객들의 박수에 자기도 함께 박수를 보내려고 했다. 그런데, 그는 막 모으려던 두 손을 그대로 벌린 채, 브라보를 외치려던 소리가 입술 위에서 그대로 사라지고 말았다.

　특별석 위의 사나이가 우뚝 서 있었다. 그래서 그 사나이의 얼굴이 불빛에 비친 것을 본 프란츠는 그 얼굴에서 저 몬테크리스토 섬의 이상한 주인, 다시 말하자면 전날 밤 저 콜로세움의 폐허에서, 그 체구와 목소리가 참 닮기도 했다고 생각되던 그 사나이의 모습을 보았던 것이다.

　이젠 의심할 여지가 없었다. 그 기이한 여행자는 로마에 살고 있었던 것이다.

　프란츠의 얼굴에 나타난 표정이, 그 사나이의 출현을 보고 마음속에 일어난 동요와 완전히 일치했었던 모양이다. 왜냐하면, 백작 부인이 그러한 그를 보자, 웃음을 터뜨리며 무슨 일이냐고 물었던 것이다.

「부인」 하고 프란츠는 대답했다. 「조금 아깐, 제가 저 알바니아 여자를 아시느냐고 물었지요. 그런데 이번엔 부인께 저 여자의 남편을 아시느냐고 묻고 싶은데요」

「그 남편에 관해서도, 여자 이상으론 잘 모르겠는데요」 하고 백작 부인은 대답했다.

「아직 한번도 주의해서 보신 일이 없으신가요?」

「정말 프랑스적인 질문이시군요. 모르시나요? 우리 이탈리아 여자에겐, 자기가 사랑하는 남자 외엔 이 세상의 남자들은 아무것도 아니라는 걸 말이에요」

「맞습니다」 프란츠가 대답했다.

「그렇다 하더라도」 하고 부인은 알베르의 망원경을 눈에 대더니 특별석 쪽을 바라보며 말했다. 「무덤에서 갓 파낸 사람 같군요. 무덤 파는 사람의 허락을 받고 무덤에서 나온 시체 같아요. 저렇게 무섭게 창백해 보이니 말이에요」

「언제나 저렇습니다」 하고 프란츠가 대답했다.

「그럼, 저 사람을 알고 계세요?」 백작 부인이 물었다. 「그럼 오히려 내가 물어봐야겠군요. 저 사람이 어떤 사람인지」

「전에 한번 만났던 적이 있던 것 같아서요. 어쩐지 아는 사람일 것 같아요」

「옳아」 하고 부인은 마치 몸이 잠깐 파르르 떨리기라도 하는 듯이 그 아름다운 어깨를 떨면서 말했다. 「알 것 같아요, 저런 사람은 한번만 봐도 잊혀지지 않을 거예요」

그렇다면 프란츠가 느낀 감정도 결코 자기만의 특별한 인상만은 아니었다. 다른 사람도 자기와 똑같이 느끼고 있기 때문이다.

「어떻습니까!」 하고 프란츠는 부인이 또 한번 그 남자 쪽을 향해 안경을 쓰는 것을 기다려 물었다. 「저 남자 어때요?」

「꼭 루드벤 경(스코틀랜드의 백작. 메리 스튜어트 시대에 단두대에서 처형되었다. 바이런의 시에도 나옴——옮긴이)이 다시 살아난 것 같은데요」

과연, 프란츠는 바이런 생각이 나자 마음에 충격을 받았다. 만약 그에게 흡혈귀라는 것이 있다는 말을 믿게 하는 점이 있다면, 그것은 바로 그 사나이였다.

「저 사람이 어떤 사람인지 알아봐야지」 하고 프란츠가 자리에서 일어서며 말했다.

「안 돼요」 하고 백작 부인은 소리쳤다. 「안 돼요, 제 곁을 떠나지 마세요. 절 데려다주시는 걸로 알고 있었으니까요. 제 곁에 계셔주셔야겠어요」

「아, 정말 그렇군요」 프란츠가 부인의 귀에다 대고 말했다. 「무서우신가요?」

「제 애길 들어보세요」 하고 백작 부인은 그에게 말했다. 「바이런은 분명히 흡혈귀가 있다고 그랬고 흡혈귀를 본 일이 있다면서, 그 얼굴을 묘사했어요. 그게 바로 저 얼굴이에요. 저 시커먼 머리털, 이상한 불꽃으로 번쩍번쩍 빛나는 저 커다란 눈, 그리고 그 무시무시한 새파란 얼굴빛 말이에요. 게다가 저 사람은 보통 여자하고 같이 있는 것이 아니지 않아요? 보세요. 저 사람하고 같이 있는 건 외국 여자…… 그리스 여자, 말하자면 이교도니까…… 어쩌면, 저 여자는 저 사람과 같은 마술사인지도 몰라요. 제발 가지 마세요. 내일은 정 좋으시다면 조사해 보셔도 좋아요. 그렇지만, 오늘은 제 곁에 있어 주셔야겠어요」

프란츠는 그래도 고집을 부렸다.

「여보세요」하고 부인은 일어나면서 말했다.「그럼, 난 가겠어요. 오페라가 끝날 때까지 있을 수 없어요. 집에 손님이 있어서요. 절 바래다주시는 걸 거절할 만큼 불친절하진 않으시겠죠?」

이젠 이 이상 별다른 대답을 하는 수가 없었다. 이렇게 되었으니, 모자를 들고 문을 연 다음 부인에게 팔을 내미는 수밖에.

그는 그렇게 했다.

백작 부인은 사실 굉장히 겁을 먹고 있었다.

그리고 프란츠 자신도, 어떤 미신적인 공포를 금할 수가 없었다. 부인은 다만 본능적으로 그렇게 생각했을 뿐이지만, 그로서는 과거의 기억이 기반을 이루고 있었던 만큼 그의 공포에는 이유가 있었다.

그는 부인이 마차에 오르면서도 떨고 있음을 느꼈다.

그는 부인을 그녀의 집까지 데려다주었다. 그러나 집에는 아무도 없었다. 따라서, 그녀를 기다리고 있는 사람도 없었다. 그는 그 점에 대하여 부인을 책망하였다.

「실은」하고 부인은 말했다.「제가 기분이 좀 나빠서 혼자 있고 싶었던 거예요. 그 사람을 보자, 별안간 기분이 이상해지는군요」

프란츠는 애써 웃어 보이려고 했다.

「웃지 마세요」하고 여자는 말했다.「사실 웃고 싶지도 않으실 거예요. 저에게 한가지 약속을 해주셔야겠어요」

「무슨 약속을요?」

「꼭 약속해 주세요, 네?」

「뭐든지 원하시는 걸 약속해 드리죠. 하지만 그 남자가 어떤 사람인지 조사해 보는 걸 단념하라면, 그것만은 안 되겠습니다. 이유는 말씀드릴 수 없지만, 그 사람이 누구인지, 어디서 와서 어디로 가는지는 꼭 알아야겠습니다」

「어디서 왔는지는 저도 모르지만, 어디 갈 건지는 제가 알죠. 분명 지옥으로 갈 거예요」

「자, 아까 말씀하시던 약속 얘기나 합시다」 하고 프란츠가 말했다.

「아, 그거요! 그건 호텔로 돌아가 달라는 거예요. 그리고 오늘밤엔 그 사람을 찾아볼 생각은 마시라고요. 헤어지는 사람과 만나는 사람 사이에는 인연이라는 게 있는 거예요. 나와 그 사람 사이를 갖다 붙이진 마세요. 내일은 그 사람 뒤를 밟으셔도 좋아요. 그렇지만 나한테 그 사람을 소개하진 마세요. 제가 겁에 질려 죽는 걸 원하시지 않는다면 말이에요. 그럼, 안녕. 그리고 편안히 쉬세요. 저는 오늘밤엔 결코 잠이 오지 않을 거예요」

이렇게 말하고 백작 부인은 프란츠의 곁을 떠났다. 그는 부인이 자기를 조롱하는 것인지, 아니면 입으로 표현한 만큼 정말로 그렇게 무서워하고 있는 것인지 알 수가 없었다.

호텔에 돌아와 보니 알베르는 실내 가운데서 바지를 입은 채로 안락의자에 벌렁 누워 궐련을 피우고 있었다.

「아, 자네 왔군!」 하고 그는 말했다. 「난 또 내일이나 돌아올 줄 알았더니」

「알베르」 하고 프란츠는 말했다. 「기회가 마침 좋으니 얘기해 두지만, 자넨 이탈리아 여자에 대해서 굉장히 잘못 생각하고 있어. 그러니, 자네의 그 그릇된 애정관은 이젠 버리는 게 좋을 거야」

「무슨 소리야! 그 여자들, 뭐가 뭔지 모르겠단 말야. 먼저 손을 내밀기도 하고, 이쪽의 손을 잡고 나지막하게 소곤댄단 말야. 그러곤 집에까지 바래다 줘야 하니. 파리 여자 같으면 그런 짓의 사 분의 일만 해도 당장 평판이 땅에 떨어질 텐데」

「흥, 이 나라 여자들은 아무것도 감추지 않고 밝은 태양 아래서 단테가 말하는 그 Si(이탈리아말로 〈네〉라는 뜻——옮긴이) 소리가 울리는 이 아름다운 나라에서 살기 때문에 그렇게 편안히 행동하는 거야. 게다가 자네도 똑똑히 봤겠지만, 백작부인은 정말 겁을 먹고 있었어」

「뭘 무서워했단 말야? 그 아름다운 그리스 여자하고 우리 앞에 있던 신사 말인가? 나는 그 사람들이 극장을 떠날 때 자세히 봐 두려고 했었어. 그래서 복도에서 마주쳤지. 그런데 어째서 그런 터무니없는 생각을 하게 됐는지 알 수가 없구먼. 옷을 잘 입은 훌륭한 신사던데. 프랑스에서는 블랭이나 위망의 상점 같은 데서 맞춰 입은 것 같더군. 얼굴색이 좀 창백한 건 사실이지만, 그건 자네도 아시다시피 신분이 높다는 표시가 아닌가」

프란츠는 미소를 지었다. 알베르는 자기 얼굴빛이 창백한 것에 자부심이 대단했다.

「그렇다면」 하고 프란츠가 말했다. 「그 사나이에 대한 백작 부인의 생각이 아무래도 상식 밖인 것 같은데, 그래, 그 사람이 자네 옆을 지날 때 무슨 이야긴 안하던가? 그 사람이 말하는 걸 혹 들어보진 않았나?」

「응, 얘길 하는데 로마이크어(현대 그리스어——옮긴이)로 하던데. 옛날 그리스어가 섞여 있어서 그게 로마이크어인 줄 알았지. 이래봬도 고등학교 땐 그리스어를 아주 잘했단 말이야」

「그래, 그 사람이 로마이크 말을 했다고?」

「응, 그랬어」

「분명」하고 프란츠는 중얼거렸다.「그 사람이야」

「뭐라고?」

「아무것도 아냐. 그래, 자넨 무얼 하고 있었지?」

「자넬 놀라게 해 줄 일을 생각해 냈어」

「뭔데?」

「마차를 얻을 수 없다는 건 알고 있지?」

「물론이지! 사람의 힘으로 할 수 있는 건 다 해봤어도 소용없는 건 잘 알고 있는데 뭘」

「그런데, 내게 기가 막힌 묘안이 하나 떠올랐거든」

프란츠는 알베르의 그 묘안이라는 것을 별로 신용하지 않는다는 듯이 그를 쳐다보았다.

「이봐」하고 알베르는 말했다.「그런 눈으로 날 바라보다니, 우선 그것부터 취소하게」

「암, 취소야 아무때고 할 수 있지. 그 묘안이라는 게 과연 자네 말대로 희한하기만 하다면 말야」

「내 얘길 들어보게」

「그래, 들을게」

「마차를 얻을 길이라곤 없는 거지, 안 그래?」

「응, 없어」

「말도 안 되겠지?」

「말은 더 얻을 수 없지」

「그렇지만 짐수레는 얻을 수 있겠지?」

「그럴지도 모르지」

「그리고 소도 두 마린 얻을 수 있겠지?」

「그건 될 거야」

「됐어, 그럼 된 거야. 짐수레를 단장시키는 거야. 그리고 우린 나폴리 농부 차림을 하고. 그러면 레오폴도 로베르의 훌륭한 그림을 그대로 지상에 재현하는 셈이지. 더 그림하고 비슷하게 하려면 백작 부인에게 푸촐리나 소렌토 여자의 옷을 입히면 완벽할 걸세. 그러면 부인도 굉장히 아름답게 비쳐서, 「어린애를 안고 있는 여자」의 원화처럼 보일 걸세」

「거, 재미있겠는데!」 하고 프란츠가 소리쳤다. 「알베르, 이번 생각만은 걸작인데. 정말 재미있는 생각이야」

「게다가 아주 향토적이지. 말하자면 게으른 임금님이 했던 생각을 되살리는 것뿐이야. 자! 로마 시민 여러분, 마차와 말이 부족하다고 해서 우리가 거지처럼 거리를 터덜터덜 걸어다닐 줄 알았던가. 좋아, 그렇다면 이쪽에서 새로운 생각을 보여주지」

「그런데 이 멋진 계획을 누구에게 벌써 알렸나?」

「주인한테 알렸지. 호텔에 돌아오자마자 주인을 올라오라고 해서 설명해 줬네. 그랬더니 그런 일쯤은 아무것도 아니라고 하던데. 쇠뿔을 금빛으로 칠해 놓으라고 하려고 했는데 그게 사흘이나 걸릴 거라는군. 그 사치만은 단념해야겠어」

「그래, 그 친구는 어디 있나?」

「누구?」

「주인 말야」

「그것들을 구하러 나갔지. 내일만 돼도 벌써 늦을걸」

「그러니까 오늘밤 안으로 대답을 해주겠군」

「응, 그걸 기다리고 있는 거야」

바로 그때 문이 열리더니, 주인 파스트리니가 얼굴을 내밀었다.

「들어가도 좋습니까?」 하고 그는 물었다.

「물론 들어와도 좋지 않고!」 프란츠가 소리쳤다.

「어떻게 됐소?」 알베르가 말했다.

「그 이상의 것을 얻었습죠」 주인은 아주 의기양양한 표정이었다.

「아, 주인, 조심하오」 알베르가 말했다. 「뭐든지 지나치게 좋은 건 뒤가 나쁜 법이니」

「각하, 제발 절 믿어주세요」 하고 주인 파스트리니는 자신 있는 어조로 말했다.

「그래, 도대체 어떻게 됐다는 거요?」 이번에는 프란츠가 물었다.

「저」 하고 주인이 말했다. 「몬테크리스토 백작이 같은 층에 묵고 있는 걸 알고 계시지요?」

「알고 있다고 생각하는데」 하고 알베르가 말했다. 「그 사람 덕분에 우리가 마치 생니콜라드샤르도 네거리의 학생들처럼 이런 방에 끼여들게 됐으니 말야」

「그렇습니다! 각하들이 지금 마차 때문에 곤란을 받고 계시다는 얘길 듣고, 그분이 자기 마차에 자리 두 개와 로스폴리 저택 창가에 자리 두 개를 드리겠다는 겁니다」

알베르와 프란츠는 서로 얼굴을 쳐다보았다.

「그렇지만」 하고 알베르가 물었다. 「알지도 못하는 외국인의 호의를 그냥 받아들여도 괜찮을까?」

「도대체 몬테크리스토 백작이 누군데?」 프란츠가 주인에게 물었다」

「시칠리아나 몰타 섬의 훌륭한 귀족으로, 저도 확실히는 모르겠습니다마는, 어쨌든 보르게제(로마의 대귀족——옮긴이) 집안 사람같이 품위 있고, 금광이라도 가지고 있는 것 같은 굉장한 부호지요」

「하지만」 하고 프란츠가 알베르를 향해 말했다. 「그 사람이 정말 주인이 말하는 것만큼 점잖은 사람이라면, 초대를 하더라도 다른 방법으로 할 법한데. 이를테면 편지를 써 보낸다든가, 아니면……」

바로 그때 문을 노크하는 소리가 들렸다.

「들어오시오」 프란츠가 말했다.

우아한 정복을 완벽하게 갖추어 입은 하인이 방 입구에 나타났다.

「프란츠 데피네 씨와 알베르 드 모르세르 씨에게 몬테크리스토 백작으로부터 전갈을 드리러 왔습니다」 하고 그는 말했다.

그리고는 주인에게 명함 두 장을 내놓았다. 주인은 그것을 다시 두 청년에게 넘겨주었다.

「몬테크리스토 백작께선」 하고 그 하인이 말을 이었다. 「내일 아침에 이리로 인사를 하러 오고 싶다고 말씀하십니다. 몇 시쯤 오면 뵐 수 있을지 알려주셨으면 하십니다」

「저것 좀 봐」 하고 알베르가 프란츠에게 말했다. 「이젠 뭐 더할 나위 없구먼. 모든 게 완벽하니」

「백작께 가서 이렇게 말씀드려 주게」 하고 프란츠가 대답했다. 「우리 쪽에서 찾아가 뵙겠다고」

하인이 물러갔다.

「바로 이게 아닌 밤중에 홍두깨라는 거로군」 하고 알베르가 말하였다. 「자, 분명히 주인이 얘기한 그대로군. 파스트리니 씨, 당신이 말한 몬테크리스토 백작은 정말 나무랄 데 없는 훌륭한 신사야」

「그럼 그분의 호의를 받아들이시는 겁니까?」 주인이 물었다.

「그야 물론이지」 알베르가 대답했다. 「하지만 솔직히 말해서 내가 생각한 그 짐수레와 농부 변장도 아까운 생각이 드는군. 로스폴리 저택의 창가 자리만 아니라면, 우리 생각대로 하는 건데. 안 그런가, 프란츠?」

「그래. 나 역시 그 로스폴리 저택 때문에 결심하게 된 거니까」 하고 프란츠는 알베르에게 대답했다.

사실 로스폴리 저택의 창가 자리를 제공해 주겠다는 말을 들은 프란츠는, 즉시 저 콜로세움의 폐허에서 그 미지의 사나이와 트란스테베레 사람이 주고받던 대화가 생각났다. 그때 망토를 입은 사나이는 사형수의 사면을 얻어주겠다고 약속했다. 그러니 그 망토를 입은 사람이 자신의 생각대로 아르젠티나 극장에 나타나서 그의 마음을 사로잡은 바로 그 사람이 틀림없다면, 단번에 그를 알아볼 수 있을 것이고, 그렇게 되면 그 사나이에게 대한 호기심도 충분히 만족될 수 있을 것이다.

프란츠는 그 두 사람의 모습을 생각하면서, 빨리 내일이 되기를 기다리며 그날 밤을 보냈다. 이튿날만 되면 모든 것이 밝혀질 것이다. 그리고 이번만은 저 몬테크리스토 섬의 주인도 기게스의 반지(모습을 감출 수 있는 금반지 덕에 리디아의 왕이 된 양치기──옮긴이)를 가지고 있어 그 반지의 힘으로 자취를 감추기 전에는 절대로 자기 눈에서 도망칠 수 없을 것이다. 그는 여덟시도 되기 전에 눈을 떴다. 그러나 알베르는 프란츠처럼 아침 일찍 일어날 이유가 없었으므로 아직도 쿨쿨 자고 있었다.

프란츠는 주인을 불렀다. 주인은 여느 때와 마찬가지로 굽실거리며 나타났다.

「주인」 하고 그는 말했다. 「오늘 사형 집행이 있을 예정이오?」

「예, 있습니다, 각하. 그렇지만 그걸 보기 위해 창가 자리가 필요하신 거라면 손쓰시는 게 좀 늦으셨습니다」

「그런 게 아니오」 하고 프란츠는 대답했다. 「그거야 내가 볼 생각만 있다면야 저 핀치오 산만 올라가면 자리는 얼마든지 있을 텐데, 뭘」

「아, 전 또, 각하께선 하층 계급 사람들하고 섞이지 않으시려는 줄 알았는데요. 거긴 그 사람들에겐 계단 의자 같은 거라서요」

「물론 나야 안 가겠지만 말이오」 하고 프란츠가 말했다. 「그런데 좀 알고 싶은 게 있어서」

「뭔데요?」

「오늘 사형될 사람이 몇이나 되고, 이름은 뭔지, 그리고 그들이 받을 처형이 어떤 건지 알고 싶은데」

「마침 잘 됐습니다, 각하! 마침 회람판이 돌아왔으니 말입니다」

「회람판이 뭔데?」

「나무판인데요, 처형 전날 길모퉁이마다 붙여놓는 것입죠. 바로 그 나무판에 처형될 사람의 이름과 처형 이유, 그리고 처형 방법 같은 게 씌어 있습니다. 신자들에게, 죄수들이 참회를 할 수 있도록 하느님께 기도를 드리게 하려는 뜻에서 그러는 겁니다」

「그럼, 그 회람판이 돌아온 건 말하자면 주인도 신자들과 함께 기도를 하기 때문인가?」 프란츠는 의아한 듯이 물었다.

「아니지요. 실은 전단을 붙이러 다니는 사람하고 제가 약속이 되어 있어서 온 겁니다. 그 사람들은 그걸 구경거리의 광고나 마찬가지로 제게 가져오거든요. 혹시 저의 집에 오신 손님들 중에서 처형하는 걸 구경하려는 분이 계시면, 미리 알려드리느라고요」

「그건 참 생각을 잘했는걸!」 프란츠가 큰소리로 외쳤다.

「아닙니다」 주인은 미소를 띠며 말했다. 「자화자찬 같아 죄송합니다만, 저를 신용해 주시는 외국 손님들을 위해서라면 제가 할 수 있는 일은 뭐든지 해서 만족시켜 드리려고요」

「그건 나도 알고 있소. 누가 주인 얘길 물으면 그렇게 얘기해 줄 테니, 그 점은 안심하오. 그런데 그 회람판이라는 걸 한

번 읽어봤으면 싶은데」

「그야 어렵지 않습죠」 하고 주인은 문을 열면서 말했다. 「여기도 한 장 놓아두었는데요」

그는 밖으로 나가 회람판을 떼어다가 프란츠에게 보여주었다. 그 사형 공고를 문자 그대로 해석해 보면, 다음과 같은 글이 된다.

    오는 2월 22일 화요일, 사육제 제1일에 로타 재판소의 판결에 따라 포폴로 광장에서 다음 두 죄수를 사형에 처하게 될 것이다. 안드레아 론돌로. 산조반니라테라노 성당의 참사 회원으로서, 고매하고 덕망 높은 돈 체사레 토를리니 살해 범인. 그리고 페피노, 일명 로카 프리오리. 가증스런 산적 루이지 밤파 및 그 일당과 공모했음을 인정함.

    전자는 박살(撲殺)형.

    후자는 참죄(斬罪)형.

    자비심이 넘치는 시민들이여, 이 두 불행한 죄수에게 깊은 참회가 있도록 하느님께 기도할지어다.

이것은 프란츠가 전날 밤 콜로세움의 폐허에서 들은 것과 똑같았다. 예정에도 변한 것은 하나도 없었다. 죄수들의 이름, 처형의 이유, 그리고 처형의 방법이 완전히 일치했다.

그러니 십중팔구 그 트란스테베레의 사나이는 산적 루이지 밤파요, 망토의 사나이는 선원 신드바드임에 틀림없었다. 신드바드는 포르토베키오나 튀니스에서와 마찬가지로, 이 로마에서도 여전히 그 박애의 손길을 뻗치고 있었던 것이다.

그러는 사이에도 시간은 자꾸 흘러 벌써 아홉시였다. 프란츠는 알베르를 부르러 갔다. 그러나 뜻밖에도 알베르는 옷을 다 차려입고 방을 나오고 있었다. 사육제로 머리가 꽉차 있던 그는, 프란츠가 생각하던 것보다 훨씬 일찍 일어났던 것이다.

「자, 그럼 주인」하고 프란츠가 주인에게 말했다.「이제 우리 둘 다 준비되었으니 이제 몬테크리스토 백작한테 가도 되겠지?」

「아, 물론입지요!」하고 주인이 대답했다.「몬테크리스토 백작께선 늘 일찍 일어나시는 습관이 있어서, 벌써 일어나신 지 두 시간도 넘을 겁니다」

「그래도 지금 찾아가는 건 실례가 되지 않을까?」

「천만에요」

「그렇다면 알베르, 자네만 준비가 되거든……」

「난 준비 다 됐네」알베르가 말했다.

「자, 그럼 옆방 손님의 친절에 인사를 드리러 가보세」

「가세」

프란츠와 알베르는 복도 하나만 건너면 되었다. 호텔 주인이 앞장 서서 대신 초인종을 눌렀다. 하인이 나와 문을 열었다.

「I Signori Francesi(〈프랑스 분들입니다〉라는 이탈리아어──옮긴이)」하고 주인이 말했다.

하인이 고개 숙여 인사를 하고, 들어오시라는 몸짓을 했다.

두 사람은 이 호텔에 이런 방이 있으리라곤 생각지도 못했던 화려하게 장식된 방 두 개를 지나, 나무랄 데 없이 우아한 객실로 들어갔다. 마루에는 터키 양탄자가 깔려 있었다. 그리고 아주 편안하게 생긴 의자 위에는 푹신한 쿠션이며, 아무렇게나 놓인 등받침들이 즐비하였다. 벽에는 거장들이 그린 훌륭한 그림 여러 점이 으리으리한 전승 기념물들과 함께 걸려 있었다. 그리고 문에는 커다란 비단 커튼이 흔들리고 있었다.

「여기 앉아 계십시오」하고 하인이 말했다.「곧 백작님께 가서 여쭙겠습니다」

그러더니 그는 한쪽 문으로 사라져버렸다.

문이 열렸을 때, 구즐라(현이 하나밖에 없는 발칸 지방의 기타——옮긴이) 소리가 두 사람의 귀에까지 들려왔다. 그러나 그 소리도 이내 끊어지고 말았다. 열리자마자 닫혀버린 문에선 다만 한줄기의 음악만이 흘러 들어왔을 뿐이었다.

프란츠와 알베르는 서로 눈길을 마주쳤다. 그러고는 다시 그 시선을 가구와 그림과 무기로 보냈다. 다시 쳐다보니 처음 보던 때보다도 더 황홀해 보였다.

「어때!」하고 프란츠가 말했다.「어떻게 생각하나?」

「참말이지, 이 우리 이웃되시는 분은 스페인 국채의 폭락으로 한몫 본 중개인이 아니면, 익명으로 여행을 다니는 어느 나라의 왕자일 거야」

「쉿!」프란츠가 그에게 말했다.「이제 곧 알게 될 거야. 저기 오시는군」

과연 돌쩌귀 위를 돌아가는 문소리가 두 사람의 귀에까지 들려왔다. 그러자, 거의 동시에 커튼이 올라가며 이 모든 부귀의 소유자가 모습을 드러냈다.

알베르는 그의 앞으로 다가갔다. 그러나 프란츠는 그 자리에 못박힌 듯 가만히 있었다.

지금 들어온 그 사람은, 바로 저 콜로세움에서 망토를 입고 있던 사나이이자 극장 특별석에 나타났던 그 미지의 남자이며, 또한 저 몬테크리스토 섬의 신비로운 주인이었기 때문이다.

박살형

「여러분」 하고 몬테크리스토 백작이 방안으로 들어서며 말했다. 「이렇게 찾아오시게 해서 죄송합니다. 실은 제가 너무 일찍 방문하는 것이 실례가 되지 않을까 했는데 이렇게 방문해 주시겠다기에, 그대로 오시기만 기다리고 있었습니다」

「백작, 프란츠와 저는 여러 가지로 감사를 올리지 않으면 안 되겠습니다」 하고 알베르가 말하였다. 「저희가 곤란을 겪고 있는 것을 백작께서 도와주셨습니다. 실은, 백작께서 고맙게 초대해 주셨을 때, 저희들은 기발한 마차를 발명해 내려던 차였습니다」

「아, 그러세요!」 하고 백작은 두 청년에게 긴 의자를 권하며 말을 이었다. 「그 정도로 곤란하신 걸 그렇게 오래 모른 체하게 한 건, 우둔한 파스트리니 탓입니다. 그렇게 곤란하시다는 얘기는 한마디도 해주질 않았으니까요. 전 보시다시피 이렇게 혼자 있기 때문에 기회만 있으면 이웃에 계신 분들을 사귀고 싶었습니다. 제가 도와드릴 수 있는 일이 있을 거라는 것을 알게 되자, 이 기회를 놓치지 않으려고 서둘러서 인사를 드리려고 한 겁니다. 아시리라고 믿습니다」

두 청년은 고개를 숙였다. 프란츠는 아직 무슨 말을 해야 좋을지 몰랐다. 아직 어느쪽도 결심이 서질 않았던 것이다. 백작의 얼굴에는 자기를 알아본다든가, 아니면 자기를 알아봐 주길 바라는 듯한 빛 중 어느쪽도 나타나지 않았기 때문에, 프란츠는 자기가 먼저 말을 꺼내 과거를 상기시키는 것이 좋을지, 아니면 새로운 증거 같은 것이 나타나기를 기다리는 편이 좋을지 도무지 종잡을 수가 없었다. 더군다나, 극장에서 본 사나이가 이 사람이라는 점만은 확신이 갔다. 그러나 그저께 밤에 콜로세움에 있었던 사람이 맞는지는, 그렇게 자신있게 확신할 정도가 아니었다. 그래서 그는 아무것도 먼저 건드리지 않고, 다만 백작이 하는 대로 내버려두기로 했다. 게다가 자신에게는 백작에 대해서 우월한 점이 있었다. 즉 이쪽에서는 그의 비밀을 손아귀에 잡고 있다. 이에 반해 백작 쪽에서는 이쪽의 비밀은 하나도 모르고 있으니, 프란츠에겐 아무 힘도 쓰지 못할 것이 아닌가.

그러나 그는 자기가 품고 있는 의문들을 밝히기 위해 그쪽으로 화제를 몰기로 했다.

「백작」하고 그는 말했다. 「백작께선 저희들을 위해서 마차 안과 로스폴리 저택에 자리를 마련해 주셨습니다. 그런데 포폴로 광장에 이탈리아에서 말하는 그 자리라는 걸 얻으려면 어떻게 하면 되겠습니까?」

「아, 그것 말씀입니까?」 하고 백작은 무엇인가 다른 생각을 하는 듯하면서도 계속해서 알베르 드 모르세르를 주의깊게 바라보며 말했다. 「포폴로 광장에서 사형 집행 같은 게 있지 않습니까?」

「네, 있습니다」 상대방이 오히려 한술 더 뜨는 것을 보며 프란츠는 대답했다.

「잠깐 기다려주세요. 어제 집사한테 그것도 생각해 두라고 일러둔 것 같으니, 아마 그것도 도와드릴 수 있을 것 같은데요」

그는 초인종 줄 쪽으로 손을 뻗어 세 번 잡아당겼다. 「댁에선 시간 절약도 하고 하인들이 왔다갔다하는 것도 줄일 방법을 생각해 본 일이 있으신가요?」 하고 그는 프란츠에게 말했다. 「저는 그 점을 연구해서 초인종을 한 번 울리면 급사, 두 번 울리면 급사장, 세 번 울리면 집사가 오도록 규칙을 세워놓았습니다. 이렇게 하면 시간도 절약될 뿐 아니라, 쓸데없는 말은 안해도 되지요. 저기 오는군요」

바로 그때 마흔다섯에서 쉰 살쯤 되어보이는 사나이가 나타났다. 프란츠에게는 그 사나이가 동굴 속으로 자기를 안내해 주던 밀수업자와 같은 인물로 생각되었지만, 상대방은 전혀 자기를 알아보는 것 같지 않았다. 이건 분명 아는 체해서는 안된다는 명령을 받은 것이라고 그는 생각했다.

「베르투치오 군」 하고 백작은 말했다. 「어제 내가 말한 대로 포폴로 광장을 내려다 볼 창을 하나 얻어놓았나?」

「네」 하고 집사가 대답했다. 「그런데 너무 늦어서요」

「뭐라고!」 백작은 눈살을 찌푸리면서 말했다. 「자리를 하나 얻었으면 좋겠다고 했는데?」

「네, 하나 구하긴 했습니다. 그런데 로바니에프 공작께서 빌리셨던 겁니다. 그래서 그 대가로 백……」

「좋아, 좋아, 그런 집안내의 일을 손님들이 들으시게 해선 안 돼. 창문을 얻었으니 다 됐군. 마부에게 그 집 주소를 알려 주게. 그리고 자넨 계단에서 있다가, 우리를 안내해 줘야 하네. 그거면 충분해. 자, 그럼 가보지」

집사는 고개를 숙이고 나가려고 한 걸음 뒤로 물러섰다.

「아!」 하고 백작은 말을 이었다. 「주인 파스트리니한테, 회람판이 왔는가 물어봅시다. 그리고 사형 집행 프로그램을 보내줄 수 있는지도 물어보고」

「그럴 필요는 없습니다」 하고 프란츠는 주머니에서 수첩을 꺼내면서 말했다. 「제가 회람판의 내용을 베껴두었죠. 자, 여기 있습니다」

「아, 잘됐군요. 그럼 베르투치오, 물러가도 좋아. 일은 이젠 끝났으니까. 식사가 되거든 알려주게」 백작은 두 사람을 돌아보며 계속해서 말했다. 「저하고 같이 식사해 주시겠습니까?」

「하지만, 백작」 하고 알베르가 말했다. 「그건 너무 염치없는 일 같아서요」

「원, 천만에요. 그쪽이 저는 즐거우니까요. 이 담에 파리에서 제가 대접을 받을 날이 있겠지요. 두 분 중에서 어느 분에게서라도, 아니면 두 분 모두에게서든지요. 그럼, 베르투치오, 식사는 삼인분을 준비하도록」

그는 프란츠의 손에서 수첩을 받아 들었다.

「그럼」 하고 그는 《프티트 자피쉬》(광고 신문의 이름——옮긴이)라도 읽는 듯한 어조로 계속했다. 「〈오는 2월 22일, 다음의 두 죄수를 사형에 처하게 될 것이다. 안드레아 론돌로. 산 조반니라테라노 성당의 참사 회원으로서 고매하고 덕망높은 돈 체사레 토를리니 살해범인, 또한 페피노, 일명 로카 프리오리. 가증스런 산적 루이지 밤파 및 그 일당과 공모했음을 인정함……〉 흠! 〈전자는 박살형, 후자는 참죄형〉이라, 그렇구먼」 하고 백작은 말했다. 「맨 처음엔 이렇게 되게 있었지요. 그런데 어제, 이 의식의 순서라든가 진행이 좀 달라졌다고 알고 있는데요」

「그래요!」 프란츠가 말했다.

「네. 어젯밤에 제가 갔던 로스필리오시 추기경 댁에서, 두 사형수 중 한 사람에게 집행 유예인가를 내린다는 얘기가 화제였죠」

「안드레아 론돌로에게 말인가요?」 프란츠가 물었다.

「아니지요……」 백작은 대수롭지 않은 듯이 대답했다. 「다른 사람…… (그리고는 마치 그 이름을 생각해 내려는 듯 수첩을 훑어보며) 페피노 말입니다. 로카 프리오리라고 하는 그 사람이던데요. 이렇게 되면 단두대의 사형은 볼 수 없게 되었군요. 그러나 박살형이 남아 있으니까요. 처음 보는 사람에겐, 아니 전에 본 일이 있는 사람에게도 퍽 신기한 형벌이지요. 단두대도 한번쯤은 보아두셔도 좋겠습니다만, 너무 단조롭고 별 흥미는 없지요. 깜짝 놀랄 만한 건 하나도 없으니까요. 단두형은 절대로 실수를 하거나 떨거나, 잘못 치는 수가 없습니다. 샬레 백작의 머리를 자른 병사처럼 서른 번씩 다시 치는 일은 없으니까요. 살레 백작의 경우야, 리슐리외(루이13세 때의 재상──옮긴이)가 일부러 그렇게 하라고 일렀다지만. 아, 그런데 말씀입니다」 하고 백작은 경멸하는 듯한 어조로 덧붙였습니다. 「처형에 있어선 유럽 사람들쯤 문제가 되지 않습니다. 그들은 아무것도 모릅니다. 그리고 잔인성을 놓고 보더라도 아직 어린애, 아니 차라리 노망난 늙은이격이지요」

「허」 하고 프란츠가 대답했다. 「백작께선 마치 세계 각국의 형벌을 비교 연구라도 하신 것 같습니다」

「사실, 제가 보지 못한 형벌은 그리 많지 않을 겁니다」 하고 백작은 냉정하게 대답했다.

「그런 끔찍한 꼴을 구경하는 게 재미있으신가요?」

「처음엔 기분이 나빴습니다. 그러나 차츰 무관심하게 되고, 나중엔 흥미 있게까지 되었지요」

「흥미 있다니요! 끔찍한 말씀을 하시는군요!」

「어째서요? 이 세상에 중대한 문제라고는 오직 한 가지밖엔 없습니다. 그건 죽음이라는 겁니다. 그러니 사람들이 제각기 어떤 방법으로 영혼이 육체를 떠나는가, 그리고 사람들이 그 성격이며 기질이며, 또한 자기 나라의 풍속에 따라서 어떻게 육체가 허무로 돌아가는 그 마지막 여정을 감수하는지 구경하는 것이 흥미롭지 않을까요? 저로선 단 한 가지는 단언할 수 있습니다. 그건, 사람이 죽는 걸 많이 보면 볼수록, 죽는다는 게 어렵지 않게 생각된다는 겁니다. 그러니 제 생각엔, 죽음이란 아마도 하나의 형벌이겠지요. 하지만 죽음이란 건 속죄(贖罪)와는 다르다는 것입니다」

「전 이해가 잘 안 되는데요」하고 프란츠가 대답했다. 「한번 설명해 주지 않으시겠습니까? 지금 말씀하신 게 어느 정도로 흥미로운 일인지 모르겠으니 말입니다」

「얘길 들어보십시오」 이러한 경우, 다른 사람들 같으면 얼굴로 피가 몰렸을 것이건만, 그는 사뭇 비양대는 표정으로 이렇게 말했다. 「만약 여기 한 사람이 있어서, 당신의 아버지나, 어머니나, 애인이거나, 말하자면 그 사람이 없어지면 당신의 마음이 영원히 공허해지고, 언제까지나 피가 흐르는 상처를 남겨놓고야 말 사람에게, 여태까지 들어보지도 못한 무서운 고문을 주어 무한한 고통 속에서 죽임을 당하게 되었다고 생각해 보십시오. 그러한 경우, 단지 저 단두대의 칼날이 범인의 목덜미를 내리친다는 이유 하나만으로, 당신에게 몇 년 동안이나 참을 수 없는 고통을 준 사람에게 불과 몇 초 동안의 육체적 고통을 주었다는 이유 하나만으로, 당신은 사회에서 충분한 보상을 받았다고 하실 수 있습니까?」

「예, 알겠습니다」하고 프란츠는 말했다. 「인간의 정의라는 건, 마음을 위로해 준다는 의미에서 보면 지극히 부족한 것입니다. 다시 말하면 피는 피로 씻는다는 것에 불과하지요. 정의에 대해선, 그것으로 얻을 수 있는 것 이외에 더 이상은 바랄 수가 없습니다」

「그리고 또 하나 구체적인 경우를 말씀해 드리겠습니다」하고 백작은 말을 계속하였다. 「즉 사회라는 것은, 어떤 사람이 죽음을 당한다는 것 때문에 사회의 기초가 위험해졌을 경우, 죽음에 대한 보상을 죽음으로 갚습니다. 그렇지만 말씀입니다. 인간을 괴롭힐 수 있는 방법은 무수히 있는데, 그것에 대해서는 아무런 관심도 보이지 않습니다. 다시 말하면, 아까 말씀드린 것 같은 불충분한 복수조차도 하지 않는 것이 아닙니까? 터키 사람들의 관살형(串殺刑), 페르시아인들의 마조형(馬槽刑), 이로쿼이 족의 태형(笞刑)을 가해도 부족한 잔인한 범죄에 대해서도 사회는 무관심하게 내버려두고 있지 않습니까?…… 말씀해 보세요. 그러한 범죄가 과연 없을까요?」

「그렇습니다」 프란츠가 말했다. 「하긴 그러한 범죄들을 벌하기 위해서 결투라는 것이 묵인되고 있는 거겠지요」

「아, 결투 말씀입니까」 하고 백작이 소리쳤다. 「제 생각엔, 목적이 복수를 하는 데 있는 경우, 그 목적을 생각할 때, 결투란 장난에 지나지 않습니다. 어떤 사나이가 당신한테서 애인을 빼앗았거나, 당신의 부인을 유혹했다거나, 또는 당신의 따님을 모욕했다고 가정합시다. 신이 인간을 창조할 때 모든 인간에게 약속한 행복을 기대할 수 있는 권리를 가진 한사람 한사람의 인생이 그 사나이 때문에 비참하고 욕된 일생을 보내야 한다고 가정해 보십시다. 그런 경우 당신은, 당신의 정신을 미치게 하고, 당신 가슴속에 절망을 심어 놓은 그 사나이에게 단지 칼로 한 번 찌르거나, 머리에 총을 한 방 쏘아만 가지고 충분히 복수를 한 셈이라고 생각할 수 있을까요? 그런데 그러한 사나이가 결투에 이겨서 세상의 평판을 회복하고, 따라서 신에게까지도 용서를 받는 수가 흔히 있습니다. 그러나 그건 안 되죠. 안 될 일입니다」 하고 백작은 말을 이었다. 「만약 내가 꼭 복수를 해야 할 일이 있다면, 난 절대로 그런 식으로는 하지 않을 겁니다」

「그렇다면 백작께선 결투에 찬성하지 않으시나요? 그러니까 결투로 대결할 생각은 없으시군요?」하고 이번에는 알베르가 백작의 그 이상한 이론을 듣고 깜짝 놀라 물었다.

「아, 아니죠」백작이 말했다.「사소한 일이라든가, 다소 무례한 짓이라든가, 내가 한 말이 거짓말이라고 했다든가, 조그마한 모욕을 당했다든가 하는 경우라면 난 위험에 길이 들기도 했고 또 여러모로 몸을 단련해서 솜씨도 있느니만큼, 안심하고 상대방을 죽일 자신을 가지겠죠. 아, 그런 정도의 일쯤이라면 나도 결투로 대결을 할 겁니다. 그러나 오랜 세월을 두고 깊숙이 파고드는 영원 같은 고통을 준 사람이라면, 가능한 한 내가 받은 고통과 비슷한 방식으로 복수를 할 생각입니다. 동양 사람들 말마따나 눈엔 눈으로, 이엔 이로 보복을 하는 겁니다. 동양인은 무슨 일에나 우리 유럽 사람들의 스승격입니다. 신이 창조한 것들 중에 가장 선택받은 인간들이죠. 그들은 꿈의 인생과 현실의 천국을 이룩할 줄 알거든요」

「하지만」하고 프란츠는 백작에게 말했다.「설혹 백작님께서 그러한 이론에 따라 자신이 사건의 재판관도 되고, 사형 집행인이 된다 하더라도, 영원히 현실적인 법률의 힘 밖에 서 있긴 어려우실 게 아닙니까. 증오라는 것은 맹목적이고, 분노란 것은 정신을 혼란시킵니다. 그래서 직접 복수를 하려는 사람은 자칫하면 쓴 술을 마시게 될 위험이 있지요」

「그야, 그 사람이 돈도 없고 수단이 서투른 경우에는 그렇겠죠. 그러나 백만 장자에다 수완이 있을 경우엔 얘기가 달라집니다. 게다가 그 사람에게 있어서 최악의 경우라 하더라도 아까 말한 형벌을 받게 되는 것이 고작이지요. 말하자면 저 박애주의의 프랑스 혁명이 사열형(四裂刑)이나 차열형(車裂刑)

대신에 생각해 낸 정도(기요틴을 가리킴——옮긴이)지요. 어쨌든 복수를 했을 경우에 그런 처벌 같은 게 무슨 문제겠습니까? 그래서 사실, 난 십중팔구 저 불쌍한 페피노라는 놈이 단두형을 받지 않게 된 것이 못마땅한 겁니다. 그 형벌이 얼마나 시간이 걸리는 것인지, 그것이 과연 사람들이 말하는 가치가 있는 형벌인지 볼 수 없게 돼버렸으니 말입니다. 그런데 하필이면 사육제 날 화제가 묘하게 되어버렸군요. 어쩌다가 이런 얘기가 나오게 됐지요? 아, 참 그렇지, 창가에 자리를 하나 달라고 그러셨죠? 자, 그럼 하나 드리지요. 그런데 우선 식사나 하십시다. 준비가 다 됐다니까요」

그러자 과연 하인이 객실의 네 개의 문 중 하나를 열고 들어와 엄숙한 말로 이렇게 말했다.

「Al suo commodo!(《식사가 준비되었습니다》라는 뜻의 이탈리아어——옮긴이)」

두 청년은 자리에서 일어나 식당으로 건너갔다.

없는 것 없이 차려낸 훌륭한 식사를 하는 동안, 프란츠는 눈으로 알베르의 시선을 더듬어보았다. 백작의 이야기가 알베르에게는 어떤 인상을 주었는지 알아보고 싶었던 것이다. 그러나 알베르는 평소의 무관심한 성격 탓에 그러한 말에 크게 관심을 두지 않아서인지, 아니면 결투에 관해서 몬테크리스토 백작이 양보의 뜻을 보인 것이 마음을 누그러뜨렸기 때문인지, 또는 앞에서 말한 프란츠만이 알고 있는 과거의 일들이 프란츠에게만 백작의 이론을 중대하게 확대시켜 생각하게 했던 탓인지, 전혀 마음에 두고 있지 않은 것 같았다. 알베르는 사오 개월째 세계에서 제일 맛없는 이탈리아 요리만 먹어 왔기 때문에, 오래간만에 맛있게 먹고 있었다. 한편 백작은 음식 하나하나를 그저 맛만 볼 정도였다. 마치 손님과 함께 식사를 하게 되어 그저 예의상 드는 것일 뿐, 손님이 가고 난 다음 무엇인가 진귀하고 특별한 요리를 먹으려는 것 같았다.

문득 프란츠의 머릿속에는 백작을 보자 G…… 백작 부인이 몸서리를 치던 일이며 극장에서 맞은편 특별석에서 그 모습을 나타냈을 때 부인이 그를 필경 흡혈귀임에 틀림없다고 말하던 모양이 떠올랐다.

식사가 끝나자 프란츠는 시계를 꺼내 보았다.

「그럼」 하고 백작이 말했다. 「이제부터 어떡하시겠습니까?」

「죄송한 말씀입니다만」 하고 프란츠가 대답했다. 「저흰 아직도 할 일이 많아서요」

「무슨 일이신데요?」

「저흰 아직 가장(假裝) 준비도 못했습니다. 오늘은 아무래도 가장을 해야 할 것 같아서」

「그런 걱정은 하실 필요 없습니다. 포폴로 광장에 별실을 하나 마련해 두었으니 필요하신 의상을 말씀해 주시면 그리로 갖다 놓도록 일러두겠습니다. 그러니 그 자리에서 가장을 하십시다」

「사형 집행이 끝난 다음에 말씀입니까?」 프란츠가 소리쳤다.

「그거야 집행 후든지 집행중에든지 아니면 그전에든지 좋을 대로 하십시오」

「기요틴 앞에서 말인가요?」

「단두대도 엄연히 축제의 일부니까요」

「저 백작, 생각해 보았습니다만」 하고 프란츠가 말했다.

「물론 백작님의 호의는 감사하게 생각합니다. 하지만 마차와 로스폴리 저택의 창가 자리만으로 만족할 생각입니다. 포폴로 광장이 보이는 창가 자리는 백작께서 편하신 대로 써주십시오」

「하지만 미리 말씀드리면 아주 재미있는 구경거리를 놓치시게 됩니다」하고 백작은 말했다.

「나중에 얘길 듣도록 하겠습니다」하고 프란츠가 대답했다. 「백작께서 얘기해 주신다면 분명 실제로 본 것 이상으로 깊은 인상을 받으리라 믿습니다. 전 여태까지 몇 번씩이나 사형 집행을 보리라 생각했지만 아무래도 결심이 안 서는군요. 자넨 어떤가, 알베르?」

「나 말인가」하고 알베르 드 모르세르 자작은 대답했다. 「나는 카스탱의 사형을 본 일이 있지. 그런데 그날은 좀 얼큰하게 취해 있었어. 바로 졸업하던 날이라 어느 술집에서 밤을 샌 날이었지」

「하지만 그건 이유가 안 됩니다. 파리에서 하지 않는다고 외국에서도 마다하다니요. 여행이란 배움의 과정입니다. 환경을 바꾼다는 것은 견문을 넓히는 일이지요. 자, 누가〈로마에선 사형을 어떻게 하던가?〉하고 물었을 때,〈모르겠다〉고 대답하는 얼굴을 한번 상상해 보십시오. 게다가 사형을 당하는 자는 아주 파렴치한 악당에 자기를 자식처럼 길러준 선량한 수도승을 장작받침대로 때려죽인 놈이 아닙니까. 얼마나 악질적인가 보세요! 교회의 수도승을, 그것도 우리들의 신부님을 그렇게 장작받침대 같은 것으로 때려죽이다뇨! 신부님을 죽이려면 장작받침대보단 나은 흉기를 써야 하는 법이지요. 만약 스페인을 여행하신다면 필경 투우를 보실 게 아닙니까? 그런데 우리가 이제 보러 가려는 것도 그런 격투의 일종에 지나지 않습니다. 원형 경기장에 모인 옛날 로마 사람들을 기억하십니까? 그건 삼백 마리의 사자와 백여 명의 인간을 죽인 일종의 사냥입니다. 그때 손뼉을 치고 그 광경을 구경하던 팔십만의 구경꾼들, 시집갈 딸들을 데리고 갔던 귀부인들, 그리고 손이 하얀 아름다운 무녀들이 엄지손가락으로 맵시 있게 신호를 하면서 〈자, 우물쭈물하지 말고 어서 죽어가는 그 사내의 급소를 찔러라!〉하고 소리치던 일을 상상해 보십시오」(옛날 로마에서는 쓰러져가는 투사의 운명을 관중들이 결정했다. 여기서 엄지손가락으로 신호를 하는 것은 〈죽이라〉는 뜻을 말한다──옮긴이)

「알베르, 자넨 가보겠나」 프란츠가 물었다.

「응, 가고말고. 실은 자네와 같은 생각이었지만, 백작의 웅변을 들으니 결심이 섰네」

「자네가 가보고 싶다면, 같이 가도록 하세」 프란츠가 말했다. 「그런데 포폴로 광장을 가면서 코르소 거리를 지나가고 싶은데, 그럴 수 있을까요, 백작?」

「예, 걸어선 갈 수 있습니다. 그러나 마차로 못 갑니다」

「그럼, 걸어가지요」

「꼭 코르소 거리를 지나셔야 되겠습니까?」

「네, 거기서 좀 보고 싶은 게 있어서요」

「그렇다면야 코르소 거리로 해서 가십시다. 마차는 바부이노 거리로 해서 포폴로 광장에서 기다리도록 하지요. 하긴 나도 코르소 거리로 가면, 내가 명령한 걸 다 해놓았나 볼 수도 있으니 나쁘진 않습니다」

「각하!」 하며 하인이 문을 열고 들어와서 말했다.

「패니탕(고행회원——옮긴이) 복장을 한 사람이 와서 각하를 뵙겠다고 합니다」

「응, 그래?」 백작이 말했다. 「무슨 일인지 알겠어. 자, 그럼 다시 객실로 건너가지 않으시겠습니까? 가운데 테이블 위에 고급 하바나 담배가 있을 것입니다. 저도 곧 뒤따라 가겠습니다」

두 청년은 자리에서 일어나 한쪽 문으로 나갔다. 한편 백작은 실례한다는 말을 다시 한번 하고 다른 문으로 나갔다. 알베르는 대단한 애연가인데다 이탈리아에 온 후로는 파리의 카페에서 즐기던 궐련을 못 피우게 되어 불평이 대단했던 만큼, 테이블로 다가가 진짜 궐련을 보자 환성을 올렸다.

「그런데」 하고 프란츠는 알베르에게 물었다. 「몬테크리스토 백작을 자넨 어떻게 생각하나?」

「어떻게 생각하다니?」 알베르는 친구가 그런 질문을 한 것을 이상스럽게 생각하며 말했다. 「매력 있는 남자 아닌가. 손님을 대하는 태도도 기가 막히고, 견문도 넓고, 학문도 있고, 생각도 깊고, 또 브루투스처럼 스토아 파이고」 알베르는 이렇게 말하고는 애교 있게 담배 연기를 한 모금 내뿜었다. 담배 연기는 나선형을 그리며 천장을 향해 올라갔다. 그는 덧붙여 말하였다. 「무엇보다도 말야, 기가 막히게 좋은 담배를 가지고 있는걸」

이것이 백작에 대한 알베르의 의견이었다. 그런데 프란츠는 알베르가 항상 자기는 사람이나 사물에 관해서 의견을 말할 때는 우선 충분히 생각을 한 후에 한다고 뽐내고 있는 것을 알고 있는지라 그의 견해를 뒤집어놓으려는 생각은 아예 하지도 않았다.

「하지만」 하고 그는 말했다.「이상한 점을 발견한 건 없나?」

「뭘?」

「백작이 자네를 유심히 보고 있던 일 말야」

「나를?」

「그래, 자네를」

알베르는 생각했다.

「아아!」 하고 그는 한숨을 쉬면서 말했다.「그건 이상할 게 하나도 없어. 파리를 떠난 지가 벌써 이럭저럭 일 년이 다 됐으니, 내 옷이 필경 유행에 뒤떨어졌기 때문일 거야. 백작은 나를 시골뜨기라고 생각했겠지. 그건 잘못이라는 걸 좀 알려주게. 기회를 봐서 그렇지 않다고 말 좀 해줘」

프란츠는 웃었다. 그리고 잠시 후에 백작이 들어왔다.

「기다리게 해서 죄송합니다」 하고 그가 말했다.「자, 이제부턴 다시 상대가 되어드리겠습니다. 일러둘 건 다 일러두었습니다. 마차는 포폴로 광장으로 따로 갈 겁니다. 우린 따로 코르소 거리를 지나서 가도록 하십시다. 그럼 모르세르 씨, 담배를 몇 대 가져가지 않으시겠습니까?」

「고맙습니다」 알베르가 말했다.「사실, 이탈리아 담배는 관영 담배보다 훨씬 질이 나빠서요. 이 다음에 파리에 오시면 제가 보답해 드리겠습니다」

「사양 않겠습니다. 언젠가는 한번 갈 생각입니다. 환영해 주신다니 가면 댁을 한번 방문하겠습니다. 자, 자, 우물쭈물할 시간이 없군요. 벌써 열두시 반입니다. 가십시다」

세 사람은 아래로 내려갔다. 마부는 아까 주인이 내린 명령에 따라 바부이노 거리를 지나서 갔다. 한편 걸어가는 세 사람은 스페인 광장을 지나 곧장 피아노 저택과 로스폴리 저택 사이로 나가는 프라티나 거리를 올라갔다.

프란츠의 눈은 그 로스폴리 저택의 창으로만 열심히 쏠렸다. 그는 콜로세움에서 망토를 입은 사나이와 트란스테베레 복장을 한 사나이가 약속한 신호를 잊지 않고 있었던 것이다.

「어느 것이 백작님의 창이죠?」 프란츠는 될 수 있는 한 태연한 어조로 백작에게 물었다.

「저 끝의 세 개입니다」 하고 백작은 부자연스러운 티라고는 전혀 보이지 않는 무심한 태도로 대답했다. 백작으로서는 어째서 이런 질문을 했는지 모르고 있었기 때문이다.

프란츠의 시선은 급히 그 세 개의 창으로 쏠렸다. 양쪽 두 개에는 노란색 커튼이 늘어져 있고, 가운데 창에는 붉은 십자가가 있는 흰 천이 늘어져 있었다.

망토를 걸친 사나이가 트란스테베레의 남자에게 약속을 지켰던 것이다. 이제는 의심할 여지 없이 그 망토를 입은 사나이가 백작임에 틀림없었다.

그 세 개의 창에는 아직 아무도 없었다.

곳곳에서 한창 준비 중이었다. 의자를 놓거나 발판을 만들거나 창문에 커튼을 치는 중이었다. 종이 올리기 전까지는 가면을 달거나 마차를 타고 돌아다닐 수 없었다. 그러나 창 뒤에는 가면이 숨겨져 있고, 문마다 그 뒤에는 마차가 대기하고 있음을 느낄 수 있었다.

프란츠와 알베르와 백작, 이 세 사람은 계속해서 코르소 거리를 걸어서 내려가고 있었다. 포폴로 광장이 가까워지자 군중은 점점 더 많아졌다. 그리고 그 군중들 머리 위로 두 가지 물체가 우뚝 서 있는 것이 보였다. 하나는 꼭대기에 십자가가 달린, 광장의 중앙을 표시하는 오벨리스크이고, 그 앞에는 비부이노와 코르소, 리페타의 세 거리에서 훤히 보이는 곳에 단두대의 기둥이 두 개 서 있었고 그 사이에는 둥그런 칼날이 빛나고 있었다.

길모퉁이에서 그들은 백작의 집사를 만났다. 그는 주인을 기다리고 있던 중이었다.

백작이 필경 손님들에겐 알리고 싶지 않을 엄청난 값을 치르고 세낸 그 창은 바부이노 거리와 핀치오 언덕 사이에 있는 대저택의 3층에 있었다. 그것은 앞에서 말한 대로 침실로 통하는 화장실 같은 것으로, 침실의 문을 닫으면 마치 자기 집에 있는 것처럼 편안한 곳이다. 의자 위에는 흰색과 푸른색의 굉장히 우아한 비단으로 만든 어릿광대 옷이 놓여 있었다.

「의상의 선택은 제게 맡겨주셨기에」 하고 백작은 두 청년에게 말했다. 「이 옷을 준비시켜 놓았지요. 첫째로 올해는 이런 옷이 제일 인기일 것이고, 또 콘페티(사육제 때 던지는 색종이나 가루 같은 것——옮긴이)를 던지기에도 제일 편리할 것 같아서요. 밀가루가 묻어도 괜찮을 테니까」

프란츠는 백작의 말을 듣는 둥 마는 둥 했다. 그리고 이러한 새로운 배려에 대해서도 별 고마움을 못 느끼는 것 같았다. 왜냐하면 그는 포폴로 광장의 풍경과 그 광장에서 가장 중요한 장식을 이루고 있는 저 무시무시한 단두대 쪽으로 모든 주의가 쏠렸기 때문이었다.

프란츠가 단두대를 본 것은 이번이 처음이었다. 여기서 단두대라고 말한 것은 로마의 단두대가 프랑스의 기요틴과 거의 같은 모양으로 만들어졌기 때문이다. 초승달 모양으로 된 칼이 오목한 부분으로 목을 자르게 되어 있어서, 기요틴보다 낮게 내려치게 되는 점이 다를 뿐이었다.

두 사람의 사나이가 죄수를 누일 널판 위에 앉아 식사를 하고 있었다. 프란츠의 눈에는 빵과 소시지를 먹고 있는 것 같았다. 둘 중 한 사람이 널판을 들더니 그 안에서 포도주병을 꺼내 한 모금 마시고는 동료에게 넘겨주었다. 그 두 사람은 사형 집행인의 조수들이었다.

그 광경만 보고도 프란츠는 머리털 구멍에서 땀이 솟아오르는 것 같았다.

사형수들은 전날 밤 새 감옥에서 산타마리아델포폴로의 작은 성당으로 옮겨져서, 촛불로 환하게 밝혀진 사원 안에서 철창에 갇힌 채 각각 신부 두 사람의 보호를 받으면서 하룻밤을 지냈던 것이다. 그리고 철창 앞에는 보초들이 한 시간마다 교대해 가며 왔다갔다하고 있었다.

성당 문 양쪽에 2열로 선 헌병들의 줄이 단두대까지 뻗어 있었다. 그리고 약 3미터쯤 되는 너비의 길을 터놓고, 단두대 주위로는 백 보쯤 되는 거리에 둥그렇게 공간을 남겨두고 있었다. 광장의 나머지 부분은 온통 사람들의 머리로 꽉차 있었다. 많은 여자들이 어린애들을 어깨 위에 올려놓고 있었다. 아이들은 상반신이 전부 군중 위로 솟아 있었으므로 실컷 구경할 수 있었다.

핀치오 언덕은 계단이란 계단은 모조리 구경꾼들로 가득 차서 마치 커다란 원형 극장 같았다. 바부이노 가와 리페타 거리의 모퉁이에 있는 두 성당의 발코니는 특권층 사람들이 차지하고 있었다. 주랑(柱廊)의 계단은 끊임없는 밀물에 밀려 문 쪽으로 쏠려 흘러가는 갖가지 색깔의 물결과도 같았다. 벽에는 조금이라도 불쑥 튀어나온 데만 있으면, 영락없이 살아 있는 인간의 입상이 올라가 있었다.

과연 백작이 한 말은 거짓이 아니었다. 인생에 있어서 가장 흥미로운 것, 그것은 분명 인간의 죽음을 구경하는 일이었다.

그러나 이 엄숙한 장면 앞에서 물 끼얹은 듯 조용해야 할 군중들 사이로 떠들썩한 소리가 들끓었다. 웃음소리, 야유하는 소리, 즐거운 듯한 외침소리가 뒤범벅이 되어 있었다. 말하자면 백작의 말대로 사형 집행이란 일반 군중에게는 단지 사육제의 시작 외엔 아무 것도 아니었던 것이다.

갑자기 이 모든 소음이 마술에라도 걸린 듯이 뚝 그쳤다. 성당의 문이 열렸던 것이다.

제일 먼저 고행회원 한 무리가 눈만 내놓은 회색 옷을 입고 불켜진 양초를 손에 들고 나타났다. 선두에는 교단의 장로가 걸어오고 있었다.

고행회원들 뒤로 키가 큰 사나이가 따라나오고 있었다. 그 사나이는 옷이라곤 무명 속바지밖에 걸친 것이 없었다. 그리고 허리에는 칼집에 든 칼을 하나 차고, 오른쪽 어깨에는 무거운 쇠뭉치를 메고 있었다. 그 사나이가 바로 사형 집행인이었던 것이다.

거기다가 그 사나이는 노끈으로 발을 얽어맨 샌들을 신고 있었다.

사형 집행인 뒤에는 처형 순서에 따라 먼저 페피노가, 그 다음으로 안드레아가 걸어나왔다.

각각 신부가 두 명씩 따라나오고 있었다.

죄수들은 둘 다 눈을 가리지는 않았다.

페피노는 제법 꿋꿋한 걸음걸이로 걸어오고 있는 품이, 아마도 자기를 위해서 무슨 일이 준비되고 있는지 알고 있는 것 같았다.

안드레아는 양쪽으로 신부의 부축을 받고 있었다.

두 사람은 수시로 신부가 대주는 십자가에 입을 맞추었다.

프란츠는 그것만 보고도 다리의 맥이 쑥 빠지는 것 같았다. 그는 알베르를 쳐다보았다. 알베르도 그가 입고 있는 셔츠처럼 얼굴빛이 새하얗게 되어서는 아직 반밖에 피우지 않은 담배를 기계적으로 멀리 던져 버렸다.

백작만이 냉정해 보였다. 아니, 오히려 그 창백한 뺨 위엔 어느 정도 화색마저 감도는 것 같았다.

코는 마치 피 냄새를 맡는 맹수의 코처럼 벌름거리고, 가볍게 열린 입술 사이로는 승냥이처럼 작고 뾰족한 하얀 이가 드러나보였다.

그럼에도 불구하고 그의 얼굴에는 한편, 프란츠가 아직까지 본 적 없는 부드러운 미소의 빛마저 떠돌고 있었다. 특히 그 검은 눈은 놀랄 만큼 온후하고 부드럽게 빛나고 있었다.

그러는 사이에도 죄수들은 계속해서 단두대 쪽으로 걸어가고 있었다. 그들이 가까이 오면서 얼굴이 점점 더 뚜렷하게 드러나기 시작했다. 페피노는 스물다섯 내지 스물일곱쯤 된, 그을린 얼굴에 대담한 눈길을 지닌 잘생긴 청년이었다. 그는 머리를 높이 들고, 자기를 구해 줄 사람이 어느 쪽에서 나타날지 알아내려고 바람의 냄새를 맡고 있는 것같이 보였다.

안드레아는 뚱뚱하고 키가 작달막한 사나이였다. 천하고 잔인해 보이는 그 얼굴만으로는 나이를 짐작하기 어려웠다. 그래도 한 서른은 되어보였다. 감옥에 있는 동안 수염이 덥수룩하게 자라 있었다. 머리는 한쪽 어깨 위로 축 늘어뜨리고, 다리는 몸무게에 눌려 구부러져 있었다. 전신이 기계적으로 움직일 뿐, 이미 자기 의사라곤 하나도 남아 있지 않은 것 같았다.

「아까는」 프란츠가 백작에게 말했다. 「말씀하시길, 사형 집행은 한 번뿐이라고 하신 줄로 아는데요」

「그렇습니다」 백작은 냉담하게 대답했다.

「하지만 사형될 사람이 둘 아닙니까?」

「네, 저 중 하나는 곧 사형을 당할 겁니다. 그러나 다른 사람은 앞으로 꽤 오래 더 살게 될걸요」

「하지만 만약 특사를 내릴 거라면, 이러고 우물쭈물할 시간이 없지 않을까요?」

「그렇지요. 아, 저기 오는군요, 보세요」 하고 백작이 말했다.

과연 페피노가 단두대 밑까지 왔을 때, 고행회원 한 사람이 좀 늦게 도착한 듯 병사들이 길을 비켜주는 대로 사람들 틈을 뚫고 장로 쪽으로 달려가서, 넷으로 접은 종이 쪽지를 그에게 건네주었다.

페피노의 타는 듯한 눈은 이러한 사태를 하나도 빼놓지 않고 지켜보고 있었다. 장로는 쪽지를 펼치고 읽더니 손을 들었다.

「주님을 찬송할지어다. 교황을 찬양할지어다」 그는 높고 뚜렷한 목소리로 이렇게 말했다.

「사형수 중 한 사람에게 특사령이 내렸다」

「특사라고!」 군중들은 일제히 소리쳤다. 「특사가 내렸다!」

특사라는 말에 안드레아는 소스라치게 놀라는 듯하더니 고개를 쳐들었다.

「누구한테 말이오?」 하고 소리쳤다.

페피노는 꼼짝도 않고 입을 다문 채 숨을 죽이고 있었다.

「일명 로카 프리오리라고 불리는 페피노, 특사에 의해 사형을 면한다」 교단의 장로가 말했다.

그러고 나서 그는 헌병을 지휘하는 대장에게 그 쪽지를 넘겨주었다. 헌병 대장은 그것을 받아 읽고 나서 다시 관장에 돌려주었다

「페피노에게 특사라고!」 안드레아는 지금까지의 무감각한 상태에서 깨어나 소리쳤다. 「아니, 왜 그놈에게만 특사가 내리고 나한텐 없단 말이오? 둘이 같이 죽게 되어 있었는데. 그놈은 나보다 먼저 죽을 거라고 그러고선, 나만 혼자 죽이는 법이 어디 있어? 난 혼자 죽기 싫어. 그러긴 싫단 말야!」

그러더니 그는 두 신부의 팔을 뿌리치고 몸부림을 치며, 으르렁거리고 울부짖으며 자기 손을 묶고 있는 밧줄을 끊어버리려고 미련하게 힘을 썼다.

사형 집행인이 두 조수를 향하여 신호를 보냈다. 그러자 조수들이 단두대 아래로 뛰어내려오더니 사형수를 붙잡았다.

「왜 저러죠?」 프란츠가 백작에게 물었다.

실은 모두 로마 사투리로 이야기되었기 때문에 그는 그 뜻을 분명히 이해할 수 없었다.

「왜 저러느냐고요?」 백작이 말했다. 「잘 못 알아들으시겠습

니까? 사형을 당하게 될 사람이 자기 동료는 같이 죽게 되지 않아서 화가 난 겁니다. 만약에 그대로 자기만 죽고 친구는 살게 된다면, 차라리 그놈을 손톱과 이빨로 물어뜯어 죽이고 말겠다는군요. 오, 인간이여! 인간이여! 악어의 종족이여! 하고 칼 모어(쉴러의 『군도』에 나오는 주인공 이름——옮긴이)도 말하고 있지 않습니까」 백작은 두 주먹을 군중 쪽으로 내밀며 이렇게 소리쳤습니다. 「또 너희들다운 짓을 하고 있구나! 언제나 인간들은 저희들다운 행동만 하고 있어!」

과연, 안드레아와 사형 집행인의 두 조수는 한 덩어리가 되어 먼지 구덩이를 뒹굴고 있었다.

「그놈도 죽여라! 그놈도 죽여야 해! 나 혼자만 죽이는 법이 어디 있어!」

「저것 좀 보십시오」 백작은 두 청년의 손을 잡으며 말을 이었다. 「저걸 좀 보세요. 저 인간의 모습이 재미있지 않습니까? 자, 저 사나이는 운명을 체념하고 단두대를 향해 걸어가서 비겁한 놈처럼 그대로 아무런 저항도 항변도 못하고 죽어갈 참이었습니다. 그런데, 무엇이 그에게 다소나마 힘을 불어넣어 주었는지 아십니까? 무엇이 그 사나이에게 위안이 되었는지 아십니까? 무엇이 그 사나이에게 체념하고 형벌을 받을 수 있게 했는지 아시겠습니까? 그것은 다른 사람이 그 고통을 함께 당한다는 것 때문이었습니다. 말하자면 다른 사람이 자기와 함께 자기처럼 죽을 것이라는 점입니다. 다른 사람이 자기보다 앞서 죽을 테니까 말입니다. 양 두 마리를 도살장으로 끌고 가보십시오. 소 두 마리를 끌고 가보십시오. 그래 가지고는 그 두 마리 중 한 놈에게 같이 온 한 마리는 죽이지 않게 되었다고 알려줘 보십시오. 그러면 양은 좋아서 매애 하고 울 것입니다. 소도 너무나 기뻐서 음매 하고 울 것입니다. 그런데 인간은 어떻습니까. 신이 자신의 모습과 똑같이 만들었다는 인간, 신이 이웃에 대한 사랑을 으뜸의 법으로 정해 주신 그 인간, 그리고 신이 자신의 의사를 표현할 수 있도록 목소리를 주신 그 인간은 친구가 살아나게 되었다는 소리를 들었을 때 제일 먼저 외치는 소리가 대체 무엇이겠습니까? 저주올시다. 인간에게 영광이 있으라! 자연이 창조해 낸 걸작, 창조물 중의 왕인 인간이여, 영광이 있으라!」

이렇게 말하고 백작은 갑자기 껄껄 웃었다. 그러나 이 가슴이 섬뜩해지는 웃음 속에는, 이렇게 웃게 되기까지 그가 얼마나 무서운 고통을 경험했는지 능히 짐작게 하는 것이 있었다.

그러나 그러는 동안에도 격투는 계속되어 보기에도 끔찍스러울 지경이었다.

두 사람의 사나이가 안드레아를 단두대 위로 끌어올렸다. 구경꾼들은 모두 그에게 반감을 품고 있었다. 그리하여 2만여 명의 목소리가 일제히「죽여라! 죽여라!」하고 소리쳤다.

프란츠는 뒤로 물러나 앉았다. 그러나 백작은 그의 팔을 잡아 다시 창문 앞에 앉혔다.

「왜 그러십니까?」백작이 프란츠에게 물었다.「불쌍해져서 그러세요? 좋습니다. 생각해 보십쇼. 만일 미친 개가 으르렁거리는 소리를 들으면 당신은 총을 들고 거리로 뛰어나와 그 불쌍한 짐승을 용서없이 죽이실 겁니다. 그러나 개 입장에서 본다면, 결국 자기도 다른 개한테 물렸기 때문에 그 개한테 당한 일을 그대로 보복하는 것밖엔 아무 죄도 없습니다. 그런데 당신은 한 인간에게 동정을 느끼고 계십니다. 그 인간이란, 아무 한테도 물리지 않았는데도 불구하고 자기의 은인을 죽인 사람인데. 게다가 지금은 또 손이 묶여서 더는 사람을 죽일 수가 없기 때문에, 이번엔 기어이 자기와 같이 감방에 있던 불쌍한 친구가 죽는 꼴을 보겠다는 겁니다. 자, 안 됩니다. 안 돼, 저 걸 좀 보세요」

그러나 그러한 백작의 권고도 이제는 거의 소용없이 되어버렸다. 프란츠 자신이 이 끔찍한 광경에 스스로 홀린 것 같았다. 두 사나이가 사형수를 단두대 위에 올려놓았다. 사형수가 기를 쓰고 물어 뜯고 소리를 지르거나 말거나, 그들은 그를 단두대 위에다 억지로 꿇어 앉혔던 것이다. 그러는 동안에 사형 집행인은 그 옆에서 쇠망치를 든 채로 서 있었다. 그가 신호를 하자 두 조수는 뒤로 물러났다.

사형수가 일어서려고 했다. 그러나 채 일어서기도 전에 쇠망치가 그의 왼쪽 관자놀이를 내리쳤다. 분명치 않은 둔탁한 소리가 퍽 하고 났다. 사형수는 소처럼 얼굴을 땅바닥에 박고 고꾸라졌다. 그러자 사형 집행인은 망치를 내려놓고 허리에서 단도를 빼내어 단칼에 목을 찔렀다. 그리고 죄수의 배 위에 올라가 발로 마구 짓밟기 시작했다.

발길에 밟힐 때마다 사형수의 목에서 핏줄기가 하늘로 뻗쳤다.

이번에야말로 프란츠는 더 이상 참고 볼 수가 없었다. 그는 다시 뒤로 물러섰다. 그리고 거의 실신한 사람처럼 안락의자 위에 털썩 주저앉았다.

알베르는 눈을 꼭 감은 채 그 자리에서 꼼짝하지 않았다. 그는 창문의 커튼을 꼭 잡고 있었다.
 백작은 일어서 있었다. 그는 마치 악마처럼 의기양양한 모습이었다.

로마의 사육제

프란츠가 제정신으로 돌아와보니 알베르는 물을 마시고 있었다. 얼굴빛이 새파랗게 질린 것으로 보아 그는 물을 마셔야만 했던 것이다. 그러나 백작은 벌써 어릿광대 옷을 입고 있었다. 프란츠는 기계적으로 눈을 광장 쪽으로 돌렸다. 광장에는 단두대도 사형집행인도 죄수들도 이미 다 자취를 감추었고, 남아 있는 것이라곤 단지 떠들썩하고 분주한 듯 흥겨운 군중들뿐이었다.

교황이 죽었을 때와 가장 행렬이 시작될 때에만 울리게 되어 있다는 치토리오 언덕의 종이 한창 소란스럽게 울리고 있었다.

「아니」 하고 그는 백작에게 물었다. 「무슨 일이 일어났습니까?」

「아무 일도 일어나지 않았습니다. 절대로」하고 백작이 대답했다.

「보다시피 사육제가 시작되었을 뿐이죠. 자, 어서 옷을 바꿔 입으시오」

「과연」하고 프란츠는 백작에게 말했다.「그 무서운 장면도 꿈의 흔적으로밖엔 기억이 없군요」

「그건 다시 말하면, 당신이 보신 것이 하나의 악몽에 지나지 않았기 때문입니다」

「네, 저야 그렇겠지요. 그런데 그 사형수는?」

「그 사람에게도 하나의 꿈이지요. 단지 그 사람의 경우는 꿈과 함께 아주 눈을 감아버린 것이고, 반대로 당신의 경우는 다시 눈을 뜨신 것입니다. 하지만 어느 쪽이 더 다행한지는 아무도 말할 수 없지요」

「그런데 페피노란 사람은 어떻게 됐나요?」하고 프란츠가 물었다.

「페피노는 상당히 분별히 있는 청년이던데요. 자부심 같은 건 털끝만치도 가지고 있지 않더군요. 남이 자기에게 관심을 가져주지 않으면 화를 내는 보통 사람들과는 달리, 그 청년은 일반의 주의가 자기 친구에게 쏠리는 것을 보고 아주 좋아하고 있었습니다. 그래서는 사람들의 관심이 다른 데로 쏠린 틈을 타서 군중 속에 끼여들어 자기를 따라온 친절한 신부들에게 치하하는 것도 잊어버리고 어디론가 사라져버리고 만 것입니다. 그러니 확실히 인간이란 은혜도 모르는 지극히 이기적인 동물이지요…… 아니, 그런데 옷을 입으셔야죠. 저것 보세요, 알베르 드 모르세르 씨가 벌써 본보기로 떡 입고 계시지 않습니까?」

과연 알베르는 까만 바지와 에나멜 구두 위에 그냥 기계적으로 호박단 바지를 입고 있었다.

「이봐, 알베르!」 프란츠가 말했다. 「자네도 그 미친 지랄에 한데 어울릴 수 있겠나? 자, 솔직히 대답해 봐」

「아니」 알베르가 대답했다. 「하지만 사실 난 아까 그런 걸 본 게 잘됐다고 생각해. 그리고 백작께서 한 말을 이젠 알겠어. 말하자면 그런 광경을 한번만 보면, 정말로 사람의 감정을 흥분시킬 수 있는 건 그런 것 외엔 아무것도 없다는 얘기 말이네」

「게다가 그런 경우, 처음으로 여러 가지 성격의 연구가 되니까요」 하고 백작이 말했다. 「단두대의 첫단계에서 죽음은 인간이 평생 동안 뒤집어쓰고 있던 가면을 완전히 벗겨버립니다. 그리고 거짓이 없는 진짜 얼굴이 나타나는 거지요. 그런데 솔직히 말해서 안드레아의 얼굴은 결코 보기 좋은 꼴은 아니었습니다…… 그 추한 깡패 같은 놈…… 자, 얼른 옷을 입읍시다. 빨리 입으셔야지요!」

프란츠는 이제 와서 자기 혼자만 여자처럼 뺀다든가, 두 사람이 하는 대로 따라 하지 않는다면 우스꽝스러워 보일 것이라고 생각했다. 그래서 그는 자기도 옷을 입고 가면을 썼다. 그러나 그의 얼굴빛이 가면보다도 창백했음은 말할 나위도 없었다.

화장이 끝나자 그들은 아래로 내려왔다. 마차는 콘페티나 꽃다발을 가득 싣고 문에서 기다리고 있었다.

마차는 행렬 속으로 끼여들었다.

조금 전에 일어났던 광경과 비교해 볼 때, 이 이상 반대되는 광경은 상상할 수도 없을 정도였다. 음산하고 가라앉은 그 사형 집행 장면 대신에 포폴로 광장은 지금 미친 듯이 날뛰는 대향연의 모습을 보이고 있었다. 가면을 쓴 군중의 떼가 사방에서 밀려나와, 문에서 쏟아져나오기도 하고 또는 창문으로 밀려나와 거리를 메우고 있었다. 피에로며 아르르켕(울긋불긋한 옷을 입은 광대——옮긴이)이며, 도미노, 후작, 그리고 트란스테베레의 복장을 한 사람들이며, 괴상한 차림을 한 사람들, 그리고 기사며 농부들을 가득 채운 마차들이 거리의 골목 골목에서 쏟아져 나왔다. 이 모든 사람들이 소리를 고래고래 지르며, 줄곧 손짓 몸짓을 해가며, 밀가루를 묻힌 달걀이나 콘페티나 꽃다발들을 던지고 있었다. 친구든 아니든, 아는 사람이건 모르는 사람이건 간에 상대를 가리지 않고 마구 잡담을 퍼부으며 닥치는 대로 물건을 던지고 있었다. 그러나 아무도 거기 대해서 화를 낼 권리는 없고, 웃어넘기는 수밖엔 다른 도리가 없었다.

프란츠와 알베르는 마치 심한 슬픔을 잊어버리기 위해서 이 떠들썩한 축제에 끌려가는 사람과 같았다. 두 사람은 술을 마시고, 얼근히 취해 가면서, 과거와 현재 사이에 끼어 있는 장막이 점점 더 두꺼워지는 것을 느꼈다. 두 사람은 여전히 아까 본 일들을 마음속에 회상하고 있었다. 아니, 그것을 계속해서 자기 자신 속에서 느끼고 있었던 것이다. 그러나 차차 주위의 들뜬 기분이 두 사람에게도 힘을 뻗치기 시작했다. 그리하여 두 사람에게는, 흔들리는 자신들의 이성이 자기들을 내버리려는 것같이 생각되었다. 그들은 이러한 난동, 이러한 움직임, 이러한 혼돈 속에 자기들도 끼여들고 싶은 이상한 욕망을 느꼈다. 이웃 마차에서 알베르에게 던진 한줌의 콘페티 때문에 같이 있던 두 사람에게도 밀가루 세례가 퍼부어져서 목이며, 가면으로 가려지지 않은 얼굴 부분이 마치 한꺼번에 바늘 백 개에 찔리기라도 한 듯이 따끔따끔 아파왔다. 그래서 결국 그도 지금까지 만난 가면을 쓴 사람들이 벌써 시작해 버린 그 싸움에 끼여들지 않을 수 없게 되었다. 알베르는 마차에서 일어나 자루에서 달걀이며 사탕을 양손으로 한 움큼씩 꺼내, 있는 힘을 다해 될 수 있는 대로 잘 겨냥해 이웃 사람들에게 던졌다.

그때부터 싸움은 치열해졌다. 바로 반시간 전에 본 사건의 기억은 이미 두 사람의 머릿속에서 완전히 사라져버렸다. 그만큼 지금 눈앞에 전개되고 있는 다채롭게 움직이며 미친 듯이 날뛰는 광경은 두 사람의 기분을 바꾸어놓았던 것이다. 그러나 한편, 몬테크리스토 백작은 앞에서도 말한 바와 같이 단 한순간도 마음이 동하는 것같이 보이지 않았다.

실제로 이때의 넓고 아름다운 코르소 거리를 상상해 보라. 길 양쪽 끝에서 끝까지 사오층의 커다란 건물들이 줄지어 있다. 건물들의 발코니는 비단으로 장식되어 있고, 창문마다 천이 늘어져 있었다. 그 발코니와 창문들은 삼십만이나 되는 구경꾼들로 가득 차 있었다. 로마 시민, 이탈리아 사람, 그리고 세계 곳곳에서 몰려든 외국인들에 혈통상의 귀족, 재산으로 된 귀족, 재능으로 된 귀족 등 가지각색의 귀족들이 몰려와 있다. 아름다운 부인들도 이 광경에 마음을 빼앗겨, 발코니 위로 몸을 구부려 창문 바깥까지 몸을 내밀고 지나가는 마차 위에 콘페티를 빗발처럼 뿌렸다. 그러면 마차에서는 꽃다발을 던져 이에 답하는 것이었다. 그래서 아래로 던지는 봉봉과 위로 던져진 꽃다발들이 공중에서 뒤얽혀 하늘이 침침해질 지경이었다. 그리고 거리에는 미친 듯이 좋아 날뛰는 끝없는 군중들이 미친 사람 같은 옷을 걸치고 가득 차 있다. 커다란 캐비지가 돌아다니는가 하면 사람의 몸뚱이 위에 물소의 대가리가 올라앉아 있기도 하고, 개가 뒷다리로 서서 걸어가는 모습도 지나간다. 이러한 가운데 한 사나이가 가면을 쳐들었다. 칼로가 생각해낸 〈성 안토니우스의 유혹〉이라는 그림에서 아스타르테의 황홀한 얼굴을 한 여자도 있다. 그러자 그 뒤를 따라가려는 놈이 생긴다. 그러다 결국은 꿈속에 나타나는 악마와 같은 무리들에게 가로막히고 만다. 자, 이렇게라도 상상해 본다면, 로마의 사육제가 어떤 것인지 조금은 알 수 있을 것이다.

두번째로 거리를 돌았을 때, 백작은 마차를 세우더니 두 사람에게 자기는 여기서 잠깐 실례를 할 터이니 마차는 마음대로 쓰라고 말했다. 프란츠가 눈을 들어보니 바로 로스폴리 저택 앞이었다. 로스폴리 저택의 가운데 창, 붉은 십자가 그려진 흰 헝겊을 늘어뜨린 그 창에 푸른 도미노 옷을 입은 남자가 있었다. 프란츠는 곧 상상력을 움직여, 아르젠티나 극장에서 본 그 아름다운 그리스 여자의 모습을 떠올렸다.

「그럼」 하고 백작은 마차에서 뛰어내리며 말했다. 「무대에서 계시는 데 싫증이 나서 다시 구경이나 하고 싶으실 때는 제 창에 자리가 있습니다. 그때까지는 제 마부며 마차며 하인들을 마음대로 쓰십시오」

애기하는 걸 잊어버렸지만, 백작의 마부는 곰가죽 외투로 당당하게 몸을 싸고 있었다. 그런 품이 마치 「곰과 파샤」에 나오는 오드리와 아주 흡사했다. 한편 마차 뒤쪽에 서 있는 하인 두 사람은 몸에 꼭 맞는 푸른 원숭이 가죽옷을 입고 있었다. 그리고 얼굴에는 용수철 장치가 된 가면을 쓰고, 지나가는 사람들에게 찌푸린 얼굴을 지어보였다.

프란츠는 백작의 호의에 감사했다. 한편 알베르는 백작의 마차와 마찬가지로 행렬이 잠깐 가다가 쉬는 바람에 멈추어 선, 로마의 농촌 처녀들을 가득 실은 마차를 향해 희롱을 하며, 꽃다발을 마구 뿌렸다.

그러나 불행히도 행렬은 다시 움직이기 시작했다. 알베르가 탄 마차는 포폴로 광장 쪽으로 내려가는데, 그의 관심을 끌었던 그 마차는 베네치아 저택 쪽으로 올라가고 말았다.

「이봐, 프란츠」하고 그는 말했다. 「자네 못 봤나?」

「뭘?」 프란츠가 물었다.

「저것 말야, 로마의 시골 처녀들을 가득 싣고 가는 저 마차 말이야」

「못 봤는데」

「음, 확실히 기가 막히게 예쁜 아가씨들인걸」

「그렇다면 자네가 가면을 쓰고 있던 게 유감인데, 알베르」 하고 프란츠가 말했다. 「여태까지의 실망을 회복할 절호의 기회를 놓쳤으니 말야」

「오!」 알베르는 반은 웃고, 반은 확신이 있는 듯이 대답했다. 「이번 사육제가 나에게 그 보상을 안해 주지는 않을걸」

그러나 이러한 알베르의 희망에도 불구하고, 그날은 두세 번 그 로마의 처녀를 태운 마차와 마주쳤을 뿐, 하루 종일 이렇다 할 아무 일도 일어나지 않았다. 꼭 한번 이렇게 마주치다가 우연이었는지, 또는 알베르가 계획적으로 그랬는지는 몰라도 그의 가면이 떨어졌다.

그때 그는 남아 있던 꽃다발을 모조리 집어 그 마차 속으로 던졌다.

그러자, 알베르가 시골 처녀의 의상을 한 여자들 중에 상상하고 있던 아름다운 여자가 확실히 이러한 알베르의 우아한 희롱에 마음이 움직였던지, 두 사람의 마차가 마주쳤을 때 그 여자가 오랑캐꽃 한 다발을 알베르에게 던졌다.

알베르는 그 꽃다발에 달려들었다. 프란츠로서는 특별히 그것이 자기에게 던져진 것이라고 생각할 만한 이유가 없었기 때문에 알베르가 집어가도록 내버려두었다. 알베르는 그것을 자랑스럽게 단춧구멍에 끼웠다. 그리고 마차는 의기양양하게 길을 계속해 갔다.

「자, 이제야 일이 시작되는군 그래!」하고 프란츠가 알베르에게 말했다.

「우습거든 실컷 웃게」하고 알베르가 대답했다. 「하지만 난 정말 그렇게 생각하는데. 그러니까, 이 꽃다발을 계속해서 달고 다닐 테야」

「물론이지!」 프란츠는 웃으면서 말했다. 「그 꽃으로 알아보라는 표시로군 그래」

그러나 이러한 농담은 이윽고 현실화될 기세를 보였다. 왜냐하면 여전히 행렬에 밀리고 프란츠와 알베르가 또다시 그 시골 처녀들의 마차와 마주쳤을 때, 아까 알베르에게 꽃다발을 던졌던 그 여자가 알베르가 단춧구멍에 꽃을 꽂고 있는 것을 보고 손뼉을 쳤기 때문이었다.

「브라보, 알베르! 브라보!」 프란츠가 이렇게 소리쳤다. 「만사가 근사하게 돼가는군 그래! 어때, 난 이제 비켜줄까? 혼자 있는 게 낫지 않겠어?」

「아니」 하고 알베르가 말했다. 「그리 서두를 건 없어. 첫번째 시위에, 오페라 극장의 무도회 때 시계 밑에서 만날 약속을 하는 그런 바보 짓은 안할 테니까(오페라 극장에서 사육제의 무도회를 시작할 때, 그 자리에서 맺어지는 가벼운 약속은 그 건물 근처에 있는 큰 시계 밑에서 만나는 것이 상례이다——옮긴이). 만약에 저쪽에서 좀더 심각하게 나올 기세라면 늦어도 내일까진 다시 만나게 될 테니까. 그때는 여자 쪽에서 자기가 여기 있다는 걸 가르쳐주려고 할걸. 그때부터는 나도 생각이 있으니까」

「과연 그럴 법하군」 하고 프란츠가 말했다. 「자넨 참 네스토르처럼 현명하고 율리시즈처럼 신중하단 말야. 그러한 자네를 어떤 동물로 변화시킬 수 있다면, 그 여자는 상당히 수가 세거나, 아니면 꽤 똑똑한 여자일 거야」

알베르의 말이 옳았다. 그 이름 모를 아름다운 여자는 분명 그날은 일을 더 이상 진전시키지 않을 심산인 듯했다. 두 청년은 그 다음에도 마차를 몇 바퀴씩 몰고 돌아다녀 봤지만, 그들이 찾는 마차는 눈에 띄지 않았다. 마차는 필경 근처의 어느 거리로 자취를 감춘 것이 분명했다.

하는 수 없이 두 사람은 로스폴리 저택으로 돌아왔다. 그러나 백작도, 푸른 도미노를 입은 사나이도 어디론가 사라져버리고 없었다. 그런데도 노란 헝겊이 드리워진 두 개의 창에는 여전히 사람들이 가득 차 있었다. 그들은 분명 백작이 초대한 사람들이었으리라.

바로 그때, 가장 행렬의 시작을 알렸던 그 종소리가 이번에는 폐회를 알려주었다. 그러자 곧 코르소 거리의 행렬이 흩어지기 시작하더니 삽시간에 마차란 마차는 모두 옆골목으로 사라져버렸다.

그 시각에 프란츠와 알베르는 마라테 거리 앞에 있었다. 마부는 아무 소리도 않고 그 거리로 들어가 로스폴리 저택을 끼고 스페인 광장까지 가서 호텔 앞에 멈추었다.

주인 파스트리니가 호텔 문어귀에서 손님을 맞아주었다.

프란츠는 먼저 백작에 대해 물었다. 그리고 시간에 맞추어 백작을 맞으러 가지 못해서 미안하게 됐다고 말했다. 그러나 파스트리니의 말에 의하면, 몬테크리스토 백작은 자신을 위해 마차를 한 대 더 주문해서 그 마차가 네시에 백작을 태우러 로스폴리 저택으로 갔으니 염려하지 말라는 것이었다. 게다가 주인은 두 청년에게 아르젠티나 극장의 특별석 열쇠를 전해 주라는 부탁까지 받았다는 것이었다.

프란츠는 알베르의 의향을 물어보았다. 그러나 알베르는 극장에 가는 것을 생각하기 전에 실행에 옮기지 않으면 안 될 커다란 계획이 있었다. 그래서 그 질문에 대답도 않고 주인에게 양복장이를 한 사람 구해줄 수 없겠느냐고 물었다.

「양복장이를요?」 하고 주인이 물었다. 「그건 또 왜 그러십니까?」

「음, 내일까지 될 수 있는 대로 멋진 로마 농부의 옷을 두 벌 만들게 하려고」 하고 알베르가 대답했다.

주인은 고개를 설레설레 저었다.

「내일까지 옷을 두 벌이나 만들라고요?」하고 그는 소리쳤다.「아니 각하, 죄송합니다만, 그건 프랑스식 주문이라는 건가요? 옷이 두 벌이라! 지금부터 일주일이 걸린다 해도, 그리고 설령 단추 하나에 1에퀴를 주신다 하더라도 조끼에 단추 여섯 개 달아줄 양복장이도 없을 겁니다」

「그렇다면 내가 바라는 옷은 아무래도 단념할 수 밖에 없단 말이지?」

「아니죠, 그런 옷이라도 기성복은 있을 겁니다. 그건 제게 맡겨 두십시오. 내일 아침 눈을 뜨셨을 때 만족하실 수 있도록, 모자며 윗도리며 바지를 다 대령할 테니까요」

「그럼」하고 프란츠는 알베르에게 말했다.「옷 건(件)은 주인에게 일임해 두도록 하지, 여태까지도 수완을 보여왔으니까 말이야. 자 그럼, 잠자코 저녁이나 먹세. 저녁을 먹고 〈알제리의 이탈리아 여자〉나 보러 갈까」

「〈알제리의 이탈리아 여자〉, 괜찮지」하고 알베르가 말했다.「하지만 주인, 나나 이 사람이나」알베르는 프란츠를 가리키며 말을 이었다.「지금 부탁한 그 옷이 내일 손에 들어온다는 사실이 상당히 중요하다는 걸 알아야 하오」

주인은 마지막으로 또 한번, 그런 건 조금도 걱정할 필요가 없다고 말하고, 바라는 대로 꼭 입으실 수 있도록 하겠다고 단언했다. 그러고 나서 프란츠와 알베르는 어릿광대의 의상을 벗으려고 위층으로 올라갔다.

알베르는 그 옷을 벗으면서 오랑캐 꽃다발을 조심스럽게 챙겨놓았다. 그것은 내일 자기를 알아보게 할 표지였기 때문이다.

두 청년은 식탁에 앉았다. 그러나 식사를 하면서 알베르는 호텔의 요리와 몬테크리스토 백작의 요리사의 솜씨 차이가 엄청나다는 사실에 새삼스레 놀랐다. 프란츠도 백작에게 대해 반감을 가진 것 같아 보였지만, 호텔의 요리와는 비교가 안 된다는 사실은 솔직히 고백하지 않을 수 없었다.

디저트 때 하인은 몇 시에 마차가 필요한지 알아보러 들어왔다. 프란츠와 알베르는 자기들이 너무 폐를 끼치는게 아닌가 싶어 서로 마주 보았다. 하인은 곧 그 뜻을 알아차렸다.

「몬테크리스토 백작께서」 하고 그들에게 말했다. 「마차를 하루 종일 두 분께서 사용하시도록 하라고 명령을 내리셨습니다. 그러니, 아무쪼록…… 사양 마시고, 마음대로 써주십시오」

두 청년은 백작의 호의를 끝까지 받아들이기로 하고, 마차에 말을 대어놓으라고 일렀다. 그리고 낮 동안의 수없는 난동에 구겨져 버린 옷을 밤의 옷으로 갈아입으러 갔다.

준비가 끝나자, 그들은 아르젠티나 극장으로 가서 백작의 특별석에 자리를 잡았다.

1막이 상연되는 사이에 G…… 백작 부인이 자기 자리로 들어왔다. 그녀는 들어오자마자, 전날 밤 백작이 자리를 잡고 있었던 쪽으로 눈길을 돌렸다. 그러나 바로 24시간 전에 자기가 프란츠에게 그처럼 이상한 의견을 들려주었던 바로 그 백작의 자리에 프란츠와 알베르가 나란히 앉아 있는 것을 보았다.

부인의 오페라 망원경이 너무 집요하게 자기에게 쏠리는 것을 보고, 프란츠는 더이상 부인의 호기심을 오래 끄는 것은 너무 잔인한 일이라는 생각이 들었다. 그래서 두 사람은 관객석을 사교장으로 밖에 생각지 않는, 이탈리아 관객에게 부여된 특권을 이용해서 자기네 자리를 떠나 부인에게 인사하러 갔다.

두 사람이 부인의 자리로 들어서자마자, 부인은 프란츠에게 자기 앞자리에 와서 앉으라는 눈짓을 했다.

이번에는 알베르가 뒤에 앉았다.

「아니, 그런데」 하고 부인은 프란츠가 자리에 앉기가 무섭게 말했다. 「당신, 아무래도 저 현대판 루드벤 경하고 가까워지려고 몹시 서두른 것 같군요. 그리고 벌써 상당히 친해지셨군요?」

「아니, 부인 말씀처럼 그렇게 친밀해진 건 아닙니다만」 하고 프란츠는 백작 부인에게 말했다. 「솔직히 말해서 오늘은 하루 종일 백작의 친절을 다 받아들인 셈입니다」

「뭐라구요? 하루 종일요?」

「예, 그렇게 말할 수 있지요. 오늘 아침엔 그분에게 식사를 대접받고, 가장 행렬 때는 죽 그분의 마차로 코르소 거리를 돌아다니고, 저녁에는 이렇게 그분의 자리로 구경을 하러왔으니까요」

「그럼 그분을 아시나요?」

「안다고도 할 수 있고, 모른다고도 할 수 있습니다」

「그건 또 무슨 말씀이죠?」

「얘길 하자면 꽤 깁니다」

「제게 그 얘길 해 주시겠어요?」

「들으시면 무서워하실 텐데」

「그렇다면 더욱더 들어야겠군요」

「그렇지만 얘기가 끝날 때까지 기다려주십쇼」

「그러세요. 난 이야기가 끝이 나는 걸 좋아하니까요. 그건 그렇고, 도대체 어떻게 해서 그 사람하고 만나게 되셨죠? 누구 소개로 아시게 된 거예요?」

「아무의 소개도 받지 않았습니다. 그 사람 쪽에서 직접 우리한테 왔었지요」

「언제요?」

「어젯밤에요. 부인과 헤어진 후의 일입니다」

「누가 다리를 놓았나요?」

「아, 그건 우리 호텔의 주인 되는 시시한 친구가 다리를 놓아준 겁니다」

「그럼, 그 사람도 스페인 호텔에 같이 묵고 있나요?」

「같은 호텔에 있을 뿐 아니라, 층도 같은 층이죠」

「그 사람 이름이 뭐죠? 이름은 알고 계실 게 아니에요?」

「물론 알고 있지요. 몬테크리스토 백작입니다」

「그건 무슨 이름이죠? 가문에서 물려받은 이름은 아닐 텐데」

「아닙니다. 그 사람이 소유한 섬 이름을 딴 겁니다」

「그이가 백작이에요?」

「토스카나의 백작입니다」

「그렇다고 해둡시다」 하고 백작 부인은 말했다. 부인은 베네치아에서 가장 오래된 가문 출신이었다. 「그 사람은 대체 어떤 사람이죠?」

「그건 알베르 드 모르세르 자작에게 물어보십시오」

「들으셨어요? 알베르 씨, 당신에게 물으라는군요」 하고 백작 부인은 알베르에게 말했다.

「글쎄요. 일단 멋이 있는 사람이라고 생각하지 않을 수 없을 것 같군요」하고 알베르는 대답했다. 「십년지기 친구라도 그 사람이 우리에게 해준 것만큼은 못할 겁니다. 그것도 아주 우아하고 품위있게 예절을 갖추는 모습으로 보아, 정말 훌륭한 사교계의 신사라고 할 수 있습니다」

「자」하고 백작 부인은 웃으면서 말했다. 「이제 곧 아시게 되겠죠. 내가 말한 그 흡혈귀는 분명 벼락 부자가 된 다음, 속죄를 하려는 걸 거예요. 그리고 로스차일드 씨 같은 사람과 헷갈리지 않게 하려고 일부러 라라(바이런의 시에 나오는 주인공으로 시인이 자신의 염세관을 반영시켜 음산한 모습으로 묘사된다──옮긴이)와 같은 눈길을 하고 있는 걸 거예요. 그런데 참, 그 여자 보셨어요?」

「그 여자라니, 누구를 말씀하세요?」프란츠가 웃으면서 물었다.

「엊저녁 그 예쁜 그리스 여자 말이에요」

「아뇨. 하지만 그 여자가 연주하는 구즐라 소리는 들었던 것 같습니다. 그러나 모습은 전혀 보이질 않더군요」

「모습을 보이지 않는다니, 프란츠」하고 알베르가 말했다. 「이상하게 생각하려는 것 아냐? 그 하얀 천을 늘어뜨린 창문에 있던 푸른 도미노를 입은 사나이를, 자넨 누구라고 생각하나?」

「그 하얀 천을 늘어뜨린 창문이라는 건 어디 있는데요?」백작 부인이 물었다.

「로스폴리 저택에요」

「그럼 백작은 로스폴리 저택에다 창을 세 개나 얻었나요?」

「예, 부인께서도 코르소 거리를 지나가셨던가요?」

「그럼요」

「그러면 노란 천을 늘어뜨린 창 두 개와 빨간 십자가가 달린 하얀 천을 늘어뜨린 창을 보셨겠군요? 그 창 세 개가 바로 백작이 얻어놓은 겁니다」

「그래요? 그러면 그 사람은 과연 대부호이긴 하군요? 그런 창 세 개면, 사육제의 일주일 동안에, 코르소 거리에서도 제일 위치가 좋은 그 로스폴리 저택 같은 데서는 세가 얼마나 되는지 아세요?」

「로마 돈으로 200-300에퀴 정도 되겠죠」

「2,000-3,000에퀴는 될 거예요」

「뭐라고요?」

「그런 굉장한 수입이 다 그 섬에서 나오는 걸까요?」

「그 사람의 섬이요? 거기서는 한푼도 나오지 않는걸요」

「그런데 그까짓 섬은 왜 샀지요?」

「그냥 기분으로 산 겁니다」

「그럼 좀 이상한 사람이군요?」

「실은」 알베르가 말했다. 「내가 보기에도 좀 괴상한 사람 같더군요. 만약에 그가 파리에 살면서 극장에 자주 드나드는 사람이라면 장난으로 그러는 건지, 아니면 문학에 빠져 머리가 좀 돈 건지 내가 분명히 얘기할 수 있겠습니다만. 사실 오늘 아침만 해도 디디에나 앙토(뒤마의 작품에 나오는 인물──옮긴이) 같은 짓을 하는 걸 두세 번 보았으니까요」

바로 그때 새로 방문객이 들어왔다. 그래서 프란츠는 관례에 따라 자기 자리를 그 사람에게 내주었다. 이 일은 자리를 바꿀 뿐 아니라 화제의 내용까지도 바꾸고 말았다.

한 시간 후 두 청년은 호텔로 돌아왔다. 주인 파스트리니는 벌써부터 두 사람이 내일 변장할 옷을 준비하고 있었다. 그는 자기의 비상한 수완이 꼭 두 사람을 만족시켜 줄 것이라고 다짐했다.

과연 약속대로, 이튿날 아침 아홉 시에 주인은 양복점 사람을 데리고 프란츠의 방으로 들어왔다. 그가 가져온 로마 농부의 의상 여 남은 벌 중에서 자기 몸에 비슷하게 맞는 옷 두 벌을 골랐다. 그리고 주인에게 말해서 20미터 가량의 리본을 모자에 달게 하고, 마을 사람들이 흔히 축제 때 허리에 두르는, 가로무늬가 있는 화려한 비단 띠를 두 개 마련해 달라고 부탁했다.

알베르는 그 옷이 몸에 맞는지 어떤지를 보느라 서둘러 댔다. 그 옷은 푸른 비로드의 윗도리와 바지, 양쪽에 수를 놓은 양말에 고리 달린 구두와 비단 조끼로 이루어져 있었다. 알베르는 그 화려한 옷을 입으니 더욱 빛이 났다. 허리띠가 그의 날씬한 허리를 꼭 조르고, 가볍게 옆으로 기울어진 모자의 리본이 어깨에 휘날리는 것을 보고, 프란츠는 어떤 민족의 체격이 좋다고 할 때는 옷이 상당히 중요한 구실을 한다는 사실을 인정하지 않을 수 없었다. 옛날에 화려한 긴 옷을 입었던 아름다운 터키 사람도, 오늘날 단추 달린 푸른 프록 코트를 입고, 포도주병에 붙은 빨간 봉인 같은 인상을 주는 그리스 풍의 모자를 쓰고 있으면 정말 꼴불견이 아니겠는가?

프란츠는 알베르에게 찬사를 보냈다. 알베르는 거울 앞에 서서 매우 흡족한 듯이 미소를 띠고 있었다.

그들이 이러고 있을 때 몬테크리스토 백작이 들어왔다.
「자!」 하고 백작이 두 사람에게 말했다. 「함께 즐길 친구가 있다는 건 퍽 유쾌한 일이지만, 자유라는 건 더 유쾌하군요. 그래서 실은 어제 쓰시던 마차를 오늘과 앞으로 며칠 동안을 마음대로 쓰시라고 말씀을 드리러 왔습니다. 주인한테 얘길 들으셨으리라 믿습니다만 전 마차를 서너 대 가지고 있으니까, 별 불편은 없습니다. 놀러 나가실 때나 일을 보러 나가실 때, 언제고 마음대로 쓰십시오. 혹시 하실 말씀이 있으시면 로스폴리 저택에서 만나기로 합시다」
두 청년은 뭐라고 말을 해야 할지 몰랐다. 그러나 상대방의 호의를 거절할 만한 뚜렷한 이유도 없는 데다가, 그것이 상당히 도움이 되는 일이었기 때문에 기꺼이 그 뜻을 받아들였다.
몬테크리스토 백작은 약 십오 분 동안 그들과 함께 있으면서 이야기 저얘기를 아주 능수능란한 말솜씨로 나누었다. 그는 지금까지 아는 바와 같이, 세계 각국의 문학을 꿰고 있었다. 그리고 객실의 벽을 흘끗 한 번밖엔 보지 못했지만, 프란츠와 알베르는 그가 굉장한 회화 애호가라는 것도 금세 알 수 있었다. 지나가다가, 아무렇지도 않게 입에서 흘러나오는 몇 마디만 들어보더라도 그가 과학에도 문외한이 아니라는 것을 느낄 수 있었다. 특히 화학에 있어서는 굉장히 연구를 많이 한 사람 같았다.
두 청년은 이미 백작에게서 식사 대접을 받았건만, 그 인사로서 이쪽에서 대접할 생각은 하지 못했다. 진수성찬을 대접받았는데, 호텔의 시시하고 평범한 식사를 대접한다는 것이 아무래도 예의에 어긋나는 것처럼 생각되었기 때문이다. 그들은 백작에게 그러한 기분을 솔직하게 이야기했다. 그랬더니 백작은 두 사람의 기분을 이해하고 그들의 변명을 정중하게 받아들여 주었다.

알베르는 이러한 백작의 태도에 홀딱 반해버렸다. 다만 백작의 지식이 너무나 많다는 점 때문에 진짜 귀족이라고는 믿기지 않았으나 마차를 뜻대로 써도 좋다는 말이 무엇보다도 그를 기쁘게 해주었다. 그 맵시 있는 시골 처녀들의 일을 계속 생각하고 있던 그는 어제 그녀들이 상당히 멋진 마차를 타고 있었던 일을 떠올리고, 이제부터는 마주 겨루어도 되겠다고 생각했다.

한시 반에 두 청년은 아래로 내려왔다. 마부와 두 사람의 하인은 모피 위에 제복을 덧입고 있었다. 어제보다 더 기이한 인상의 차림에 알베르와 프란츠는 한껏 찬사를 보냈다.

알베르의 단춧구멍에는 시든 오랑캐꽃이 감상적으로 매달려 있었다.

첫 종소리가 들리자, 그들은 호텔을 떠나 빅토리아 거리를 지나서 코르소 거리로 달려갔다.

두번째로 거리를 돌았을 때, 여자 광대들을 태운 마차에서 던진 신선한 오랑캐꽃 다발이 마차에 날아와 떨어졌다. 알베르는 그때에야 어제 시골 처녀처럼 차려입었던 여자들이 오늘은 자기들처럼 옷을 입었다는 사실을 깨달았다. 게다가 우연이었는지 아니면 자기와 같은 기분에서였는지 이쪽에서 어제 여자들이 입었던 복장을 흉내 낸 것과 마찬가지로 여자들도 자신들의 어제 의상을 흉내 내서 입고 있었다.

알베르는 새 꽃다발을 어제 받은 꽃다발과 바꿔 꽂았다. 그리고 전날의 그 시든 꽃은 손에 들고 있었다. 그리고 다시 그 마차와 마주쳤을 때 그 꽃을 정답게 입술에 갖다 댔다. 이러한 행동은 꽃다발을 던져준 여자뿐만 아니라, 흥겨워서 떠드는 다른 여자들까지도 즐겁게 해준 것 같았다.

그날 하루도 전날 못지않게 떠들썩했다. 냉정하게 관찰하는 사람의 눈으로 본다면, 흥겨운 소음이 점점 더 커지고 있음을 깨달을 수 있었을 것이다. 백작의 모습이 흘끗 창가에 비쳤다. 그러나 마차가 그 앞을 지날 때엔 이미 어디론가 사라져버린 뒤였다.

알베르와 오랑캐꽃을 준 그 여자 사이의 희롱이 하루 종일 계속되었음은 두말할 나위도 없다.

저녁에 호텔로 돌아와 보니 대사관에서 프란츠 앞으로 편지가 와 있었다. 다음날 교황을 뵐 수 있는 영광을 얻었음을 알리는 편지였다. 프란츠는 여태까지 로마에 오기만 하면 언제나 알현을 청원해 왔고, 늘 허락을 받아왔었다. 그로서는 감사의 뜻과 신앙심에서 이 기독교의 나라에 발을 들여놓기만 하면 모든 덕행의 귀한 모범을 보여준 성 베드로의 후계자에게 경의를 표하지 않을 수 없었던 것이다.

그러므로 그에게 사육제 같은 것은 문제가 아니었다. 왜냐하면 아무리 따뜻한 마음으로 그 위대함을 감싸고 있다고 해도, 그레고리우스 16세라 불리는 그 고귀하고 성스러운 노인 앞에 머리를 숙일 때면 깊은 감동이 넘치는 존경심을 금할 수가 없었던 것이다.

교황청을 나선 프란츠는 일부러 코르소 거리를 피해 곧장 호텔로 돌아왔다. 그는 지금 신앙심이라는 보물을 가지고 오는 길이었다. 그 보물을 품고 미친 듯이 들끓는 저 가장 행렬의 소음 속에 끼어드는 것은 신을 모독하는 행위였다.

알베르는 다섯시 십분에 돌아왔다. 그는 좋아서 어쩔줄 몰라했다. 어릿광대 옷을 입은 그 여자가 다시 처음의 시골 처녀의 옷을 입고 알베르가 탄 마차 옆을 지나가면서 그 가면을 벗어보였다는 것이다.

그 여자는 아름다웠다.

프란츠는 알베르에게 진지하게 축하해 주었다. 알베르는 그것을 당연하다는 듯이 받아들였다. 도저히 모방할 수 없는 우아한 여러 가지 특징으로 보아, 이름 모를 그 아름다운 여자는 분명 상류 귀족 사회에 속한 여자가 틀림없다고 말했다.

그는 다음날 그 여자에게 편지를 보낼 결심을 했다.

프란츠는 이러한 고백을 들으면서, 알베르가 자기에게 무엇인가 부탁할 말이 있는데 좀체로 입밖에 내지 못하는 것 같은 느낌을 받았다. 프란츠는 미리 친구의 행복을 위해서라면 어떤 희생이라도 치를 각오가 되어 있다고 잘라 말했다. 그러나 알베르는 처음에는 친구로서의 예의상 시간을 끌면서 좀체로 부탁을 하려 들지 않더니, 결국은 다음날 자기 혼자 마차를 쓰도록 양보해 주면 좋겠다고 고백하였다.

알베르는 그 아름다운 처녀가 가면을 벗어 호의를 보여준 것도 실은 프란츠가 없었기 때문이라고 생각했다.

프란츠로 말하면, 친구가 호기심을 만족시키는 동시에 자부심을 충족시켜 줄 이런 연애 사건에 맞부닥친 경우, 그것을 방해할 만큼 이기적인 사람이 아니라는 것은 뻔한 일이었다. 프란츠는 자기 친구가 상당히 경솔하다는 것을 알고 있었다. 그러므로 이번 사건에 관해서도 그 경과를 하나도 빼놓지 않고 시시콜콜 보고할 것으로 믿고 있었다. 이삼 년 전부터 이탈리아 방방곡곡을 돌아다녔지만, 이런 일은 처음이라, 자기로서도 이 기회에 어떻게 일이 돌아가는지를 구경하는 것도 그리 나쁘지 않으리라 생각했다.

그래서 그는 알베르에게 다음날 그 광경을 로스폴리 저택에서 구경할 수 있게 해달라고 말했다.

과연 그 이튿날, 그는 알베르가 로스폴리 저택 앞을 왔다갔다하는 것을 보았다. 알베르는 커다란 꽃다발을 하나 들고 있었는데, 아마도 그 꽃다발에 사랑의 편지를 곁들여 보내려는 것 같았다. 그리고 잠시 후, 붉은 사틴으로 만든 어릿광대 옷을 입은 어느 아름다운 여인의 팔에 흰 동백꽃으로 테를 두른 그 예쁜 꽃다발이 안겨 있는 것을 보고 프란츠는 지금까지 설마 하던 일이 사실임을 깨달았다.

그날 밤은 기쁨에 넘치는 정도가 아니라, 사뭇 미칠 것 같은 기분이었다. 알베르는 그 아름다운 여자도 자기와 같은 방법으로 회답을 보낼 거라고 믿고 있었다. 프란츠는 알베르의 기분을 알아차리고, 바깥이 너무 시끄러우니 자기는 다음날도 집에 남아서 옛날 앨범을 다시 보거나 노트를 정리하면서 보내겠다고 말했다.

알베르의 예상은 어긋나지 않았다. 이튿날 밤, 프란츠는 알베르가 단숨에 방안으로 뛰어들어와서, 사각봉투 끝을 잡고 의기양양하게 흔드는 것을 보았다.

「어때?」 하고 그는 말했다. 「내 생각이 틀렸나?」

「답장이 왔나?」 프란츠가 소리쳤다.

「읽어보게」
 이렇게 말하는 그의 목소리에는 형언할 수 없는 감동이 엿보였다. 프란츠는 편지를 받아들고 읽었다.

 화요일 저녁 일곱시, 폰테피치 거리 앞에서 마차를 내리십시오. 그리고 로마의 시골 처녀 뒤를 따라가세요. 그 여자는 당신의 초를 받아들 것입니다. 산자코모 교회의 첫째 계단까지 오시면, 당신이라는 것을 알아볼 수 있도록 광대옷 어깨 위에 장미빛 리본을 매어놓으세요.
 지금부터 그때까지는 저를 만나지 못하실 것입니다. 변심하지 마시고, 비밀을 지켜주세요.

「어떤가?」하고 알베르는 프란츠가 편지를 다 읽기를 기다려 물었다. 「자넨 어떻게 생각하나?」
「아무래도」 프란츠가 대답했다. 「일이 상당히 재미있게 되어가는걸」
「내 생각도 그래」 알베르가 말했다. 「그래, 까딱하다간 브라치아노 공작의 무도회에 자네 혼자 가게 될까봐 걱정인걸」
 프란츠와 알베르는 바로 그날 아침, 로마의 유명한 은행가로부터 초대를 받았던 것이다.
「이걸 알아두어야 해」하고 프란츠가 말했다. 「귀족들은 모두 공작댁엘 갈 거란 말이야. 그러니 그 누군지 모를 미녀도 만약 정말 귀족이라면 거기 빠질 수는 없을 것이거든」
「그녀가 나타나건 안 나타나건 그녀에 대한 내 생각은 변치 않을걸세」하고 알베르는 계속해서 말했다. 「자네도 편지를 읽었지?」

「응」

「자네도 이탈리아에서 메조 치토의 여자들이 교육을 제대로 못 받는다는 걸 알고 있지?」(메조 치토란 중간 계급을 가리키는 말이다.)

「응」 프란츠가 또 대답했다.

「그렇다면 편지를 다시 한번 읽어보게. 필적을 잘 살펴보란 말야. 그리고 문장이나 철자법에 틀린 게 나오나 찾아보게」

과연 필적도 훌륭했으며, 철자법도 틀린 데라곤 하나도 없었다.

「자넨 정말 행운아로군」 프란츠는 다시 편지를 알베르에게 돌려주며 말했다.

「자, 마음대로 웃고 놀려봐」 하고 알베르가 말했다. 「난 연애를 하고 있으니」

「이봐, 겁주지 말게!」 프란츠가 소리쳤다. 「브라치아노 공작의 무도회에만 혼자 가는 게 아니라 피렌체도 혼자 가게 되는 거 아냐?」

「사실 말이지, 그 여자가 얼굴이 예쁜 만큼 마음씨도 상냥하다면, 내 말해 두지만, 적어도 육 주일은 로마에 머무를 작정이야. 난 로마가 정말 좋아. 게다가 워낙 고고학에 취미가 있었으니까」

「무슨 소리야, 앞으로 한두 번만 더 만났다간, 문예 고고학 아카데미 회원이라도 되겠구만」

알베르는 단연 자기에게 아카데미에 들어갈 자격이 있다고 진지하게 떠들어볼까도 생각했다. 그런데 바로 그때 식사 준비가 되었다고 알리러 왔다. 알베르에게 연애는 반드시 식욕과 상반되는 것은 아니었다. 그래서 그는 일단 프란츠와 함께 식탁에 앉고 논쟁은 식사 후로 미루기로 했다.

식사가 끝나자, 몬테크리스토 백작이 찾아왔다는 전갈이 왔다. 몬테크리스토 백작은 이틀 전부터 통 나타나지 않고 있었다. 주인 파스트리니의 말에 의하면, 백작은 일이 생겨서 치비타베키아에 갔다가 전날밤에 출발해 겨우 한 시간 전에 돌아왔다는 것이었다.

백작은 훌륭한 신사였다. 스스로 행동을 조심해서인지, 아니면 지금까지 두세 번의 기회에서는 그 말 속에 울려나오는 신랄한 기질을 나타낼만한 틈이 없었던 때문인지 거의 보통 사람과 다름이 없었다. 그는 프란츠에게는 완전히 수수께끼의 사나이였다. 백작도 이 젊은 여행자가 자기를 알아보았음을 눈치채지 못했을 리가 없다. 그러면서도 두 사람이 다시 만난 이래, 백작은 그를 어디선가 본 일이 있다는 말은 단 한마디도 입 밖에 내지 않았다. 한편 프란츠도 백작을 처음 만났을 때의 일을 어떻게 해서든지 암시하고 싶었지만, 이처럼 자기와 자기 친구에게 친절을 베풀어주는 사람을 불쾌하게 하는 것은 예의가 아닌 듯해 꾹 참고만 있었다. 그래서 그도 백작과 마찬가지로 얘기를 꺼내지 않고 가만히 있었다.

백작은 두 청년이 아르젠티나 극장에 특별석을 사려고 했으나, 자리가 다 팔렸더라는 얘기를 들었다고 했다.

그래서 자기 자리의 열쇠를 가져왔던 것이다. 적어도 그것이 방에 들린 표면상 이유였다.

프란츠와 알베르는 자기들 때문에 백작이 못 가게 되어서는 안 된다는 생각에 어떻게든 그것만은 사양하려고 했다. 그러나 백작은 오늘밤에 팔리 극장에 가게 되어, 만약 두 사람이 이용하지 않으면 아르젠티나 극장의 자리는 그냥 비게 될 것이라고 말했다.

이 말을 듣고 두 사람은 기쁜 마음으로 그 호의를 받아들이기로 했다.

프란츠는 백작을 처음 만났을 때 그렇게 마음을 섬뜩하게 하던 창백한 얼굴빛도 여러 번 보는 사이에 익숙해져서, 그 단정한 얼굴의 아름다움을 인정하지 않을 수 없게 되었다. 창백하다는 것은 백작의 얼굴에 있어서 유일한 결점인 동시에, 어쩌면 가장 중요한 특징인지도 몰랐다. 바로 바이런의 작품에 나오는 주인공이었다. 프란츠는 그를 보지 않고 머릿속에 떠올리기만 하면 그 어두운 얼굴을 만프레드의 어깨 위에, 또는 라라의 모자 밑에 상상하지 않을 수 없었다. 그의 이마에는 언제나 쓰디쓴 생각이 따라다니고 있음을 나타내주는 주름이 있었으며, 그 불타는 듯한 눈엔 사람의 마음속 깊은 곳까지 꿰뚫어보는 힘이 있었다. 입술은 오만하게 사람들을 비웃는 듯했으며, 그 사이로 새어나오는 말 한마디 한마디에는, 듣는 사람의 기억 속에 깊숙이 파고드는 이상한 힘이 있었다.

백작은 이미 젊다고는 할 수 없었다. 적어도 마흔은 된 것 같았다. 그런데도 같이 있는 청년들과 마주 겨루어도 절대 힘이 부치지 않는다는 것이 완연히 보였다. 사실 그는 저 영국의 시인 바이런이 그린 환상적인 주인공과 아주 흡사해 사람을 매혹하는 힘을 가지고 있는 것 같았다.

알베르는 자기와 프란츠가 이러한 인물을 만나게 되어서 참으로 행복하다는 말을 계속해서 떠들어대고 있었다. 프란츠는 알베르보다는 덜했지만, 그래도 자기보다 뛰어난 사람이 주위에 주는 영향을 받지 않는 것은 아니었다.

그는 지금까지 두세 번 백작의 입에서 흘러나온 파리행 계획에 관해서 생각하고 있었다. 백작의 독특한 성격과 특징 있는 얼굴, 그리고 막대한 재산을 생각한다면 분명 파리에서도 굉장한 반향을 일으키리란 것은 의심할 여지가 없었다.

그러나 그는 백작이 파리에 올 때엔 자기는 파리에 있고 싶지 않다는 생각이 들었다.

그날 밤도 평상시의 이탈리아의 극장과 마찬가지로, 관객들은 가수들의 노래만 듣는 게 아니라, 저희들끼리 방문도 하고 얘기도 하며 떠들썩하게 지냈다. G…… 백작 부인은 어떻게든 해서 다시 백작얘기로 화제를 돌리려 했으나, 프란츠는 더 새로운 소식을 들려줄 것이 있다고 말하고, 알베르가 마음에도 없이 겸손해 하는 것을 곁눈으로 보면서 최근 사흘째 두 사람 사이에 떠오른 그 대사건을 부인에게 들려주었다.

이러한 연애 사건은 비록 여행자들의 말을 믿는대도 이탈리아에서는 그리 신기한 일이 아니었기 때문에, 백작 부인은 조금도 그 말을 의심하지 않았다. 그리고 알베르에게, 이런 사건이 만족하게 시작된 것과, 즐겁게 끝날 것도 미리 축복해 주었다.

그들은 백작 부인과 브라치아노 공작의 무도회에서 만날 것을 약속하고 헤어졌다. 그 무도회에는 모든 로마 사람들이 초대되었던 것이다.

꽃다발을 들었던 여자는 약속을 지켰다. 과연 그 이튿날도 또 그 다음날도 알베르 앞에 나타나지 않았다.
이윽고 화요일이 왔다. 그날은 사육제 마지막 날로 가장 소란스러운 날이었다. 화요일에는 극장이 아침 열시에 열게 돼 있었다. 왜냐하면 밤 여덟시가 지나면 사순절(四旬節)로 접어들게 되어 있기 때문이다. 화요일이 되면, 여태까지 시간이 없거나 돈이 없어서, 또는 들뜬 기분이 들지 않아 지금까지 축제에 끼여들지 않던 사람들도 일제히 이 미친 듯한 소동에 뛰어들어 그 속에 휩쓸린 채 전체의 소란과 움직임 속에 한몫을 하는 것이다.
두시부터 다섯시까지, 프란츠와 알베르는 열을 따라가면서 맞은편 행렬 속으로 가는 마차나 또는 말 다리와 마차 바퀴 사이를 누비고 걸어가는 보행자들과 서로 콘페티를 던지며 싸웠다. 그러나 이러한 무서운 혼잡 속에서도 사고 하나 나지 않았고, 논쟁이나 싸움 한 번 벌어지는 일이 없었다. 이러한 점에서 이탈리아 사람들은 뛰어난 국민이라고 할 수 있었다. 축제란 그들에게 정말 경사스러운 일이었다. 이 글을 쓰고 있는 작자도, 이탈리아에서 오륙 년을 살아왔지만, 프랑스 같은 데서 흔히 볼 수 있는 여러 가지 사고나 싸움으로 축제의 행사를 망치는 일은 한 번도 본 기억이 없다.
어릿광대 옷을 입은 알베르는 퍽 멋졌다. 어깨 위에는 장미빛 리본을 매고 그 끝을 발뒤꿈치까지 늘어뜨렸다. 프란츠는 자기와 알베르를 혼동하지 않게 하기 위해 로마 농부의 의상을 그대로 입고 있었다.
시간이 가면 갈수록 소동은 점점 더 커져갔다. 어느 거리 위고 마차 안에서고 창문에서고, 잠자코 가만히 있는 입이 없고, 아무것도 하지 않고 한가하게 있는 손도 없었다. 사람들이 고래고래 지르는 소리는 그대로 우뢰가 되었고, 사탕이며 꽃다발이며 달걀, 오렌지 꽃은 우박이 되었다.

세시가 되자 포폴로 광장과 베네치아 광장에서 일제히 쏘아 올린 폭죽소리가 이러한 무서운 소음 속을 뚫고 울려와, 곧 경마가 시작될 것임을 알려 주었다.

경마는 모콜리와 마찬가지로 사육제가 끝날 무렵을 장식하는 화젯거리였다. 폭죽소리가 나자, 마차들은 즉시 행렬에서 벗어나 주위에서 가장 가까운 옆길로 자취를 감추었다.

이러한 이동은 모두 상상할 수 없을 정도로 능숙하게, 그리고 놀랄 만큼 빠른 속도로 진전됐다. 경관이 나와서 사람들에게 자리를 지정해 준다든가, 가야 할 길을 지시해 주는 일도 없이 진행되었다.

보행자들은 커다란 건물 옆으로 바싹 달라붙어 섰다. 그때 말소리와 칼집의 쇠소리가 요란하게 들려왔다.

열댓 명의 헌병이 나란히 한 분대를 이루어 달려오면서 코르소 거리를 온통 휩쓸고 있었다. 그것은 경주마가 지나가게 하기 위해서 거리를 정리하는 것이었다. 그 분대가 베네치아 광장까지 왔을 때 또 한번 폭죽소리가 울리며 거리의 준비가 완전히 끝났음을 알렸다.

거의 때를 같이하여 거리 전체에 퍼진, 여태 들어보지 못한 요란한 아우성 속으로 삼십만 명의 함성과, 등 위로 떨어지는 폭죽의 파편에 자극을 받은 열여덟 마리의 말이 마치 망령처럼 달려가는 것이 눈에 띄었다. 이윽고 산탄젤로 성의 대포가 세 번 울렸다. 3번 말이 이겼다는 신호였다.

그 대포소리 이외엔 따로 아무런 신호도 없었건만, 마차들은 다시 코르소 거리 쪽으로 움직이기 시작하여, 잠시 막아놓았던 격류가 다시 강물로 쏟아져 내리듯이 거리거리에 넘쳐나던 파도가 전보다도 한층 더 빠른 속도로 양쪽으로 늘어선 화강암 건물 사이로 다시 흐르기 시작했다.

다만 이 군중 속에 새로운 소음과 움직임이 섞이기 시작했다. 그것은 모콜리 상인들의 등장이었다.

모콜리 또는 모콜레토라는 것은, 부활제에 붙이는 촛불에서부터 가는 실초에 이르기까지 크고 작은 여러 가지 초를 말하는 것으로서, 로마 사육제에 종지부를 찍는 대무대에 등장하는 사람들은 다음과 같이 모순되는 두 가지 일을 해내야 했다.

1 자기 촛불은 꺼지지 않게 할 것.
2 남의 촛불은 끌 것.

이 촛불이야말로 사람의 생명과 같은 것이다. 인간은 생명을 전하는 방법을 하나밖에 발견하지 못하고 있다. 그리고 그 방법은 신에게서 받은 것이다.

그러나 남의 생명을 빼앗는 방법은 수없이 많이 발견해 냈다. 그리고 그 최후의 행동을 위해 분명 악마의 도움도 다소 받고 있음에 틀림없을 것이다.

초는 불에다 가까이 대면 불이 켜진다.

그러나 촛불을 끄기 위해 발명된 그 수많은 방법, 즉 커다란 풀무, 거대한 불끄개, 거대한 부채 등을 어찌 일일이 다 설명할 수 있겠는가?

모두들 앞다투어 초를 샀다. 프란츠와 알베르도 마찬가지였다.

밤은 이내 밀려왔다. 무수한 초장수들이 〈모콜리!〉를 외치는 날카로운 소리와 함께, 벌써 군중들의 머리 위에는 별이 두세 개 반짝이기 시작했다. 그것이 하나의 신호였다. 십 분 후에는 반짝반짝 빛나는 오만 개의 불빛이 베네치아 저택에서 포폴로 광장까지 내려왔다가, 다시 포폴로 광장에서 베네치아 저택으로 올라갔다. 마치 도깨비불의 축제와도 같았다. 그것을 직접 보지 않은 사람은 도저히 그 광경을 상상할 수 없을 것이다.

이를테면 모든 별들이 하늘을 떠나 지상으로 내려와, 미친 것 같은 춤 속에 섞여버렸다고 생각해 보라.

이러한 모든 것은, 사람의 귀가 아직 지상의 다른 곳에서 들어보지 못했던 요란한 아우성과 함께 진행되었다.

이렇게 되고 보니, 사회 계급의 차이 같은 것은 특히 없어지고 말았다. 짐꾼은 공작의 팔에 매달리고, 공작은 트란스테베레의 사나이와 한데 어울리며, 트란스테베레의 사나이는 마을의 소시민과 패가 되어 모두들 촛불을 불며 끄며 다시 또 켜느라고 야단들이었다. 만약 이때에 저 늙은 에오르(바람의 신 ——옮긴이)가 나타나기라도 한다면, 아마 〈모콜리의 왕〉으로 추대될 것이다. 그리고 아키론(북풍——옮긴이)은 그 후계자가 되었을 것이다.

이 미친 듯한 불빛이 빛나는 행렬은 두 시간 동안이나 계속되었다. 코르소 거리는 마치 대낮처럼 환히 밝혀져서, 사오 층에 있는 구경꾼들의 얼굴까지 알아볼 수가 있었다.

알베르는 오 분에 한 번씩 시계를 꺼내보았다. 마침내 일곱 시가 되었다.

두 청년이 바로 폰테비치 거리 앞에 이르렀을 때, 알베르는 손에 촛불을 든 채 마차 아래로 뛰어내렸다.

가면을 쓴 두서너 명의 남자들이 그의 곁으로 와서 촛불을 끄거나 빼앗으려고 했다. 그러나 권투에 능한 알베르는 그들을 차례차례로 밀어 젖히면서 산자코모 사원 쪽으로 걸어갔다.

계단 위에는 구경꾼들과 가면을 쓴 사람들이 서로 다투며 남의 손에 든 촛불을 빼앗으려고 싸우고 있었다. 프란츠는 눈으로 알베르의 뒤를 쫓았다. 알베르는 처음 층계에 발을 올려놓았다. 그러자 거의 동시에, 눈에 익은 그 꽃다발을 든 여자의 옷을 입은 가면 쓴 사람이 그에게 팔을 뻗쳤다. 그러자, 이번엔 아무 저항도 못하고 그 손에 촛불을 빼앗기고 말았다.

프란츠가 있는 자리는 그들이 주고받는 이야기를 듣기에는 너무나 멀리 떨어져 있었다. 그러나 그들의 이야기에는 어떤 적 같은 것은 없었을 것이다. 왜냐하면 알베르와 그 여자가 서로 팔을 끼고 멀리 사라져버리는 모습이 보였기 때문이다.

잠시 동안 프란츠는 두 사람의 뒤를 군중 속에서 따라갔으나, 미첼로 거리에 이르자 그들을 잃어버리고 말았다.

갑자기 사육제의 종말을 고하는 종소리가 울려퍼졌다. 그와 동시에 촛불이란 촛불은 모두 마치 마술에 걸린 듯이 꺼져버렸다. 바람이 한 번 크게 불어와, 모든 촛불을 일제히 꺼버린 듯한 느낌이었다.

프란츠는 깊은 암흑 속에 잠기고 말았다. 동시에 모든 소리도 일제히 뚝 그쳤다. 마치 불을 끈 센바람이 소음까지도 한꺼번에 쓸어가 버린 것 같았다.

　이제 들리는 것이라고는 가면을 쓴 사람들을 집으로 실어가는 마차 바퀴 소리뿐이고, 눈에 보이는 것이라고는 창 뒤에서 반짝이는 몇 개의 불빛뿐이었다.

　사육제는 끝났던 것이다.

산세바스티아노의 지하 묘지

프란츠는 아마 평생을 통해서 이때만큼 환희에서 비애로 옮아가는 급속한 변화를 뚜렷하게 경험한 적은 없었을 것이다. 마치 로마가 어떤 밤의 악마의 마술 같은 입김 아래 방금 하나의 거대한 묘지로 변하여 버린 것 같았다. 이 깊은 암흑을 더 어둡게 한 것은 우연히도 방금 기울어지기 시작한 달이 밤 열한시나 되어야 떠오르게 되어 있다는 것이었다. 그러므로 청년이 지나간 거리는 깊은 암흑 속에 잠겨 있었다. 게다가 가는 길도 짧아서 십 분 후 그의 마차는, 아니 그의 마차라기보다 백작의 마차는 런던 호텔 앞에서 멎었다.
　호텔에는 이미 식사가 준비되어 있었다. 그러나 알베르는 그렇게 일찍 돌아오지 못할 것이라고 미리 선언한 바 있었기 때문에, 프란츠는 알베르를 기다리지 않고 혼자 식탁에 앉았다.

늘 둘이 같이 식사하는 것을 보아온 주인은 알베르가 어째서 자리에 없느냐고 그 이유를 물었다. 그러나 프란츠는 알베르가 그저께 다른 데 초대를 받아 그곳에 갔다고만 대답해 버렸다. 촛불들이 갑자기 꺼져버린 일과 불빛이 암흑으로 변한 일, 그리고 소란 속에 고요가 찾아왔던 일 등 모든 일이 프란츠의 마음속에 일종의 불안감이 곁들여진 쓸쓸한 감정을 자아냈다. 그래서 그는 주인이 두 번 세 번 더 필요한 것은 없느냐고 물으러 온 친절도 외면한 채 잠자코 식사를 마쳤다.

프란츠는 되도록이면 늦게까지 알베르를 기다려주리라고 생각하며 마차를 열한시에 대기시키도록 일러두었다. 그리고 주인 파스트리니에게는 알베르의 모습이 호텔에 나타나기만 하면 즉시 알려달라고 부탁했다. 열한시가 되어도 알베르는 돌아오지 않았다. 프란츠는 옷을 입고 호텔을 나서면서, 주인에게 미리 오늘밤은 브라치아노 공작 댁에서 보낼 거라고 일러두었다.

브라치아노 공작의 저택은 로마에서도 가장 화려한 저택 중 하나였다. 콜로나 가의 마지막 상속인 중 하나인 그의 부인은 집에 맞아들인 손님들에게 더할 나위 없이 완벽하게 접대하는 것으로 유럽에서도 평판이 높았다. 프란츠와 알베르는 로마에 올 때 그 공작에게 보내는 소개장을 가지고 왔던 것이다. 그러므로 공작은 프란츠에게 같이 온 친구는 어떻게 되었느냐고 물었다. 프란츠는 막 촛불이 꺼지려 할 때 그와 헤어졌는데 마첼로 거리에서 그를 잃어버리고 말았다고 대답했다.

「그럼 그후로 돌아오지 않으셨군요?」 하고 공작이 물었다.

「예, 열한시까지 기다렸는데 안 돌아왔습니다」 프란츠가 대답했다.
「어디 가 있는지는 아시나요?」
「모릅니다, 정확히는 모르겠습니다. 하지만 누구하고 만날 일이 있는 것 같습니다」
「저런!」공작이 말했다.「늦어지기엔 좋지 않은 날, 아니, 좋지 않은 밤입니다. 안 그렇습니까, 부인?」
이 마지막 말은 방금 그곳에 도착한 G…… 백작 부인에게 던져진 것이었다. 그녀는 방금 도착하여 막 공작의 동생 토를로니아 씨의 팔에 기대어 들어서고 있었다.
「저는 오히려 아주 멋진 밤이라고 생각하는데요」하고 백작 부인은 대답했다.
「여기 계신 분들이 불안스러워하는 건 단 한 가지, 이 밤이 너무 빨리 간다는 거죠」
「하긴」공작이 웃으면서 말을 이었다.「제가 얘기하는 건 여기 계신 분들 얘기가 아닙니다. 여기 계신 분들에겐 다른 위험은 없지요. 다만 남자들은 부인을 사랑하게 될 테고 또 여자분들은 부인의 아름다움에 질투를 느끼게 될까 봐 염려가 될 뿐입니다. 그러니까 제가 말씀드린 건 로마 시중을 떠돌아다닐 그런 사람들 얘기지요」
「어머나!」하고 백작 부인이 말했다.「이 시각에 무도회에 가는 길이 아닌 다음에야 누가 로마 거리를 돌아다니겠어요?」
「제 친구 알베르 드 모르세르가 그렇습니다. 저녁 일곱시경 이름 모를 어느 여자를 따라가느라 제 곁을 떠났지요. 그런데 그후론 통 다시 볼 수가 없군요」프란츠가 말했다.
「뭐라고요? 그럼 그분이 지금 어디 계신지도 모르시나요?」

「전혀 알 길이 없습니다」
「무기 같은 건 가지고 계셨나요?」
「어릿광대 복장을 하고 있었는걸요」
「혼자 내버려두지 마실 걸 그랬군요」 하고 공작이 말했다. 「당신이 그 사람보다는 로마를 더 잘 알고 계시니 말입니다」
「그건 사실입니다. 그렇지만 그건 오늘 경마에서 일등상을 탄 바르베리의 3번 말을 도중에 못 가게 하는 일만큼이나 어려운 일이었지요」 하고 프란츠가 대답했다. 「그런데 그 사람에게 무슨 일이라도 일어날 것 같아서 그러십니까?」
「그야 알 수 없지요! 밤이 하도 어둡고 게다가 테베르 강이 마첼로 거리 바로 곁을 흐르고 있어서 그러는 거지요」
프란츠는 공작과 백작 부인의 생각이 자기가 생각하던 불안과 똑같은 것을 보고는 전신에 소름이 쫙 끼치는 것 같았다.
「그래서 호텔에다 오늘 밤은 제가 댁에서 지내게 될 거라고 미리 말을 해놓고 왔습니다」 하고 프란츠가 말했다. 「그러니까 그 사람이 돌아오기만 하면 곧 제게 연락을 해줄 겁니다」
「아니」 하고 공작이 말했다. 「저기서 우리 하인이 당신을 찾는 것 같은데요」
공작의 말은 사실이었다. 하인은 프란츠를 보자 그의 앞으로 가까이 왔다.
「각하」 하고 그는 말했다. 「런던 호텔 주인한테서 연락이 오기를, 어떤 사람이 모르세르 자작의 편지를 가지고 호텔에서 지금 각하를 기다리고 있답니다」
「자작의 편지를 가지고?」 프란츠가 소리쳤다.
「네」

「어떤 사람인데?」

「전 모르겠습니다」

「그런데 왜 그 편지를 이리로 가져오지 않았나?」

「거기에 대해선 아무 말도 없었습니다」

「그래, 그 편지를 가져왔다는 사람은 어디 있지?」

「제가 각하께 말씀을 전하려고 무도장에 들어오는 걸 보자 곧 돌아가버렸습니다」

「아이구, 저런!」 하고 백작 부인은 프란츠에게 말했다.

「빨리 가보세요. 딱하기도 해라. 무슨 일이 일어났을 거예요」

「곧 가봐야겠습니다」 프란츠가 말했다.

「후에 소식을 알려주시겠어요?」 백작 부인이 물었다.

「네, 사태가 중대하지 않으면 말입니다. 하지만 만약 그렇지 못할 경우엔 저 자신도 어떻게 되는지 장담할 수가 없군요」

「어쨌든 조심하세요」 백작 부인이 말했다.

「염려 마십시오」

프란츠는 모자를 들고 급히 밖으로 나왔다. 그는 마차를 두 시에 오라고 하고는 돌려보냈던 것이다. 그러나 다행히도 브라치아노 저택이 한쪽은 코르소 가, 또 한쪽은 산티아포스트리 광장에 면해 있어서, 런던 호텔에서 불과 십 분 정도밖에 걸리지 않았다. 호텔 근처에 왔을 때 그는 길 한복판에 서 있는 남자를 발견했다. 그는 대번에 그 사나이가 알베르에게서 온 심부름꾼이라는 것을 알았다. 그 사나이는 커다란 망토를 두르고 있었다. 프란츠는 그 사나이에게 가까이 갔다. 그러나 놀라운 일은 그쪽에서 먼저 프란츠에게 말을 걸어왔다는 사실이었다.

「어쩌시려는 거지요, 각하?」 사나이는 마치 몸을 방어하려는 듯 한걸음 뒤로 물러서며 말했다.

「자네로군? 모르세르 자작의 편지를 가져왔다는 게?」 프란츠가 물었다.

「각하는 파스트리니 호텔에 묵고 계신 분이신가요?」

「그렇네」

「그럼 자작과 여행을 같이 하시는 분이시군요?」

「그래」

「각하의 성함은?」

「프란츠 데피네 남작」

「그럼 이 편지는 분명 각하께 전할 것입니다」

「답장이 필요한가?」 프란츠는 그 사나이에게서 편지를 받아들며 물었다.

「예, 친구 분께서 답장을 기다리실 테니까요」

「내 방으로 올라오게. 답장을 써줄 테니까」

「여기서 기다리겠습니다」 사나이는 웃으면서 말했다.

「왜?」

「편지를 읽으시면 아실 겁니다」

「그럼, 여기서 기다릴 텐가?」

「물론입니다」

프란츠는 호텔로 들어갔다. 층계에서 그는 주인 파스트리니를 만났다.

「어떻게 됐습니까?」 주인이 물었다.

「뭐가 어떻게 됐단 말인가?」 프란츠가 말했다.

「친구 분께서 보내신 사람이 각하를 뵙겠다고 왔던데, 만나 보셨습니까?」

「만났네」 프란츠가 대답했다. 「이 편지를 전하더군. 내 방에 촛불을 켜주게」
주인은 하인에게 초를 가지고 와서 프란츠보다 앞서 방으로 들어가라고 일렀다. 프란츠는 주인이 어쩐지 당황하는 것을 보자, 알베르의 편지를 빨리 읽어보고 싶은 생각이 더욱 커졌다. 그는 촛불이 켜지자 곧 불 가까이로 가서 편지를 뜯었다. 편지는 알베르가 직접 쓴 것으로, 그의 서명까지 있었다. 그는 편지를 두 번이나 읽었다. 편지의 내용이 너무나 뜻밖이었기 때문이다.
편지의 내용은 이런 것이었다.

친구여, 이 편지를 받는 즉시 서랍 속에 있는 내 서류 가방 안에서 신용장을 꺼내주게. 그리고 혹시 그것만으로는 부족하거든 자네 것도 첨부해 주게. 그리고 토를로니아에게 가서, 곧 돈 4,000피아스트르를 마련하여 그것을 이 편지를 가지고 온 사람에게 전해 주게. 그 돈이 늦지 않게 빨리 내 손에 들어오지 않으면 안 되네.
더 이상은 말 않겠네. 자네가 나를 믿어주듯이, 나도 자네를 믿네.

추신 : I now believe in Italian banditti(〈나도 이제는 이탈리아의 산적이라는 것을 믿게 되었네〉라는 뜻——옮긴이).
친구 알베르 드 모르세르

이 편지 밑에는 다른 사람의 필적으로 다음과 같은 이탈리아어가 적혀 있었다.

만약에 아침 일곱시까지, 4,000피아스트르가 내 손에 들어오지 않는 날에는, 알베르 드 모르세르 자작은 이미 이 세상 사람이 아닐 것이오.

루이지 밤파

이 두번째 서명으로, 프란츠는 모든 것을 깨달았다. 편지를 가지고 온 사나이가, 자기 방으로 올라오지 않은 이유도 그제야 이해가 되었다. 프란츠의 방에 있는 것보다 길에 서 있는 편이 훨씬 더 안전하기 때문이었을 것이다. 그처럼 완강하게 산적의 존재를 믿지 않으려던 알베르 자신이 그 유명한 산적 우두머리의 손에 걸려들었던 것이다.

우물쭈물할 때가 아니었다. 프란츠는 책상으로 달려갔다. 책상을 열어보니, 편지에서 말한 그 서랍 속에서 알베르의 서류 가방이 나왔다. 그는 가방 속에서 신용장을 꺼냈다. 신용장에는 모두 6,000피아스트르가 있었지만, 그중에서 알베르는 이미 3,000피아스트르를 써버렸던 것이다. 더구나 프란츠는 신용장 따위는 가지고 있지도 않았다. 그는 원래 피렌체에 살고 있었으며 로마엔 다만 일주일 정도만 있을 예정으로 왔기 때문에, 돈이라곤 100루이밖에 갖고 오지 않았다. 게다가 그 100루이라는 돈도, 지금은 전부 합해야 50루이 정도밖엔 남아 있지 않았다.

요구액을 채우려면, 프란츠와 알베르 두 사람의 돈을 다 합친다 하더라도 거의 700 내지 800피아스트르가 모자랐다. 물론

이런 경우에, 저 토를로니아 가의 호의에 기대를 걸 수 있는 것은 사실이었다. 그래서 그는 그 즉시 브라치아노 씨의 저택으로 달려가려 했다. 그런데 바로 그 순간, 머리에 문득 떠오르는 생각이 있었다.

몬테크리스토 백작이 생각났던 것이다. 프란츠는 주인 파스트리니를 부르려 했다. 마침 그때, 바로 그가 문 앞에 나타났다.

「파스트리니 씨」 그는 급하게 불렀다. 「백작께서 방에 계실까?」

「예, 방금 들어오셨습니다」

「벌써 주무시진 않을까?」

「글쎄요」

「그럼, 백작 방에 가서 초인종을 누르고, 내가 좀 뵐 수 있겠느냐고 여쭤주게」

주인은 곧 프란츠가 시키는 대로 했다. 오 분쯤 지나자 다시 돌아와서,

「백작님께서 기다리십니다」 하고 말했다.

프란츠는 복도를 따라 걸어갔다. 하인이 그를 백작에게 안내했다. 백작은 자그마한 서재에 있었다. 프란츠가 처음 보는 이 방은, 사방에 소파가 빙 둘러 놓여 있었다. 백작이 일어서서 그를 맞았다.

「아니, 무슨 바람이 불어서 이 시간에 이렇게 찾아주셨습니까?」 백작이 말했다. 「혹시 저녁이라도 같이 하시려고 오신 건 아니십니까? 그렇다면 무척 반가운 일입니다만」

「아닙니다. 좀 중대한 사건이 생겨서 백작께 상의드릴 말씀이 있어서요」

「사건이라니요?」 백작은 여느 때와 다름없는 그 깊은 눈길로 프란츠를 바라보며 말했다. 「무슨 사건인데요?」

「이 방에 누구 다른 사람은 없겠지요?」

백작은 문 있는 데로 가더니 다시 돌아오며, 「아무도 없습니다」 하고 말했다.

프란츠는 백작에게 알베르의 편지를 내보였다.

「한번 읽어보십시오」

백작은 편지를 읽었다. 그러더니, 「저런! 저런!」 하고 말했다.

「추신의 뜻을 아시겠습니까?」

「알고말고요. 〈만약에 아침 일곱시까지, 4,000피아스트르가 내 손에 들어오지 않는 날에는, 알베르 드 모르세르 자작은 이미 이 세상 사람이 아닐 것이오. 루이지 밤파〉」

「어떻게 생각하십니까, 이걸?」 프란츠가 물었다.

「그래, 그 요구액은 가지고 계신가요?」

「네, 하지만 800피아스트르가 모자랍니다」

백작은 책상으로 가서 금화가 가득 든 서랍을 열었다.

「저말고 다른 사람에겐 이 얘길 하지 않으셨겠지요?」 하고 백작은 프란츠에게 물었다.

「보시다시피, 곧장 이리로 온 겁니다」 프란츠가 대답했다.

「영광입니다. 자, 가져가십시오」

이렇게 말하며, 백작은 프란츠에게 서랍에서 마음대로 돈을 꺼내 가라는 눈짓을 했다.

「그런데 이 돈을 정말 루이지 밤파에게 보내야만 될까요?」 이번에는 프란츠가 백작을 똑바로 쳐다보며 물었다.

「무슨 말씀을!」 하고 백작이 말했다. 「생각해 보십시오. 그 추신은 지극히 명확하지 않습니까?」

「하지만, 만약 백작께서 애만 써주신다면, 이 거래를 좀더 간단하게 처리할 수도 있을 것 같은데요」하고 프란츠가 말했다.

「어떻게요?」백작이 깜짝 놀라서 물었다.

「이를테면 말입니다. 만약 우리가 함께 루이지 밤파를 찾아간다면 그쪽에서도 알베르를 풀어줄 수밖에 없을 것 같은데요」

「제 힘으로 그럴 수 있단 말씀입니까? 제가 그 산적한테 무슨 힘이 있어서요?」

「하지만 백작께선, 그 사람에게 절대로 잊어버릴 수 없을 어떤 도움을 주지 않으셨습니까?」

「도움이라니요? 무슨 도움 말인가요?」

「백작께선 페피노의 목숨을 구해 주셨으니까요」

「아니, 누가 그런 소릴 하던가요?」

「그런 거야 아무러면 어떻습니까. 하지만 전 그 사실을 알고 있습니다」

백작은 잠시 미간을 찌푸린 채, 입을 다물고 있다가 말했다.

「그럼, 만약 제가 밤파를 만나러 간다면, 같이 가실 생각이신가요?」

「제가 같이 가서 폐가 되지 않는다면야」

「그렇다면 좋습니다. 날씨도 좋고 하니, 로마 교외로 산책을 나가는 것도 괜찮겠군요」

「무기를 갖고 갈까요?」

「그런 건 뭐 하게요?」

「그럼, 돈은?」

「필요없습니다. 그런데 이 편지를 가져온 사람은 어디 있죠?」
「한길에 있습니다」
「회답을 기다리는 건가요?」
「네」
「어디로 가야 할지 모르니, 어디 불러서 물어봅시다」
「안 될 겁니다. 올라오려고 하질 않아요」
「그건 당신 방엘 안 올라오려는 거지요. 제 방이라면 금방 올라올 겁니다」
 백작은 한길로 면한 서재의 창가로 가더니, 특이한 방식으로 휘파람을 불었다. 그랬더니 망토를 걸친 그 사나이가 벽에서 떨어지더니, 한길 한가운데로 곧장 나왔다.
「Salite!(〈올라오너라〉는 뜻의 이탈리아어──옮긴이)」하고, 백작은 마치 하인에게 명령을 내리는 듯한 어조로 말했다.
 그러자 사나이는 주저하기는커녕 오히려 서두르기까지 하면서 입구의 계단 네 개를 뛰어올라 호텔 안으로 들어왔다. 그리고 오 초 후에는, 서재 문 앞에 와 있었다.
「아니, 페피노, 너였군 그래」 백작이 말했다.
 그러나 페피노는 이 말엔 대답도 하지 않고 무릎을 꿇고 엎드리며, 백작의 손을 잡고 그 손에 수없이 입술을 갖다 댔다.
 백작이 말했다.「오! 오! 넌 아직도 내가 네 목숨을 구해 주었다는 걸 잊지 않고 있구나. 하지만 부끄럽구나. 오늘로 벌써 일주일이나 된 얘기가 아니냐」
「아닙니다, 각하. 평생 잊지 않겠습니다」 페피노는 깊이 감사하는 어조로 이렇게 대답했다.
「평생은 너무 긴데. 어쨌든 네가 그렇게 생각해 주니, 그거면 충분해. 자, 일어서서 내가 묻는 말에 대답해 다오」
페피노는 불안한 눈초리로 프란츠를 흘끗 쳐다보았다.
「참, 이분 앞에선 얘길 해도 괜찮아. 각하께선 내 친구시니까」 하고 백작이 말했다.
그러고 나서 백작은 프란츠 쪽으로 몸을 돌리며, 프랑스어로 이렇게 말했다. 「각하라고 부르는 걸 용서하십시오. 이 사람에게 신뢰감을 주려면 그렇게 해야 합니다」
「내 앞에선 얘길 해도 괜찮네. 난 백작의 친구일세」 하고 프란츠가 말했다.
이번에는 페피노가 백작 쪽을 보고 말했다. 「그럼 좋습니다, 각하. 물어보십시오. 대답하겠습니다」
「알베르 자작이 어쩌다가 루이지의 손에 걸려들게 됐지?」
「각하, 그 프랑스 분이 탄 마차가 테레사가 탄 마차와 여러 번 서로 마주쳤습니다」
「두목의 여자 말이지?」
「네, 그렇습니다. 그런데 그 프랑스 분이 테레사에게 반한 듯한 표정을 하기에, 테레사도 장난 삼아 응수를 한 거죠. 자작이 꽃다발을 던지면, 이쪽에서도 던져주었습니다. 물론 그건 모두, 같은 마차에 탄 두목의 승낙을 받고 한 짓입니다만」
프란츠가 소리쳤다. 「뭐라고? 루이지 밤파가 그 로마 시골 처녀들이 탄 마차에 있었다고?」
「예, 마부로 변장하고 마차를 몬 게 바로 루이지입니다」 페피노가 대답했다.
「그래서?」 백작이 물었다.
「그래서 말입니다, 자작은 결국 가면을 벗어 던졌습니다.

그랬더니 테레사도 역시 두목의 동의를 얻고서 자기도 가면을 벗었지요. 그 프랑스 분이 테레사에게 만나기를 청하자, 테레사도 이에 응했습니다. 다만 그 산자코모 사원의 계단에는 테레사 대신 베포가 나왔던 겁니다」

「뭐라고!」 프란츠가 말을 막았다. 「알베르의 초를 빼앗은 그 처녀가?」

「그건 열다섯 살의 소년이었습니다」 페피노가 대답했다. 「하지만 친구분께선 잡혀 가시긴 했지만, 그리 얼굴이 깎일 건 없습니다. 베포는 그 밖에도 굉장히 많은 사람들을 꾀어낸 적이 있으니까요」

「그래, 그 베포가 자작을 성밖으로 끌고 갔단 말인가?」 백작이 물었다.

「그렇습니다. 마첼로 길의 끝에서 마차가 한 대 대기하고 있었지요. 베포는 그 마차에 오르면서 자작에게도 따라 오르라고 말했습니다. 물론 두말할 나위 없이 자작은 마차를 탔지요. 자작은 여자에 대한 친절로 베포에게 오른쪽 자리를 권하고, 자기는 그 옆에 앉았습니다. 그때 베포가 로마에서 4킬로미터쯤 떨어진 곳에 있는 별장으로 안내하겠다고 말하자, 그 프랑스 분은 이 세상 끝까지 따라가겠다고 말했습니다. 곧 마부는 리페타 가로 다시 올라가 산파올로 문 앞까지 갔습니다. 교외로 나가서 이백 보쯤 가자, 그 프랑스 분이 성급히 덤벼드는지라, 베포는 권총 두 자루를 그분 목에 갖다 댔습니다. 그러자 곧 마부는 말을 세우고 뒤를 돌아보며, 역시 권총을 자작에게 들이댔습니다. 그와 동시에 알모 강 기슭에 숨어 있던 우리 편 네 사람이 마차 문으로 뛰어올랐지요. 그러니 그 프랑스 분이 아무리 저항해 봤자 소용이 없었던 겁니다. 그래도 얘길 들으니, 베포의 목을 조르려고는 했다지만, 무기를 든 다섯 사람한테 대들어보았자 아무 소용이 없는 노릇이지요. 결국 항복하지 않을 수 없었지요. 마차에서 끌려 내린 후 알모 강 기슭을 따라가, 산세바스티아노의 지하 묘지에서 기다리고 있는 테레사와 루이지 앞으로 끌려갔습니다」

「그래서? 하지만 이건 아주 재미있는 얘기 같군요. 어떻습니까? 이런 일에 밝은 남작께선 이 일을 어떻게 생각하십니까?」 하고 백작은 프란츠 쪽을 돌아보며 말했다.

프란츠가 대답했다. 「상당히 재미있는 얘기라고 생각합니다. 단, 이 일이 알베르가 아닌 다른 사람에게 일어난 일이라면 말입니다」

그러자 백작이 말했다. 「사실 제가 아니었더라면, 이 일은 그분에겐 충격이 좀 지나칠 뻔했는걸요. 하지만 안심하십시오. 그저 혼만 났을 뿐이지 무사하게 될 듯합니다」

「그럼 역시 찾으러 가야겠지요?」 프란츠가 물었다.

「물론이지요. 게다가 지금 그분이 있는 곳은 경치가 이만저만 좋은 데가 아니랍니다. 산세바스티아노 지하 묘지를 아십니까?」

「아니, 아직 한번도 가본 일은 없습니다. 언젠가 한번은 꼭 가볼 생각이었습니다만」

「그렇다면 마침 잘됐군요. 이런 기회는 다시 없을 겁니다. 마차는 가지고 계시죠?」

「지금은 없는데요」

「상관없습니다. 낮이건 밤이건 저를 위해서 늘 말을 매어놓는 마차가 대기하고 있으니까요」

「언제나 말을 매어놓는단 말씀입니까?」

「네. 저는 꽤 성격이 변덕스러워서요. 만찬을 끝내고 나서 한밤중에 식탁에서 일어나다가, 갑자기 어디론가 가고 싶어질 때가 가끔 있어요. 그러면 그대로 떠나니까요」

백작이 초인종을 한번 울리자, 하인이 나타났다.

「차고에서 마차를 꺼내 다오」하고 백작이 말했다.「그리고 차 주머니(마차의 문 뒤에 도구를 넣어두는 곳──옮긴이)에 있는 권총들은 모두 꺼내놓고, 마부는 깨울 필요 없어. 알리가 몰 테니까」

잠시 후에 마차가 문 앞에 와서 서는 소리가 들렸다.

백작은 시계를 꺼내서 보았다.

「열두시 반이라……. 새벽 다섯시에 떠나도 시간에 맞춰 가긴 하겠지만 늦게 가면 친구 분이 불쾌한 하룻밤을 지내시게 될 테니까, 한시 바삐 가서 그분을 놈들의 손에서 구해 드립시다. 역시 같이 가시겠지요?」하고 그는 말했다.

「가다마다요」

「그럼, 좋습니다. 가십시다」

프란츠와 백작은 밖으로 나왔다. 페피노가 그들의 뒤를 따라 나섰다.

문 앞에서 마차가 그들을 기다리고 있었다. 알리가 마부석에 앉아 있었다. 프란츠는 그가 몬테크리스토의 동굴 속에서 본 그 벙어리 노예임을 이내 알아보았다.

프란츠와 백작은 마차에 올랐다. 그것은 쿠페(2인승 사륜 마차──옮긴이)였다. 페피노는 알리 옆에 앉았다. 마차가 달리기 시작했다. 알리는 미리 명령도 받았던 터라 코르소 가를 지나 바치노 광장을 건너, 산그레고리오 광장을 올라가서 산세바스티아노 문 앞에 왔다. 그곳에서는 수위가 까다롭게 굴었다. 그러나 몬테크리스토 백작은 밤이건 낮이건 아무때고 마음대로 거리를 드나들 수 있는 로마 총독의 허가증을 가지고 있었기 때문에, 그것을 제시하자 곧 쇠사슬이 올려졌다. 수위는 그 수고비로 1루이를 받았다. 그러고 나서 일행은 문을 통과했다.

마차가 지나가는 길은 고대의 아피아 가도로, 양쪽으로 무덤들이 죽 늘어서 있었다. 때때로 방금 떠오르기 시작한 달빛에 프란츠는 폐허의 그늘에서 보초 같은 것이 나타나는 것처럼 느껴졌다. 그러자 페피노와 보초 사이에 무엇인가 신호가 오가더니, 보초는 다시 어둠 속으로 들어가 자취를 감추었다.

카라칼라 황제의 목욕탕 조금 못 미쳐서 마차가 멎었다. 페피노가 와서 마차 문을 열자, 백작과 프란츠가 마차에서 내렸다.

백작이 프란츠에게 말했다.「십 분만 있으면 도착할 겁니다」

그러고 나서 백작은 페피노를 따로 부르더니, 낮은 목소리로 무엇인가를 일러주었다. 페피노는 마차의 상자에서 횃불을 하나 꺼내 들고 앞으로 걸어나갔다.

좁은 오솔길을 따라 로마 평원의 심한 기복을 이루고 있는 지면 속으로, 마치 큰 사자의 갈기가 곤두선 것처럼 보이는 불그스름한 높은 수풀 속으로 페피노의 모습이 사라져갔다. 그러는 사이에 또 오 분쯤 시간이 흘렀다.

「자, 그럼 우리도 뒤를 따릅시다」하고 백작이 말했다.

이번에는 프란츠와 백작이 페피노가 걸어간 오솔길을 따라 갔다. 백 보쯤 걸어가니 작은 계곡으로 내려가는 비탈길이 나왔다.

이윽고 두 사나이가 어느 그늘 밑에서 이야기하고 있는 모습이 보였다.

프란츠가 백작에게 물었다.「계속해서 앞으로 더 나갈 수 있습니까? 아니면 여기서 기다려야 할까요?」

「갑시다, 페피노가 보초에게 우리들이 온다는 걸 미리 알리는 걸 테니까요」

과연 그 두 사람 중의 하나는 페피노였다. 그리고 또 하나는 보초를 서고 있는 산적이었다.

프란츠와 백작이 다가가자 산적이 먼저 인사를 했다.

페피노가 백작에게 말했다.「각하, 제 뒤를 따라오십시오. 지하 묘지의 입구는 바로 앞입니다」

「좋아」하고 백작이 말했다.「앞서 가게」

과연 빽빽한 덤불 뒤, 몇 개의 바위 사이에 사람 하나가 겨우 들어갈 수 있을 만한 입구가 있었다.

페피노가 먼저 그 틈바구니 사이로 기어 들어갔다. 그러나, 몇 걸음 들어가다 보니, 땅 밑의 통로가 넓어졌다. 거기서 발을 멈추고 횃불을 켰다. 그리고 두 사람이 자기 뒤를 따라오고 있는지 뒤를 돌아다보았다.

백작이 일종의 환기창 같은 곳으로 앞서 들어갔다. 프란츠는 그의 뒤를 따랐다.

통로는 완만한 경사를 이루면서 밑으로 내려가고, 앞으로 갈수록 점점 더 넓어졌다. 그러나 프란츠와 백작은 아직도 몸을 구부리고 나란히 걸어가지 않으면 안 되었다. 하지만 둘이 나란히 걸어가기엔 힘이 들었다. 이렇게 한 오십 보쯤 걸어갔을 때 「누구야?」하고 외치는 소리에 두 사람은 발을 멈추었다.

바로 그때, 두 사람은 어둠 속에서 자기들이 가지고 있는 횃불에 비치어 기총의 총신이 반짝반짝하는 것을 보았다.

「동지!」하고 페피노가 말했다.

그러더니 페피노는 혼자서 앞으로 나아가 이 두번째 보초에게 무엇인가 낮은 소리로 이야기했다. 그랬더니 보초는 먼젓번 보초와 마찬가지로, 한밤중에 찾아온 이 손님들에게 계속 가도 좋다는 신호를 했다.

보초의 뒤에는 약 스무 단 가량의 계단이 있었다. 프란츠와 백작이 그 계단을 내려가자 마치 죽음의 기로(岐路)라도 되는 듯한 어느 지점에 이르렀다. 다섯 갈래의 길이 마치 별빛처럼 사방으로 뻗어나간 것과 관 모양의 벽감(壁龕)이 수없이 겹쳐져 패어 있는 것으로 보아, 이제야 정말 지하 묘지로 들어온 것 같았다.

넓이가 얼마나 되는지 도저히 짐작조차 할 수 없는 그 굴 속에는, 그래도 낮에는 햇빛이 약간 들어오게 되어 있었다.

백작은 프란츠의 어깨에 손을 얹고, 「산적들이 쉬고 있는 데를 한번 보고 싶지 않으십니까?」하고 말했다.

「물론 보고 싶습니다」 프란츠가 대답했다.

「그럼 저하고 같이 가보십시다……. 페피노, 횃불을 끄게」

페피노는 백작이 시키는 대로 했다. 프란츠와 백작은 깊은 암흑 속에 잠겨버렸다. 다만 페피노가 횃불을 끄자 두 사람 앞으로 약 오십 보쯤 떨어진 곳에, 더욱 흰하게 보이는 불그스레

한 빛이 벽을 따라서 계속 춤추고 있는 것이 보였을 뿐이다.
 두 사람은 말없이 앞으로 나아갔다. 백작은 마치 어둠 속을 훤히 볼 수 있는 이상한 힘이라도 가지고 있는 듯이 프란츠를 안내했다. 프란츠도 또한 길잡이 역할을 해주고 있는 그 불빛 쪽으로 가까이 감에 따라, 앞길이 점점 더 뚜렷하게 보이기 시작했다.
 세 개의 아케이드가 있어 그중 하나가 문 역할을 하고 있었는데, 두 사람은 그리로 빠져나갔다.
 그 아케이드들은, 한쪽은 백작과 프란츠가 있는 복도 쪽으로 열려 있었고, 다른 한쪽은 앞서 말한 것과 비슷한 움푹움푹 들어간 벽감으로 둘러싸인 네모진 방으로 통해 있었다. 그 방 한가운데에는, 위에 십자가가 세워진 것으로 보아 옛날엔 제단으로 쓰였던 듯싶은 네 개의 돌이 서 있었고 그 위에는 십자가가 얹혀 있었다.
 기둥 밑에 세워진 단 한 개의 램프가, 창백하게 가물가물 반짝이고 있어서, 어둠 속에 잠긴 두 방문객의 눈앞에 야릇한 광경을 비춰주고 있었다.
 한 남자가 그 기둥에 팔을 괴고 앉아서, 아케이드 쪽으로 등을 대고 무엇인가를 읽고 있었다. 두 사람은 아케이드의 입구로 해서 들어왔기 때문에 그 사나이가 보였던 것이다.
 그가 바로 산적의 두목, 루이지 밤파였다.
 루이지의 주위에는 대략 스무 명의 산적들이 제멋대로 패를 지어, 외투를 쓰고 누워 있거나 혹은 시체 안치소 주위에 있는 돌 의자에 기대어 있는 것이 보였다. 그들은 제각기 손 닿는 곳에 총을 세워놓고 있었다.

구석에는, 조용히 보일 듯 말 듯 마치 그림자처럼, 보초 한 사람이 입구 같아 보이는 장소 앞을 왔다갔다하고 있었다. 그 곳이 입구라는 것도 그쪽이 더 캄캄한 것으로 보아서 겨우 짐작할 수 있을 뿐이었다.

프란츠가 이 희한한 광경을 이젠 실컷 보았으리라고 생각한 백작은, 조용히 하라는 표시로 자기 손가락을 입술에 갖다 댔다. 그러고는 복도에서 시체 안치소로 가는 계단을 세 개 올라가, 가운데 아케이드를 통해서 방으로 들어가서 밤파에게로 걸어갔다. 밤파는 읽는 데만 너무 열중하고 있어서, 백작의 발소리조차 듣지 못하고 있었다.

「누구야?」하고, 정신을 차리고 있던 보초가 소리쳤다. 보초는 램프 불빛에, 사람의 그림자 같은 것이 두목의 등뒤에서 점점 커지는 것을 보았던 것이다.

그 소리에 밤파는 후다닥 일어나, 대번에 허리에서 권총을 빼들었다.

동시에 산적들이 모두 일어났다. 스무 개의 총구가 일제히 백작 쪽을 향했다.

「어떻게 된 건가?」백작은 착 가라앉은 목소리로, 얼굴 근육 하나 까딱하지 않고 조용히 말했다. 「어떻게 된 건가, 밤파. 친구 하나 맞이하는 데 너무 요란한 것 같군」

「총을 내려라!」두목은 한 손으로는 명령을 내리는 동시에 다른 한 손으로는 공손하게 모자를 벗으며 소리쳤다.

그러고는, 이러한 광경을 굽어보고 있는 그 이상한 인물 쪽을 향하여, 「죄송합니다, 백작님」하고 말했다. 「설마 이렇게 찾아주시리라곤 생각을 못했기 때문에, 미처 알아뵙질 못했습니다」

「자넨 매사에 기억력이 좋지 않은 것 같군 그래, 밤파」 백작이 말했다. 「자넨 사람 얼굴만 잊어버릴 뿐 아니라 사람들하고 한 약속마저도 잊어버리는 것 같으니 말이야」

「제가 무슨 약속을 잊어버렸나요? 백작님?」 하고 밤파는, 설혹 잘못이라도 있었다면 곧 고칠 것을 주저하지 않을 것 같은 태도로 이렇게 물었다.

「어때, 나 한 사람뿐만 아니라 내 친구한테까지도 손끝 하나 대지 않기로 약속이 되어 있지 않았던가?」 하고 백작이 말했다.

「그랬지요. 그런데, 제가 어떻게 했기에 약속을 어겼나요?」

「자넨 오늘밤 알베르 드 모르세르 자작을 납치해서 이리로 끌고 오지 않았나? 그런데 말야」 하고 백작은, 프란츠가 몸서리가 쳐질 이상한 어조로 말을 이었다.

「그 청년은 〈내 친구〉 중의 한 사람이야. 그 청년은 나와 같은 호텔에 묵고 있고, 바로 내 마차로 일 주일이나 콜로세움을 돌아다녔단 말일세. 그런데, 다시 한번 말해 두지만, 자넨 그 사람을 이리로 납치해 왔단 말일세」 하고 백작은 주머니에서 편지를 꺼냈다. 「자넨 그 사람을 마치 모르는 사람처럼 석방금까지 붙여놓았으니 말이야」

「그런 걸 왜 진작 내게 말을 안했지? 너희들 말야!」 두목은 부하들을 돌아다보며 이렇게 말했다. 부하들은 그의 시선에 뒤로 움찔 물러섰다. 「어째서 내가 백작님과의 약속을 어기게 했단 말이냐? 우리들의 목숨은 모두 백작님 손에 달려 있는 걸 모르겠나? 바보 같은 자식들! 만약에 너희들 중에 그분이 백작님의 친구라는 걸 미리 알고 있던 놈이 있었다면, 내 손으로 그놈 대가리를 쏘아버릴 테다」
「어떻습니까?」 백작은 프란츠 쪽을 바라보면서 말했다.
「제가, 뭔가 잘못된 것 같다고 그러지 않았습니까?」
「혼자 오신 게 아니신가요?」 밤파가 불안한 듯이 말했다.
「이 편지를 받아본 분하고 같이 왔네. 루이지 밤파란 인간은 약속을 존중하는 사람이라는 걸 보여드리고 싶어서. 자, 각하」 하고 백작은 프란츠에게 말했다. 「루이지 밤파 자신이, 큰 잘못을 저질렀다는 걸 직접 사죄드릴 겁니다」
 프란츠는 앞으로 나갔다. 두목은 프란츠를 맞으러 몇 걸음 앞으로 나섰다.
「어서 오십시오, 각하」 하고 그는 말했다. 「방금 백작께서 하신 말씀과, 제가 백작님께 드린 답변을 들으셨을 줄로 압니다. 그런 분이신 줄은 모르고 그분의 석방금으로 4,000피아스트르를 청구해서 폐를 끼쳤습니다. 죄송하게 생각합니다」
 그러자 프란츠가 불안하게 주위를 살펴보며 말했다.
「그런데 잡혀온 사람은 도대체 어디에 있소? 보이질 않으니 말이오⋯⋯. 아무 일도 없어야 할 텐데!」
「아, 그분은 저기 계십니다」 밤파는, 지금 보초가 왔다갔다 하고 있는 구석진 곳을 손으로 가리키며 말했다. 「제가 직접 가서, 이젠 자유의 몸이 되셨다는 걸 알려드리겠습니다」
 두목은 알베르가 갇혀 있다는 곳으로 갔다. 프란츠와 백작이 그의 뒤를 따랐다.
「볼모는 뭘 하고 있지?」 밤파가 보초에게 물었다.
「전 잘 모르겠습니다」 하고 보초가 대답했다. 「한 시간 전부터 전혀 꿈쩍하는 소리도 안 납니다」

「이리 오십시오, 각하!」 밤파가 말했다.

백작과 프란츠는 여전히 두목을 앞세우고 계단을 일고여덟 단쯤 올라갔다. 두목이 빗장을 뽑고 문을 열었다.

그러자 그 시체 안치소를 밝혀주고 있던 램프 불빛에 알베르의 모습이 보였다. 알베르는 어느 산적한테 얻은 외투를 뒤집어쓰고, 한쪽 구석에 누워 쿨쿨 잠이 들어 있었다.

「아니, 이런」 하고 백작은 특유의 미소를 띠면서 말했다. 「아침 일곱시면 총살을 당할 사람이, 배짱 한번 대단한데」

밤파는 자고 있는 알베르를 탄복한 듯이 바라보고 있었다. 분명 이러한 용기에 감동하고 있는 것 같았다.

「백작님 말씀이 옳으십니다」 하고 밤파가 말했다. 「백작님 친구답군요」

그러고 나서 알베르 곁으로 가더니 그의 어깨를 흔들며, 「각하!」 하고 말했다. 「일어나시지 않겠습니까?」

알베르는 팔을 쭉 뻗어, 눈을 비비곤 눈을 떴다.

「아, 자네였군!」 하고 알베르가 말했다. 「뭐야, 잠 좀 자게 내버려두지 않고. 막 근사한 꿈을 꾸던 참인데. 토를로니아 댁에서 말야, G…… 백작 부인과 갤럽(2박자의 빠른 춤──옮긴이)을 추고 있었거든」

알베르는 시계를 꺼냈다. 그것은 시간이 흐르는 것을 알기 위해 간직하고 있던 것이었다.

「한시 반이로군!」 하고 그는 말했다. 「그런데 이 시간에 왜 잠을 깨우는 거지?」

「이젠 자유의 몸이 되셨다는 걸 알려드리려고요, 각하」

「이봐」 알베르는 아주 태평한 듯한 어조로 말했다. 「이제부턴 저 위대한 나폴레옹이 한 말을 잘 기억해 두게. 〈나쁜 소식이 아니면 깨우지 말라〉는 격언 말일세. 날 그냥 자게 내버려두었더라면 춤을 마저 추었을 게 아닌가. 그럼 그 은혜를 평생 잊지 않았을 텐데……. 그럼 내 석방금을 벌써 치렀단 말인가?」
「아닙니다, 각하」
「그렇다면, 내가 어떻게 풀려난단 말인가?」
「제가 무슨 분부든지 듣지 않으면 안 될 어떤 분이 오셔서, 각하를 놓아달라고 하시기에」
「여기까지 왔단 말이지?」
「그렇습니다」
「허, 그건 아주 대단한 일인데, 굉장히 친절한 분이로군!」
알베르는 주위를 둘러보았다. 그리고 프란츠를 발견했다.
「뭐야, 프란츠 자네였군 그래. 이렇게까지 친절을 베풀어준 게」 하고 알베르는 프란츠에게 말했다.
「아니, 내가 아냐」 프란츠가 대답했다. 「우리 이웃에 계신 분이야, 몬테크리스토 백작 말일세」
「아, 백작!」 알베르는 넥타이와 커프스를 고치며 쾌활하게 말했다. 「백작께선 정말 친절한 분이시군요. 평생토록 제가 은혜를 잊지 못하리라는 걸 기억해 주십시오. 지난번 마차 건도 그랬는데, 이번엔 이런 일까지 보살펴주시다니!」
이렇게 말하며 그는 백작에게 손을 내밀었다. 백작은 자기 손을 내밀려는 순간 몸을 떨었다. 그러나 결국은 알베르에게 손을 내밀었다.

산적 두목은 이러한 광경을 어이없는 눈으로 바라보고 있었다. 그는 지금까지 잡혀온 사람들이 자기 앞에서 벌벌 떠는 꼴은 싫도록 보아왔었다. 그런데 지금 눈앞에 있는 사나이는 농담까지 할 줄 아는 예외적인 사람이었다. 한편 프란츠는, 비록 상대가 산적이긴 하나 알베르가 프랑스인으로서의 명예를 지킨 것을 보고 기분이 좋았다.

프란츠가 말했다.「알베르, 자네만 서두른다면, 아직도 오늘 밤을 토를로니아 댁에서 지낼 시간은 있네. 그러면 자네, 그 갤럽을 계속해서 출 수 있을 테니까 이번 일에 신사적으로 나온 루이지에게도 아무 원망 안해도 될 걸세」

「응, 그렇군!」 알베르가 말했다.「자네 말이 옳네. 두시엔 도착할 수 있겠어. 루이지 각하」하고 알베르는 말을 이었다.「풀려나가려면, 이 이상 또 밟아야 할 절차가 있습니까?」

루이지가 말했다.「없습니다. 이젠 바람처럼 자유로우십니다」

「그렇다면 한번 즐겁게 놀아봅시다. 자, 다들 가십시다!」

그리고 알베르는 프란츠와 백작의 앞장을 서서 층계를 내려와 그 네모진 커다란 방을 지나갔다. 산적들은 모두 모자를 손에 들고 서 있었다.

「페피노!」 두목이 말했다.「횃불을 다오」

「아니, 어쩌려고?」 백작이 물었다.

「바래다 드리겠습니다」 두목이 말했다.「제가 각하를 위해 드릴 수 있는 최소한의 영광입니다」

이렇게 말하며 밤파는 불붙은 횃불을 페피노의 손에서 받아들고, 손님들 앞을 걸어가기 시작했다. 그 태도는 비굴한 일을 하는 하인과는 달랐다. 그것은 마치 대사들 앞을 가는 왕과 같았다.
 문 앞까지 오자 그는 몸을 굽혔다.
「자, 그럼 백작님, 다시 한번 용서를 빌겠습니다. 오늘 일에 대해선 아무 감정도 품지 말아주시겠습니까?」
「물론이네, 밤파」 백작이 말했다. 「자넨 자네가 저지른 과오를 정말 신사답게 보상했으니까. 과오를 범한 것을 오히려 다행하게 생각할 정도였어」
「자, 그럼 두 분께선」 하고 두목은 두 청년 쪽을 향해서 말했다. 「그리 탐탁한 초대는 아니겠습니다만, 혹시 이 다음에라도 저를 방문해 주시고 싶은 생각이 드시면, 제가 어디에 있든지 간에 언제고 기꺼이 맞이해 드리겠습니다」
 프란츠와 알베르는 인사를 했다. 백작이 먼저 밖으로 나갔다. 뒤이어 알베르가 나가고 프란츠만 마지막으로 뒤에 남았다.
「뭐 물어보고 싶으신 게 있으십니까?」 밤파가 웃으면서 물었다.
「사실 그렇소」 프란츠가 대답했다. 「우리가 갔을 때, 그처럼 열심히 읽고 있던 책은 무엇이었소?」
「『갈리아 전기』(카이사르가 쓴 책——옮긴이)였습니다」 하고 두목이 대답했다. 「제 애독서지요」
「왜 그래, 안 올 텐가?」 알베르가 프란츠에게 물었다.
「아냐, 가겠네」 프란츠가 대답했다.
 이렇게 말하며 프란츠도 환기창 밖으로 나왔다.
 그들은 들 가운데를 걷기 시작했다.
「아, 미안하오」 하고 알베르는 다시 되돌아오며 말하였다. 「실례해도 좋겠소?」 하고 말하며 밤파의 횃불로 담뱃불을 붙었다.

「그럼, 백작」하고 알베르는 말했다.「되도록 빨리 가십시다. 오늘밤은 꼭 브라치아노 공작 댁에 가서 지내고 싶어서요」

마차는 아까 세워놓았던 자리에 그대로 서 있었다. 백작은 알리에게 무엇인가 아라비아 말로 한마디 했다. 그러자 마차는 전속력으로 달리기 시작했다.

두 사람이 무도실에 들어섰을 때는 알베르의 시계로 정각 두시였다.

두 사람이 되돌아온 것은 확실히 하나의 사건이었다. 그러나 두 사람이 함께 들어온 것으로, 지금까지 알베르에게 대해서 걱정한 불안은 당장 사라지고 말았다.

「부인」하고 알베르가 백작 부인 앞으로 다가가며 말했다.「어젠 갤럽을 추어주시겠다고 말씀하셨죠? 좀 늦긴 했지만 그 고마운 약속을 지켜주십사 왔습니다. 여기 제 친구가 와 있습니다. 이 사람이 거짓말을 안하리라는 건 부인께서도 알고 계십니다. 오늘 늦은 이유가 제 탓이 아니라는 건 이 친구가 보증해 줄 것입니다」

바로 그때 왈츠가 연주될 거라는 신호가 있었다. 알베르는 팔을 백작 부인의 허리에 감고, 부인과 함께 춤추는 사람들의 소용돌이 속으로 사라져버렸다.

그러는 동안에 프란츠는, 몬테크리스토 백작이 마지못해 알베르에게 손을 내밀었을 때, 전신에 이상한 전율이 흐르던 일을 생각하고 있었다.

약속

이튿날 알베르가 자리에서 일어나며 프란츠에게 한 첫마디는, 백작을 찾아가 보자는 것이었다. 물론 전날 밤에도 인사는 했지만, 그런 일은 또 한번 감사를 표시할 만한 일이었기 때문이다.

공포가 섞인 매력 때문에 몬테크리스토 백작에게 끌리고 있는 프란츠는, 알베르를 혼자 백작에게 보내는 것이 마음이 놓이지 않아 자기도 같이 따라나섰다. 두 사람은 객실로 안내되었다.

약 오 분 후에, 백작이 나타났다.

「백작」 알베르는 백작에게 다가서며 말했다. 「어젯밤에 충분히 인사드리지 못했던 것을 오늘 아침에 이렇게 또 한번 말씀을 드리러 왔습니다. 전 평생 어떤 처지에서 백작께서 절 구해 주셨는가를 잊지 못할 것입니다. 그리고 또 백작의 덕택으로 제가 목숨까지는 아니라 하더라도, 거의 목숨을 건진 거나 다름없다는 것을 잊지 못할 것입니다」

「원, 별말씀을」 백작은 웃으면서 대답했다. 「그렇게 대단한 은혜를 입었다고 생각하시면 곤란합니다. 그저 한 2만 프랑(4,000피아스트르──옮긴이) 가량의 여비를 저 때문에 절약하셨을 뿐이지요. 그런 걸 가지고 또 얘기하실 필요는 없습니다」 백작은 덧붙여 말했다. 「오히려 당신이야말로 제 찬사를 받으셔야겠습니다. 그 천연스럽고 태연하던 태도엔 정말 놀랐습니다」

「무슨 말씀을 하십니까, 백작!」 하고 알베르가 말하였다. 「실은, 재수없는 싸움에 걸려들어서 결투를 하게 됐다는 정도로 생각하고 있었습니다. 그리고 산적들한테 이런 일을 알려주리라고 생각하고 있었지요. 즉 세계 어느 나라엘 가나 싸움은 항상 있는 거지만, 그 싸움을 웃으면서 할 수 있는 건 프랑스 사람뿐이라는 걸 말씀입니다. 그런데 백작의 은혜가 또 이만저만이 아니었습니다. 그래서 혹시 저나 제 친구나 또는 제 친지들의 힘으로 무엇이든 백작께 도움이 되어드릴 일은 없을까 해서, 그걸 여쭈러 온 겁니다. 제 아버지 모르세르 자작은 원래 스페인의 혈통을 받고 있어서, 프랑스나 스페인에서는 꽤 높은 지위를 차지하고 있지요. 그러니까 저나 또 저를 아껴주는 사람들한테 필요하신 일이 있으시면 말씀해 주십사 온 겁니다」

「그렇다면 솔직히 말씀드리지만」 하고 백작은 말했다. 「자작께서 그런 말씀을 해주시길 기다리고 있었습니다. 그러니 고맙게 그 호의를 받아들이겠습니다. 실은 벌써부터 자작의 힘을 빌릴 것 한 가지를 마음속에 점찍어 놓고 있었지요」

「어떤 일인가요?」

「전 아직 파리에 가본 일이 없습니다. 그래서 파리는 통 모르고 있지요」

「아니, 그게 정말입니까!」 알베르가 소리쳤다. 「여태 파리를 모르시다니, 믿어지질 않습니다!」

「하지만 사실입니다. 그러나 자작께서 생각하시는 것과 마찬가지로 제 생각에도 이 이상 오래 그 문명의 도시를 모르고 지내서는 안 되겠다는 생각입니다. 전 그 사회에선 아는 사람이라곤 하나도 없습니다. 누가 그 사회에 저를 소개해 주는 사람이라도 있다면 벌써 오래전에 가보았어야 할 파리엘 가볼까 생각하고 있습니다」

「아니! 백작 같은 분이!」 알베르가 외쳤다.

「당신은 정말 친절한 분이십니다. 그러나 저 스스로 인정하는 바이지만, 제 능력이라 봤자 겨우 아구아로 씨나 로스차일드 씨와 재산을 경쟁할 정도지요. 파리에 간다 하더라도 증권에 투자하러 가는 게 아니고, 또 그런 사소한 일 때문에 아직 그곳엘 가지 못했습니다. 그러나 이제 당신이 해주신 말씀을 들으니 마음에 결심이 서는군요. 어떻습니까, 알베르 씨, (백작은 이 말을 하면서 야릇한 미소를 지었다) 이번에 제가 파리엘 가면 저를 위해서 파리 사교계의 문을 열어주시겠다고 약속해 주시겠습니까? 그 사회란 제겐 휴런 인이나 코친차이나 사람만큼이나 전혀 교류가 없는 세계니까요」

「아, 그런 일이라면 백작, 기꺼이 힘 닿는 데까지 해드리겠습니다」 알베르가 말했다. 「특히 너 기꺼이 해드릴 수 있는 이유는, (프란츠, 날 너무 우습게 보지 마!) 실은 바로 오늘 아침에 편지가 한 통 와서 제가 파리로 돌아가게 되었는데, 편지의 내용인즉, 저를 위해 아주 기분 좋은 집안, 파리의 사교계에선 제일 훌륭한 사람들하고만 관계를 맺고 있는 어느 집안과 저 사이에 어떤 인연이 맺어진다는 겁니다」

「인연이라니, 결혼 얘긴가?」 프란츠가 웃으며 물었다.

「그렇지! 그러니까 요 다음에 자네가 파리에 올 때엔, 나도 의젓하게 자리를 잡고 아마 애아버지가 돼 있을 걸세. 어때? 원래 나야 선천적으로 의젓하니까 제법 그런 게 잘 어울릴 걸세, 안 그런가? 그건 그렇고, 어쨌든 간에 백작, 다시 한번 말씀드리지만, 저 자신과 제 가족들 모두 백작을 위해서라면 무슨 일이라도 할 것입니다」

「그 호의를 고맙게 받아들이겠습니다」 하고 백작이 말했다. 「지금까지 오랜 세월을 두고 생각해 온 계획을 실행할 기회가 없었으니까요」

프란츠는 그 계획이라는 것이, 백작이 몬테크리스토 섬의 동굴 속에서 언뜻 비쳤던 바로 그 계획임에 틀림없으리라 생각했다. 그래서 그는 백작이 그 말을 하는 동안, 백작이 파리에 가려는 것이 과연 어떤 계획 때문인지를 그의 표정에서 알아내려고 얼굴을 쳐다보고 있었다. 그러나 백작의 마음을 들여다본다는 것은, 특히 그가 미소로써 속마음을 감추려 할 때엔 이만저만 힘든 일이 아니었다.

「하지만, 백작」 하고 알베르는 몬테크리스토 백작 같은 인물을 자기가 소개하게 됐다는 데에 으쓱해져서 이렇게 말했다. 「그건 우리가 여행중에 세우는 계획 같은 것이 되어서 공중에 세운 누각같이 바람만 한번 불면 날아가 버리는 건 아닙니까?」
「천만에요, 절대로 그렇지 않습니다」 백작이 말했다. 「난 파리에 가보고 싶습니다. 아니, 꼭 가야만 되겠어요」
「그래, 그게 언제란 말씀입니까?」
「당신은 언제 파리에 가실 예정인데요?」
「저 말입니까?」 하고 알베르가 말했다. 「두 주일 안으로, 늦어도 삼 주일 안으로는 그곳에 가 있을 겁니다. 여기서 돌아가는 기간이지요」
「그렇다면!」 하고 백작이 말했다. 「전 석 달 후로 하겠습니다. 여유를 좀 넉넉히 드리려고요」
그러자 알베르가 좋아서 소리쳤다. 「그럼 석 달 후엔 저의 집에 찾아와 주시는 거지요?」
「어떻습니까? 같은 날 같은 시간으로 약속을 잡는 것은? 전 시간에는 괴팍할 정도로 정확해 놔서」
「같은 날 같은 시간이라」 알베르가 말했다. 「거 아주 좋습니다」
「그럼, 그렇게 합시다」 이렇게 말하며 백작은 거울 옆에 걸려 있는 달력으로 손을 뻗으며 말했다. 「오늘이 2월 21일(이렇게 말하며 그는 시계를 꺼냈다)이고 지금이 오전 열시 반. 그럼 5월 21일 오전 열시 반에 절 기다려주시겠습니까?」
「좋습니다」 하고 알베르가 말했다. 「오찬 준비를 해놓고 기다리겠습니다」
「주소는 어떻게 되나요?」
「엘데 가, 27번지」
「아직 부모님과 같이 계실 텐데. 제가 가도 폐가 되지는 않을까요?」

「저는 아버지 집에 있지만 제 방은 완전히 떨어진 뜰 한구석에 있는걸요」

「그럼 잘됐습니다」

백작은 수첩을 꺼내더니 거기에 적어 넣었다. 〈엘데 가 27번지. 5월 21일 오전 열시 반.〉

「자, 그럼」 하고 백작은 수첩을 다시 주머니에 넣으며 말했다. 「안심하십시오. 댁의 시계 바늘도 아마 저만큼 정확하게 맞추진 못할 겁니다」

「제가 떠나기 전엔 한번 더 뵐 수 없을까요?」 하고 알베르가 물었다.

「그건 봐야 알겠습니다만, 언제 떠나시게요?」

「내일 저녁 다섯시에요」

「그럼 여기서 작별 인사를 드려야겠습니다. 제가 나폴리에 일이 있어서, 토요일 저녁 아니면 일요일 아침에야 돌아올 것 같으니까요. 그런데 남작께선?」 하고 백작은 이번에는 프란츠를 향해 물었다. 「남작께서도 같이 떠나시나요?」

「네」

「프랑스로요?」

「아닙니다. 베네치아로 떠납니다. 전 아직 일이 년은 더 이탈리아에 머물 겁니다」

「그럼 파리에선 못 뵙게 되겠군요?」

「유감입니다만, 그럴 것 같군요」

「자, 그럼 두 분 모두 안녕히 계십시오」 백작은 두 청년에게 한 손씩 내밀며 이렇게 말했다.

프란츠가 이 사나이의 손을 만져본 것은 이번이 처음이었다. 백작의 손이 닿자 프란츠는 몸이 오싹했다. 그 손은 마치 죽은 사람의 손처럼 얼음같이 차가웠기 때문이었다.

「그럼, 마지막으로 한번 더 말씀드리겠습니다만」하고 알베르가 말했다. 「약속은 틀림없는 거지요? 엘데 가 27번지. 오전 열시 반입니다」

「5월 21일 오전 열시 반, 엘데 가 27번지」하고 백작이 되뇌었다.

그러고 나서 두 청년은 백작에게 인사를 하고 밖으로 나왔다.

「왜 그래?」 방으로 돌아오면서, 알베르가 프란츠에게 물었다. 「무슨 걱정이 있는 것 같은데?」

「응」하고 프란츠가 말했다. 「솔직히 말하지만, 백작은 좀 이상한 사람이야. 그 사람이 자네하고 파리에서 만나기로 약속한 것이 난 불안해」

「그 약속이…… 불안하다니! 아니, 자네 돌았나, 프란츠?」 알베르가 소리쳤다.

「무슨 소리야? 돌았든지 안 돌았든지 간에 사실은 사실이란 말야」

「내 얘길 좀 들어보게」하고 알베르가 말을 이었다. 「얘기가 났으니 한마디 해두겠네만, 항상 자넨 백작한텐 좀 쌀쌀하게 대하는 것 같아. 그런데도 백작 쪽에선 언제나 우리를 완벽하게 대해 주지 않느냐 말야. 그런데, 혹 자네 백작한테 무슨 특별한 일이라도 있는 거 아닌가?」

「글쎄, 그럴지도 모르지」

「어디서 만나기 전에 어디 딴 데서 만난 적이라도 있었나?」

「그래」
「어디서?」
「내가 얘기하는 걸 아무한테도 절대로 말하지 않겠다고 약속할 수 있겠나?」
「약속하지!」
「맹세하지?」
「맹세해!」
「그럼 됐어. 얘기하지」
그리하여 프란츠는 알베르에게 자기가 전에 몬테크리스토 섬으로 사냥을 갔던 일과, 거기서 밀수업자들을 만나게 된 경위며, 또 그 일당 중에서 두 사람의 산적을 만나게 되었던 일을 이야기했다. 그리고 백작이 저 〈아라비안 나이트〉의 동굴 속에서 베풀어준 꿈 같은 환영에 대해서도 여러 가지로 자세히 들려주었다. 만찬이며, 하시시며, 그곳의 조각들, 그리고 현실과 꿈 이야기도 해주었다. 그리고 자기가 그 꿈에서 깨어났을 때, 그 모든 사건의 기억과 증거로는 포르토베키오를 향해 수평선 위를 달리는 작은 배 한 척밖엔 남아 있지 않았던 일도 이야기했다.

그리고 얘기는 또 로마로 옮겨왔다. 콜로세움에서 백작과 밤파 사이에 오가는 이야기를 엿들었던 일, 그 얘기 가운데 백작이 페피노의 특별 사면을 약속하고, 그 약속이 또한 다들 아다시피 정확하게 지켜졌던 일을 들려주었다.

그리고 끝으로, 이야기는 전날 밤의 사건으로 옮아왔다. 석방금을 지불하기엔 700피아스트르가 모자란다는 것을 깨닫고 몹시 당황했던 일, 마침 그때 백작에게 가서 부탁할 생각이 나서 덕분에 그렇게 훌륭하고도 만족한 결과를 가져오게 되었다는 이야기를 자세히 들려주었다.
 알베르는 프란츠의 이 모든 이야기를 열심히 듣고 있었다.
「그래서 그게 어떻단 말인가?」하고 알베르는 프란츠가 말을 마치자 이렇게 물었다.「지금까지의 이야기 중에서 뭐 잘못된 점이라도 있단 말인가? 백작은 여행을 즐기는 사람이야. 그리고 백작은 자기 배를 가지고 있어. 그러나 그건 그 사람이 돈이 많으니까 그럴 수 있지. 포츠머스나 사우스햄프턴 같은 델 가보게. 백작같이 환상적인 영국 부자들의 요트가 항구에 수두룩할 테니. 그리고 자네도 그걸 좋아하게 될 테니. 게다가 난 사 개월째지만 자넨 벌써 사 년째 밤낮으로 먹는 이 지긋지긋하게 초라한 식사를 입에 대지 않기 위해서, 또 잠도 오지 않을 지저분한 침대에서 자지 않기 위해서, 백작은 몬테크리스토 섬에다가 임시 거처를 하나 꾸며놓은 거야. 거처를 꾸며놓고 보니, 백작은 토스카나 정부로부터 쫓겨난다든가 해서 모처럼 들인 비용이 다 헛되이 될까 봐, 섬을 사버리고 그 이름을 딴 걸세. 생각해 보게, 자네가 알고 있는 사람들 중엔 자기가 가지고 있지도 않던 토지 이름을 따서 이름에 붙인 사람도 있지 않은가!」
「하지만」하고 프란츠는 알베르에게 말했다.「일행 중에 코르시카의 산적들이 끼어 있었던 건 어떻게 된 거지?」
「그게 뭐가 이상하단 말인가? 자네도 잘 알다시피, 코르시카의 산적이라는 건 도둑놈들하곤 다르지 않나? 그들은 다만 복수를 하고 난 다음에 도시나 마을에서 도망쳐 나온 사람들에 지나지 않다는 말일세. 그러니까 코르시카의 산적을 만나더라도 피해는 입지 않아. 나 같으면 혹 이 다음에 코르시카에 갈 일이 있으면 총독이나 지사한테 소개를 받기 전에, 기회만 있다면 콜롱바의 산적을 만나 보게 해달랄 생각일세. 산적들은 매력이 있거든」

「하지만 밤파와 그 일당은?」하고 프란츠가 말을 이었다. 「그놈들이 도둑질하려고 사람을 잡아간다는 건 자네도 부인하지 못하겠지? 그런데 백작이 놈들을 지배할 수 있는 힘을 가지고 있다는 건 어떻게 생각하나?」

「그렇지만, 어쨌든 난 바로 그 힘으로 목숨을 건진 게 아닌가? 그러니 나로선 그걸 그렇게 너무 직접적으로 비난할 수는 없단 말일세. 그래서 내가 자네처럼 그렇게 백작을 비난하지 않고 옹호하는 것쯤 좋게 봐줘야지. 좀 과장된 얘기지만 내 목숨을 건져 주지 않았는가. 또 그렇게까진 안했다 하더라도 자그마치 4,000피아스트르라는 돈을, 프랑스 돈으로 족히 2만 4,000프랑이라는 돈을 절약하게 해주었으니까. 프랑스에서 같았으면 누구 하나 나에게 그만한 값을 매겨주지 않았을 걸세. 말하자면 예언자는 조국에선 존중을 못 받는다는 격이지」하고 알베르는 웃으면서 말했다.

「그러니까, 문제는 바로 거기에 있는 거야! 도대체 백작은 어느 나라 사람이지? 어느 나라 말을 하고 있느냔 말이야? 생활은 또 어떻게 하고 있지? 그 막대한 재산은 다 어디서 나오느냔 말일세. 그 사람을 지금과 같은 그 음산하고 사람을 싫어하는 인간으로 만들어 놓은, 아무도 모르는 이상한 그 사람의 반평생은 도대체 어떤 것이었을까? 내가 자네 입장에 있다면, 바로 그런 게 알고 싶어졌을 거야」

「프란츠」하고 알베르는 말했다.「자네가 내 편지를 받고 이건 아무래도 백작의 힘이 필요하다고 생각했을 때, 자넨 그 사람한테 가서 이렇게 말했겠지.〈제 친구 알베르 드 모르세르가 위험에 빠져 있습니다. 어떻게든 그 사람을 그 위험 속에서 구해 주십시오〉라고 말이야, 안 그래?」
「응, 그랬어」
「그랬더니 백작이 자네한테 이런 걸 묻던가? 알베르 드 모르세르 씨가 누구죠? 그 이름은 어디서 딴 이름인가요? 그 사람 재산은 어디서 나는 겁니까? 그 사람은 어떻게 해서 생활을 하고 있죠? 그 사람은 어느 나라 사람인가요? 태생은 어디고요? 이런 걸 다, 자네한테 물어보던가?」
「아니, 그러진 않았어」
「그 사람이 그냥 와주었다는 것, 그거면 충분해. 그는 나를 밤파의 손에서 구해 주었어. 이제야 자네한테니 고백하지만, 거기서 내가 겉으론 그렇게 자네 말마따나 태연한 체했지만, 사실 속으론 겁에 잔뜩 질려 있었어. 그런데 말야, 그렇게까지 날 도와준 사람한테 대한 예의로, 내가 흔히 파리에 처음 오는 러시아나 이탈리아의 공작에게 해주는 것 같은 일을 부탁받았단 말일세. 사교계에 소개해 달라는 일 말이지. 그런데 그런 것쯤을 내가 거절해야 옳단 말인가? 꼭 정신 나간 사람 같은 말을 하는군」
여느 때와는 반대로, 이번에는 알베르의 말이 우세했다.
「하는 수 없군」하고 프란츠는 한숨을 쉬며 말했다.「좋도록 하게나. 과연 자네 말이 그런 대로 그럴듯하니 말일세. 하지만 몬테크리스토 백작이 이상한 인물이라는 생각엔 변함이 없네」

「몬테크리스토 백작은 자선가야. 파리엔 어째서 가는지 말은 안했지만 말야. 그건 필시 몽티옹 상(18세기 프랑스의 유명한 자선가 몽티옹의 이름으로 주는 덕행상——옮긴이)을 타기 위해 겨루려고 가는 거야. 그리고, 그 상을 타기 위해 내 표와, 그 상을 취급하는 저 보기 싫은 사나이(당시 아카데미 프랑세즈의 사무총장이 몽티옹 상의 수상에 간섭했다——옮긴이)의 힘이 필요하다면, 좋아, 내 표 하나를 백작한테 찍어주지. 그리고 그쪽 힘도 얻도록 책임지고. 자, 이젠 그 얘긴 그만하세. 식사나 하고 끝으로 성 베드로 대성당이나 보러 가세」

모든 일이 알베르의 뜻대로 진행되었다. 그리고 이튿날 오후 다섯시에 두 사람은 서로 헤어져 길을 떠났다. 알베르 드 모르세르는 파리로 돌아가기 위해, 그리고 프란츠 데피네는 베네치아에 가서 약 이 주일 가량 지내기 위해서였다.

그러나 마차에 오르기 전에 알베르는 호텔 보이에게 몬테크리스토 백작에게 보낼 명함을 한 장 전했다. 그만큼 그는 자기가 초대한 백작이 약속을 잊어버릴까 봐 걱정이 됐던 것이다. 명함에 〈자작 알베르 드 모르세르〉라고 씌어진 이름 아래, 그는 연필로 이렇게 적어놓았다.

〈5월 21일 오전 열시 반
엘데 가, 27번지.〉

손님

로마에서 알베르 드 모르세르가 몬테크리스토 백작을 만나기로 약속한 엘데 가의 집에서는, 5월 21일 오전중에 알베르의 약속을 지키기 위한 만반의 준비가 다 되어 있었다.
알베르 드 모르세르는 넓은 안뜰 구석, 하인들이 있는 건물 맞은편 분관에 살고 있었다. 그 건물의 창 중 두 개만이 거리로 나 있고, 다른 창들 중 셋은 안뜰로, 그리고 나머지 둘은 반대편 뒤뜰 쪽을 향해 나 있었다.
음산한 제정 시대의 건축 양식으로 세워진 이 안뜰과 뒤뜰 사이에, 모르세르 백작 부부가 살고 있는 최신 유행의 넓은 건물이 있었다.
이 저택에서 거리로 향한 쪽은, 그 전면을 통해 간간이 화분들이 얹혀 있는 긴 벽이 높이 서 있었다. 그리고 금빛 장살의 커다란 철문이 그 벽 한가운데를 가로지르고 있었는데, 그 철문이 이 집의 정문이었다.

그밖에 수위실에 붙어 있다시피 한 작은 문이 하나 있어서, 누구나 걸어다닐 때는 그리로 드나들 수 있게 되어 있었다.

알베르의 거처가 이렇게 떨어져 있는 것을 보면, 비록 아들과 떨어져 있고 싶지는 않지만, 그 나이 또래의 청년에게는 완전한 자유를 주지 않으면 안 된다는 것을 이해해 주는 그의 어머니의 섬세한 배려가 엿보인다. 그런가 하면, 또한 곱게 도금을 한 새장 속에 있는 새와 같은 이러한 자유롭고 한가한 생활을 누리고 있는 도련님의 총명한 이기주의도 인정하지 않을 수 없다.

거리로 난 그 두 개의 창으로 알베르 드 모르세르는 밖에서 일어나는 일들을 구경할 수가 있었다. 밖을 내다본다는 일은, 언제나 자기의 시야를 스쳐 지나가는 사람들을 보고 싶어하는 청년들에게는 꼭 필요한 일이다. 그 시야라는 것이 오로지 거리에서 일어나는 일에 국한되어 있는 것이라도 상관없다. 그리고 이렇게 밖을 내다보고 있는 사이에 좀더 세심한 관찰을 기울일 만한 가치가 있어 보이는 일이 눈에 띄면, 알베르 드 모르세르는 수위실 옆에 있는 작은 문으로 나가서 그 일을 부지런히 탐색하는 것이었다.

이제부터 그 문에 관해서 좀더 자세하게 설명해 보기로 한다.

그것은 이 집이 세워졌던 그날부터 모든 사람의 관심에서 사라져 그대로 영원히 쓰이지 않는 듯한 조그마한 문이다. 그래서 그 문은 사람의 눈에 띄지 않는 곳에서 먼지만 쌓이고 있었다. 그러나 그 문의 자물쇠와 경첩에 정성껏 기름이 칠해져 있는 것을 보면, 그래도 이 문이 언제고 비밀리에 사용될 수 있다는 것을 알 수 있었다. 이 구석진 작은 문은, 다른 두 개의 문과 마주 보고 있었다. 그리고『아라비안 나이트』에 나오는 저 유명한 동굴의 문처럼 알리바바의 신비로운〈열려라! 참깨!〉처럼, 지극히 부드러운 주문이 들려오거나, 아니면 아주 섬세한 손가락으로 두드리면 저절로 열릴 듯, 말하자면 수위실의 존재와 감시의 눈을 무시하고 있는 것 같았다.

이 작은 문으로 들어가면 조용하고 넓은 복도가 있어서 그것이 응접실로 사용되고 있었다. 그 복도 끝 오른쪽에는 안뜰로 난 알베르의 식당이 있고, 왼쪽에는 뒤뜰로 난 그의 작은 살롱이 있었다. 창 앞으로는 나무들이며 덩굴류의 식물들이 부채꼴로 뻗어 있어, 무례한 사람들 같으면 함부로 들여다볼 수 있을 아래층에 있는 단 두 개의 그 방들의 내부를 안뜰과 정원에서 가리고 있었다.

이층에는 아래층의 두 방과 똑같은 방들이 역시 두 개 있고, 그 밖에 아래층 응접실 바로 위가 또 하나의 방으로 되어 있었다. 이 세 개의 방이 객실과 침실과 거실이다.

아래층의 객실은, 끽연자들을 위한 알제리풍의 커다란 소파가 있는 방이라고 말하는 편이 옳을 것이다.

이층의 거실은 침실로 통해 있었다. 그리고 눈에 띄지 않는 문을 통해 층계로 나가게 되어 있었다. 그만큼 이 방들은 세심한 주의를 기울여 꾸몄다고 볼 수 있었다.

이 이층 위는, 벽과 칸막이들을 다 터서 넓게 만든 아틀리에였다. 그곳은 예술가로서의 그와 멋쟁이로서의 그의 취미가 한데 뒤범벅 된 곳이었다. 그 방에는 알베르가 기분이 날 때마다 구해 들인 물건들이 가득 쌓여 있었다. 사냥 나팔이 있는가 하면, 저음 악기며 피리도 있고 또 관현악 악기 일체가 쌓여 있다. 한때 알베르는 음악을 취미로 했던 것이 아니라 아주 음악에 미쳤던 때가 있었기 때문이다. 또 화가(畵架)며, 팔레트며 파스텔도 있었다. 왜냐하면 음악에 미쳤다가 다음에는 그림에 자신을 가진 시기가 있었기 때문이다. 그 다음엔 펜싱의 플뢰레(연습용 칼──옮긴이), 권투 장갑, 목도(木刀), 그리고 가지각색의 지팡이들이 있었다. 당시의 청년들은 누구나 그랬듯이, 그것들은 음악이나 미술의 경우에 비할 수 없을 정도로 열심히 무사적 교육을 완성하는 데 필요한 세 가지 무술인 펜싱과 권투와 봉술(棒術)을 연마했기 때문이다. 그래서 체육실로도 쓰인 이 방에는 그리지에, 쿡스, 샤를 르부셰 같은 사람들을 데려온 일도 있었다.

이 특실 안에 있는 다른 가구들이란, 프랑수아 1세 시대의 옛날 상자들이었다. 그 속에는 중국 도자기, 일본 화병, 루카 델라 로비아(15세기 이탈리아의 조각가──옮긴이)의 도자기, 베르나르 팔리시(16세기 프랑스의 도예가이자 작가──옮긴이)의 접시들이 가득 들어 있었다. 그리고, 앙리 4세나 쉴리(앙리 4세의 장관──옮긴이), 루이 13세, 또는 리슐리외(루이 13세의 총리이자 추기경──옮긴이) 같은 사람들이 앉았을지도 모를 낡은 의자들도 있었다. 그 의자들 중에서 두 개에는 쪽빛 바탕에 세 개의 프랑스 백합이 빛나고 있고, 그 위에 왕관이 달린 문장(紋章)이 조각되어 있어서, 필경 루브르 궁의 가구 창고나, 아니면 적어도 다른 어느 왕궁의 창고에서 나온 것 같아 보였다. 어둡고 무게 있는 색깔의 의자 위에는 페르시아의 태양 빛으로 물들였거나, 아니면 캘커타나 찬데르나고르의 여자들의 손으로 짠 듯한 다채로운 색깔의 값진 천들이 함부로 던져져 있었다. 그 천들이 왜 그곳에 와 있는지는 아무도 자신 있게 얘기할 수가 없을 것이다. 그 천들은 사람들의 눈을 즐겁게 하면서, 그 주인조차 알 수 없는 어떤 결말을 기다리고 있다. 그리고 그 결말을 기다리면서, 그 부드럽고도 반짝반짝 빛나는 광택으로 방안을 환하게 밝혀주고 있었다.

이 방에서 남의 눈에 가장 잘 띄는 곳에는 롤레와 블랑셰에서 만든 홍목(紅木)의 피아노가 한 대 놓여 있었다. 그것은 소인도(小人島)의 살롱 같은 프랑스식 작은 살롱에 어울리는 것이었다. 그러면서도 울림이 좋은 이 좁은 피아노는, 그 속에서 훌륭히 오케스트라를 울려 나오게 할 수 있으며, 또한 베토벤, 베버, 모차르트, 하이든, 그레트리, 포르포라 같은 작곡가의 걸작들의 무게로 신음할 수도 있는 것이었다.

그러고는 사방에, 또는 벽에 죽 기대서, 또는 문 위에, 또는 천장에, 칼, 단검, 철퇴, 또는 도금하거나 금박을 입힌 옷이며 망치, 도끼 같은 것들이 걸려 있었다. 식물 표본과 광석들이 있는가 하면, 부동의 비약을 하기 위해 불빛 같은 날개를 펴고 벌린 채로 다물 줄 모르는 부리를 가진 박제(剝製)가 된 새들도 있었다.

알베르가 좋아하는 방이 바로 이 방이라는 것은 말할 것도 없다.

그러나 청년은 그 약속의 날엔 보통 예복을 입고 아래층의 삭은 살롱에 자리를 잡았다. 그곳에는 넓고 푹신한 소파며 멀리서부터 삥 둘러친 테이블 위에, 상트페테르부르크의 노란 담배며 메릴랜드, 푸에르토리코, 라타키아, 그리고 시나이의 검은 담배에 이르기까지, 이름있는 담배라는 담배는 모두, 네덜란드 사람들이 좋아하는 잔금이 그어진 도기 항아리 속에 들어 있었다. 그 옆의 향나무 상자 안에는, 담배의 크기와 품질의 순서에 따라 퓌로스, 레갈리아, 아바나, 마닐라 담배들이 가지런히 들어 있었다. 그리고 그 옆에 문이 열려 있는 장 속에는 독일산 파이프, 호박 물부리에 산호 장식이 달린 장죽, 뱀처럼 말린 양피지로 된 긴 수연관(水煙管)이 있고, 금박을 입힌 담배들이 진열되어 있어, 아무때고 끽연자가 와서 마음 내키는 대로 피울 수 있도록 준비하고 있었다. 이러한 정돈, 아니 정돈이라기보다는 차라리 조화를 이룬 혼돈은, 알베르 자신이 주관해서 배열해 놓은 것이다. 근래의 오찬 손님들은 커피를 마시고 나면, 입 밖으로 길게 담배 연기를 피어올리면서 이러한 광경을 보는 것을 즐기고 있었다.

열시 십오분 전이 되자, 하인이 들어왔다. 열여섯 살 먹은 작은 소년이었다. 〈존〉이라고 불리는 그 소년은 영어밖에는 할 줄 몰랐는데, 그애가 알베르에게는 하나밖에 없는 하인이었다. 물론 보통 때는 안채의 요리사를 마음대로 부릴 수도 있었고, 또 경우에 따라서 무슨 큰일이 생기면 아버지 모르세르 백작의 하인을 부리는 수도 있었지만 말이다.

젊은 주인의 전폭적인 신용을 받고 있는 〈제르맹〉이라는 이 하인은 신문 묶음을 들고 들어와 그것을 테이블 위에 놓고 알베르에게 편지 한 뭉치를 주었다.

알베르는 그 편지 뭉치를 아무런 생각 없이 훑어보다가, 그

중에서 우아한 필치로 쓰인, 향기를 풍기는 편지 두 통을 골라 냈다. 그러고는 그것을 뜯어서 유심히 읽어보았다.

「이 편지들은 어떻게 온 거지?」하고 그가 물었다.

「한 통은 우편으로 왔고요, 또 한 통은 당글라르 부인의 하인이 가져왔습니다」

「당글라르 부인께, 초대해 주신 특별석에 가겠다고 전하게……. 그리고 참, 잠깐…… 이따 낮에 로자 집에 가서, 오페라에서 돌아오는 길에 초대해 주신 대로 함께 만찬을 하러 가겠다고도 일러두게. 키프로스, 헤레스, 말라가 포도주 여섯 병하고, 오스탕드 산 굴 한 통만 가져가도록 하고…… 굴은 보렐 상사에서 사지. 그리고 그 굴은 내가 먹을 거라고 말해 둬」

「식사는 몇 시에 하실까요?」

「지금 몇 신데?」

「열시 십오분 전입니다」

「그럼, 열시 반에 먹을 수 있도록 해줘. 그런데, 드브레는 관청에 나가야 할걸…… 게다가…… (알베르는 수첩을 뒤져보았다) 그렇지, 5월 21일 오전 열시 반, 백작하고 약속한 시간이 분명 이 시간이긴 한데. 그 약속이라는 것이 크게 기대할 만한 것은 못 된다고 하더라도 나만은 정확하게 해야겠지. 그런데 어머니께서는 일어나셨나?」

「제가 가서 알아보고 올까요?」

「그래…… 리큐어(달고 독한 술——옮긴이)를 좀 주셨으면 좋겠다고 말해 줘. 내 것은 꽉차 있지를 않아서…… 그리고 세시쯤에 내가 어머니 방에 가서 손님 한 분을 소개해 드렸으면 한다고 가서 전해 줘」

하인이 나가자 알베르는 소파에 벌렁 누워 신문 봉투를 두서너 개 뜯었다. 그러고는 연예란을 들여다보다가, 발레가 아니라 오페라 광고만 난 것을 보고는 눈살을 찌푸렸다. 그러고는 사람들에게서 들은 치약 광고를 화장품 광고란에서 찾아보았으나 눈에 띄지 않았다. 그는 파리에서 가장 많이 읽히는 이들 신문 세 종을 하나하나 잇따라 던져버리고는 늘어지게 하품을 한번 하고서 중얼거렸다.

「이 신문들도 이젠 점점 재미없어지는군」

바로 그때, 소형 마차 한 대가 문 앞에 와서 섰다. 그러더니 잠시 후에 하인이 다시 들어와서 뤼시앵 드브레 씨가 왔다고 알렸다. 뤼시앵은 금발에 키가 훌쭉하게 큰 청년이었다. 얼굴빛이 창백하고 침착한 회색 눈에, 입술은 얇고 차가워 보였다. 조각된 금 단추가 달린 푸른 연미복에 흰 넥타이를 맸고, 비단 끈이 달린 대모(玳瑁)테의 코안경을 때때로 눈썹과 뺨의 근육을 움직여서 오른쪽 눈에 고정시키고 있었다.

그는 웃지도 않고, 아무 말 없이 반쯤 격식을 차린 딱딱한 태도로 들어섰다.

「아, 뤼시앵이군……. 그래, 어떤가?」하고 알베르가 말했다.

「이야, 시간을 너무 잘 지켜서 놀랐는데! 이렇게 정확할 수가 있나? 제일 늦게 올 줄 알았는데, 역시 십오분 전에 왔으니 말야. 게다가 약속 시간은 열시 반인데. 기적인걸. 내각이 무너지기라도 했나?」

「아니」하고 청년은 긴 의자에 털썩 주저앉으며 말했다.「안심하게. 언제나 위태위태 흔들리고는 있지만, 좀처럼 쓰러지진 않을걸. 반도(스페인──옮긴이) 사건도 완전히 우리의 앞길을 튼튼하게 해줄 테고 파면될 염려도 없을 것같이 생각되니까 말야」

「그래, 그래. 카를로스(스페인 왕——옮긴이)를 스페인에서 추방하려는 거지」

「아니지, 그렇게 혼동해선 안 돼. 우리는 카를로스를 프랑스 국경 저쪽(스페인——옮긴이)에서 데려오려는 거야. 그래서 부르주에서 왕자의 대우를 해주려는 거야」

「부르주에서?」

「그래. 카를로스도 불평할 건 없을걸. 부르주는 샤를 7세 때의 수도 아닌가? 아니, 자넨 그것도 모르고 있었나? 어제부터 파리에선 야단들이야. 게다가 이 일은 그저께부터 벌써 주식거래소에까지 새어 나왔는걸. 왜냐하면 말야, 당글라르 씨가 어떤 수단으로 그 소식을 우리와 같은 시기에 알게 됐는지는 몰라도, 어쨌든 그 틈을 타서 그는 백만 프랑을 벌었으니까」

「그리고 자넨 새 훈장을 하나 얻은 것 같은데. 브로치에 푸른 띠가 하나 더 늘었으니 말야」

「응, 샤를 3세 대훈장을 받았어」하고 드브레는 아무렇지도 않게 대답했다.

「야, 그렇게 태연한 체하지 말아. 좋으면 솔직하게 좋다고 그래」

「그래, 좋다고 해두세나. 단추 달린 검은 연미복에는 대훈장도 장식품으로는 나쁘지는 않으니까. 우아하거든」

「게다가」모르세르는 싱글싱글 웃으면서 말했다.「프린스 오브 웨일스(영국 황태자——옮긴이)나 아니면 라이히슈타트 공작(나폴레옹의 아들——옮긴이)이기라도 한 것같이 보이니까 그렇지?」

「그러니 이젠, 내가 왜 이렇게 일찌감치 왔는지를 알겠지?」

「샤를 3세 대훈장을 받아서 말이지? 그 소식을 알려주려고 그랬던 거지?」

「아니, 발송 업무로 밤을 새웠기 때문이야. 외교 전보가 스물다섯 통이나 있었거든. 아침에 날이 새자, 집으로 돌아가서 잠을 좀 자려고 했는데 머리가 아파서 다시 일어나 한 시간쯤 말을 탔어. 그런데 불로뉴에 가니까 피곤하고 배가 고파서 견딜 수가 있어야지. 피로와 공복이라는 놈은 좀처럼 한꺼번에 오는 일이 없었는데, 오늘 아침엔 한꺼번에 동맹이라도 한 듯 들이닥치더군. 무슨 카를로스 당과 공화당과의 동맹군이기라도 한 듯이 말야. 문득 오늘 아침에 자네 집에서 파티가 있는 게 생각이 나더군. 그래서 그대로 달려온 거지. 배고파 죽겠는데 뭐 먹을 것 좀 주게. 그리고 기분도 좋지 않으니 재미있는 얘기라도 좀 해주고」

「그야 주인 노릇하는 내 의무지」 하고 알베르는 하인을 부르려고 초인종을 울리며 말했다. 뤼시앵은 터키석이 박히고 금손잡이가 달린 단장 끝으로 펼쳐진 신문들을 튕기고 있었다.

「제르맹, 헤레스 포도주 한잔하고 비스킷을 가져와. 뤼시앵, 여기 담배가 있네. 물론 밀수품이지. 한번 피워보고 자네 대신한테 가서, 선량한 시민에게 그 호두나무 잎사귀 같은 담배 좀 팔지 말고 이런 걸 좀 팔도록 일러두게」

「쓸데없는 소리 말아, 그런 짓은 내 안할 테니. 어쨌든 정부의 손에서 나온 거라고만 하면 덮어놓고 다 마다하고 나쁜 건 줄 아니까. 게다가 그건 내무성 일도 아니야. 재무성하고 관계가 있는 것이지. 관세과의 위망 씨한테나 얘길 하게. 재무성 내 A랑(廊) 26호실이야」

「이야, 이거」 하고 알베르가 말했다. 「자네 지식에 놀랐는데! 뭐든지 다 훤하니 말이야. 어쨌든 담배나 한 대 피우게」

「이봐 자작!」 뤼시앵은 도금된 촛대에서 타고 있는 붉은 촛불로 마닐라 담배에 불을 붙이고 소파에 털썩 기대어 앉으며 말했다. 「아무 일도 안해도 되니, 자넨 팔자가 얼마나 좋은 건가? 자넨 자신의 행복을 모르고 있지만 말야」

알베르가 슬쩍 비꼬며 말을 받았다. 「이봐, 왕국의 평정자인 자네가 그럼 그것도 안한다면 도대체 뭘 하겠단 말인가? 뭘 어떻게 하겠다는 거야? 자, 대신 비서관으로 유럽의 대음모 속에도 뛰어드는가 하면, 또 파리에서 일어나는 조그만 일에까지 일일이 얼굴을 내밀고 보호해 드려야 할 왕들이 있고, 아니 그 이상으로 왕비들이 있겠다, 규합해야 할 정당들이 있겠다, 선거 지휘를 하겠다, 또 나폴레옹이 칼과 승리로 싸움터를 좌우한 것 이상으로 펜과 전보로 내각을 마음대로 휘두르지를 않나, 그 자리에서 나오는 봉급 외에 이만 5,000리브르라는 연수입을 가지고 있고, 샤토 르노가 400루이를 주겠다는 데도 내놓지 않는 그런 근사한 말도 가지고 있고, 또 바지 한번 잘못 짓는 일 없는 재단사도 있겠다, 오페라가 있겠다, 또 그뿐인가, 경마 클럽도 있고, 바리에테 극장도 있지 않나? 그런데도 자넨 재미가 없다고 군소리를 하는 건가? 자 그럼, 내가 재미를 붙이게 해주지」

「어떻게?」

「새로 사람을 하나 소개해 주지」

「남자야? 여자야?」

「남자야」

「흥, 남자라면, 넌덜머리가 날 만큼 아는 사람이 많은걸!」

「그렇지만 내가 이야기하는 그런 남자는 모르고 있을 걸세」

「어디서 온 사람인데? 세계 저 끝에서라도 온 남자인가?」

「더 먼데서 왔는지도 모르지」

「흥! 그렇다고 그 사람이 우리들의 오찬을 가져오는 건 아닐 텐데!」

「응, 그건 안심해도 좋아. 오찬은 어머니 주방에서 다 준비가 되고 있으니까. 자네 상당히 배가 고픈 모양이군」

「응, 정말이야. 속을 다 털어놓는 게 기분이 나쁘지만 말이야. 어젯밤에 빌포르 씨 집에서 만찬을 먹었는데 말이지, 자네도 느꼈는지 모르겠네만, 검사라는 친구들 집에서 밥을 먹는 건 재수가 없어. 마치 항상 책망하고 있는 것 같아서 말이야」

「흥, 남의 집 만찬을 얻어먹고도 그렇게 트집만 잡긴가? 하긴 대신들 집은 잘 먹을 테니까」

「천만에, 적어도 우리 집에 초대하는 사람들은 그렇게 빼는 사람은 없어. 비위를 맞춰줘야 한다든가 특히 표를 얻어야 할 경우가 아닌 한, 절대로 대신 집에서 만찬 같은 건 하지 않아」

「여보게, 헤레스 한잔 더 하고 비스킷도 하나 더 들게나」

「물론이지, 자네 집 스페인 포도주가 아주 좋은데! 그 나라를 평화롭게 한 것은 정말 잘한 일이라고 생각하지 않나?」

「암, 그러나 돈 카를로스(스페인 왕 카를로스 4세의 둘째 아들──옮긴이)는 어쩌고?」

「뭘! 돈 카를로스도 보르도 포도주를 마시면 되지 뭘 그래?

그리고 십년쯤 있다가는 자기 아들을 이쪽 왕족의 딸과 결혼시키면 될 거 아냐?」

「그렇게 되고, 그때까지도 자네가 관리면 말야, 적어도 금모 훈장이라도 타게 되겠는데」

「그런데 이봐 알베르, 자넨 오늘 아침에 담배 연기로 내 배를 채우게 할 작정이었던 모양이지?」

「그래. 그래봬도 담배 연기가 가장 위를 즐겁게 해주는 것이니까 그러는 거야. 그런데 가만있어 봐. 옆의 응접실에서 보샹 군의 목소리가 들리는군. 둘이서 얘기나 해보지 그래. 그러노라면 참을 수도 있을 테니」

「뭘 얘기하란 말야?」

「아, 신문 얘기라도」

「이봐」 하고 뤼시앵은 경멸하는 투로 말했다. 「아니, 내가 신문 같은 걸 읽는다고 생각하나?」

「안 읽으면 더욱 잘됐지. 그렇다면 얘기가 좀더 재미있는 게 나올 테니 말야」

「보샹 씨께서 오셨습니다!」 하고 하인이 알려왔다.

「자, 어서 오게, 들어와, 이 독설가야!」 알베르는 일어서서 청년 앞으로 다가가며 말했다. 「이봐, 이 드브레 군이 말하길, 자네가 쓴 것은 읽어보지도 않고 경멸한다는군 그래」

「암, 그럴 수 있지」 하고 보샹이 대답했다. 「나도 마찬가지니까. 나도 이 사람이 하는 일을 알지도 못하면서 비난하는 판이니까. 안녕하시오, 훈장 나리!」

「아니, 벌써 그걸 알고 계셨군?」 하고 비서관 드브레는 신문 기자와 악수와 미소를 교환하면서 말했다.

「알고 있고말고!」 보샹이 대꾸했다.

「그래, 세상에서들 뭐라고 그러던가?」

「세상이라니, 어디 말야? 1838년도에는 세상이 여러 가지가 있으니 말야」

「자네가 한몫하며 판을 치는 비판계에서 말이네」

「응, 아주 당연하다고들 그러더군. 자네는 붉은 피를 꽤 흘린 뒤니까 파란 것(훈삼등[勳三等]의 훈장이 파랗다고 해서 비꼬는 말——옮긴이)이 나올 만도 하다고 말야」

「좋아, 좋아, 나쁘지 않군」 하고 뤼시앵 드브레가 말했다. 「보샹, 자넨 어째서 우리 당이 되지 않나? 자네 정도의 머리만 있으면, 삼사 년 내에 한몫 볼 수 있을 텐데 말야」

「그래서 나도 자네 충고에 따르려고 꼭 한 가지 일만 기다리고 있는 거라네. 그게 뭔가 하면, 적어도 육 개월 동안은 지탱할 수 있는 내각이네. 그런데 알베르, 한 가지만 묻겠네. 드브레가 숨을 좀 돌리게 하고 싶어서 그러는 건데, 대체 우린 오찬을 먹는 건가, 만찬을 먹는 건가? 난 의회엘 가야 해. 알겠지만, 우리 직업이라는 게 그리 편안하고 호강할 수는 없는 거라서」

「오찬을 먹는 거야. 이제 두 사람만 기다리면 돼. 그 사람들만 오면 곧 식사를 시작할 수가 있어」

「오찬을 같이하려고 기다리고 있는 사람들이란 도대체 어떤 종류의 인간들인데?」 보샹이 말했다.

「하나는 귀족이고, 하나는 외교관이야」 하고 알베르가 말했다.

「그러니, 그 귀족을 위해서 한 두어 시간, 또 외교관을 위해서 확실히 두어 시간은 기다리게 할 셈이군. 나는 디저트를 먹을 때나 다시 오지. 그러니 딸기하고 커피하고 담배나 남겼다 주게. 난 의회에서 커틀릿이나 하나 먹고 말겠네」

「그럴 필요 없어, 보샹. 왜냐하면 말야, 설령 그 귀족이라는 사람이 몽모랑시(프랑스의 명문가——옮긴이) 같은 사람이라 하더라도, 우리는 열시 반엔 꼭 오찬을 시작할 테니까 말야. 그러니까 그 동안만, 드브레처럼 헤레스하고 비스킷이나 들면서 기다려보게」

「그래? 그렇다면 그냥 있어보지. 오늘 아침은 무슨 짓을 해서라도 기분 전환을 좀 해야겠는데」

「하하, 자네도 드브레하고 똑같군 그래! 내각이 맥이 빠져 있을 때에는 반대 당은 으쓱해 있을 줄로 알고 있었는데」

「흥, 내가 지금 뭘 무서워하고 있는지를 모르니까 그런 소리 하는 거지. 여보게, 난 오늘 아침에는 하원에서 당글라르 씨의 연설을 들어야 하고, 밤에는 그 부인 있는 데서, 어느 프랑스 귀족이 쓴 비극을 경청해야 한단 말야. 빌어먹을, 이런 놈의 입헌 정부 같은 것 좀 없어져야겠어! 좋은 쪽을 선택하라고 그랬는데 어쩌다가 입헌 정부를 택했느냔 말야?」

「알았어. 자넨 뱃속에 그저 웃음거리를 가득 채워놔야 할 인간이야」

「당글라르의 연설은 욕하지 말아주게. 그 사람은 자네 편이 아닌가」하고 드브레가 말했다.

「그래서 곤란하다는 거야! 실컷 좀 웃어보려고 말야. 그 사람이 원로원에서 떠들 수 있도록 좀 보내주기를 기다리는 거야」

「이봐」하고 알베르가 보샹에게 말했다.「그러니까, 스페인 문제가 정리됐다고 해서 자네가 오늘 아침 이렇게 까다롭게 구는군 그래. 그런데《파리 신문》에, 외제니 당글라르 양과 나와의 결혼 기사가 났다는 사실을 잊지 말아주게. 그러니까 이 다음에 나한테〈자작, 난 내 딸에게 200만 프랑을 주겠소〉하고 말할 그 사람의 연설을 헐뜯는 걸 그냥 가만히 보고만 있을 수야 있나?」

「무슨 소리야!」하고 보샹은 말했다.「그 결혼은 절대로 안 될걸. 왕은 그 사람을 자작으로 만들어주었고, 또 더 높은 귀족으로 만들어줄 수도 있겠지. 그러나 그를 신사로 만들어줄 수는 없을걸. 게다가 자네 아버지 모르세르 백작께선 그까짓 200만 프랑 때문에 어울리지 않는 그런 결혼을 승낙할 분은 아냐. 모르세르 자작은 후작 가문의 처녀하고가 아니면 결혼 안 하는 거야」

「그렇지만 200만 프랑이라는 돈은 확실히 나쁘지 않은데!」하고 알베르 드 모르세르가 말을 받았다.

「큰길 한복판에 극장을 세울 수도 있고 식물원과 레페 사이에 철도를 놓을 정도의 자본이니 말야」

「저 사람 말 들을 것 없어, 모르세르」드브레가 대수롭지 않은 듯이 말했다.「그냥 결혼하는 거야. 어쨌건 돈주머니에 붙은 꼬리표하고 결혼하는 건데 뭘 그래. 그러니 아무러면 어떤가? 그 꼬리표에 붙은 문장(紋章)이 시원치 않더라도, 그 대신 자릿수 하나가 더 붙어 올 테니 말야. 자네 가문 문장에는 티티새가 일곱 마리 있지? 그중에서 세 마리만 자네 처에게 주는 거야. 그래도 네 마리나 남잖아? 까딱하다간 프랑스의 왕이 될 뻔했고, 또 그 사촌은 독일의 황제까지 지냈다던 저 귀즈 씨보다도 하나 더 있는 건데 뭘 그래」

「딴은 그 말에도 일리가 있는걸」하고, 알베르는 아무 생각 없이 대답했다.

「암, 그렇고말고! 백만장자란 사생아나 마찬가지로 다 귀족이 될 수 있거든. 되려고만 한다면 말야」

「쉿! 그런 소리는 하는 게 아냐, 드브레」보샹이 웃으면서 말을 받았다.「샤토 르노가 오지 않나. 그 친구는 자네의 그 독설벽을 고치기 위해서, 자기 조상한테서 물려받은 르노 드 몽토방 검(劍)으로 자네를 찌를지도 몰라」

「어허, 그런 짓을 하면 귀족이 아니지」하고 뤼시앵 드브레가 대답했다.「나야 일개 평민이니까, 평민이라도 아주 보잘것없는 평민이니까 말야」

「이런!」하고 보샹이 소리쳤다.「관리께서 베랑제(프랑스의 민중적 서정시인──옮긴이) 같은 걸 노래하다니, 이건 도대체 어떻게 된 셈인가?」

「샤토 르노 씨와 막시밀리앙 모렐 씨가 오셨습니다!」하고 하인이 손님 두 사람이 온 것을 알려왔다.

「이젠 다 왔군!」보샹이 말했다.「이제야 식사를 하게 되는 거겠지. 내가 잘못 들은 게 아닌 한, 두 사람만 더 기다리면 된다고 그랬지? 안 그래, 알베르?」

「모렐!」알베르는 깜짝 놀라서 중얼거렸다.「모렐이라니, 그게 도대체 누굴까?」

그 말이 채 끝나기도 전에, 샤토 르노가 알베르의 손을 탁 잡았다. 머리 꼭대기부터 발끝까지 신사 차림을 한 그는, 기시(프랑스의 명문가──옮긴이)와 같은 용모에 모르트마르(프랑스의 명문가──옮긴이)와 같은 재기를 겸비한 서른 살 가량의 훌륭한 청년이었다.

「실례하겠네」하고 그는 말했다.「자, 내 친구인 데다가 내 생명의 은인인 알제리 기병 대위 막시밀리앙 모렐 대위를 소개하지. 아니, 그보다도 이런 말을 늘어놓을 것도 없이 척 보면 대번에 알 수 있을 걸세. 자작, 내 영웅에게 경의를 표해 주게」

그리고 나서, 샤토 르노는 이 훌륭하고 품위 있는 청년의 모습을 그들 앞에 보여주기 위해 한걸음 뒤로 물러섰다. 독자들은, 마르세유에서 당시의 사정이 상당히 극적이었기 때문에 아직 잊어버리지 않았을, 그 탁트인 이마에 꿰뚫는 듯한 눈, 그리고 검은 수염의 그 청년을 기억하고 있을 것이다. 몸에 척 어울리는, 반은 프랑스풍에 반은 동양풍인 군복에 레지옹도뇌르 훈장이 달린 떡 벌어진 가슴의 그 청년 장교는, 품위 있게 예의를 갖추어 몸을 굽혔다. 씩씩한 청년인 만큼 모렐의 행동은 하나하나 품위가 있었다.

알베르는 다정하고 정중한 태도로 이렇게 말했다.

「샤토 르노 남작은, 제가 대위님을 알게 되는 것이 기쁘리라는 것을 미리 알고 있었던 것 같습니다. 대위께서 그의 친구이시라니, 저하고도 친구가 되어주십시오」

「좋아, 좋아」하고 샤토 르노가 말했다.「그리고 자작, 경우에 따라선 대위께서 내게 해준 것과 같은 일을 자네를 위해서도 해주십사고 대위께 부탁해 보게」

「도대체 어떤 일을 하셨기에 그래?」알베르가 물었다.

「아, 뭐 얘기할 만한 것도 아닌 일인데, 남작께서 과장하시는 겁니다」

「아니, 뭐라고요? 그게, 얘기할 만한 것도 못 되는 일이라고요? 목숨을 건 일이, 얘기할 만한 것도 못 된단 말이오? ……모렐 씨, 그건 아무래도 너무 철학자 같은 얘긴데요……. 날마다 목숨을 내놓고 사는 당신에겐 그럴지 모르지만, 어쩌다가 우연히 한번 그런 일을 당하게 된 저에게는……」

「남작, 얘기하는 폼으로 보아선 아무래도 모렐 대위께서 자네 목숨을 구해 주신 것 같은데」

「그렇지, 맞았어」 샤토 르노가 대답했다.

「어쩌다가 그렇게 됐나?」 보샹이 물었다.

「보샹, 배고파 죽겠네」 하고 드브레가 말했다. 「얘긴 그만 하지」

「아니, 왜 그래?」 보샹이 말했다. 「누가 식사를 못하게 했나? ……밥을 먹으면서 샤토 르노의 얘기를 듣자는 거지」

「자, 여러분」 하고 알베르 드 모르세르가 말을 막았다. 「아직 열시 십오분밖에 안 됐으니, 우리 마지막 손님을 기다려봅시다」

「참, 그렇지! 외교관이 한 사람 오기로 돼 있었지」 하고 드브레가 말을 받았다.

「외교관인지 뭔지 그건 내 알 바가 아니고, 내가 알고 있는 건 그가 나를 위해서 만족할 만한 사명을 끝내 주었다는 것뿐이야. 내가 만약 국왕이라면, 금모(金毛) 훈장이나 가터 훈장 같은, 즉석에서 줄 수 있는 훈장을 주었을 거야」

「아직 식사를 시작하지 않을 거라면」 하고 드브레가 말했다. 「아까 마시던 그 헤레스나 한잔 따라주게. 그리고 남작, 그 얘기나 해주는 게 어때?」

「내가 아프리카에 가려고 했던 건 다들 알고 있겠지?」

「그래, 자네 선조들이 갔던 데 말이지?」 알베르가 능청스럽게 대답했다. 「하지만 설마 자네 선조처럼 그리스도의 무덤을 구해 내려고 했던 건 아니겠지?」

「자네 말이 맞았어, 보상」 하고 젊은 귀족은 말하였다. 「그저 재미로 권총이나 쏘아볼까 했던 거야. 알다시피, 전에 어떤 사건을 조정해 달라고 내가 선택했던 두 사람의 증인이 내 제일 친한 친구 중 한 명의 팔을 쏘게 한 후로는 말야, 난 결투라면 지긋지긋해……. 그 친구라는 게 바로 프란츠 데피네였네만, 자네들도 프란츠는 다 알고 있지?」

「아, 참 그랬지」 드브레가 말했다. 「언젠가 결투를 한 일이 있었지……. 그때 왜 그랬지?」

「생각조차 하기 싫은 일이야!」 하고 샤토 르노가 말했다. 「하지만 지금도 분명히 기억하는 것은, 나의 이 기막힌 솜씨를 그냥 썩이는 게 아깝다고 생각돼서, 바로 그 즈음에 내가 선물받은 새 권총을 아라비아인들을 상대로 시험해 보고 싶었던 거야. 그래서 오랑까지 배를 타고 가서, 오랑에서 콩스탕틴에 도착했지. 그런데 내가 도착한 것이 바로 군대가 포위를 풀고 철수하고 있던 때가 돼서 나도 다른 사람들과 함께 퇴각했지. 사십팔 시간 동안 낮엔 비를 맞고 밤엔 눈을 맞으며 고생을 했어. 그랬더니 사흘째 되던 날 아침엔 말이 얼어 죽었더군 그래. 그놈의 말, 밤낮 담요에 난로 맛만 봐 버릇했기 때문에 말야……. 아라비아 말이었는데 그놈이 막상 아라비아에 와서 십 도의 추위를 당하니 견딜 수가 없었던 거지」

「그래서 내 영국 말을 사려고 했군 그래」 하고 드브레가 말했다.「내 말이 자네의 그 아라비아 말보다 추위를 잘 견디어 낼 줄 알았던 모양이지?」

「천만에, 난 다시는 아프리카엔 가지 않을 생각인걸」

「상당히 혼이 났던 모양이지?」 보샹이 물었다.

「그건 사실이야」 하고 샤토 르노가 대답했다. 「그런 기분이 들 만한 이유가 있었지. 아까 말한 것처럼, 말이 죽었으니 난 걸어서 후퇴했던 거야. 그런데 아라비아 놈들이 여섯 명이나 내 모가지를 자르려고 말을 달려오는 거야. 그래서 소총으로 두 놈을 쏘고, 또 단총으로 다른 두 놈을 쏴버렸지. 그래도 두 놈이 남았는데, 난 놈들한테 무기를 빼앗기고 말았단 말야. 그랬더니 그중의 한 놈이 내 머리채를 휘어잡더군. 그래서 지금도 난 머리를 이렇게 짧게 깎고 있다네. 언제 어떤 일이 일어날지 모르거든. 그리고 나머지 한 놈은 그 긴 아라비아 칼을 내 목에다 갖다 대는 거야. 칼이 닿기가 무섭게 쇠붙이의 차가운 촉감이 섬뜩하게 느껴지더군. 그런데 바로 그때, 대위께서 놈들에게 달려들어 내 머리채를 잡고 있던 놈을 권총 한 방으로 죽이고, 막 내 목을 찌르려던 놈의 머리를 칼로 날려버렸단 말이야. 대위께선 바로 그날 사람을 하나 구해 주고 싶으셨던 건데, 그게 우연히도 바로 내가 되었던 거야. 난 이 담에 부자가 되면 클라그망(19세기 프랑스의 조각가——옮긴이)이나 마로케티(이탈리아 출신 프랑스 조각가——옮긴이)에게 〈우연〉의 동상을 하나 세워달라고 부탁할 생각일세」

「맞습니다」 하고 모렐이 웃으면서 말했다. 「그날은 바로 9월 5일이었는데, 제 아버지가 기적적으로 구원을 받으셨던 날과 같은 날짜였지요. 그래서 저는 제 힘이 미치는 한도 내에서, 해마다 그날을 기념하기 위해 어떤 일을 하기로 작정했던 것입니다」

「정말 영웅적이었지?」샤토 르노가 불쑥 말을 막았다.「요는, 내가 운이 좋게 그 일에 걸려들었던 거야. 그런데 그게 전부가 아니라네. 내 목숨을 건져주신 다음에는 그 추위에서도 나를 건져주셨던 거야. 그것도 성 마르탱(4세기경 프랑스의 신부. 가난한 자를 위해 자비를 베풀었다고 전해진다──옮긴이)처럼 외투의 반만을 주신 게 아니라, 외투를 전부 다 내게 주신 거지. 그러고는 또 굶주린 내 배도 채워주셨고. 내게 무얼 나눠주셨는지 짐작하겠나?」

「펠릭스 정(亭)의 파이였나?」보샹이 물었다.

「아냐, 자신의 말이었어. 그 말고기를 한 토막씩 기가 막히게 맛있게 먹었단 말야. 정말 견딜 수 없었지」

「말고기가?」모르세르가 웃으면서 말했다.

「아니지, 그 희생 정신이 말야」하고 샤토 르노가 대답했다. 「모르는 사람을 위해서, 자신의 영국 말을 희생할 수 있겠는가, 어디 드브레한테 얘길 좀 들어보세」

「모르는 사람을 위해서? 천만에」하고 드브레가 대답했다. 「그러나 친구를 위해서라면 또 모르지」

「남작, 저는 남작께서 제 친구가 되어주실 것이라고 생각하고 있었습니다」하고 모렐이 말했다.「그런데 아까 말씀드린 대로, 그것은 희생 정신이라든가 영웅심 같은 것과는 아무 상관이 없습니다. 다만 그날은, 전에 저의 집안에 베풀어주신 어떤 분의 호의에 보답하기 위해, 저도 불행에 대해서 무엇인가 저 자신을 바쳐야겠다고 생각했던 것뿐입니다」

「지금 모렐 씨가 말씀한 그 사건은」하고 샤토 르노가 말을 이었다. 「아주 굉장한 사건이었는데, 자네들이 모렐 씨하고 좀더 가깝게 되면 언젠가는 그 얘길 들려주실 걸세. 오늘은 추억담보다는 배나 채워보는 거야. 알베르, 식사는 몇 시에나 되는 거야?」

「열시 반」

「정각 말이지?」 드브레가 시계를 꺼내며 물었다.

「제발 오 분만 더 기다려주게」 모르세르가 말했다. 「실은 나도 생명의 은인을 기다리고 있는 중이야」

「누구의?」

「누군 누구야, 내 은인이지」 모르세르가 대답했다. 「아니, 나라고 생명의 은인이 없으란 법이 있나? 그리고 또 목을 자르는 건 아라비아 사람들뿐인가? 아무래도 오늘의 오찬은 인류애의 오찬인데. 오늘 우리들의 식탁에는 적어도 두 사람의 인류의 은인이 참석하게 될 걸세」

「이거 야단났는데?」 드브레가 말했다. 「우리 몽테옹 상(박애에 대한 공로상——옮긴이)은 하나밖엔 없으니 말이야」

「그럼, 그 상을 바라지 않고 선행을 실천한 사람한테 주면 되지 않나?」 보샹이 말했다. 「아카데미는 난처할 때면 늘 그런 식으로 하니까 말야」

「그런데, 그 사람은 도대체 어디서 오는 건데?」 드브레가 물었다. 「자꾸 물어봐서 미안하네. 하지만 자네의 얘기를 듣긴 들었지만 자네가 너무 막연하게 얘기해서 말야. 그래서 한번 물어보는 거야」

「사실은」 알베르가 대답했다. 「나노 몰라. 석 달 전에, 내가 그분한테 초대하겠다고 얘기했을 때는 로마에 계셨지만, 그 다음에야 어디로 가셨는지 난들 알 수가 있나?」

「그런 걸, 꼭 약속을 지킬 수 있으리라고 생각하나?」드브레가 물었다.

「그 사람은 뭐든지 할 수 있는 사람이니까」모르세르가 대답했다.

「오 분만 기다려달라고 그랬지만, 자, 보게. 앞으로 십 분밖엔 안 남았다는 사실을 알아야 해」

「그럼 그 십 분 동안에 그 사람에 관한 얘기나 한마디 해볼까?」

「잠깐만」하고 보샹이 입을 열었다.「지금 하려는 얘기에, 혹시 기삿거리가 될 만한 건 없을까?」

「있지. 암, 있고말고」모르세르가 대답했다.「기삿거리라도, 굉장히 흥미진진한 기삿거리가 될걸」

「자, 그럼 해보게. 어차피 이젠 의회에 가기도 틀렸으니, 그 대신 이걸로 벌충을 해야겠네」

「지난번 사육제 때 난 로마에 있었네」

「그건 우리도 알아」보샹이 말했다.

「응, 그렇지만 내가 그때 산적들에게 납치당했던 사실은 모르고 있을걸」

「산적이 어디 있어」드브레의 말이었다.

「그래도 있는 걸 어떡해? 그것도 아주 무시무시하고 당당한 놈들이 정말 있던걸. 뭐랄까 무시무시하다기보단 차라리 기가 막히게 근사한 놈들이 정말 있던데」

「이봐, 알베르」하고 드브레가 말했다.「솔직하게 말하지

그래. 요리사가 꾸물거린다든가, 마렌이나 오스탕드에서 아직
굴이 도착하지 않았다든가, 아니면 맹트농 부인의 본을 받아
서 요리 대신에 얘기로 때워보겠다든가, 어느 쪽이든지 솔직
히 얘길 해보는 게 어때? 어차피 우리야 자네와 친한 사이니
까, 자넬 용서해 주고 아무리 얘기가 터무니없는 것이라도 들
어줄 수는 있을 테니 말이야」
「터무니없지 않아. 세상없어도, 내 얘기는 처음부터 끝까지
사실이야. 난 산적들에게 잡혀서, 〈산세바스티아노의 지하 묘
지〉라고 불리는 굉장히 후미진 곳으로 끌려갔지」
「거기라면 나도 알아」 샤토 르노가 말했다. 「난 거기서 열병
에 걸릴 뻔했지」
「난 그 정도가 아니었어」 하고 모르세르가 말했다. 「난 아주
진짜로 걸려들었으니까. 산적들은 내 석방금이 올 때까지 날
볼모로 잡아두겠다는 거야. 그 석방금이라는 게, 자그마치 로
마 돈으로 4,000에퀴, 투르 돈으로 치면 2만 6,000리브르야. 그
런데 내겐 고작 만 5,000밖엔 없었거든. 게다가 여행도 마지막
판이었으니까 어음도 다 써버리고 난 뒤였어. 그래, 프란츠와
같이 있었으니까 프란츠에게 물어보면, 내 말에 조금이라도
거짓말이 섞였는지 아닌지를 알 수 있을 거야. 나는 프란츠에
게 편지를 쓰기를, 만약에 아침 여섯시까지 4,000에퀴를 가져
오지 않는 날엔, 저녁 여섯시 십분에는 내 주위에 있는 성자들
이나 영광스러운 순교자들이 있는 곳으로 내가 가야 할 것이라
고 그랬지. 그런데 루이지 밤파는, 이게 그 산적 두목 이름인
데, 한번 입 밖에 낸 말은 절대로 지키는 사나이란 말야. 이건
사실이야」

「그래, 프란츠가 4,000에퀴를 가지고 왔단 말이지?」샤토 르노가 물었다.「프란츠 데피네나 알베르 드 모르세르라는 사람이 4,000에퀴 정도의 돈 때문에 쩔쩔매지는 않았을 테니까」

「그런데, 그게 아니야. 프란츠는 이제부터 내가 얘기하려는, 그리고 자네들에게 소개하고 싶은 손님 한 사람만을 동반하고 왔거든」

「그럼, 그 사람은 카쿠스를 죽인 헤라클레스나, 안드로메다를 구해 낸 페르세우스 같은 인물인가 보군?」

「아니야. 그저 내 키 정도의 보통 사람이었어」

「그럼 무장을 단단히 하고 왔었나?」

「뜨개질 바늘 하나 안 가지고 왔다네」

「그럼 자네의 석방금을 내주러 왔었군?」

「아니, 그 사람이 산적 두목한테 그저 두어 마디 귓속말을 하니까, 난 해방이 된 거야」

「그럼 산적 두목이 그 사람한테 자네를 잡아온 걸 사과라도 했겠군 그래?」보샹이 물었다.

「맞았어」모르세르가 말했다.

「그럼 그 사람은 완전히 아리오스토(의협심이 강한 이탈리아 시인——옮긴이) 같은 인간이군 그래」

「그렇지도 않아. 그저 몬테크리스토 백작이라는 이름 하나뿐이었어」

「몬테크리스토 백작이라는 이름이 어디 있어?」드브레가 말했다.

「그런 이름은 없을 텐데」유럽 귀족 사회의 일이라면 환히 다 아는 샤토 르노가 냉정하게 덧붙여 말했다.

「몬테크리스토 백작이라는 이름을 아는 사람이 누가 있겠나?」
「아마 성지(聖地)에서라도 온 모양이지?」 보샹이 말했다. 「모르트마르 가(家)가 사해(死海)를 가지고 있었듯이, 그 사람 선조 중에 누가 골고다(그리스도가 십자가에 못박힌 언덕── 옮긴이)라도 가지고 있었던 게지?」
「말씀하시는데 끼여들어서 죄송합니다만」 하고 막시밀리앙이 불쑥 말참견을 했다. 「제가 한마디 말씀해 드리는 것이 좋을 것 같아서요. 실은 몬테크리스토란, 제 아버지가 부리던 선원들 말에 의하면 지중해 한가운데에 있는 섬으로, 모래 한 알만하고 우주 가운데 원자 하나만한 조그만 섬이랍니다」
「그래, 글쎄 그렇다니까」 알베르가 말했다. 「그 사람이 바로 그 한 알의 모래, 그 원자만한 섬의 영주이며 곧 왕이라니까. 그리고 백작이라는 작위는 아마 토스카나의 어느 지역에서 산 것 같아」
「그럼 그 백작, 부자로군?」
「그런 것 같아」
「그야 보면 알 수 있을 것 아닌가?」
「모르는 소리」 드브레가 말했다. 「암만해도 난 납득이 안 가는데」
「자네 『아라비안 나이트』 읽었나?」
「무슨 소리야?」
「그럼 그 속에 나오는 인물들이 돈이 많은지 없는지는 알고 있겠네? 그 사람들이 말하는 밀알이라는 것이 루비나 다이아몬드 같은 것이라는 건 알겠지? 그 사람들, 겉으로는 가난한 어부 차림을 하고 있지. 어부려니 하고 있는데, 느닷없이 이상한 동굴을 열어보인단 말이야. 그러자 그 속에서 인도를 살 만한 보물이 나오지 않았어?」

「그래서?」

「그러니까 내가 말하는 그 백작이라는 사람도 『아라비안 나이트』에 나오는 어부 중의 한 사람이란 말일세. 그 얘기 속에서 이름을 하나 빌려가지고 선원 〈신드바드〉란 이름으로, 황금이 가득 찬 동굴을 갖고 있단 말일세」

「그래, 자네도 그 동굴을 보았단 말인가?」 보샹이 물었다.

「난 보지 못했지만, 프란츠는 보았대. 그런데 말야, 잠자코 있어야 해. 그 사람 앞에선 단 한마디라도 거기에 관한 얘긴 하면 안 되네. 프란츠는 눈을 가리고 동굴 속으로 내려갔대. 가니까, 거기서는 벙어리 하인과 여자들이 시중을 들어주는데, 그 여자들이 기가 막히게 아름다워서, 클레오파트라는 거기 비하면 아무것도 아닐 것 같더라나. 그렇지만 여자들에게 관해선 기억이 분명치가 않대요. 여자들은 자기가 하시시를 마신 후에야 들어왔다니까. 그러니까 프란츠가 여자라고 생각했던 게, 사실은 네 개의 석상이었는지도 모르지」

청년들은 〈뭐야? 자네, 머리가 좀 돈 건가, 아니면 우리를 놀리는 건가?〉 하는 듯한 시선으로 알베르 드 모르세르를 쳐다보았다.

「그런데 실은」 하고 모렐이 무엇인가 생각이 나는 듯이 말했다. 「저도 페늘롱이라는 늙은 선원한테서, 지금 모르세르 씨가 말씀하신 것과 비슷한 얘기를 들은 일이 있습니다」

「아!」 하고 알베르가 말했다. 「모렐 씨가 응원을 해주시니 고맙습니다. 어때? 미궁 속에 한 줄기 빛을 비춰주셨으니 자네들이 당황한 것 아냐?」

「미안하이」 드브레가 말했다. 「하도 정말 같지 않은 얘기를 하니 그런 걸세」

「그래? 대사나 영사들이 하는 이야기가 아니라서 그런가? 그자들이야 시간이 있나? 여행하는 동포들이나 괴롭히는 게 고작이지」

「하아! 자네 화났군 그래. 그래서 불쌍한 관리들한테 달려드는 거야? 아니 그럼, 관리들이 무엇으로 자네를 보호해 주길 바라나! 의회에선 날마다 그자들의 월급을 깎아내려서 이젠 하나도 없는 판인데. 알베르 자네, 대사가 되고 싶다면 내가 콘스탄티노플에 부임되도록 말해 주지」

「천만에! 마호메트 알리를 위해서 호의를 보이기만 하면, 술탄은 나한테 밧줄을 던질 테고, 내 서기관들은 그것으로 내 목을 조를 텐데?」

「그래, 그것 봐」 하고 드브레가 말했다.

「응, 그렇지만 어쨌든지, 내가 말하는 몬테크리스토 백작이 실재하고 있는 것만은 확실해」

「그야 누구나 다 실재하고 있지」

「그래, 그건 당연한 얘기지만 이 경우는 좀 달라. 흑인 노예를 몇 명씩 거느리고, 왕궁 같은 회랑이나 카사우바 같은 무기, 한 필에 6,000프랑씩이나 하는 말에, 그리스 정부(情婦) 같은 건 아무나 갖는 건 아니잖나?」

「그럼, 자네 그 그리스 여자를 보기라도 했나!」

「응, 봤어. 목소리도 들었는걸. 보긴 발레 극장에서 보고, 소리는 어느 날인가 백작 댁에서 오찬을 하던 날 그 여자 소리를 들었지」

「그럼 그 괴상한 사람도 먹기도 하고 그러는군?」

「응, 먹기야 먹지. 그런데 그 먹는다는 게 말도 안 될 만큼 조금이거든」

「두고 봐. 그건 분명 흡혈귀일 거야」

「웃고 싶거든 웃어도 좋아. 자네도 알고 있겠지만, 루드벤 경하고 친하던 G…… 백작 부인도 그런 소릴 했네만」

「이거 재미있는데!」하고 보샹이 말했다.「신문 기자도 아닌 남자가《콩스티튀시오넬》(신문의 이름──옮긴이)에 나온 그 바닷뱀 얘기 같은 말을 꺼내다니! 흡혈귀라고?」

「눈은 갈색인 데다가, 눈동자는 제 맘대로 커졌다 작아졌다 하는 거야」하고 드브레가 말했다.「얼굴 윤곽은 세련되고, 훌륭한 이마에, 창백한 얼굴빛, 검은 수염, 뾰족한 하얀 이, 태도도 이를 데 없이 의젓하고」

「맞았어! 바로 맞혔는데, 뤼시앵」하고 알베르가 말했다.

「생김새는 사실 자네 말대로야. 그래, 그 사람 태도에는 날카로운 데가 있어. 가끔 난 그 사람을 보면 소름이 끼쳐와. 더구나, 어느 날인가 처형당하는 장면을 함께 본 일이 있었는데, 그때 그 사람이 아주 냉정하게 세계 곳곳의 고문 얘기를 하는 모습을 보면서 그 내용을 들으니, 진짜 사형 집행인이 사람을 죽이고 그 사형수가 지르는 소리를 듣는 것보다도 더 오싹해지더군」

「피를 빨아먹기 위해 콜로세움의 폐허로 가자곤 하지 않던가?」보샹이 물었다.「아니면 자네를 구해 준 다음에, 새빨간 양피지 같은 것 위에다 에사오(야곱의 형. 콩 한 접시를 받고 장자의 권리를 야곱에게 팔았다——옮긴이)가 장자의 권리를 넘겨주었듯이, 자네의 영혼을 넘겨주겠다고 써넣고 거기 서명이라도 하라고 시키지 않던가?」

「날 놀리고 싶거든 실컷 놀려보게!」하고 알베르는 약간 화가 나서 말했다. 「자네들같이 드 강 거리에서나 왔다갔다하는 인간들이나, 불로뉴 공원이나 슬슬 돌아다니는 파리지앵들을 앞에 놓고 그 사람을 생각해 보니, 확실히 그 사람은 인종이 다른 것 같아」

「난 그걸 자랑으로 생각하고 있는데!」보샹이 말했다.

「어쨌든」하고 샤토 르노가 말을 이었다. 「그러니까 그 몬테크리스토 백작이라는 사람은 이탈리아 산적들하고 무언가 조금 관계가 있다는 점만을 제외하면, 한가할 때엔 훌륭한 신사란 말이로군」

「흥, 이탈리아 산적이라는 게 있을 게 뭐야?」하고 드브레가 말했다.

「흡혈귀라는 것도 없고!」보샹이 덧붙여 말했다.

「몬테크리스토 백작도 없고!」하고 드브레가 덧붙여 말했다.

「자 들어보게, 알베르. 시계가 열시 반을 치고 있잖아?」

「솔직히 자네가 악몽을 꾸었다고 그러지 그래? 자 그럼, 이젠 식사나 하러 가세」하고 보샹이 말했다.

그러나 벽시계가 열시 반을 치는 소리가 채 끝나기도 전에 문이 열리더니 제르맹이 들어오며 「몬테크리스토 백작께서 오셨습니다!」하고 알렸다.

그 소리를 들은 일동은 자기들도 모르게 펄쩍 뛰었다. 그것으로 보아, 알베르의 얘기를 듣고 그들이 이상하게 불안한 기분에 사로잡혀 있었다는 사실을 알 수 있었다. 알베르도 어떤 끓어오르는 감동을 억누를 수 없었다.

밖에서 마차 소리 하나 나지 않았고, 응접실에서도 발소리 하나 들리지 않았는데, 소리 없이 문이 열렸다.

백작은 아주 검소한 차림이긴 하나, 아무리 까다로운 사람이라도 어디 하나 흠잡을 데 없이 우아한 옷차림으로 문 앞에 나타났다.

백작의 몸 전체에는 우아한 취향의 품위가 넘쳐흐르고, 옷이며 모자며 리넨 옷 모두 최고로 손꼽히는 장인들의 수제품들이었다.

나이는 이제 서른다섯 정도 되어 보였다. 그들은 모두 이 신사의 모습이, 드브레가 묘사한 풍모와 조금도 다름이 없는 데 놀랐다.

백작은 미소를 띠며 객실 한가운데로 다가와, 급히 그에게 손을 내미는 알베르에게 곧장 걸어갔다.

「어느 국왕 중의 한 사람이 한 말이라고 기억되는데, 〈정확성이 곧 왕자의 예의〉라는 겁니다」하고 몬테크리스토 백작은 말했다.「하지만 아무리 성의를 가지고 있다 하더라도, 여행자는 그 예의를 꼭 지키기 어려운 법이지요. 자작, 약속 시간이 이삼 초 늦어진 것은 제 성의를 봐서 용서해 주십시오. 아무래도 오백 리 길을 오자니, 자연히 고장도 생기더군요. 더군다나 프랑스에서는 역마차의 마부에 따라서도 여행의 일정이 좌우되니까요」

「백작」하고 알베르는 대답했다.「백작과 약속을 한 이 기회에 제 친구를 두세 명 불러서 지금 막 백작님께서 오실 것을 알려주고 난 참입니다. 소개해 드리겠습니다. 이 사람은 집안에 귀족이 열두 명이나 있고 선조는 원탁의 기사였던 샤토 르노 남작, 이쪽은 내무대신 비서관 뤼시앵 드브레 씨, 또 이 사람은 신랄한 언론인으로 프랑스 정부가 떨고 있습니다만, 국내에선 그렇게 유명해도 그 신문이 이탈리아엔 들어가지 않으니, 아마 아직 이 사람 얘긴 들어보지 못하셨을 겁니다. 보샹이라는 사람이죠. 그리고 또 이분은 알제리 기병 대위 막시밀리앙 모렐 씨입니다」

모렐이라는 이름을 듣자, 지금까지 정중하긴 하나 완전히 영국 사람 같은 냉정한 태도로 고개를 숙여 인사를 해오던 백작은, 자기도 모르게 발을 앞으로 한 발 내디뎠다. 그러더니 그의 창백한 뺨 위로 섬광처럼 분홍빛이 가볍게 스쳤다.

「대위께선 프랑스의 새 군복을 입으셨군요」하고 그는 말했다. 「군복이 아주 훌륭하십니다」

백작이 목소리를 그토록 침통하게 울리게 한 것, 평소에 애써 베일을 쓰려던 어떤 이유가 없을 때에는 그처럼 아름답고 고요히 맑은 그 눈동자를 무의식중에 빛나게 한 것은 어떤 감정에서였을까?

「그럼 백작께선 저의 아프리카 병사를 한번도 본 적이 없으십니까?」하고 알베르가 물었다.

「한번도 못 봤습니다」하고 백작은 다시 평정을 완전히 회복하고 말했다.

「그러세요? 이 군복 밑에는 우리 군대 중에서도 가장 용감하고 가장 고결한 심장이 뛰고 있습니다」

「오, 백작」하고 모렐은 알베르의 말을 막았다.

「가만히 계십시오. 대위…… 그런데, 저희는」 하고 알베르가 말을 이었다.

「실은 지금 이분께서 정말로 영웅적으로 행동하신 얘기를 들은 참입니다. 저로선 오늘 처음 뵙는 분이지만, 제 친구로서 소개해 드리고 싶습니다」

이 소리를 듣자 몬테크리스토 백작의 얼굴에 그 꿰뚫는 듯한 이상한 시선과, 눈에 띄지 않는 붉은 빛이 확 떠올랐다. 그리고 눈시울이 가볍게 떨리는 것으로 보아, 그의 마음속의 어떤 격정을 짐작할 수가 있었다.

「허어! 대단히 고귀한 마음씨를 가지셨군요. 참 좋은 일이올시다」 하고 백작은 말했다.

알베르가 한 말에 대한 대답이라기보다는, 차라리 백작 자신의 마음속에 감춰진 생각에 대한 환성에 가까운 이 말에 모두들 깜짝 놀랐다. 그중에서도 모렐의 놀라움이 가장 컸다. 모렐은 몬테크리스토 백작을 놀라운 눈으로 바라보고 있었다. 그러나 그 말의 억양이 하도 부드럽고 정다웠기 때문에, 지금 백작의 이 환성에 다소 이상한 점이 있었다 하더라도 별로 마음에 거슬리지는 않았다.

「어떻게 새삼스럽게 저런 소릴 할까?」 보샹이 샤토 르노에게 말했다.

「글쎄 말야」 사람들을 많이 대해 보아서 사람 보는 눈이 날카로운 샤토 르노는 몬테크리스토 백작에게서도, 볼 수 있는 데까지는 꿰뚫어 본 것이다.

「과연 알베르의 말이 맞았어. 백작은 정말 이상한 사람이군요. 모렐 씨는 어떻게 생각하십니까?」

「글쎄요」하고 모렐 대위는 대답했다.「거짓을 모르는 눈과 인정이 깃든 목소리로군요. 저로서는 이상한 관찰을 당한 셈이지만, 전 호감이 가는 분입니다」

「여러분」하고 알베르가 말했다.「제르맹이 식사 준비가 다 됐다고 알리러 왔습니다. 백작, 제가 안내해 드리겠습니다」

일동은 입을 다문 채로 식당으로 건너가 각기 제자리에 앉았다.

「여러분」식탁에 앉으면서 백작이 말했다.「제가 실례가 될 행동을 하게 될지 모르겠습니다만, 그럴 경우를 변명하기 위해서 한마디 미리 솔직하게 말씀드려야 할 일이 있습니다. 전 외국 사람입니다. 뿐만 아니라 파리엔 처음 와보는 시골뜨기지요. 그러니까 프랑스의 생활이란 건 전혀 캄캄합니다. 전 여태까지는 파리의 훌륭한 전통과는 전혀 다른 동양적인 생활 외엔 경험해 보질 못했습니다. 그러니까 혹시 제 태도에 다분히 터키풍이라든가 나폴리풍이나 아라비아적인 데가 있더라도 용서해 주셔야겠습니다. 말씀드리고 싶었던 건 바로 이 점입니다. 자, 그럼 식사를 하십시다」

「인사가 훌륭하군!」보샹이 중얼거렸다.

「분명 대귀족임에 틀림없을 거야」

「대귀족이고말고」드브레가 덧붙여 말했다.

「어느 나라에 내놓아도 손색이 없는 대귀족이야」샤토 르노가 말했다.

오찬회

독자들도 기억하겠지만, 백작은 소식가(小食家)였다. 알베르도 그 점을 알아채고, 파리의 생활이 그 물질적인 면, 그것도 가장 빼놓을 수 없는 식사가 처음부터 이 여행자의 기분에는 들지 않을까 봐 걱정되었다.

「백작」하고 그가 말했다.「보시다시피 전 마음이 불안합니다. 이 엘데 가의 요리가 스페인 광장의 요리만큼 마음에 드시질 않을 테니 말씀입니다. 사실은 미리 백작의 식성에 맞으실 것을 몇 가지라도 준비해 놓아야 했을 것을, 그만」

「아닙니다. 당신이 좀더 저를 잘 아시게 되면」하고 백작은 미소를 띠며 말했다.「저 같은 여행자를 위해서 그렇게까지 걱정하지 않으셔도 될 겁니다. 나폴리에서는 마카로니, 밀라노에서는 폴렌타, 발렌시아에서는 올랴 포르리다, 콘스탄티노

플에서는 필라프, 인도에서는 카레, 중국에서는 제비집을 차례차례 먹으며 돌아다니는 사람인걸요. 저 같은 세계인에게는 따로 특별한 요리라는 게 없습니다. 전 뭐든지 먹습니다. 그리고 아무데서라도 먹지요. 단 양만은 적게 먹습니다. 제가 조금 먹는다고 나무라시지만, 실은 전 오늘 굉장히 식욕이 왕성한 날입니다. 어제 아침부터 아무것도 먹질 않았으니까요」
「아니, 어제 아침부터요?」 손님들이 일제히 큰소리로 물었다. 「그럼 이십사 시간을 아무것도 드시지 않았단 말씀입니까?」
「못 먹었습니다」 몬테크리스토의 대답이었다. 「님 부근에서 길을 잃어 여기저기 길을 묻다 보니 조금 늦어졌더군요. 그렇다고 발을 멈출 생각은 없어서」
「그럼 식사는 마차 안에서 하셨습니까?」 모르세르가 물었다.
「안했습니다. 마차 안에선 잤지요. 권태롭긴 한데 그렇다고 기분 전환할 용기가 나지 않거나, 아니면 배는 고픈데 먹고 싶은 생각이 안 날 때엔 늘 그렇게 잡니다」
「그럼 주무실 생각만 있으시면 어느때고 그렇게 잠이 드실 수 있습니까?」 모렐이 물었다.
「대갠 그렇습니다」
「그렇다면 무슨 좋은 방법이라도 있으신가요?」
「네, 아주 확실한 방법이 있습니다」
「그건 우리같이 아프리카에서 사는 사람들에게는 기가 막힌 건데요. 먹을 것이 언제나 있는 것도 아니고, 마실 것조차도 없을 때가 많으니까요」 하고 모렐 대위가 말했다.
「그렇습니다」 하고 몬테크리스토 백작이 말했다. 「하지만 그 방법은 저처럼 특수한 생활을 하는 사람에게는 좋은 방법이지만, 군대에서 사용하기엔 위험한 방법입니다. 여차할 경우에 눈이 떠지지 않을 수도 있을 테니 말입니다」

「그 방법이라는 게 어떤 것인지 얘기해 주실 수 없으십니까?」 드브레가 물었다.

「해드릴 수 있고말고요」 하고 몬테크리스토 백작은 대답했다. 「특별한 비밀은 없습니다. 그것은 내가 직접 광둥(廣東)까지 가서 사 온 아주 좋은 아편과 동양의 티그리스와 유프라테스 강 사이에서 재배되는 하치스를 혼합해서 만든 겁니다. 그것을 필요할 때 마시면 됩니다. 십 분만 있으면 효과가 나타납니다. 프란츠 데피네 남작께 물어보십시오. 남작께선 언젠가 그것을 맛보신 일이 있으니까요」

「네, 그런 말을 했었지요」 하고 알베르 드 모르세르가 대답했다. 「그 얘긴 저도 들었습니다. 상당히 유쾌한 추억까지 가지고 있던데요」

「그렇다면」 하고 보샹은 신문 기자인 만큼, 도저히 믿을 수 없다는 듯이 말했다. 「그 약을 늘 몸에 지니고 다니시나요?」

「그렇습니다」 몬테크리스토 백작이 대답했다.

「실례지만 그 귀중한 약을 좀 보여주실 수 없을까요?」 하고 보샹은 이 이방인의 거짓말을 폭로라도 하려는 듯이 말을 이었다.

「좋습니다. 보여드리죠」 하고 백작은 대답했다.

그는 주머니에서, 에메랄드에 구멍을 파서 만든 진귀한 봉봉 상자를 꺼냈다. 뚜껑은 금 나사로 되어 있었는데, 나사를 돌리니 푸르스름한 완두콩 정도의 조그만 알맹이가 나왔다. 그 알맹이에서는 코를 찌르는 독한 냄새가 났다. 에메랄드 함 속에는 이러한 알맹이가 너덧 개 있었지만, 더 넣으면 열두어 개는 들어갈 것 같았다.

그 상자는 식탁 위를 한 바퀴 돌았다. 그러나 손님들은 그것을 손에서 손으로 건네면서 환약을 들여다본다든가 냄새를 맡는 게 아니라, 그 황홀한 에메랄드 상자를 들여다보는 데 여념이 없었다.

「그럼 이 귀한 것은 백작 댁의 주방장이 만드는지요?」하고 보샹이 물었다.

「아니죠」하고 몬테크리스토 백작이 대답했다. 「진짜 향락을 주는 그런 것을 비천한 하인의 손에 맡길 수야 있겠습니까? 전 약간의 화학 지식을 알고 있습니다. 그래서 제 손으로 직접 만들지요」

「이 에메랄드는 정말 굉장하군요. 저희 어머니도 대대로 물려 내려오는 보석들을 제법 많이 가지고 계시지만, 이렇게 훌륭하고 큰 에메랄드는 본 일이 없는데요」샤토 르노가 말했다.

「전 이와 같은 것을 세 개 가지고 있었습니다」하고 몬테크리스토 백작은 말을 받았다. 「그런데 그중 하나는 폐하께 바쳐서 폐하의 칼에 장식했습니다. 또 하나는 교황께 바쳤지요. 그건 제 것과 크기가 비슷한 것인데, 또한 저쪽 것과 비교해 보면 훨씬 더 아름다운 에메랄드였지요. 교황께선 그것을 나폴레옹 황제가 전 교황 피우스 7세에게 바쳤던 다른 한 개의 에메랄드와 함께 교황의 왕관에 박으셨습니다. 그리고 세번째 것은 제가 가지고 있습니다. 그러나 그것은 세공을 했기 때문에 그 가치가 반은 깎였지만, 실제로 사용하기엔 아주 편리하게 돼 있지요」

모두들 눈이 휘둥그레져서 몬테크리스토 백작을 바라보았다. 백작의 얘기하는 폼이 너무나 당당한 것으로 보아, 그의 얘기가 정말이거나 아니면 그가 미쳤거나, 둘 중 하나임에 틀림없을 것 같았다. 그러나 에메랄드가 사실상 그의 손에 있는 것으로 보면, 아무래도 첫번째 추측으로 쏠리지 않을 수가 없었다.

「그럼 그 두 분께선 그 훌륭한 선물을 받고 그 대신 백작께 무엇을 드렸나요?」 드브레가 물었다.

「폐하께선 어느 여자에게 자유를 허락해 주셨고」 하고 백작은 대답했다. 「그리고 교황께선 어느 남자에게 자유를 허락해 주셨습니다. 그래서 저도 일생에 한번 왕좌의 자리에 태어난 만큼의 권력을 가져본 것이지요」

「그럼, 백작께서 구해 주신 사람이 그 페피노로군요?」 하고 모르세르가 큰소리로 물었다. 「그 사람 때문에 특별사면권을 행사하신 거로군요?」

「그럴지도 모르지요」 백작이 웃으면서 말했다.

「백작, 백작께선 그 말씀을 들려주셔서 제가 얼마나 반가운지 상상도 못하실 겁니다」 하고 알베르가 말했다.

「실은 백작께서 오시기 전에, 제가 백작을 옛날이야기에 나오는 인물, 『아라비안 나이트』 속에 나오는 마술사나 중세의 마법사 같은 분이라고 얘기했습니다. 그러나 파리 사람들이란 불합리한 일에 아주 예민한 위인들이라, 자기네들의 일상 생활 속에 들어오는 얘기가 아니면 아무리 진실할 것이라도 변덕스러운 공상이라고만 생각하는 사람들입니다. 이를테면, 여기 있는 드브레나 보샹으로 보더라도, 불르바르에서 경마 클럽

회원이 붙잡혀서 물건을 털렸다든가, 생드니 가나 생제르맹 가에서 네 명이 암살당하는 사건이 있었다든가, 또는 탕플 가나 테름 드 쥘리앵에서 열 명, 열다섯 명, 스무 명의 도둑을 잡았다든가 하는 사실들은 읽기도 하고 쓰기도 하면서, 이탈리아 서부 해안이나 로마 교외, 폰티노 늪 부근에 산적이 나온다는 얘기를 들으면 덮어놓고 거짓말이라고 우기니까요. 제발, 백작께서 직접 제가 그 산적들에게 붙잡혀가서 백작의 그 친절한 교섭이 아니었더라면 오늘 이렇게 이 엘데 가의 자그마한 집에서 이 사람들에게 오찬을 대접하지도 못하고, 아마 산 세바스티아노 지하 묘지에서 영원한 부활을 기다리고 있을 뻔 했다는 사실을 좀 얘기해 주세요」

「무슨 소릴 하십니까!」 하고 몬테크리스토 백작은 말했다. 「그런 하찮은 얘긴 다시 하지 않기로 약속하지 않았습니까?」

「아닙니다, 백작. 저하고는 그런 약속을 하지 않으셨습니다」 하고 모르세르가 외쳤다. 「아마 그런 일을 또 저 아닌 다른 사람에게 해주시고는, 그 사람을 저와 혼동하고 계신 모양이십니다. 그러지 마시고 제발 그 얘길 좀 해주십시오. 그때 얘길 다시 해주시면, 제가 알고 있는 것도 있겠지만 제가 모르고 있던 얘기도 많이 있을 것 같으니 말씀입니다」

「하지만」 하고 백작은 미소를 띠면서 대답했다. 「당신은 그 사건 때 상당히 중요한 역할을 하신 것입니다. 저와 마찬가지로, 그때의 일은 죄다 알고 계시지 않습니까?」

「그럼 제가 알고 있는 것은 제가 얘기할 테니, 그 대신 백작께선 제가 모르고 있는 사실을 얘기해 주시지 않겠습니까?」

「좋습니다」 몬테크리스토 백작이 대답했다.

「사실은 말이지」 하고 모르세르는 다시 얘기를 계속했다. 「약간 자존심이 상하는 일이긴 하지만, 난 무슨 툴리아나 포파이아 같은 미인의 후예같이 생각되는 어느 가면의 여자한테 사흘 동안 꼬박 끌려들었단 말이야. 어느 시골 처녀한테 순전히 반했단 말야. 그런데 내가 농촌 색시라고 생각했던 게, 알고 보니 열대여섯 살 난 아직 수염도 나지 않은 나긋나긋한 어린 산적이었어. 그래서 내가 흥분해서 그 깨끗한 어깨에 키스를 하려고 덤벼들었더니, 내 목에 권총을 대고는 일고여덟 명의 산적들과 합세해서 나를 산세바스티아노 지하 묘지로 데려가더군. 데려간 게 아니라 끌고 갔지. 가니까 거기에 산적의 두목이 있더군. 그런데 그 두목이라는 자가 학식도 대단해서, 『갈리아 전기』를 읽고 있더라니까. 두목은 일부러 책을 덮어놓더니 내게 하는 말이, 만약 다음날 아침 여섯시까지 4,000에퀴를 지불하지 않는 날엔, 여섯시 반에는 목숨이 달아날 줄 알라는 거야. 그때의 그 편지가 지금도 있지. 내 서명이 적혀 있고, 루이지 밤파의 추신이 적힌 편지인데, 프란츠가 가지고 있어. 믿어지지 않거든 프란츠에게 물어봐. 그 서명의 증명까지 해줄 걸세. 내가 알고 있는 것은 이것뿐이야. 그런데 암만해도 내가 이해할 수 없는 것은 백작님, 어떤 일에도 존경심 같은 것은 가질 줄 모르는 그런 로마의 산적 같은 것들에게 어떻게 그렇게 존경을 받을 수 있었던가 하는 점입니다. 프란츠도 저도 정말로 몰랐습니다」

「그건 아주 간단한 일이었습니다」 하고 백작은 대답했다. 「저는 그 유명한 밤파와 십년도 더 전부터 알고 있었지요. 그 사람이 아주 젊고 아직 목동으로 지내던 시절에, 어느 날인가

나에게 길을 가르쳐준 일이 있었습니다. 그래서 그 보답으로, 얼마였는지는 기억이 안 납니다만 금화를 하나 준 일이 있었지요. 그랬더니 그는 그것을 그냥 받을 수는 없다면서 자기가 조각한 단도를 하나 내게 주더군요. 아마 제 무기 콜렉션 속에 끼여 있는 것을 보셨을 줄로 압니다만. 그런데 그후에, 우리 두 사람 사이에 우정을 맺게 한 그 선물에 대해 잊어버렸는지, 아니면 제 얼굴을 잊어버렸는지, 그 친구가 저를 잡아가려고 한 일이 있었습니다. 그러나 오히려 제가 그 사람과 그 사람 부하 열두어 명을 붙잡았지요. 저는 그 사람을 로마의 관헌에 넘길 수도 있었습니다. 로마 관헌은 범인 처리에 있어서는 손이 빠르기로 유명했지요. 더군다나 상대가 그 사람이었던 만큼, 잡히기만 하면 대번에 없애버렸을 겁니다. 그러나 전 그런 짓은 안했습니다. 전 그 사람과 그 부하들을 도로 놔주었습니다」

「다시는 그런 짓은 하지 말라는 것을 조건으로 했겠지요?」 신문 기자가 웃으면서 말했다.「그리고 그 친구들은 그 약속을 충실하게 지킨 거로군요」

「아닙니다」 몬테크리스토가 대답했다.「단지 저 자신과 저와 관계되는 사람들에게만 손을 대지 말라는 조건만을 붙였습니다. 제 얘기가, 사회주의자이며 진보주의자이며 인도주의자인 당신들에겐 좀 이상하게 들릴지 모르겠습니다만, 전 아직까지 한번도 제 동포의 일을 생각해 본 일이 없습니다. 저를 보호해 주지 않는 사회, 더 심하게 말하자면 저를 해치려고 할 때가 아니면 저를 생각해 주지 않는 사회를 제가 보호하려는 생각 같은 것은 조금도 없습니다. 내 동포라든가 내 사회라는 것은, 제가 그들을 인정하지 않고 있는 것, 무관심한 태도를 취하고 있는 것만으로도, 제게 감사해야 할 줄로 압니다」

「그렇고말고요!」하고 샤토 르노가 소리쳤다.「난 이렇게 당당하고 신랄하게 이기주의를 역설하는 용감한 분은 처음 봅니다. 브라보, 백작!」

「적어도 그건 솔직한 말씀입니다」하고 모렐이 말했다.「그러나 백작께선 지금 그렇게 절대적인 태도로 말씀하신 그 원칙을, 전에 한번 어겼던 일을 후회하시지 않는다고 생각하는데요」

「제가 언제 그 원칙을 어겼던가요?」하고 몬테크리스토 백작이 물었다. 백작은 간간이 자기도 모르는 사이에 모렐 대위를 주의 깊게 바라보았다. 그러므로, 대위도 꽤 대담한 청년이긴 했지만, 백작의 그 맑고 투명한 시선 앞에서는 고개를 숙이지 않을 수가 없었다.

「하지만」하고 모렐은 다시 말을 이었다.「백작께선 알지도 못하는 모르세르 씨를 구해 주심으로써, 동포와 사회에 봉사를 한 셈입니다」

「그리고 알베르는 그것을 가장 명예로운 일로 자랑하고 있습니다」하고 보샹은, 샴페인 잔을 단번에 비우면서 의젓하게 말했다.

「백작!」하고 알베르가 큰소리로 말했다.「백작께선 제가 아는 한 가장 엄격한 이론가이신데 그런 당신께서 그 이론에 사로잡히고 마셨으니, 얼마 안 있어 백작께선 이기주의자이기는커녕 오히려 박애주의자라는 것이 명백하게 드러날 것입니다. 백작께선 스스로를 동양인이다, 근동인이다, 말레이인, 중국인, 또는 야만인이라고 말씀하십니다. 그리고 가명(家名)은 몬테크리스토, 호명(呼名)은 선원 신드바드로 통하고 계십니다. 그런데 어떻습니까? 파리에 발을 들여놓으신 날부터 괴팍한 파리 사람들의 장점과 약점을 대번에 몸에 지니시지 않았습니까? 말하자면, 백작께선 자신이 가지고 있지도 않은 결점을 짐짓 가지고 계신 것처럼 꾸미시고, 자신의 미덕은 감추시려는 겁니다」

「자작」하고 몬테크리스토 백작은 말했다. 「저는 지금까지 제가 말한 것이나 행동한 일 가운데, 지금 당신이나 여기 계신 분들이 제게 표해 주신 찬사에 해당할 만한 일은 하나도 없다고 생각합니다. 자작은 제게 모르는 분이 아니었습니다. 저는 자작을 이미 알고 있었으니까요. 저로서는 방을 두 개나 빌려 드렸던 일도 있고, 오찬에 초대한 일도 있었습니다. 마차도 한 대 빌려드렸었고, 코르소 가에서 가장 행렬을 같이 구경한 일도 있었지요. 포폴로 광장의 창문에서는, 자작께서 기분이 언짢아질 만큼 강한 인상을 받았던 그 처형 장면도 같이 구경했으니까요. 자, 그럼 여러분들께 여쭈어보겠습니다만, 제가 제 손님이 여러분들 말씀마따나 그 무시무시한 산적의 손에 걸려든 것을 모르는 체할 수가 있었을까요? 게다가 또 제게는 저 나름의 속셈이 있었던 겁니다. 자작의 생명을 구해 드림으로써, 제가 프랑스에 오게 될 경우에 자작의 힘을 이용해서 파리의 사교계에 소개를 받고자 했던 것입니다. 자작께선 이러한 제 생각을 그저 일시적인 막연한 계획이라고 생각하셨을는지 모르겠습니다. 그러나 오늘에 와선 그것이 명백한 사실이라는 것을 알게 되셨을 줄로 생각합니다. 그리고 이 사실을 인정해 주지 않으신다면, 약속을 어기시겠다는 얘기가 되는데요」

「그 약속은 지키겠습니다」 하고 모르세르는 대답했다. 「그러나 백작께선, 변화가 풍부한 풍경이나 화려한 사진이며 이 세상 일로는 생각되지 않을 세계만을 접해 보신 분이니만큼, 파리의 사교계에는 굉장히 환멸을 느끼시지나 않을까 걱정이 되는군요. 저희 파리 생활이라는 것은, 백작께서 여태까지 살아오신 그런 종류의 에피소드라곤 하나도 없는 곳이니까요. 저희들의 침보라소는 몽마르트요, 저희들의 히말라야 산은 발레리 산이며, 저희들에게 대사막이란 고작해야 그르넬 평원에 불과합니다. 단지 그곳에는, 대상(隊商)들이 물을 얻을 수 있도록 펌프 수도가 있습니다. 그리고 소문만큼 많지는 않지만 도둑들도 있지요. 그 도둑들이라는 것도, 무서워한다는 것이 훌륭한 귀인보다는 보잘것없는 탐정을 훨씬 더 무서워하니까요. 결국, 프랑스란 지극히 산문적인 나라요, 파리는 너무 문명화된 도시입니다. 백작께서 여든다섯 구(區), 물론 코르시카를 제외해서 여든다섯 구지만, 그 여든다섯 구를 다 찾아보시더라도, 전선(電線)이 통하지 않는 산도 없을 것이며 경찰이 가스등을 켜놓지 않은 채로 내버려둔 컴컴한 동굴 하나 발견하지 못하실 겁니다. 그러니까 제가 백작께 해드릴 수 있는 일은 단 하나밖엔 없습니다. 그것을 위해서는 충분히 힘이 되어드리도록 노력하겠습니다. 그것은, 사방에 백작을 소개하고, 또 물론 제 친구들에게도 소개해 드리는 거지요. 하지만 그러기 위해서도 당신은 누구의 힘도 필요하지 않으십니다. 당신의 그 이름과 재산과 그 재능만으로(몬테크리스토 백작은 그 말에 약간 비꼬는 듯한 미소를 띠며 가볍게 몸을 숙여 인사를 했다) 어디를 가시나 혼자서도 충분히 자기를 내세우실 수도 있고 또 환영을 받으실 수도 있을 테니 말입니다. 그러니까 결국 제가 실제로 도움을 드릴 수 있는 일이라곤 단 한 가지밖엔 없는 셈입니다. 저는 파리 생활에 익숙하고 편안하게 잘 살아온 경험에서 알고 있는 상점들도 있으니까, 제가 힘이 되어드릴 수 있는 것은 우선 기거하실 편안한 집을 찾아봐 드리는 겁니다. 저는 입으로는 이기주의임을 내세우지 않지만 사실은 철저한 이기주의자이기 때문에, 로마에서 백작이 제게 방을 빌려주셨듯이 제 집을 같이 쓰자고 말하지 못하는 것을 유감으로 생각하고 있습니다. 왜냐하면 제 집은 비좁아서 저 이외에는 단 한 사람도 더 있을 수가 없기 때문입니다. 물론 상대가 여자라면 또 얘기는 다르겠습니다만」

「허!」 하고 백작은 말했다. 「과연 부부라면 그렇겠군요. 언젠가 로마에서, 혼담이 있다고 말씀하지 않았습니까? 머잖아 있을 행운을 미리 축복해도 되겠습니까?」

「아직 얘기중인걸요」

「얘기중이라는 건」 하고 드브레가 말을 받았다. 「다된 거나 마찬가지야」

「아니야!」 모르세르가 말했다. 「하지만 아버지가 원하시니까, 가까운 장래에 내 아내로서는 아니라 하더라도 적어도 내 약혼자로라도, 외제니 당글라르 양을 소개하게 되지 않을까 생각하고 있지」

「외제니 당글라르!」 몬테크리스토가 말을 받았다.

「가만있자, 그럼 그분의 아버지가 당글라르 남작이 아니신가요?」

「맞습니다」 하고 모르세르가 말했다. 「벼락 귀족이긴 합니다만」

「그야, 상관 있습니까?」몬테크리스토가 대답했다.「그런 작위에 해당할 만한 공을 세웠다면야, 조금도 이상할 게 없습니다」

「위대한 공적이 있지요」하고 보샹이 대답했다「그 사람은 자유 사상을 가지고 있긴 하지만, 1829년에 샤를 10세를 위해서 600만이라는 국채를 보충해서, 국왕으로부터 남작의 작위와 레지옹도뇌르 훈장을 받은 사람이지요. 그래서 그 약식 훈장을 남들처럼 조끼 주머니 속에 넣고 다니는 게 아니라, 상의 단춧구멍에 달고 다니는 사람입니다」

「이봐, 이봐」하고 알베르는 웃으면서 말했다.「보샹, 그런 것은,《르 코르세르》나《르 샤리바리》같은 데나 쓰시지. 그러니 내 앞에서는 내 장래 장인을 좀 잘봐 달란 말이야」

이렇게 말하면서 몬테크리스토 백작 쪽을 바라보며, 「그런데 백작께선 조금 아까 그 남작을 아시는 것처럼 말씀하셨는데요」하고 말했다.

「아닙니다. 모르는 분입니다」백작은 아무렇지도 않게 이렇게 대답했다.「하지만, 그 분을 곧 알게는 될 겁니다. 제가, 런던의 리차드 앤드 블라운트와 비엔나의 아르슈타인 운트 에스켈레스 상사, 그리고 로마의 톰슨 앤드 프렌치 상사 등의 예금을 그분한테서 찾도록 되어 있으니까요」

이 마지막 두 이름을 대면서 몬테크리스토 백작은 곁눈으로 막시밀리앙 모렐을 슬쩍 쳐다보았다.

만약에 백작이 그 말을 함으로써 막시밀리앙 모렐이 어떤 감동을 받을 거라고 예상했다면, 그 생각이 바로 들어맞은 셈이었다. 막시밀리앙은 마치 전기 충격이라도 받은 듯이 몸을 떨었다.

「톰슨 앤드 프렌치라고요?」하고 그는 물었다. 「백작께서 그 회사를 아십니까?」

「그 회사는 기독교 국가의 수도 중에서 제 거래 은행으로 되어 있지요」하고 백작은 침착하게 말했다. 「그 회사의 일로 제가 무슨 도움이라도 되어드릴 수 있는 일이 있습니까?」

「오, 백작! 실은 이제까지 찾아보려고 애를 써보았어도 소용이 없었는데, 백작께서 좀 도와주셔야 할 것 같습니다. 그 회사는 전에 제 회사에 큰 도움을 준 일이 있는데, 웬일인지 그쪽에서는 그 사실을 계속해서 부인하고 있습니다」

「원하시는 대로 알아봐 드리겠습니다」백작은 몸을 굽히며 대답했다.

「그런데」하고 모르세르가 말했다. 「당글라르 씨의 얘기를 하다가 화제가 이상하게 달라져 버렸군요. 문제는, 몬테크리스토 백작께 적당한 거처를 하나 알선해 드리자는 얘기였습니다. 자, 다들 무슨 좋은 생각이 없겠는지 머리를 쥐어짜 보지. 우리 대 파리의 귀한 손님을 어디다 모시면 좋을까?」

「포부르 생제르맹」하고 샤토 르노가 말했다. 「거기 같으면 안뜰과 정원을 앞뒤에 가진 아담한 저택이 있을지도 몰라」

「무슨 소리야? 샤토 르노!」드브레가 말했다.

「자넨 그 쓸쓸하고 음침한 포부르 생제르맹밖엔 모르나? 이 사람 얘긴 듣지 마십시오. 백작, 쇼세당탱으로 하시는 겁니다. 거기야말로 진짜 파리의 중심이니까요」

「오페라 가의 이층 발코니가 있는 집이 좋으실 겁니다」하고 보샹이 말했다.「백작께서는 거기다 은빛 천으로 만든 쿠션을 갖다놓고, 장죽을 피우시거나 그 환약을 맛보시면서, 파리 시 전체가 눈 아래 전개되는 것을 보실 수 있을 겁니다」

「모렐 씨께선 아무 말씀 안하시는데, 무슨 좋은 생각이 없으십니까?」샤토 르노가 물었다.

「네」청년은 웃으면서 말했다.「하나 있습니다만 지금 말씀하신 훌륭한 의견들 중 하나를 여러분이 택하시기를 기다리고 있었습니다. 하지만 백작께서 아무 대답도 안하시니, 제 의견을 말씀드려 볼까 합니다. 전 제 누이가 일년 전부터 묵고 있는, 메레 가의 아담한 퐁파두르 같은 호텔을 권해 드리고 싶었습니다」

「여자 형제분이 계십니까」하고 몬테크리스토 백작은 물었다.

「네, 아주 좋은 아이입니다」

「결혼은 했나요?」

「네, 이럭저럭 구 년이나 됐습니다」

「행복하시겠지요?」백작이 다시 물었다.

「인간으로서 누릴 수 있는 한도 내에서는 행복하다고 볼 수 있습니다」하고 막시밀리앙 모렐은 대답했다.「자기를 사랑하고 있고 또 저희 집안이 큰 불운에 빠져 있을 때도 한결같이 저희 상사에 남아 있던 사람과 결혼했습니다. 엠마뉘엘 에르보라는 사나이지요」

몬테크리스토 백작은 눈에 뜨이지 않게 조용히 미소를 지었다.

「저도 육 개월 간의 영외 거주가 허락되었던 시기를 그곳에서 보냈습니다」모렐이 말을 이었다.「제 매부 엠마뉘엘과 함께, 백작께서 필요하신 일엔 언제든 편의를 보아드리겠습니다」
「잠깐만!」 몬테크리스토 백작이 채 대답하기도 전에 알베르가 이렇게 소리쳤다. 「모렐 씨, 그건 좀 생각해 볼 문제인데요. 모렐 씨께선 선원 신드바드 같은 여행자를 한 가정 안에 가두어두실 생각이시군요. 파리를 구경하러 오신 분을 점잖은 가장으로 만들어놓으시려는군요」
「아닙니다. 그런 게 아니죠」 모렐이 웃으면서 대답했다.
「제 누이는 스물다섯 살, 제 매부는 이제 서른 살입니다. 둘은 다 젊고 명랑하고 행복한 사람들입니다. 게다가, 백작께선 스스로 그들이 있는 곳으로 내려가시고 싶으실 때가 아니면, 그들을 만나실 일도 없는 겁니다」
「감사합니다, 모렐 씨 감사합니다」 하고 몬테크리스토 백작은 대답했다. 「당신이 소개해 주신다면 그 두 분을 만나뵙겠습니다. 제가 여러분들의 권고를 받아들이지 않은 것은 실은 벌써 거처를 정해 놓았기 때문입니다」
「아니!」 하고 알베르가 소리쳤다. 「그럼, 호텔에서 묵으시려고 생각하십니까? 호텔은 썩 유쾌한 곳은 못 될 텐데요」
「그럼, 제가 로마에서도 유쾌하지 못한 생활을 하고 있었던 건가요?」 백작이 물었다.
「천만에요. 그렇지만 로마에서는」 하고 모르세르가 대답했다. 「방을 꾸미시느라고 5만 피아스트르라는 돈을 쓰시지 않았습니까! 그러나 제 생각엔 그런 막대한 비용을 항상 들이실 수는 없을 것 같아서요」
「그런 건 문제가 아니지만」 하고 백작은 말을 이었다. 「전 파리에 있는 집을 한 채 가지려고 생각했던 것입니다. 물론 제

소유의 집이지요. 그래서 미리 제 하인 한 사람을 보내놓았습니다. 그 사람이 제 집을 사서 벌써 방도 꾸며놓은 거지요」

「그럼, 파리를 알고 있는 하인을 데리고 계시군요?」 보샹이 소리쳤다.

「아니지요. 그 사람도 나처럼 프랑스에는 처음 왔습니다. 흑인인 데다, 말을 못하는 사람이니까요」 하고 몬테크리스토 백작이 대답했다.

「그럼, 그 하인이 바로 알리로군요?」 모두들 놀라고 있는데, 알베르가 이렇게 물었다.

「네, 제 심부름을 해주는 누비아인 알리입니다. 로마에서 보신 적이 있으시지요?」

「네, 보았고말고요」 모르세르가 대답했다.「생생하게 기억하고 있습니다. 그런데 어떻게 누비아인에게 파리에 집을 사게 하시고, 게다가 벙어리인데 가구를 사들이게 하셨습니까? 전혀 엉뚱하게 일을 했을지도 모르지 않습니까?」

「그건 잘 모르시는 말씀입니다. 전 오히려 그 사람이 제 취미에 맞게 다 해놓았으리라고 생각합니다. 아시다시피 제 취미는 보통 사람들의 취미와는 다르니까요. 그 사람은 일 주일 전에 파리에 도착했습니다. 그러고는 아마, 마치 훌륭한 사냥개가 짐승을 찾아 헤매듯이, 전 시내를 혼자서 돌아다녔을 겁니다. 그는 내 괴벽과 내 기분과 또 내가 무엇을 필요로 하는지 알고 있지요. 아마 내 마음에 들도록 모든 것을 마련해 놓았을 겁니다. 그는 내가 오늘 열시에 파리에 도착하다는 사실을 알고, 아홉시부터 퐁텐블로 입구에서 저를 기다리고 있다가 제게 이 편지를 주더군요. 이것이 제 새 주소입니다. 자, 한번 읽어보십시오」
 그러고 나서 백작은 종이 한 장을 알베르에게 내주었다.
「샹젤리제, 30번지」하고 알베르는 그 쪽지를 읽었다.
「야, 이거 정말 굉장한데!」보샹이 저도 모르게 소리쳤다.
「게다가 아주 귀족적인데」샤토 르노가 덧붙여 말했다.
「아니 그럼 백작께선 아직 그 집을 가보시지도 않으셨습니까?」드브레가 물었다.
「아직 못 보았습니다」하고 몬테크리스토는 대답했다.「아까도 말씀드렸지만, 약속 시간을 어기고 싶지 않아서요. 마차 안에서 몸 단장을 하고는 곧장 자작님 댁 문 앞에서 내렸습니다」
 청년들은 서로 얼굴을 마주 보았다. 그들은 모두 이것이 몬테크리스토 백작의 연극인지 아닌지 알 길이 없었다. 그러나 이 사나이의 입에서 나오는 말들에는 솔직한 데가 있었다. 그 내용이 이상하긴 했지만 그렇다고 그것이 거짓말이라고는 생각할 수 없을 정도였다. 그보다도 왜 거짓말을 하겠는가?
「그렇다면 저희들이야」하고 보샹이 말했다.「하는 수 없이 그저 사소한 일들이나 도와드리는 수밖에 없군요. 전 신문 기자니까, 파리에 있는 모든 극장들을 안내해 드리겠습니다」
「말씀은 고맙습니다만」하고 백작은 웃으면서 대답했다.「실은, 극장마다 특별석을 맡아놓으라고 제 집사에게 일러두었습니다」
「그 집사라는 분도 바로 그 벙어리 누비아 사람인가요?」드브레가 물었다.
「아닙니다, 그 사람이야말로 바로 당신네 나라 사람입니다. 코르시카 사람을 같은 나라 사람으로 생각하신다면 말이죠. 그 사람은 자작께서도 알고 계실 텐데요, 모르세르 백작」
「그럼 바로, 로마에서 그 창문을 용케 빌렸던 베르투치오인가요?」
「맞습니다. 저희 집 오찬에 오시던 날 만나신 일이 있으시지요? 굉장히 좋은 사람이지요. 군대에도 좀 있다가 밀수도 좀 하다가, 아무튼 인간이 할 수 있는 일은 모조리 다 조금씩은 해본 사람입니다. 하찮은 잘못을 저질러서 경찰에까지 걸려들었던 사람이니까요」
「그런데 백작께선 그런 사람을 집사로 뽑으셨단 말씀입니까?」 드브레가 물었다. 「그래, 그 자는 일년에 얼마씩이나 백작 돈을 축냅니까?」
「그렇다고 다른 사람에 비해서 돈이 더 드는 건 아닙니다. 그건 확실합니다. 그런데 내 일은 잘 해내고 못한다는 일이 없으니 그냥 쓰고 있지요」
「그러니, 백작께선」 하고 샤토 르노가 말했다. 「모든 것이 갖추어진 집을 가지고 계시군요. 샹젤리제에는 저택이 있고 하인들도 있고, 집사도 있고 그러니 결국 여자 하나만 있으면 되시겠습니다」
알베르는 빙그레 웃었다. 그는 발레 극장과 아르젠티나 극장의 백작의 특별석에서 본 그 아름다운 그리스 여자를 생각하고 있었다.
「그보다 더 좋은 걸 가지고 있지요」 몬테크리스토 백작이 말했다. 「여자 노예가 하나 있지요. 당신들은 오페라 극장이나 보드빌 극장, 바리에테 극장 같은 데서 여자들을 그때그때 빌리십니다. 그런데 전 그 여자를 콘스탄티노플에서 아예 사버렸습니다. 비싸긴 하지만 그렇게 해놓으면 따로 신경 쓸 필요가 없으니까요」

「하지만 백작께선 이걸 잊으시면 안 됩니다」 드브레가 말했다. 「샤를 왕이 말한 대로, 우리는 이름도 프랑(프랑스인 —— 옮긴이), 성격도 프랑(솔직담백 —— 옮긴이)이라는 점 말입니다. 그리고 백작께서 일단 프랑스 땅에 발을 들여놓으셨으니 그 노예도 이젠 자유의 몸이 되었단 말씀입니다」

「하지만 그런 걸 누가 그 아이에게 가르쳐주나요?」 몬테크리스토 백작이 물었다.

「자, 그야 누구든지 할 수 있지요」

「그렇지만 그 여자는 로마이크어(그리스어 —— 옮긴이)밖에 모르는걸요」

「그렇다면 얘긴 달라지는데요」

「그래도 그 여자를 볼 수는 있겠지요?」 하고 보상이 물었다. 「그리고 하인도 벙어리를 쓰셨으니 내시들도 데리고 계시진 않습니까?」

「그건 그렇지 않습니다」 백작이 대답했다. 「내 동양풍을 그렇게까지 고집하진 않습니다. 내 주위에 있는 사람들은 떠나고 싶으면 언제든 나를 떠날 수 있습니다. 그리고 나를 떠나게 되면, 나는 물론 다른 누구의 도움도 받지 못합니다. 그래서 아마 그들이 내 곁을 떠나지 않는지도 모르지요」

식사가 디저트로 바뀐 지도 벌써 한참 되었다. 그리고 이번에는 담배가 나왔다.

「알베르」 하고 드브레가 자리에서 일어나며 말했다. 「벌써 두시 반인데. 저 손님은 아주 근사한 분이로군. 그러나 아무리 좋은 상대라도 언젠가는 떨어져야 하는 법이야. 시시한 사람한테로 가게 되는 경우가 있더라도 말이야. 난 이제 관청으로 돌아가 봐야겠네. 내가 장관 나리한테 가서 저분 얘기를 하지. 어떤 사람인지 알아둘 필요가 있어」

「조심해야 해」하고 모르세르는 말했다.

「세상 없는 재주로도 알아내지 못했으니까」

「뭘, 우린 수사 비용이 300만이나 있는데. 하긴 그 돈이란 게 늘 미리 다 써버리게 되는 게 사실이긴 하지만 말야. 하지만 그야 상관 있나? 500만쯤은 항상 있으니까」

「어떤 사람인지 알게 되면 내게도 알려주겠지?」

「응 그러지. 잘 있게, 알베르. 자, 여러분 실례합니다」

그리고 방을 나오자, 드브레는 응접실에서 높은 소리로 외쳤다.

「마차!」

「좋아」하고 보샹이 알베르에게 말했다. 「난 의회에 가는 건 그만두겠네. 당글라르 씨의 연설보다 더 재미있는 글을 독자들에게 제공할 수 있을 테니까」

「제발」하고 모르세르가 말했다. 「부탁이니 한 줄도 쓰지 말아주게. 백작을 소개하고 설명할 수 있는 영광을 내게 달란 말일세. 백작은 정말 상당히 흥미를 끌 만한 사람이 아닐까?」

「그 이상이지」하고 샤토 르노가 대답했다. 「확실히 그 사람은 내가 여태까지 보아온 사람 중에서 가장 비범한 사람이야. 모렐 씨, 안 나가시겠습니까?」

「잠깐, 백작께 제 명함을 드리고 가겠습니다. 메스레 가 14번지 집으로 와 주시겠다고 약속하셨으니까요」

백작은 허리를 굽히며 「약속은 분명히 지키겠습니다」라고 말했다.

막시밀리앙 모렐은 몬테크리스토 백작을 모르세르 곁에 혼자 남겨놓고, 샤토 르노 남작과 함께 밖으로 나왔다.

소개

몬테크리스토 백작과 마주 앉게 되자, 알베르는 입을 열었다. 「백작, 안내자로서 우선 독신자 아파트의 표본을 보여드리겠습니다. 이탈리아의 저택에만 익숙하신 백작께선, 비교적 괜찮게 산다는 층의 파리 청년이 과연 사방 몇 자짜리 방에서 살고 있는가 한번 연구해 보시는 것도 괜찮을 겁니다. 방을 하나하나 보실 때마다 창문을 열어, 숨을 쉬시게 해드려야 할 정도지요」

몬테크리스토 백작은 아래층에 있는 식당과 응접실은 이미 알고 있었다. 그래서 알베르는 백작을 우선 자기의 아틀리에로 안내했다. 다 아시다시피 그곳은 알베르가 특별히 좋아하는 방이다.

몬테크리스토 백작은 알베르가 이 방안에 가득히 모아놓은 물건들을 하나하나 감식할 줄 아는 눈을 갖고 있었다. 옛날 장롱, 일본 자기, 동양의 천, 베네치아의 유리 세공품, 세계 각국의 무기, 이러한 것들은 모두 그에게는 친밀한 것들이었다. 그는 첫눈에 그 시대와 나라와 산지를 알아보았다. 알베르는 자기가 안내를 맡아야 할 줄 알고 있었는데, 반대로 자기가 백작의 지도 하에 고고학, 광물학, 박물학 강의를 듣게 되었다. 두 사람은 이층으로 내려왔다. 알베르는 백작을 객실로 안내했다. 그 방의 벽 모두에는 현대 화가들의 작품이 진열되어 있었다. 긴 갈대들, 늘씬한 나무들, 음매 우는 암소들, 아름다운 하늘이 있는 뒤프레의 풍경화도 있었다. 기다란 흰 망토를 걸치고 번쩍번쩍하는 혁대를 두른 채, 금속을 박은 무기를 차고 미친 듯이 날뛰는 말을 몰고 한편에서는 사람들이 칼을 휘두르며 싸우는 아라비아 기병을 묘사한 들라크루아의 그림도 있었다. 블랑제의 수채화는 〈노트르담 드 파리〉의 전모를 나타내고 있는데, 그 힘찬 터치는 그것을 소설로 그려낸 시인 위고의 솜씨에 필적할 만한 것이었다. 꽃을 실제의 꽃보다도 더 아름답게, 태양을 태양 자체보다도 더 빛나게 그린 디아즈의 그림도 있었다. 살바토르 로사와 같은 색채를 썼지만, 그보다 더 시적인 드캉의 데생도 있었다. 천사의 머리를 가진 아이들, 처녀의 얼굴을 한 부인을 묘사한 지로와 뮐러의 파스텔화도 있었다. 도자(19세기 프랑스의 화가——옮긴이)가 낙타 안장 위에서나, 회교 사원의 원형 천장 밑에서 잠깐잠깐 스케치한 「동양의 여행기」에서 따낸 크로키도 있었다. 말하자면 과거의 수세기와 함께 사라져버린 예술에 대비해서, 현대 예술이 줄 수 있는 모든 것이 그곳에 진열되어 있었던 것이다.

알베르는 이번만은 이 이상한 손님에게 새로운 것을 보여줄 수 있으리라고 기대하고 있었다. 그러나 놀랍게도 백작은 일부러 그 서명을 찾아보지 않았는데도, 그리고 그중의 어느것에는 단지 머릿글자밖에 나타나 있지 않았는데도 그 작가의 이름을 즉시 알아내었다. 그런 점으로 보아, 백작이 그 작가들의 이름뿐 아니라 그 재능 하나하나까지 이미 감식하고 연구해 왔음을 이내 짐작할 수 있었다.

그들은 이번에는 객실에서 침실로 갔다. 침실은 사치와 엄격한 취미를 겸비한 방의 전형이었다. 그곳에는 초상화 단 한 점이 희미한 금빛 틀 속에서 빛나고 있었다.

몬테크리스토 백작의 시선을 제일 먼저 끈 것은 바로 그 초상화였다. 그는 급히 방안으로 세 걸음쯤 걸어 들어가더니, 갑자기 초상화 앞에 우뚝 섰다.

얼굴은 갈색이고, 타는 듯한 눈길을 괴로워 보이는 눈시울 밑에 감추고 있는, 스물대여섯 살 된 어느 여인의 초상화였다. 여인은 카탈로니아 어촌 여자의 화려한 복식을 하고 있었다. 그러니까 빨갛고 까만 색깔의 윗옷을 입고 머리에는 금핀을 꽂고 있었던 것이다. 여자는 바다를 바라다보고 있었다. 그리고 그 우아한 옆모습은 바다와 하늘의 쪽빛 배경 위에 뚜렷이 드러나 있었다.

방안은 어두웠다. 어둡지 않았더라면, 알베르는 백작의 양쪽 뺨 뒤에 번진 창백한 빛과, 그의 어깨와 가슴을 스치고 지나간 그 경련과도 같은 떨림을 볼 수 있었을 것이다.

잠시 침묵이 흘렀다. 그 동안에 몬테크리스토 백작은 그 그림을 뚫어지게 바라보았다.

「자작께선 굉장히 아름다운 여자를 가지고 계시군요」하고 백작은 착 가라앉은 목소리로 말했다.「이 의상은 무도회 의상인 것 같은데, 기가 막히게 잘 어울립니다」

「백작」하고 알베르는 말했다.「이 초상화를 보시고 그런 오해를 하시면 곤란한데요. 백작께선 저의 어머니를 아직 못 보셨는데 이 액자 속의 여자는 바로 제 어머니올시다. 이 그림은 어머니가 칠팔 년 전에 이렇게 그리도록 하신 건데, 이 의상은 그때의 기분에 맞춰 입으신 것 같습니다. 그런데 1830년경의 어머니의 모습이 정말 이와 똑같으셨을 것 같아요. 어머니께선 이 초상화를 아버지가 집에 안 계신 동안에 그리게 하셨는데, 아마 아버지가 돌아오시면 깜짝 놀라게 해드리고 싶다는 다정한 마음으로 그러신 것 같습니다. 그런데 이상한 일은, 이 그림이 아버지 마음에는 안 드셨던 거예요. 그리고 보시다시피 이 그림은 레오폴 로베르(18세기 스위스의 화가──옮긴이)의 작품들 중에서도 손꼽힐 만한 것이지만, 그 가치조차도 아버지의 완강한 반감을 잠재울 수는 없었습니다. 백작, 사실 이건 우리끼리의 얘기지만, 제 아버지는 원로원에서도 가장 근면한 귀족 중 하나요, 어떤 이론으로 이름난 장군이긴 하지만 미술에는 문외한이지요. 그런데 어머니는 아버지와는 전혀 달라서 직접 그림을 훌륭하게 그리시기도 하지만, 이런 대작을 완전히 없애 버리기가 아까워서, 내 방에라도 갖다 놓으면 아버지를 불쾌하게 할 일도 적을 것이라고 생각하셨던 겁니다. 아버지 초상화는 앞으로 보여드리겠지만 그로(18세기 프랑스의 화가──옮긴이)의 그림입니다. 이렇게 사소한 집안 얘기까지 해서 죄송합니다만, 이제부턴 아버지가 계신 곳으로 안내해 드릴 테니, 아버지 앞에서는 그 초상화를 칭찬해 주셨으면 해서 미리 말씀드린 겁니다. 게다가 이 초상화는 어떤 불길한 힘을 가지고 있는 것 같습니다. 어머니께선 저한테 오실 때마다 이 그림을 보시는데 그때마다 꼭 눈물을 흘리시거든요. 그리고 이 그림이 생기자 집안에 어두운 구름이 끼었는데, 결혼한 지 이십 년 넘었어도 예나 이제나 한결같던 두 분 사이에, 그런 일은 그때 한 번밖에 없었어요」

몬테크리스토 백작은 알베르의 이러한 말 속에 어떤 저의라도 있는가 알아내려는 듯이 알베르를 흘긋 쳐다보았다. 그러나 알베르는 아무 생각 없이 단순하게 말한 것임에 틀림없었다.

「이젠」 하고 알베르가 말했다. 「백작께선 제 재산을 모조리 구경하셨습니다. 변변치 않은 것이지만, 백작께서 원하시는 게 있으시면 무엇이든지 드리고 싶은 심정입니다. 댁에 계신다고 생각하시고 마음을 편하게 가지십시오. 그리고 좀더 기분을 자유롭게 해드리기 위해서 제 아버지도 소개해 드리겠습니다. 아버지께는, 백작께서 제게 해주신 일을 제가 로마에서 편지로 알렸습니다. 그리고 저희 집을 방문해 주시기로 약속한 사실도 미리 말씀드렸지요. 그래서 제 아버지와 어머니께선 백작께 감사드릴 기회만 초조하게 고대하고 계십니다. 백작께서 매사에 싫증 내고 계신 건 알고 있습니다. 그러니, 선원 신드바드라는 이름을 가진 백작께 식구들의 모습이 아무것도 아닌 줄도 알고 있습니다. 백작께선 별의별 장면을 다 보아오셨을 테니까요. 그러나 제가 제의하는 것도 예의와 방문과 소개의, 파리 생활의 입문으로 생각하시고 받아주시면 고맙겠습니다」

 몬테크리스토 백작은 대답 대신에 허리를 굽혀 인사를 했다. 이 제안이 마치 누구나 다 의무로 치러야 할 사회의 인습인 듯이 그는 아무 감격도 회의도 없이 받아들였다. 알베르는 하인을 불러, 몬테크리스토 백작이 곧 방문할 것이라는 사실을 모르세르 부처에게 미리 알리라고 일렀다.
 그리고 나서 알베르는 백작과 함께 하인의 뒤를 따랐다.
 모르세르 백작의 응접실로 들어서자, 객실 쪽으로 난 방문 위에 문장이 붙어 있는 것이 보였다. 그 문장의 요란한 장식과 방안의 가구와의 조화로 보아, 이 집 주인이 그것을 얼마나 소중하게 생각하고 있는지 대번에 알 수 있었다.
 몬테크리스토 백작은 문장 앞에 서서, 그것을 주의 깊게 바라보았다.
「쪽빛 바탕에 일곱 마리의 황금 티티새, 이것이 댁의 문장입니까?」하고 그는 물었다.「여러 가지 문장을 보아와서 대개는 알아보겠는데, 실은 저는 문장학의 내용에 대해선 완전히 무지합니다. 원래 저는 생테티엔에 땅을 가지고 있으며, 토스카나에서 만들어준 백작이어서, 여행을 많이 하는 데는 작위 같은 것이 절대적으로 필요하다는 소리를 수없이 듣지 않았다면 귀족이 되지 않았을 겁니다. 세관원들에게 조사를 당하지 않기 위해서라도 차 문에 무엇인가 하나 붙여야겠더군요. 이런 무례한 질문을 해서 죄송합니다. 용서하십시오」
「무례하셨다고 생각지 않습니다」하고 알베르는 확신에 찬 솔직한 태도로 말했다.「제대로 보신 겁니다. 이것은 저희 집안의 문장, 그러니까 저희 선조의 문장입니다. 그러나 보시다시피 은탑과 결합되어 있는 것은 저희 어머니의 선조의 문장입니다. 제 모계로 보자면 저는 스페인계입니다. 그러나 모르세르 가는 프랑스계로, 소문에 의하면 남프랑스의 가장 오래된 가문 중의 하나라고 합니다」

「그렇군요」 하고 몬테크리스토 백작은 말을 이었다. 「티티새를 보니 그렇군요. 성지 원정을 하려고 하거나 이를 성취한 무장한 순례자들 거의 모두는 자기들이 몸을 바치고 있는 사명의 상징인 십자가를 문장으로 삼거나 그들이 신앙의 날개를 타고 성취하려던 원정의 상징으로서 철새를 문장으로 삼았었습니다. 댁의 부계 선조 중에 십자군의 일원이었던 분이 계신 모양입니다. 성 루이 십자군이었다 하더라도 13세기까지 거슬러 올라가야겠군요. 그만 해도 상당한 겁니다」

「그럴지도 모르지요」 하고 모르세르는 대답했다. 「아버지 서재의 어디엔가 계도(系圖)가 있습니다. 그걸 보면 알 수 있겠지요. 저도 전에 그 계도에 맞추어서 오지에와 조쿠르(프랑스의 족보학자──옮긴이)의 설을 참고해 가면서 주석을 붙여 보려고 한 적이 있습니다. 이젠 그런 건 생각해 보지도 않습니다만. 그러나 백작, 이것은 안내자로서 말씀드리는 겁니다만, 요즈음은 우리의 민주적인 정부 밑에서 그런 것에도 관심을 많이 가지기 시작하고 있습니다」

「그렇습니까. 그렇다면 당신네 정부도 기념물 위에 계보적으로 아무 의미도 없는 플래카드를 내걸지 말고, 차라리 과거 속에서 보다 나은 어떤 것을 찾으려고 하는 게 더 현명한 일이었을지도 모르겠군요. 그런데 자작, 당신으로 말하면」 하고 몬테크리스토 백작은 다시 알베르의 얘기로 되돌아와서, 「당신은 당신네 정부보다 훨씬 행복하십니다. 문장도 기가 막히게 아름답고, 여러 가지 상상을 불러일으키니 말입니다. 그렇군요, 당신은 프로방스 출신이면서, 또 동시에 스페인계이십니다. 아까 제게 보여주신 그 초상화 속 인물이 실제 인물과 꼭 닮았다면, 그 고상한 카탈로니아 부인의 얼굴이 얼마나 아름다운 갈색인지 알 수 있습니다」

겉으로 보기에는 그처럼 정중한 백작의 그 말 속에 숨어 있는 아이러니는 오이디프스나 스핑크스가 아니면 아무도 알아챌 수 없었을 것이다. 그래서 알베르는 그 말에 대해서 미소로 감사를 표시했다. 그리고 백작에게 길을 안내하기 위해 앞장서서 문을 열었다. 문은 그 문장 아래로 열려 객실로 통하게 되어 있었다.

객실에서 사람의 눈이 제일 먼저 가는 곳에 역시 초상화 한 점이 걸려 있었다. 그것은 서른다섯에서 서른여덟 살쯤 된 남자의 초상화였다. 초상화의 인물은 높은 자리에 있음을 나타내는 두 줄로 된 견장이 붙은 장군의 군복을 입고, 목에는 지휘관이었음을 나타내는 레지옹도뇌르를 걸고 있었다. 가슴 오른쪽에는 소뵈르 장(章)의 훈 일등(勳一等)을, 왼쪽에는 샤를 3세 대훈장을 붙이고 있었다. 그것은 이 초상화의 인물이 그리스 전쟁과 스페인 전쟁에 출정했거나, 무엇인가 큰 외교적 사명을 완수했다는 것을 나타내고 있었다.

몬테크리스토 백작은 이 초상화도 앞서 본 초상화에 못지않게 주의를 기울여 자세히 살펴보았다. 그때 옆의 문이 열리면서 갑자기 모르세르 백작이 정면에서 나타났다.

모르세르 백작은 마흔에서 마흔다섯 살 가량의 남자였다. 그러나 적어도 쉰은 된 것처럼 보였다. 그의 검은 수염과 눈썹은 군대식으로 짧게 깎은 반백의 머리와 이상한 대조를 이루고 있었다. 평복을 입고 단춧구멍에는 약장(略章)을 달고 있었지만, 그것이 갖가지 색깔의 약장이라는 점에서 그가 여러 가지 훈장을 받았음을 알 수 있었다. 모르세르 백작은 제법 품위 있는 걸음걸이로 자못 서두르는 듯이 들어왔다. 그 자리에 선 채로 몬테크리스토 백작은 상대방이 자기에게로 다가오는 것을 지켜보고 있었다. 눈은 모르세르 백작의 얼굴을 뚫어지게 쳐다보고 있었고, 발은 마치 바닥에 못박히기라도 한 듯 움직일 줄 몰랐다.

「아버지」 하고 청년은 말했다. 「몬테크리스토 백작을 소개해 드리겠습니다. 이분이 바로 언젠가 제가 말씀드린, 제가 곤경에 빠져 있을 때 제게 친절을 베푸셨던 분입니다」

「와주셔서 반갑습니다」 모르세르 백작은 미소를 띤 얼굴로 몬테크리스토 백작에게 인사하며 이렇게 말했다. 「단 하나밖에 없는 저희 집 상속자인 제 자식을 구해 주신 은혜에 대해서 저희 일가는 영원히 감사드릴 것입니다」

이렇게 말하면서 모르세르 백작은 몬테크리스토 백작에게 의자 하나를 권한 뒤 자기 자신도 창 쪽을 향해 의자에 앉았다.

몬테크리스토 백작은 모르세르 백작이 가리키는 의자에 앉으면서, 커다란 비로드 커튼 그늘에 되도록 몸을 감추면서 자리를 잡았다. 그리고 피로와 수심이 깃든 얼굴과, 세월과 함께 잡힌 주름 하나하나에서 은밀한 고뇌를 읽으려고 했다.

「제 자식이 백작께서 오신 것을 알리러 사람을 보냈을 때 집 사람은 화장을 하고 있었으니까 이제 곧 내려올 겁니다. 아마 십 분 후면 이 방에 들어오리라고 믿습니다만」

「파리에 도착하는 날부터, 이처럼 사회적으로 큰 공적을 지니신 분을 뵙게 된 것은 저에게는 이루 말할 수 없는 큰 영광입니다. 운명도 백작께만은 과오를 범할 수가 없었으리라고 생각됩니다」 하고 몬테크리스토 백작은 대답했다. 「그러나 운명은 지금도 미티자 평원이나 아틀라스 산 부근에서 백작에게 원수봉(元帥棒)을 드리기 위해 기다리고 있는 것은 아닙니까?」

「오!」 하고 모르세르 백작은 얼굴을 약간 붉히면서 대답했다. 「전 군대를 떠났습니다. 왕정 복고 때 귀족으로 임명되어 처음으로 전쟁에 출정해서 부르몽 원수 밑에서 싸웠지요. 그러니까 높은 사령권을 얻을 수도 있었는데, 사실 직계의 임금께서 지금도 왕위에 계셨더라면 그럴 수도 있었을 겁니다. 그런데 7월 혁명이라는 놈이 너무 대단해서 은혜 같은 건 아예 돌볼 줄도 모르게 되었단 말씀입니다. 그래, 제정 시대의 것이 아닌 것은 어떤 공로라도 다 무시해 버렸던 것입니다. 그래서 저는 사직해 버렸지요. 아무리 전장에서 견장을 얻어도, 살롱의 미끈미끈한 마룻바닥에서는 교묘해질 줄 모르는 법이니까요. 그래서 칼을 버리고, 이번엔 정계에 뛰어들었습니다. 지금은 산업에 몸을 바쳐, 현실적으로 도움이 되는 기술 방면을 연구하고 있습니다만. 군대에서 복무하던 이십 년 동안 저는 늘 그 희망을 가지고 있었지만 시간이 없어서 실현하지 못했었거든요」

「과연, 그러한 생각을 가진 분들이 계셔서, 이 프랑스가 다른 나라보다 우월하군요」 하고 몬테크리스토 백작이 대답했다.「훌륭한 가문에서 태어나 막대한 재산을 가지고 계시면서도, 미미한 일개 병사에서 시작해서 승진을 해 올라가기로 결심하기란 그리 쉬운 게 아닙니다. 그래서 장군이 되시고, 프랑스 귀족이 되시고, 레지옹드뇌르 훈 이등에까지 오르신 뒤에, 또 미래의 인류를 위해 유익할 것이라는 점 이외엔 별다른 희망도 보상도 없이 이러한 새로운 일을 시작하시다니……. 아, 정말로 훌륭한 일입니다. 아니, 그 이상으로 정말 숭고한 일이라고 생각합니다」

알베르는 놀란 얼굴로 몬테크리스토 백작을 쳐다보며 그의 얘기를 들었다. 여태까지 백작의 입에서 그처럼 감격에 찬 말이 나오는 걸 본 적이 없었기 때문이다.

「그런데 불행히도」라며 몬테크리스토 백작은, 자기가 한 말이 모르세르 백작의 이마에 드리운 눈에 띄지 않는 어두운 구름을 지워주려는 듯이, 이렇게 말을 이었다.「우리 이탈리아에선 그렇질 못합니다. 우리는 가문과 신분에 매여서 세월을 보내고, 언제나 똑같은 잎사귀를 기르고, 언제나 똑같은 줄기에 매달립니다. 또 대개의 경우 언제나 똑같은 쓸모없는 것까지도 평생 동안 지켜나가는 판입니다」

「하지만」하고 모르세르 백작은 대답했다.「당신과 같은 재능을 가진 분이 이탈리아를 조국으로 갖고 계시다는 것은 부당한 일입니다. 프랑스야말로 당신을 환영할 것입니다. 그 환영을 받아들이시지 않으시겠습니까? 프랑스는 누구에게든 절대로 배은망덕하지 않을 것입니다. 가끔 제 나라 국민들은 좋지 않게 대우하기도 합니다만, 외국 사람들은 대체로 후하게 대우해 주지요」

「아버지께선」하고 알베르가 웃으면서 말했다.「몬테크리스토 백작께서 어떤 분인지 잘 모르시는군요. 백작께선 정신적인 만족을 이 세상 밖에서 찾으시는 분입니다. 명예 같은 것은 원치도 않으시고, 단지 여권 위에 쓰기 위해서 작위를 가지고 계신 분인걸요」

「그 말씀이야말로, 제가 여태까지 들어오던 말 중에서 저를 가장 적절하게 표현한 것입니다」하고 몬테크리스토 백작은 대답했다.

「백작께서는 자신의 장래의 방향을 뜻대로 정하신 겁니다」하고 모르세르 백작은 한숨을 내쉬며 말했다.「그리고 아름다운 길을 택하신 거고요」

몬테크리스토 백작은 어떤 화가도 표현할 수 없고 어떤 심리학자도 분석할 수 없는 그 야릇한 미소를 띠며「그렇습니다」하고 대답했다.

「만약 피곤하시지만 않으시다면」하고 모르세르 백작은 몬테크리스토 백작의 태도에 매혹되어 말을 이었다.

「지금부터 의회에 모시고 갔으면 합니다만. 오늘날의 원로원 의원이라는 것에 대해 잘 모르시는 분께는 상당히 재미있는 회의가 오늘 있거든요」

「다음 기회에 제게 그런 말씀을 해주시면 감사하겠습니다. 오늘은 백작 부인께 인사를 드리고 싶습니다. 기다리겠습니다」

「아, 어머니가 오시는군요!」하고 알베르가 소리쳤다.

몸을 홱 돌린 몬테크리스토 백작은 모르세르 백작이 들어온 반대 문어귀에 정말 백작 부인이 서 있는 것을 보았다. 부인은 몬테크리스토 백작이 자기 쪽으로 몸을 돌리자 얼굴빛이 창백해져서 꼼짝도 못하고, 웬일인지, 금빛으로 칠한 문설주를 붙잡고 있던 팔을 아래로 떨어뜨렸다. 부인은 얼마 전부터 그곳에 서서, 이 이탈리아 손님의 입에서 나온 마지막 말을 듣고 있었던 것이다.

손님은 자리에서 일어나 백작 부인에게 정중한 인사를 보냈다. 부인도 아무 말 않고 예절에 맞게 몸을 굽혔다.

「아니 당신, 왜 그러지?」하고 모르세르 백작이 물었다. 「이 방 공기가 더워서 기분이 좋지 않아졌소?」

「어머니, 어디 편찮으세요」하고 알베르는 어머니 메르세데스 앞으로 달려가며 소리쳤다.

여자는 미소를 띠며 두 사람에게 인사했다.

「아니」하고 부인은 말하였다.「이분이 안 계셨더라면 우리는 지금쯤 슬픔과 눈물에 잠겨 있지 않았겠어요? 그런 분을 만나뵙게 되니, 마음이 떨려 왔던 거예요」하고 부인은 왕비와도 같은 위엄 있는 태도로 몬테크리스토 백작 앞으로 다가서며 말했다.「당신은 제 아들의 생명을 구해 주셨습니다. 당신을 위해 그 은혜에 대해서 하느님의 가호가 있기를 빌겠습니다. 그리고 이렇게 감사의 말씀을 드릴 수 있는 기회를 주신 데에 대해서도, 지금까지 당신을 위해 축복을 빈 것과 마찬가지로, 정말로 마음속 깊이 감사를 드리겠습니다」

백작은 또 한번 먼젓번보다도 더 정중하게 허리를 굽혔다. 그의 얼굴은 메르세데스의 얼굴보다도 더 창백해져 있었다.

「부인」하고 몬테크리스토 백작은 말했다.「백작께서나 부인께서는 아무것도 아닌 일을 너무 과분하게 치하해 주십니다. 한 사람의 인간을 구해 주는 것, 아버지의 고통을 덜어주는 일이나 여자의 슬픔을 없애주는 일은, 결코 선행이라고까지는 할 수 없습니다. 사람으로서 마땅히 해야 할 의무인 줄로 압니다」
 이 부드럽고도 따뜻한, 예의에 찬 백작의 말에 모르세르 부인은 침통한 소리로 대답했다.
「제 아들이 당신과 같은 분을 친구로 모실 수 있게 된 것이 얼마나 다행한 일인지 모르겠습니다. 그런 기회를 허락해 주신 하느님께 감사를 드릴 뿐입니다」
 그러고 나서 메르세데스는 끝없는 감사의 빛을 띠며, 그 아름다운 눈으로 하늘을 쳐다보았다. 몬테크리스토 백작에게는 그 눈에서 두 줄기 눈물이 가늘게 떨리는 것이 보이는 것 같았다.
 모르세르 백작은 부인의 곁으로 다가가며 이렇게 말했다.
「여보, 이젠 내가 자리를 떠야겠다고 백작께 용서를 구했소만, 당신도 또 한번 말씀을 잘 드려주시구려. 회의가 두시에 시작되는데, 지금 세시니까. 내가 연설을 하기로 되어 있어서」
「그럼 가보세요. 가신 다음의 손님 접대는 제가 잘 해드리겠어요」부인은 여전히 떨리는 목소리로 말했다.「백작」하고 부인은 이번에는 몬테크리스토 백작을 돌아보며 말을 이었다. 「오늘 오후에 저희와 함께 계셔주시겠습니까?」
「감사합니다, 부인. 말씀은 고맙습니다만, 실은 오늘 아침 댁의 문 앞에서 처음으로 차에서 내려서, 파리에서 제가 거처할 집이 어떻게 되어 있는지도 모르는 형편입니다. 거처할 장소만을 겨우 알고 있을 뿐입니다. 그게 뭐 대단한 걱정거리는 아니지만, 적잖이 신경이 쓰이는군요」
「그럼, 다음 기회에라도 그렇게 해주신다고 약속해 주실 수 있겠습니까?」하고 부인이 물었다.

몬테크리스토 백작은 아무 대답 않고 몸을 굽혔다. 그러나 그 태도로 보아 승낙하는 듯했다.

「그렇다면 더 계시게 하지 않겠습니다」하고 부인은 말했다. 「제 감사의 뜻이 오히려 무례한 일이 되든가, 백작께 폐가 되어서는 안 되겠다고 생각하니까요」

「백작」하고 알베르가 말했다.「폐가 되지 않는다면, 백작께서 로마에 계실 때 제게 베풀어주신 그 친절한 대우를 파리에서 보답해 드리고 싶습니다. 차가 도착할 때까지 제 마차를 써주시면 고맙겠습니다」

「자작, 당신의 친절은 매우 감사합니다만」하고 몬테크리스토 백작은 말했다.「실은 베르투치오가, 내가 네 시간 반 동안의 여유를 준 사이에 마차를 준비해서 문 앞에다 대어놓고 있으리라고 짐작됩니다」

백작의 이러한 처신에는 알베르도 이미 익숙해져 있었다. 백작이 네로처럼, 불가능한 것만을 찾아 다닌다는 사실은 그도 알고 있었기 때문에 이 말에도 별로 놀라지는 않았다. 다만 그의 명령이 과연 어떤 식으로 실천되었는가만 직접 보고 싶었을 뿐이다. 그래서 그는 문 앞까지 백작을 따라 나갔다.

몬테크리스토의 생각은 과연 옳았다. 그가 모르세르 백작의 현관에 나타나자마자 하인 한 사람이 주랑 밖으로 뛰어나왔다. 로마에서 두 청년에게 백작의 명함을 가지고 와서, 백작의 방문을 알려주었던 바로 그 사람이었다. 이리하여 백작이 저택의 현관 층계에 나타났을 때에는 마차가 이미 그를 기다리고 있었다.

그것은 케레르(당시의 유명한 마차 제조업자 ─ 옮긴이)가 만든 마차였다. 그리고 마차에는, 파리 사람이면 누구나 다 알고 있듯이 그 전날까지도 드라크(당시의 유명한 말 상인 ─ 옮긴이)가 만 8,000프랑에도 내놓지 않았던 말이 매여 있었다.

「자작」하고 백작은 알베르에게 말했다.「저희 집까지 같이 가주십사고는 말씀드리지 않겠습니다. 어차피 집이라야 임시 거처니까요. 저야 아시다시피 그때그때 임시로 마련하는 데는 유명하지 않습니까? 제게 하루만 시간을 내어주십시오. 그러면 그날 초대하고 싶습니다. 주인으로서의 예절 절차도 감당해낼 수 있을 것 같으니 말입니다」

「백작께서 말씀하시는 것은 기꺼이 받아들이겠습니다. 백작께서는 아마 제게 보통 저택을 보여주시는 게 아니라 하나의 궁전을 보여주실 줄로 압니다. 분명 백작께선 정령(精靈)이라고 할 수 있는 것을 마음대로 부리실 수 있는 것 같습니다」

「그렇게 생각해 두십시오」하고, 백작은 화려한 마차의 비로드를 깐 층계에 발을 올려놓으며 말했다.「그럼, 부인들 앞에 나설 때에도 제게 힘이 되어주겠군요」

이렇게 말하고 백작은 마차 안으로 들어갔다. 그뒤로 마차 문이 닫혔다. 그러자 마차는 급히 달리기 시작했다. 그러나 백작은 모르세르 부인을 남겨놓고 온 그 객실의 커튼이 눈에 띄지 않을 정도로 가늘게 떨리는 것을 놓치지 않고 지켜보았다.

알베르가 어머니에게로 다시 돌아왔을 때 메르세데스는 거실의 커다란 비로드 의자에 깊숙이 앉아 있었다. 방안은 어둠에 잠겨 있어서, 여기저기 걸려 있는 장식품의 틀에 박힌 금박만이 반짝이고 있었다.

백작 부인의 얼굴은, 원광처럼 머리 둘레에 늘어뜨린 베일 그늘에 가려 있었기 때문에 알베르는 어머니의 얼굴을 분명히 볼 수가 없었다. 그러나 목소리가 변해 있는 것같이 느껴졌다. 그는 또한 화병 속의 장미와 헤리오트로핀의 향기 속에서, 셀드 비네그르의 인후를 자극하는 냄새도 느꼈다. 조각이 된 벽난로의 선반 위에 있는 백작 부인의 약병이 케이스 밖으로 나와 있는 것이 청년의 불안한 주의를 끌었다.

「어디 편찮으세요, 어머니?」하고 방에 들어서자 청년이 물었다.「제가 없는 동안에, 기분이 안 좋아지신거 아닙니까?」

「나 말이냐? 아니다, 알베르. 그런데 이 장미며 월하향(月下香)이며 오렌지꽃 냄새가 너무 독하구나. 더워지기 시작할 때에는, 아직 더위에 익숙해지지 못해서 그런가 보다」

「그럼, 어머니」하고 알베르는 초인종에 손을 갖다 대며 말했다.「꽃을 옆방으로 가져가게 하지요. 기분이 정말 좋지 않으신 것 같은데요. 아까 방안에 들어오셨을 때도 얼굴빛이 아주 창백하셨어요」

「얼굴빛이 창백했다고, 알베르?」

「네, 그게 어머니 얼굴에 퍽 어울리긴 했지만, 그래도 아버지와 전 깜짝 놀랐는걸요」

「아버지가 네게 그런 말씀을 하시던?」하고 메르세데스는 당황해하며 물었다.

「아뇨, 어머님께 직접 그렇게 말씀하시지 않았어요?」

「난 생각 안 나는데」하고 백작 부인이 말했다.

그때 하인이 들어왔다. 알베르의 초인종 소리를 듣고 온 것이다.

「이 꽃을 옆 방이나 화장실로 가져가거라」하고 알베르가 말했다.「어머니께서 이 꽃 냄새를 맡으시면 기분이 나쁘시다니까」 하인은 시키는 대로 했다.

꽃을 옮길 때까지 오랜 침묵이 흘렀다.

「몬테크리스토란 이름은 도대체 어디서 딴 것이냐?」부인은 하인이 마지막 화병을 가지고 나가자 알베르에게 물었다.「그건 가문의 이름이냐? 지방 이름이냐? 아니면 그냥 작위에 붙인 이름이냐?」

「작위에 그냥 붙인 거겠지요. 백작은 토스카나 군도에 있는 섬 하나를 샀답니다. 그래 가지고, 오늘 아침에 그분이 그러던데, 그 섬에다 자기 저택을 하나 세웠답니다. 아시다시피 피렌체의 생 테티엔 훈장도, 파르마의 생 조르주 콩스탄티니앵 훈장도, 말라 훈장도 그렇게 해서 된 것입니다. 게다가 그분에겐 귀족이라는 자부심 같은 건 조금도 없습니다. 로마에서 소문을 들어보니, 그분이 상당히 신분이 높은 귀족이라고들 하는데, 그분은 스스로 자기가 벼락 귀족이라고 하니까요」

「여기 잠깐 계신 동안에 내가 봐도, 그분은 상당히 훌륭한 사람 같더라」하고 부인은 말했다.

「그럼요, 어느 모로 보나 손색없는 분이지요. 유럽에서도 가장 존경받고 있는 영국, 스페인, 독일의 귀족 사회에서 가장 귀족적인 사람들보다도 더 세련되어 있으니까요」

부인은 잠시 생각에 잠겼다. 그러더니 약간 주저하고 나서 다시 말을 이었다.

「알베르, 이건 내가 네 어머니로서 한마디 물어보는 건데, 너 몬테크리스토 백작을 그분 자택에서 뵈었니? 넌 사물을 볼 줄 아는 눈을 가지고 있고, 사람들의 관습도 알고 있고, 네 또래의 다른 사람들에 비해서 상당히 예민한 판단력도 가지고 있다고 생각하는데, 과연 네 생각엔 백작이 겉보기와 같은 사람인 것 같니?」

「겉보기와 같다니요?」

「방금 네가 얘기한 대로 정말 훌륭한 귀족 출신인 것 같냐는 말이야」

「전 남들이 얘기하는 대로 말씀드린 겁니다」

「그럼, 네 자신은 어떻게 생각하니?」

「솔직히 말씀드리면, 전 뭐 그분에 대해서 뚜렷이 이렇다 하고 생각하는 바가 없습니다. 전 그분이 몰타 사람인 것 같은 생각이 드는데요」

「그분의 출생지를 묻는 게 아니다. 그분의 사람됨을 묻는 거지」

「그러세요? 그렇다면 얘기는 다르지요. 그분한테선 여러 가지 이상한 점을 발견했습니다. 솔직히 말하면, 숙명의 낙인이 찍힌 바이런의 작중 인물 같다고나 할까요? 만프레드라든가, 라라라든가, 또는 웨르너(바이런의 시에 나오는 숙명의 인물들——옮긴이) 같은 인물 말입니다. 말하자면 어느 옛날 가문의 사람이긴 하지만, 선조들의 재산을 잃었다가 나중에 자신의 저돌적인 재능으로 재산을 모아서 사회의 테두리를 짓밟고 올라선 그런 사람 말입니다」

「그게 무슨 소리냐?」

「몬테크리스토란 지중해 한가운데 있는 섬입니다. 그 섬엔 주민도 없고 수비대도 없지요. 다만 세계 각국의 밀수업자들과 해적들의 소굴일 뿐입니다. 그런 굵직한 장사꾼들이 은신시켜 준 사례로 그 섬의 영주에게 세금을 바치지 않는다고 누가 장담할 수 있겠어요?」

「그럴지도 모르지」 백작 부인은 꿈꾸는 듯이 대답했다.

「하지만 상관 있나요?」 하고 청년은 말을 이었다. 「밀수업자든 아니든 간에 어머니도 보셔서 아시겠지만 몬테크리스토 백작은 훌륭한 사람이니까 파리의 사교계에서 굉장히 인기를 끌 것입니다. 오늘 아침 일만 해도 그래요. 사교계에 첫발을 내디딘 백작이 우리 집에서 샤토 르노까지 어리둥절하게 해놓았으니 말입니다」

「백작은 나이가 얼마나 됐을까?」 메르세데스는 큰 기대를 가지고 물어보았다.

「서른대여섯 됐을 겁니다」

「그렇게 젊어? 그럴 리가 있나?」 메르세데스는 알베르의 말과 자신의 생각에 동시에 대답하는 듯이 말했다.

「하지만 정말인걸요. 그 시기에는 자기가 다섯 살이었다느니, 그 때는 열 살, 그 즈음에는 열두 살이었다느니 하는 말을 미리 생각하지 않고 서너 번 정도 제게 얘기한 적이 있었는걸요. 저도 그런 일에는 상당한 관심이 있어서 그 시기를 따져보곤 했지만, 언제나 꼭꼭 들어맞던데요. 그런 점으로 볼 때, 나이가 없는 것같이 보이는 그 이상한 사람은 분명 서른다섯이라고 생각됩니다. 게다가 어머니께서도 기억하시겠지만, 그 사람 눈이 얼마나 빛나고 머리가 얼마나 새까맣고, 또 창백하긴 하지만 이마에 주름살 하나 없는 걸 보세요. 그 사람은 원기왕성할 뿐만 아니라 나이도 젊습니다」

백작 부인은 괴로운 생각에 짓눌리는 듯 고개를 숙였다.

「그분은 너를 친구로 생각하고 있을까?」 하고 부인은 신경질적으로 몸을 떨며 물었다.

「그렇다고 생각합니다」

「그리고 너도 그분을 좋아하느냐?」

「네, 좋아합니다. 프란츠는 그분이 이 세상 밖에서 온 사람 같다고 말하지만 말입니다」

백작 부인은 두려운 듯한 몸짓을 했다.

「알베르」 하고 부인은 목소리를 짐짓 바꾸며 말했다. 「내가 늘 사람을 새로 사귈 때는 조심해야 한다고 말하지 않았니? 너도 이젠 어른이 되었으니, 네가 나한테 충고를 할 수도 있을 게다. 하지만 다시 한번 얘기하는데, 신중해야만 한다」

「어머님의 주의는 고맙습니다. 하지만 제가 어떤 점을 경계해야 할지 모르겠습니다. 백작은 노름도 하지 않습니다. 술도, 물에다 스페인 포도주 한 방울 떨어뜨려서 색깔을 낸 정도밖엔 마시지 않고요. 또 자기 입으로 돈도 꽤 있다고 했으니, 설마 저한테 돈을 빌려달라는 소리를 할 리도 없을 겁니다. 그런데 백작한테 조심해야 할 일이 뭐 있을라고요?」

「그래, 네 말이 옳다」 하고 부인은 말했다. 「더군다나 네 생명을 구해 준 사람을 가지고 쓸데없이 무서워하다니 내가 미쳤지. 그런데 참, 네 아버지께서는 그분을 잘 대접하시더냐? 사실 그분에겐 아무리 친절하게 해드려도 지나친 게 아냐. 네 아버지께선 가끔 일에 몰리시다 보면 당신 생각은 그렇지 않으면서도……」

「아버지께선 더할 나위 없는 대접을 하셨습니다」 하고 알베르가 메르세데스의 말을 막았다.「백작이 아버지께 능란한 말투로 찬사를 보냈더니, 아버지는 마치 백작이 삼십 년 전부터의 친구이기라도 한 듯이 몹시 기분 좋아하시던데요. 백작이 한마디 한마디 아버지를 칭찬할 때마다 아주 좋아하셨어요」하고 알베르가 웃으면서 덧붙여 말했다.「그래서 헤어질 때는 아주 절친한 친구같이 되어 있었습니다. 아버지께서는 의회에서 자기가 하실 연설을 들려주겠다며 백작을 의회에까지 모셔 가려고 그랬거든요」

백작 부인은 아무 대답도 하지 않았다. 깊은 생각에 잠긴 부인은 천천히 눈을 감았다. 부인 앞에 선 채로 청년은, 마치 어린애들이 아직도 젊고 아름다운 자기 어머니를 바라볼 때처럼, 따뜻하고도 사랑에 넘친 눈으로 어머니를 바라보고 있었다. 이윽고 어머니의 눈이 감겨진 것을 보고 나서, 그는 한동안 어머니가 조용히 꼼짝도 않고 숨을 쉬고 있는 소리를 들었다. 그는 어머니가 잠든 것을 보고는, 발끝으로 걸어서 조심스레 방문을 밀고 어머니를 그 방에 남겨둔 채 밖으로 나왔다.

「분명, 그 사람은」하고 청년은 고개를 끄덕이며 중얼거렸다.「내가 그때 거기서도 얘기했지만, 사교계에 커다란 센세이션을 일으킬 거야. 그 효과를 정확한 온도계로 재어보아야지. 어머니도 눈치를 채고 있으니, 확실히 보통 사람은 아닐 거야」

이렇게 말하면서 그는 마구간으로 내려갔다. 그러나 그의 마음속에 몬테크리스토를 향한 원망의 감정이 있었다. 백작이 훌륭한 말을 사들였기 때문이다. 백작 자신은 그런 것까지는 미처 생각지 못했을 테지만, 결국 알베르 자신의 다갈색 말 두

필은 전문가들의 판단으로는 2등으로 떨어지고 만 것이다.
「확실히」 하고 그는 생각했다. 「인간은 평등하게 되어 있지는 않군. 아버지한테 이 이론을 의회에 가서 전개시켜 보라고 그래야지」

〈2권 끝〉

오증자

서울대 불문과와 같은 과 대학원을 졸업하였다. 서울여대 불문과 교수를 역임하였다.
역서로는 『고도를 기다리며』, 『바다의 침묵』, 『에밀』, 『미라보 다리』, 『위기의 여자』 등이 있다.

몬테크리스토
백작 2

1판 1쇄 펴냄 2002년 3월 25일
1판 30쇄 펴냄 2024년 1월 10일

지은이 알렉상드르 뒤마
옮긴이 오증자
발행인 박근섭, 박상준
펴낸곳 (주)민음사

출판등록 1966. 5. 19. (제16-490호)
서울특별시 강남구 도산대로1길 62(신사동) 강남출판문화센터 5층 (우편번호 06027)
대표전화 02-515-2000 / 팩시밀리 02-515-2007
www.minumsa.com

ⓒ 오증자, 2002. Printed in Seoul, Korea

ISBN 978-89-374-0387-3   04860
ISBN 978-89-374-0385-9   (전5권)

* 잘못 만들어진 책은 구입처에서 교환해 드립니다.